전시작전권은 어디로?

김동형
장편소설

청어

전시작전권은 어디로?

김동형
장편소설

작가의 말

필자가 어릴 때 이야기다. 동네마다 일본 순사들이 돌아다니면서 주민들에게 강제로 부역을 강요하는 꼴도 보았고, 강제로 남의 재산을 공출 갈취해가는 꼴도 보았다. 심지어는 광솔(소나무) 기름도 강제로 짜가는 꼴도 보았다. 그런 억압 속에서 감격의 해방을 맞아 마을마다 집집마다 태극기를 높이 들고 목이 터져라 만세를 부르는 모습도 보았으며, 탕정 2·1사태 농민 프락치 반란사건도 보았다. 농구기구를 저마다 들고 지서를 때려 부스고 난 다음 면사무소를 점령 식량을 탈취하겠다는 목적으로 날뛰다가 지서 순경이 발사하는 총탄에 몇 명이 쓰러지자 풍비박산 도망하는 난동도 보았다.

해방은 되었다지만 조국의 산하는 두 동강이가 되어 6·25의 피비린내 나는 슬픈 참사도 보았다. 나라가 가난하다 보니 초근목피로 굶주린 배를 채우는 참혹한 비극과 함께 6·25 때는 부르주아 사상이 농후하다고 생사람 잡아다가 인민재판 즉결처분하는 참혹한 현장도 보았다. 수복 후는 유가족 사람들로 구성된 치안대 사람들에게 끌려가 생매장 당하는 꼴까지 보았다.

이 모두가 약소민족의 설움이요 원인이 아니던가. 가난한 농가에서 태어나 소작인으로 살아오던 아버지가 전염병으로 죽자 필자의 가정에서는 홀어머니 밑에서 지독한 가난을 면치 못한 채 초등학교 시절 눈 쌓인 산 비탈길을 짚신 발로 학교를 다녀야 했으니 그 고생 오죽했으랴.

오천 년 역사에 전무후무한 오늘날의 우리 세대가 조국 근대화 경제 개발 시대를 맞이했다. 이래서 온 국민이 경제적 풍요를 누리며 국제적 위상에서 민족적 자존을 가질 수가 있었다. 이는 분명 꿈이 아닌 현실이다.

그런데 작금에 이르러 정치인들의 권력에 대한 갈등구조로 인하여 정치적 부재현상에서 국운이 난파선에 이르매 이점 심히 우려를 아니 할 수 없다 하겠다. 김정은의 핵무기 으름장에 불안전한 안보 상황에서 우리 국민이 살아가야 할 곳은 과연 어디란 말이야. 적화통일이 되면 2천만 명의 민족이 생명을 바치거나 태평양 난파선에서 파도를 헤쳐야 한다고 카톡에 붕붕 뜨니 불안한 마음 어찌 없을까 보냐? 역사가 말해주듯이 국가 권력 구조에서 정치인들의 다툼과 갈등 속에서 내란을 조성 국가 안보를 해치는 경우는 없었으면 좋겠다.

너도나도 민주화를 부르짖는 무리에 의하여 오천 년 역사에 정치적으로 가장 혼란을 겪고 있는 오늘날에 또 어떤 국가적 비운을 맞으려고 극성들을 부리는지 그들이 먼저 각성을 했으면 좋겠다는 필자의 생각으로 이 글을 썼다. 정치가 곧 국민 생활과 직결한다는 사실 정치인들과 강성노조들이 깨달았으면 좋겠다.

목차

제2부 여명의 종소리

제3부 모정

프롤로그

항용 유회(亢龍有悔)란 말이 있다.

가장 높이 올라간 용이 권력에 자만을 하다가 내려올 때는 후회를 한단다.

한국 현대사 1948년 7월 17일 건국 70년사에서 11명의 대통령이 권력의 중심 컨트롤 타워 청와대에서 정치를 펼쳐왔지만 성공한 대통령이 단 한 사람도 없다는 사실 유감스런 일이 아닐 수 없다. 우리나라는 분단국이다. 불구하고 민주화로 포장한 탐욕과 음모의 정치사가 극한적인 이념대립에서 서로 죽고 죽이는 시대적 참사로 얼룩져 왔으니 하는 말이다.

제1공화국 자유당 이승만 정권은 부정선거 독재정권이라고 외치는 4·19 학생시위에 무너져 하와이에서 5년여의 망명 생활 끝에 쓸쓸하게 생을 마감했다.

제2공화국 민주당 장면 정권은 4·19 세대에게 휘둘려 정치다운 정치도 펼쳐보지도 못한 채 혼란을 거듭하다가 9개월 만에 5·16혁명으로 무너졌다.

제3공화국 공화당 박정희 정권은 경제적으로 기적을 이룩하고도 부하직원들의 알력 다툼 속에서 영부인과 함께 총상을 입고 군사정권의 오명을 벗어나지 못한 채 비명에 갔다.

제5공화국 전두환 정권은 군부독재로 386세력들에 의하여 6·29선언으로 단명했으며, 제6공화국 제1기 노태우 정권은 부정부패로 5공의 전두환 대통령과 함께 6공2기 김영삼 정권에 의하여 구속되는 불운을 겪었다. 애드벌룬이나 띄우며 깃발을 올리던 김영삼 정권은 그를 추종하는 민주화 세력들의 보호 아래 끝내 부정을 털지는 못했다지만 대신에 아들이 부정부패에 연유되어 구속되는 망신과 함께 불운을 가져왔으며, 6공3기 김대중 대통령 역시 부정부패로 2명의 아들이 구속되는 결과를 가져옴으로 김영삼, 김대중 두 대통령은 아주 비겁한 대통령으로 낙인찍힌 사례들이 아니었든가? 6공4기 대통령 노무현은 부인과 함께 검찰의 수사를 받던 중 투신자살을 했고, 6공6기 박근혜 대통령은 비선 실세 최순실 게이트와 세월호 사건으로 6공7기 문재인 대통령에 의하여 탄핵 구속되는 결과를 가져왔다. 역시 번쩍거리기 좋아하던 이명박 대통령도 부정부패로 문재인 정부에 의하여 구속되는 사태를 가져오지 않았던가? 최규하는 논할 가치도 없는 대통령이었다.

적폐청산의 공약을 내세워 두 명의 대통령을 구속시킨 문재인 정부가 과연 퇴임 후 항용 유회(亢龍有悔) 자랑스러운 대통령으로 청와대를 떠나올지 귀추가 주목된다. 초대 이승만 대통령부터 박근혜 대통령까지 11대 대통령들 모두가 성공한 대통령이 단 한 명도 없었다는 사실이다.

그랬다. 화려하고 위대한 권력의 상징 청와대에서 성공하고 영광스럽게 퇴진한 대통령이 한 명도 없는 판에 오명에 기록만을 남긴 채 비극으로 끝이 났다. 명분의 다툼은 민주주의다. 반대 세력들 모두가 민주화 깃발을 내걸고 혁명을 외치면서 정부를 타도했다. 사자후 민주화를 외치던 세력들로 구축한 권력 쟁탈로 보복 정치와 피의 정치를 일삼으며 비운의 사태를 가져온 것이다. 또 학생들까지 정치를 탐하고 있다는

데 문제가 심각하다. 법리적인 사회질서를 존중 평화로운 시위가 아니고 폭력까지 행사했다면, 이는 반국가적 행위 어떠한 명분에서도 반역이다. 4·19도, 5·18도 그렇고 6·3 세력도 순수한 민주화 세력들이 아닌 권력을 쫒는 세력들일 뿐이었다. 민주주의가 국민의 안보를 상위할 수 없고 국민생활을 보장하는 경제를 상위할 수 없지 않은가?

70년사 짧은 기간 동안에 이토록 치욕스런 정치적 격랑을 보기란 이 나라 5천년 역사 속에서도 없었을 뿐만 아니라 세계사 속에서도 없다. 6개 공화국을 거치면서 11명의 대통령이 모두 피를 흘리며 죽고 감옥생활을 해야 했으니 얼마나 잔혹한 정치사요 참혹한 정치사였던가. 이게 모두 민주화를 표방 외치며 물고 뜯고 죽이고 했던 왜곡된 우리 시대가 만든 정치 현실이다.

우리나라는 36년간의 일본 통치권에서 미국의 핵무기에 의하여 얻어진 민족 해방일 뿐 독립운동을 해서 얻어진 국권이 아니다. 때문에 6·25의 더 큰 분단의 비극을 피해갈 수 있었던 방법은 없었나 싶다.

해방 정국부터 공산주의와 대결 양상에서 테러와 암살로 대혼란을 겪었음은 물론이다. 송진우 선생이 첫 번째 암살을 당하면서 여운영, 장덕수. 김구 등이 비명에 갔고 거기에 이념 대결은 극과 극으로 치달으면서 6·25를 가져왔다.

5백 년 조선왕조가 무너진 시대적 배경은 정치적 탐욕을 끝내 버리지 못한 대원군의 사주(使嗾)에 임오군란과 동학란, 그리고 을미사변이 있었는가 하면 갑신정변으로 이어진 무능한 황제 앞에서 대원군 이하응의 권력 행태와 탐욕이 나라를 망친 예가 아니던가?

우리 민족은 언제나 그랬다. 그토록 처절한 권력의 다툼 속에서 국력을 소모하는 피의 역사를 가져왔기에 일본의 침략은 당연할 수밖에 없었다. 작고 못사는 후진국의 정치판이 권력다툼 혼란의 시대를 거듭했으니 건전할 수가 있었겠는가?

비록 분단은 되었을망정 현재 세계 10위권으로 경제를 키웠다. 이는 분명 역사 속의 기적이다. 국민이 풍요롭게 살아갈 수 있도록 기틀을 마련 가난을 극복했다. 그러나 분단된 우리의 현실에서 경제는 모래성에 불과하다. 통일을 위한 전쟁이 언제 닥쳐올지 누구도 장담할 수가 없다. 북한의 김정은은 핵무기로 위협하는데 정치하는 사람들은 권력과 재물에만 야심을 품고 있으니 국가가 건전할 수가 있겠는가? 그래서 나만 잘살면 된다는 식에서 저마다 탐욕에 혈안이 되어 있었으니 이를 민족성 탓이라고 하기엔 너무도 부끄러운 일이 아닐 수 없다. 김정은은 언제 도발할지 예측 불허 늦기 전에 민족적 각성이 절실하지만 아직은 요원한 꿈이 아니던가? 1945년 10월 26일 귀국과 함께 '뭉치면 살고 흩어지면 죽는다' 일성 이승만은 왕권을 자주국가로 훌륭하게 건설했다. 사회제도 양반 계급을 타파(打破)했고 지주제도 토지개혁도 단행했다.

미국은 6·25한국전쟁 때 대한민국의 국운을 지켜준 나라다. 미국이 지켜주지 않았다면 우리나라는 김일성에 의한 적화통일로 갔을 것이다. 그런 미국이 세계 질서를 평정하기 위하여 명분 없이 월남전에 개입했다가 미국 역사상 처음 패전하는 수치를 가져왔다. 그런 입장에서 파병을 요청하는 미국에 어찌 우리가 거절할 수가 있었겠는가? 월남 파병은 미국에 빚을 갚는 기회이기도 했다. 패망과 함께 잿더미가 되어버린 일본이 우리나라 6·25전쟁으로 불모지 폐허의 땅에서 경제재건의 발판을 가져왔듯이 이왕에 참전하는 조건에서 최대한 이익을 챙겨보겠다는 박정희 대통령의 파병정책은 전화위복이었다. 참전하는 사병 병장 기준 봉급이 우리나라 9급 공무원들의 봉급에 3곱이었으니 얼마나 높은 임금이었던가. 그뿐이랴. 군수물자와 고철들의 수입 그리고 월남 파병 근로자들의 임금을 모두 외화로 받았으니 얼마나 다행스런 일이었든가. 한국에서 1950년도 6·25전쟁이 발발하자 일본의 요시다 수상은 천우(天佑)가 왔다고 함성을 질렀다고 한다. 폐허가 된 국가를 재건할 수 있는 기회가 되었다니 일본에 우리나라는 언제나 봉 잡히는 기회가 되었다.

월남전쟁으로 우리나라는 5억 달러의 외화를 벌어들였고 또 서독에 광부와 간호 보조사로 인력수출을 해서 1억 달러를 벌어들였다 한다. 가뭄에 목 타던 우리나라 경제에 그 외화는 생명수가 되었다면 누가 부인할까?

정치를 하다 보면 시행착오도 있다. 잘못된 정치나 행정이 있으면 시정해 나가면 될 일 적폐청산은 보복에 불과 한 분명 잘못된 정책이다. 권력을 놓고 서로 죽이고 하는 투쟁은 이제 끝냈으면 좋겠다. 패망 후, 일본의 자민당은 70년을 집권했어도 세계경제 2등 국가로 무난하게 발전을 거듭했고, 독일의 메르겔 총리도 16년간을 집권했어도 장기 집권이라 그들 국민은 성토하지 않았다. 독일 국민이 권력을 몰라 그랬을까? 중국도 소련도 우리나라 정치처럼 70년사에서 그토록 변화무쌍하지는 않았다. 따라서 허망한 민주주의 따위가 국민안보를 분명 상위할 수 없다. 국민적 화합으로 통일의 길로 매진 국민총화를 이뤘으면 하는 마음 간절하다. 그게 평화통일로 가는 지름길이다.

제1부

촛불시위

촛불시위

1.

생로병사라 했던가? 모든 생명은 설마 병들고 설마 죽는다 했다. 불안전한 생의 공전에서 누가 어떻게 태어나서 어떻게 살다가 어떻게 죽는지 아무도 모른다.

자연의 궤도엔 65만 종류의 크고 작은 생물들이 치열한 생과 사의 경로에서 생존을 거듭하고 있다. 거룩한 섭리라 아니할 수 없다. 위대한 능력으로 만물을 지배하고 있는 인생의 길흉화복도 그 영역에서는 무상할 뿐이란다.

한바탕 전쟁이 휩쓸고 간 폐허의 땅에 마구 버려진 생명처럼 미로의 범주에서 마지막 남은 짧은 생명 줄에 매달려 절박하게 몸부림치는 강승민과 함께 경찰병원의 밤도 다르지 않게 깊어만 간다.

어쩔가, 아들 승민의 가슴을 부여잡고 절치부심 수정은 절규하고 있다.

–글쎄요? 더 이상 드릴 말씀이 없습니다.

최선을 다해도 아쉬움 없지 않을 텐데 진료를 포기하는 주치의의 행위가 너무 황당 하달까? 깨어나지 못할 아들을 부여안고 수정은 억장이 무너진다. 인간이 만물의 영장이라 한들 무엇 하랴. 사경을 헤매는 아들의 주검 앞에서 아무런 대책도 없이 주치의나 바라보고 있는 어미의 가슴은 천 갈래 만 갈래 찢어진다.

김정은의 손아귀에는 핵무기가 들어있다. 그 한 방에 250만 명을 죽일 수 있다는 전쟁 문명에 비하여 의학 문명은 억울하게 죽어가는 한 명의 젊은 생명 하나도 살리지 못하고 있다니 안타까운 마음 이렇게 억울할 수가 없다.

그렇다면 천명(天命)을 다하지 못하고 죽어갈 젊은 생명에게 신의 한 수는 없을까? 인간의 무기력에 절망이나 하고 있을 처지가 아닌데 아무리 지혜를 모아 본들 공평치 못한 이놈의 세상에서 지금의 처지론 지푸라기 히나도 잡을 게 없다니 이렇게 안타까울 수가 있을까? 절박한 상황에서는 언제나 신의 기적도 있었다는데 이걸 믿어도 될까? 위대한 초능력에 신의 한 수가 의학을 떠난 승민의 생명 줄에 너무도 간절하다.

황량한 모래벌판에서도 모세의 기적도 있었고 예수의 기적도 있었다. 설산에서 석가의 기적도 병든 생명을 소생시켰으며, 철환천하(轍環天下)을 했던 공자에게도 기적은 있어 절망하는 생명들에게 희망을 주었다. 위기 때는 신의 기적이 찾아준다 하지 않았던가? 사냥꾼이 독사에 물리자 쫓기던 노루가 주검을 모면할 수 있었고, 물에 빠진 자가 마침 바람결에 떠내려온 나무토막에 살아나는 기적도 있었다. 그랬다. 기적은 언제나 인간의 생존과 함께 동반하여 왔다. 주거를 침입한 범인의 칼끝에 쓰러진 어느 여인이 식물인간 5년여 만에 의식을 회복 그 범인을 잡았다는 텔레비전 방송에 나온 화제(話題)도 있었고, 322명의 생명을 앗아간 삼풍백화점이 붕괴했을 때, 19세인 방승현 양은 15일 17시간 만에 살아났고, 충남 청양군 구본광산에서 매몰되었던 37세인 양창선 씨는 15일 9시간의 신의 기적을 가져오지 않았던가?

–승민아, 왜 너라고 기적이 없겠느냐. 의학문명이 너를 살려내지 못한다면 다음은 기적을 가져올 초능력도 있을 게 아니냐. 힘을 내거라. 제발 승민아!

가슴 찢는 아픔으로 벌써 3개월째 깨어나지 못하는 아들의 가슴팍에 머리를 묻고 수정은 애가 타도록 간절한 기적을 바라고 있다.

–네가 이렇게 누워있으면 어미 혼자 어떻게 모진 세상을 감당하며 살라구? 어서 제발 깨어나거라, 승민아! 너는 이 어미에게 희망의 꽃이 아니더냐!

폴 대에 주렁주렁 매달린 주사액이 호수를 타고 방울방울 떨어져 승민의 몸체로 흘러 들어가고 있다지만 저게 그녀의 간절한 소망과 함께 신의 기적을 불러올지 지금으론 의문이 앞선다.

–아들아, 왜 이러고 있어! 어서 일어나거라! 광우병이 너하고 무슨 상관이 있다구, 하필 네가 왜 이런 꼴이 되어야 한단 말이냐. 불쌍한 이 자식아, 어서 자리를 털고 깨어나거라. 가슴 타는 어미의 소망을 정녕 네가 몰라서 이렇게 누워만 있다는 것이냐?

남편 강준석을 가슴에 묻은 것도 원통할 일인데 전생에 무슨 업보가 그리도 두터워 이런 고통을 너와 함께 또 다시 겪어야 하는지 깨어나지 않는 아들을 부둥켜안고 수정은 가슴속에 뒤엉키는 피의 울분을 꺼역꺼역 토해내고 있다.

2.

–국민심판 촛불 항쟁, 국민의 생명을 위협하는 광우병 쇠고기 수입 중단하고, MB정부는 즉각 퇴진하라! 불법 연행 중단하고 구속자들 당장 석방하라. 아니면 생명과 평화를 지키는 우리들의 촛불 행진은 계속될 것이다!

광우병 쇠고기 수입 안 돼! 공영방송 장악 안 돼! 공공기업 사유화 안

돼! 사대 강 대운하 사업 안 돼!

다양한 이슈들이 장마철 맹꽁이 울음소리처럼 세종로 일대에서 와글거린다. 전단들도 가지각색 대중의 눈길을 끄는데 그것은 안성맞춤 예술적 가치 퍼포먼스라 할까. 찬바람에 휩쓸리는 단풍잎처럼 빨주노초파남보 형형색색의 전단들이 시청 앞 광장과 세종로 일대를 온통 뒤덮고, 연일 수십만 인파가 일제히 촛불을 들고 외치는 구호와 함께 행진을 계속하고 있다.

핵무기 버튼에 손가락을 얹어놓고 이 시간에도 다름없이 서울을 불바다로 만들겠다고 김정은의 위협이 계속되고 있는 판에, 누구를 위하고 무엇을 위한 시위인지는 몰라도 그들의 일거수일투족이 국가 안보 따위는 아랑곳하지 않고 대다수 국민의 호응을 얻고 세계인의 언론까지 정당화하고자 최대의 명분들을 만들어 외치고 있는 저들의 노림수가 과연 무엇일까? 정부를 타도하고자 외치는 시위꾼들의 목적은 나라와 국민의 안보 따위와는 관심이 없다는 발광이다.

촛불시위는 쇠고기 수입 반대가 아니고 MB정부를 퇴진시키기 위한 계획된 행사란다. 쇠고기 수입 반대는 명분일 뿐 정권탈취용 좌파정부를 다시 재현시키고자 꾸민 시위란다.

소외계층 노동자와 농민들을 대거 선동해서 정권을 탈취하는 폭력시위는 소련의 레닌 작품이다. 중국의 모택동도 그랬다. 다수 세력을 끌어드리기 위하여 노동자와 농민들을 선동하여 설득을 한 뒤 분노를 유발시켜서 그들의 힘을 이용해 정권을 탈취하는 방법이다.

공평한 사회를 만들자면 사유재산을 몰수한 다음 그 일부를 소외계층들에게 분배를 하면 사회주의 제도를 성공하는 것이란다. 그게 공산주의 국가를 완성하는 실행 과정이기도 하다. 선거제도를 폐지하면 영구집권도 가능해진다는 논리다. 반항하는 자가 있다면 소련의 스탈린과 김정은처럼 모두 죽이면 된다. 하지만 자유경제 체제가 다져진 정치판에서 그렇게 막 갈 수는 없을 거란다. 선거는 다수의 의견을 구하고자 하는 기본원리에서 민주주의 꽃이 아니던가? 시기적인 입장에서 현실적으로 실현하기란 많은 피를 요구하기에 그렇다면 세력구축이 먼저라는 것이다.

3.

우리 국민은 아직 분단의 위기에서 안보를 보장할 수가 없는 처지다. 김일성이 그러했고 김정일이 그러했듯이 세습정책과 더불어 권력을 이어받은 김정은은 역시 무력 통일의 기본 원칙에는 변함이 없기에 핵무기까지 완성하고 있지 않던가? 하물며 6·25의 쓰라린 비운을 겪기도 했던 민족이다.

분단된 국토에서의 우리 민족은 통일 조국에 간절한 염원을 가지고 있다. 무력이든 평화든 언젠가는 통일은 가져와야 할 과제이다. 그게 언제 올지는 누구도 예측할 수 없다. 경제를 실패한 북한에서는 무력으로라도 통일을 가져와야 한다는 기본 정책을 우선하고 있지만 경제를 성공한 우리는 평화통일을 원한다. 경제를 실패한 억압정치는 언젠가 붕괴된다는 자연원리를 북한은 감지하고 있다. 그럴수록 억압 통치 수단은 강화될 것이다. 남과 북간의 조국 통일 이념 차는 이처럼 상당한 견해차를 가지고 있다. 그런 상황 속에서 DJ와 MH 그리고 JY가 지향하는 통일 정책은 바로 전시작전통제권을 환수하는 거란다. 이게 좌파정부의 의도와 맥락이라는 사실에 짐작이 가는 대목이기도 하다. 자유민주주의 경제체제가 세계 10위권으로 돌입한 국민의 의식에 사회주의 이념을 주입시킨다는 것이 쉽지 않겠지만 그러나 정권을 무너트리는데 4·19와 6월 항쟁 같은 모범 사례도 있어 아주 불가능한 것만은 아니기에 포기하지는 않을 것이란다. 그들 민주주의에서 사회주의를 완성시키기 위한 방법이란다. 사회주의가 민주주의로 표방하고 포장하는 과정에서 과연 국민의 이념에 올바르게 색칠까지 가능할까 두고 볼일이다.

시위에 골수 YS가 외환위기로 경제를 망쳤다면, YS와 같이 데모를 일삼던 자들은 무엇이라 답변할 것인가. 또 북한과 경제협력을 한다고 지원해준 재원이 핵무기를 제조했다면 그 책임은 누구에게 있다는 것인가? 맹목적인 YS가 갈팡질팡하던 정치 노선이 경제를 망친 대통령으로 낙인 되었고, 경제로 휘청거리는 북한에게 인도주의 차원에서 부족한 식량을 지원해주었다 변명을 늘어놓는 DJ이나 MH는 결국 북한의 핵무기 제조에 지원해준 꼴이 되었으니 그 책임 국민 앞에서 어떻게 질 것인가?

부정부패와 더불어 혈세가 줄줄이 새나가는 망국의 길목에서 그들은 평화를 위하여 지원을 해주었다고 변명을 늘어놓고 있으나 그건 전혀 현실에 맞지 않는 변명이다. 핵무기를 제조할 수 있도록 그들의 북한 지원정책은 국민에게 사회불안과 더불어 고통만 안겨준 사실에 가슴 깊이 반성해야 마땅할 것이다.

내 몫을 챙기겠다고 불순분자들이 저마다 광화문 광장을 비롯 여의도와 국회의사당 앞에는 일 년 열두 달 데모가 끊길 날이 없으니 이게 데모 천국이요, 망국의 길이 아니라면 무엇일까? 제각기 피켓을 들고 목청을 높이며 사자후 하고들 있으니 나라가 나라 꼴이 아니란 뜻이다.

얼마 전, 전주 동물원에서 나온 텔레비전 뉴스다. 사육사가 잘못 던져준 먹잇감을 놓고 호랑이와 사자가 쟁탈전을 하다가 애석하게도 사자에게 목덜미를 물린 호랑이가 죽었다는 뉴스다.

그렇다. 조선왕조 5백 년 사직을 무너트린 대원군의 탐욕이 망국의 한을 초래했듯이 오늘날 정치판도 좌, 우 대결에 양상이 별반 다르지 않아 우려하는 바다. 우리나라의 좌파란 북한의 김일성 정부와 이념을 같이하는 세력들이면서 6·25 민족 전쟁을 도발한 집단이 아니던가? 우리나라의 현실은 국토를 분단하고 있다. 언젠가는 통일도 해야 할 과제도 가지고 있다. 그런 입장에서 북한과의 이념을 같이 하고 있다면 적이 아니라고 누가 변명을 하겠는가? 때문에 우리나라에서의 좌파 논리는 어떤 경우에서든지 근절되어야 한다. 좌파정부 10년을 호화롭게 풍미했으면 그것으로 만족할 일이지 임오군란과 동학란을 일으킨 대원군처럼 계속 국란을 초래하고 있다면 그건 민족의 불행이다. 국가가 얼 만큼 혼란을 겪고 사회가 얼 만큼 부패되어야 그 탐욕에 만족할 수 있다는 것인가?

신령스런 용은 좋은 음식이 있다고 먹이를 탐하지 않고, 기품 있는 봉황은 새장이 예쁘다고 제 발로 절대 들어가지 않는다(신용불 빈향이 채봉불 입난총(神龍不貧香餌 彩鳳不入雕寵). 현명한 사람은 탐욕스러울 수가 없고, 탐욕스런 사람은 지혜로울 수가 없다는 이야기가 아닌가. 주역에서 나온 이야기다. 또 항용 유회(亢龍有悔)란 가장 높이 올라간 용이 권력에 자만을 하다가 내려올 때는 후회를 한다는 말도 있다.

1948년 7월 17일 건국 후 70년사에서 11명의 대통령이 권력의 중심지

컨트롤 타워 청와대에서 국가를 통치했다지만 성공한 대통령이 단 한 사람도 없다는 게 유감스런 일이다. 민주화로 위장한 탐욕과 음모로 서로 죽고 죽이는 극한 대립에서 시대적 참사로 얼룩져 왔으니 현대사 비극이 아닐 수 없다.

광우병

1.

바로 2008년 6월 28일 일이다. 서울의 심장 세종로 일대가 온통 광란의 물결로 요동치고 있을 때, 쇠파이프가 승민의 머리통을 내려쳤다. 100만 시위군중이 참가한 촛불집회가 드디어 폭력으로 난무 본색을 드러낸 결과다.

비폭력 평화적 촛불시위를 하겠다던 광란의 물결 시위 군중들이 드디어 폭력으로 돌변했다. 청와대로 돌진하겠다는 것이다. 미친 물결이 개벽이라도 할 듯 천지가 온통 요동치고 있다. 과연 국가발전을 위한 행위라면 얼마나 숭고했을까 싶다.

4·19가 그랬고 6·3사태가 그랬으며 5·18이 그러했는가 하면 6월 항쟁이 그랬다. 폭력은 폭력을 부르고 피가 피를 불러왔다.

건국 때부터 대한민국은 훌륭한 자유민주주의 헌법을 구현했고, 그 헌법에 의한 제도권 아래에서 정치를 시행해 왔다. 다소 시행착오는 있었을망정 그 제도를 역행한 바 없었다. 일부 변경을 했을망정 기본 틀 자체를 바꾼 것은 아니기에 경제 대국으로 발돋움할 수 있었을 뿐만 아니라 세계사 유례없는 기적이 이 땅, 이 조국에서 위대한 탑을 일궈냈다. 거기엔 피나는 지도자와 위대한 과학자 그리고 기업인과 국민적 노력이 포함한다.

2.

방어하는 공권력에 대항하는 시위대와의 육탄전은 언제나 치열했다. 낙동강 후방 저지선(인민군 김무정 군단과 백선엽 1사단장과의 최후 결전) 다부동 전투를 방불케 한다. 북한의 김무정은 팔로군 모택동 정부 육군 중장 출신이고, 백선엽은 일본 봉천군관학교 출신이면서 우리나라 제1호 4성 장군이다.

시위에 폭력은 필수다. 과격할수록 효과는 커져왔다. 시위대가 한 명이라도 죽어야 한다. 그건 정부도 무너트릴 수 있는 위력이란다. 자유당 이승만 정권은 김주열의 주검으로 결코 대통령직에서 물러났다. 독재했다고, 부정선거했다고, 학생들이 데모했다고, 이왕 잡은 정권인데 시위 군중에 물러나다니 그런 대통령 그런 정권이 지구촌 어디에 있었다 하던가? 오늘날 시대에서 책임을 아는 정치인들 말이다. 이승만 정부는 친일 세력이었다고 좌파세력들의 주장이기에 하는 말이다.

이승만 초대내각은 100%가 항일 독립 운동가들이었다. 반면 김일성 초대내각은 90%가 친일부역자들이었음을 기회에 밝힌다.

초대내각이다. 대통령 이승만, 국회의장 신익희, 대법원장 김병로, 부통령 이시영, 국무총리 이범석, 외무장관 장택상, 내무장관 윤치영, 재무장관 김도연, 문교장관 안호상, 법무장관 이 인, 농림장관 조봉암, 상공장관 임영신, 사회장관 전진한, 교통장관 민희식, 체신장관 윤석구,

무임소장관 지청천, 이윤영 등이고 초대 서울 시장은 윤보선이었다. 친일파는 단 한 명도 없는 모두 독립 운동가였다.

반면 김일성 초대내각은 김영주 부주석(일제헌병 보조원), 장헌근 사법부장(중추원 참의), 강양욱 상임위원장(도의원), 김정제 보위성부장(군수), 이활 공군사령관(나고야 항공학교출신), 한낙규 김일성대 교수(일제 검사)들이 즐비했으며, 자유민주주의를 추구하는 독립 운동가는 하나도 없었다는 국사 편찬 위원회와 박석흥 문화일보 칼럼에서 나온 이야기다. 무차별적으로 역사를 왜곡하는 좌파성향들의 지향은 후손들에게 악영향만 끼칠 뿐이다.

3.

물론 광우병 촛불 행진은 비폭력이었다. 시작부터 폭력으로 간다면 그게 반정이요, 역적모의지 시위라고 할 수 있겠는가. 여론을 환기시킨 다음 국민의 환심과 함께 세계 언론을 집중시켜 명분을 만들고 정당성을 앞세운 다음 시위를 하고 폭력을 행세해야 성공할 수 있다는 것은 그들의 전략이다. 시위는 대중을 선동시켜야 성공을 한다. 레닌의 혁명이 그랬듯이 불순분자들의 시위는 언제나 공권력 앞에 유리하면 공격하고 불리하면 퇴진하는 작전을 이용한다.

–여러분! 광우병 쇠고기 수입은 국민의 생명을 위협하는 존재입니다. 불구하고 MB정부가 미친 쇠고기를 수입한다는 것은 국민의 건강을 해치는 행위 당장 청와대가 광우병 쇠고기 수입을 중단하지 않는다면 우리는 끝까지 저항할 것이다.

결자해지 원인을 제공한 쪽에서 매듭을 풀어야 한다는 시위대의 주장이다. 평화적 촛불시위로 문제를 해결하고자 하는 우리의 뜻은 꼭 국민의 건강은 우리가 지킬 것입니다. 국제적 협약은 되돌릴 수 없다는 것을 저들은 알고 있기에 그 약점을 놓치지 않겠다는 것이다.

–자! 갑시다. 청와대로!

진보연대 대표가 마이크를 잡고 시위 군중을 선동 촉구한다. 사방에 설치된 고성능 확성기가 열을 뿜어내며 광풍을 몰고 온다. 불에 당긴 뇌관 폭발 직전 긴장의 순간이다.

–가자, 청와대로!

확성기를 통한 결의문 낭독에 시위군중은 흥분하기 시작한다. 전쟁을 불사한 그들의 과격한 행동은 드디어 충돌로 간다. 청와대로 몰려가는 시위군중의 기세는 폭풍 노도 천지가 개벽이라도 할 듯 돌풍이 몰아친다. 닥치는 대로 집어삼킬 듯 거센 물결은 보기만 해도 공포를 느끼게 한다. 먹잇감을 쫓기 위하여 무섭게 돌진하는 포효 동물들의 성난 눈길처럼 번득이는 그들의 표정은 오싹 소름을 끼치게도 한다.

4.

예상보다 날로 늘어나는 시위 군중에 청와대는 당황했을 것이다.

일 억분의 일에 해당하는 광우병이 별 문제가 없다는 것을 저들이 모르지는 않을 터. 그러기에 명분을 잃으면 자동 해산할 것으로 믿었는데 그런데 날로 시위 군중의 규모가 커지고 있다는데 당황할 수밖에 없는 상황이 벌어지고 있다는 것이다.

전교조들이 앞장섰다니 더욱 심각한 일이었다. 전교조가 중·고등학생들은 물론 초등학생들까지 심지어는 학부형 부녀자들로부터 유모차까지 동원했다.

엄마가 다치고 임신부가 다치고 또 그 어린아이가 다쳤다고 하자. 이건 TNT의 뇌관보다 더 강력한 폭발력 가지고 있지 않던가? 국정원, 검찰, 경찰, 교육부 등 안보 관계부처 수뇌들을 MB가 불어놓고 연일 대책을 논의해보지만 그렇다고 군(軍)을 동원할 수는 없다는 결론이다. 통제 불능상태 시국대책회의 열 번 백번을 한다고 나오지 않는 답이 무슨 효력이 있겠는가?

구속되고 해임까지 된 전교조들을 DJ가 모두 복직을 시켜주지 않았던가. 양성화된 그들의 정당성과 의기는 이제 정도를 넘치고 있다. 그들에 의하여 DJ가 대통령에 당선되었으니 보답에 차원도 있을 것이다.

장마에 물 폭탄처럼 밀려오는 시위대를 컨테이너와 전경버스로 방어벽을 설치 차단했다는 것은 경찰들의 기발한 전술이었다. 대신 장비의 손실은 크다. 버스를 쇠망치로 때려 부수는가 하면 불을 질러대는 짓도 서슴지 않으니 그동안 피해 손실이 너무도 컸다. 그래서 생각해 낸 것이 일부 컨테이너 박스도 동원했다. 컨테이너는 쇠파이프로 때려 부순다고 찌그러지거나 파손되는 경우는 없다. 또 아무리 시위대가 과격해봤자 컨테이너까지 넘어온다는 것은 불가능했다. 시위대를 컨테이너가 막아주는 역할은 기발한 지혜였다.

트리오의 목마전쟁이 생각난다. 핵무기 탄도미사일이 우주를 가르는 시대적인 입장에서 애들 병정놀이하는 것 같아 우습지만 방어벽으로 전경버스나 컨테이너 박스는 적절했다. 컨테이너 벽을 넘으려고 까맣게 기어오르는 시위대의 꼴들이 안시성을 점령하기 위하여 사다리를 이용하던 당 태종 이세민의 꼴과 다를 바 없다는 것이다. 점령하기 쉽지 않은 성벽이다. 궁여지책이라고 하겠지만 다른 묘수는 없었다. 군을 동원한다고 해결될 문제도 아니기에 마지막 카드로 사용할 뿐이다.

4·19시위 당시 군중을 진압하러 나왔던 육군참모총장 송요찬은 국가를 전복시키려는 세력과 동조 반국가적 행위를 했다는 것은 분명 나라와 국민의 배신이요, 직무유기다. 송요찬은 이승만 대통령이 달아준 별 세 개의 육군참모총장이면서 계엄사령관이다. 그런 자가 대통령의 가슴에 칼을 꽂았다. 그래서 4·19가 성공한 사례다. 5·16혁명 정부도 송요찬을 내각 수반으로 임명했었다. 그때도 송요찬은 배신했다. 혁명군은 혁명공약을 지키기 위하여 군인 본연의 임무로 조속히 돌아가라고 기자회견을 자청 나팔을 불어댔다. 시위대를 진압하라고 동원된 송요찬 육군참모총장이 시위대 편에서 정부에 반기를 들었던 결과로 4·19 데모가 성공할 수가 있었다. 국가와 국민의 안보에 책임져야 할 군의 지휘권자가 의무와 책임을 망각한 채 배신행위를 했던 예다.

그렇게 4·19혁명을 성공하자, 이를 계기로 학생들이 정치에 가담 맛을 들였다. 6·3사태, 부마사태, 6·10항쟁, 5·18, 촛불 행진 등 매번 시위에 가담 선봉에 섰고, 그 관습은 앞으로도 계속 이어질 것이다. 만약의 경우 김정은이 남침을 했을 때, 국가위기에서 정말 학생들이 앞장서 싸워줄 것인가 생각해볼 일이다.

적화통일이 된다면 월남 난민이 그러했듯이 2천만 명의 우리 민족이 그 전쟁에 생명을 바치거나 난민선을 타고 거친 파도가 휘몰아치는 태평양을 떠다녀야 한단다. 시위는 망국의 길 그런 참담한 비극을 방지하기 위해서도 내란을 조성하는 시위군중의 각성은 평화의 선행조건이 된다. 강력한 군사정부가 국가와 민족의 안보를 지켜주는 것이 옳은 방법이라 대다수 국민은 여망한다.

5.

근대사 좌파운동은 소련의 레닌 작품이다. 국가전복을 하기 위해서 인원을 대거 동원하자면 먼저 노동자, 농민들을 선동하는 것이 최선의 방법이다. 이들은 사회적 소외계층으로 언제나 정부에 불만을 가진 자들인지라 설득하기도 쉽다. 빵을 준다고 하면 저들은 언세든지 동원이 가능하다. 기발한 레닌의 생각이었다. 공평한 사회제도는 엥겔스로부터 마르크스로 이어져 온 공산주의 혁명에 기본적 논리다. 지배계층에서는 공산주의 이론에 대하여 호응을 얻을 수가 없지만 노동자, 농민들을 상대로 인금 인상을 들추면 대중 몰이에는 그보다 좋은 방법은 없다. 그들과 함께라면 정부 상대로 폭력도 가능했다. 약자가 뭉쳐서 강자에게 대항하는 수단으론 아주 이상적인 방법이다. 위정자들의 그릇된 정책이 나라를 망친다는 것을 우리는 역사 속에서 배워왔다.

MB도 6·3세대로서 공화당 정부를 무너트리기 위하여 시위에 가담했던 선두주자였다. 공화당 정부를 향하여 젊은 피를 팔아먹는 월남 파병 즉각 중단하고, 일본과의 굴욕외교도 즉각 철회하라고 목구멍이 터지도록 외치던 인물이었다. 어디를 가든 한 번 배신하면 두 번 세 번 서슴지 않는다 했다. 44년 전 1963년도 학생 시절에 자기가 바로 저들 촛불시위대들이 외치는 그 자리에서 대통령 물러가라고 데모를 했었다. 그런 MB는 지금 청와대에서 자기를 물러가라고 저토록 외치는 시위꾼들을 숨죽이며 지켜보고 있으려니 그 심정 어떠할까 싶다. 더구나 지금은 영어(囹圄)의 몸이 된 상태에서 주객이 바뀔 거란 생각은 설마 못했던 일이기에 깨닫는바 컸을 것이고, 후회하는바 클 것이며 반성하는 바도 있을 것이다. 설마 자기가 대통령이 되어 이런 꼴을 당하리라고는 꿈에도 생각지 못했을 것이다. 정부가 실각하는 것도 나라가 망하는 것도 한순간이다.

6.

촛불시위로 온통 나라 안이 들썩거린다. 시위대의 추산과 경찰 그리고 방송국의 추산이 저마다 다르지만 30만, 50만, 100만 명 등 점점 시위군중은 장마철 거세게 몰아치는 흙탕물처럼 무섭게 불어나고 있다.

폭력시위와 맞서 진압하는 경찰들의 맨 앞 세 줄까지는 의무경찰들이다. 원래부터 의무경찰은 데모 진압을 하기 위하여 창설한 경찰기구다. 그들은 아무런 보수나 권력도 없는 순수한 병역의무자들이다. 이들은 소정의 과정 병역의무를 마치면 자연인으로 돌아가 복학을 하거나 직장에 복직할 젊은이 들이다. 국가 비상상태에서 정부는 군에게 무기를 지급해야 한다. 군은 국토와 국민의 안보를 지키기 위하여 전쟁터에서 적과 싸우는 것이 의무요, 책임이다. 전쟁터에서 적을 죽이지 않으면 내가 죽는다. 그런데 경찰들은 전쟁터에 나가도 무기가 없다.

시위대는 몽둥이, 돌멩이, 병 조각, 쇠파이프를 가지고 무차별 공격을 한다. 이것들은 무기는 아니지만 사람을 죽이는 데는 손색이 없는 살상용 흉기들이다. 꼭 무기만이 사람을 죽이는 것은 아니다.

이렇게 폭력적인 시위대의 쇠파이프 앞에 전, 의경들은 장비가 없다. 시위대와 대응 기껏 준비한 장비가 방패와 플라스틱 방망이뿐이다. 그 현장 맨 앞 첫 줄에서 승민도 방패를 들고 밀고 당기며 돌진하는 시위대를 막아야 한다. 시위대는 사람이 다치건 죽건 상관하지 않고 흉기를 무차별적으로 휘두르고 있는데 막상 경찰은 장비가 없다. 다만 로마 시대에 사용했던 방패와 방망이뿐이다. 수천 년의 시계가 거꾸로 가고 있다. 이들은 시위대와 아무런 잘못도 없고 원한도 없는 다만 군인 대용일 뿐이다. 그런 그들에게 폭력을 가하면서 시위대는 이런 짓도 민주주의란다.

선제타격은 언제나 시위대 쪽이다. 항상 그들의 기세는 당당했고 위풍당당 살벌했다. 마구잡이로 휘두르는 폭력에 무수히 전투경찰과 의무경찰들만 다치고 죽는다. 시위대 앞에 전, 의경들은 희생물이다. 폭력도 폭력 나름이지 흉기를 들고 결사적으로 공격하는 시위대를 맨몸으로 막으라고 하는 것은 나가 죽으라는 것이다. 무기는 적을 죽이는 역할도 하지만 자기방어도 한다. 거기엔 국가수호와 더불어 자신의 생명을 보호할 수도 있다. 그런데 플라스틱 방망이로 적을 막으라고 한다는 것은 국가는 수호하되 개인의 신변은 죽건 말건 각자 알아서 내 몸 챙기라는 식이다. 이런 전투경찰들이 시위대를 제지하는 과정에서 그동안 322명이나 죽었다고 한다. 누구 집 자식들이 어떤 시위현장에서 어떻게 죽었는지 아무도 모른다. 그들에겐 어떤 보상도 없다. 아무도 모르게 국가를 위하여 희생된 젊은이들이다. 소모품 인생을 살다가 희생된 못다 핀 젊은 꽃들이다. 그들에게 국가에서는 보상이 없다.

그런 전투경찰들을 정부에서 돌연 해체했다. 전문적으로 시위대와 맞서 공권력의 보루가 되었던 전투경찰들은 이젠 해산되고 없으나 대신에 의무경찰들이 그 자리를 메우고 있다. 전투경찰은 국방부 소속이다. 그 책임 한계도 국방부에 있다. 그런데 경찰에서 관리하니 부처 간에 문제점도 없지 않아 있을 것이다. 그런 점이 모호해 해산했을 것이라 짐작이 간다. 경찰은 전투 병력이 아니다. 소집만 하면 언제든지 확보할 수 있는 자원이 있으니 전투경찰에서 의무경찰로 이름만 바꾸면 되는 일이기에 그랬을 것이다.

모든 폭력시위는 진압되어 마땅하다. 국가발전과 민생의 안전을 위해서라도 반드시 근절되어야 한다. 공권력이 무너지면 정부도 무너진다.

승민은 개미 새끼 한 마리도 죽일 줄 모르는 선량한 아이였다. 그런 아이가 지금 의무경찰의 신분으로 시위대의 폭력과 맞서 육탄전을 하고 있다.

지금 우리나라는 정치 현장이나 산업현장에서 권력을 탈취하고자 하는 행위나 밥그릇 챙기고자 시위를 일삼는 세력들이 수도 없이 많다. 이런 따위는 국가장래를 위하여 절대 막아야 한다. 그런데 막을 수 있는 장비가 없다. 전투경찰들과 의경들에게 폭력을 행사하는 시위꾼들을 맨손으로 방어하란다. 최루탄마저도 DJ정부가 빼앗아갔다. 그렇다면 의경들은 시위대의 쇠파이프에 맞아 죽으라는 것일까? 시위대에 매번 공권력이 짓밟힌다. 이런 무모한 정부 정책이 무슨 미래가 있겠나 싶다.

7.

밖에는 추적추적 비가 내린다. 날씨마저 우중충하니 마음까지 어둡다. 정적이 무겁게 흐르는 깊은 밤, 알 수 없는 어떤 검은 물체가 저승사자처럼 다가오는 느낌이다. 승민이 깨어나기를 기다리는 수정의 마음은 시간을 더할수록 초조해진다.

–아들아, 어서 깨어나거라. 이 못난 자식아! 너는 충신도 열사도 아

냐. 네가 쇠고기하고 무슨 상관이 있다는 거냐. 그런 네가 이런 억울한 꼴을 어미에게 보여주어서야 되겠느냐? 어서 털고 일어나 이 불쌍한 자식아!

너는 열 번을 죽었다 깨어나도 언감생심 열사는 될 수 없다는 것이다.

주치의의 말이다. 이제 승민의 삶은 얼마를 지탱하게 될지 보장이 안 된단다. 주치의는 구실인지 변명인지 최선을 다했다고 그렇게 말을 하고 있다. 증상은 외부충격에 의한 뇌출혈 상태란다. 자활능력을 상실하고 산소 호흡기에 의지하고 있는 승민의 생명이 과연 소생할 수 있을까? 산소 호흡기만 철거하면 현재 상태로 승민의 생명은 주검으로 가는 걸까? 그렇다면 정말 승민은 영원히 어미 곁을 떠나게 된다는 것일까?

뇌사 상태라 하지만 승민의 맥박은 아직 뛰고 있다. 심장 박동이 약하다 보니 숨소리조차도 전혀 구분이 안 되고 있다. 생과 사의 길목에서 처절한 고통을 토해내는 그녀의 울부짖음은 도살장에서 들려오는 소 울음소리와 흡사하다 할까. 아들이 사경을 헤매고 있는데 어미로서 아무것도 할 일이 없다니 참으로 황망한 일이다. 죽음의 고뇌가 이런 거란 말인가. 죽음 앞에서 인간의 생명이 이보다 더 절박할 수 있을까, 가슴이 찢어진다.

–승민아! 엄마는 너를 절대 떠나보낼 수가 없다. 그러니 어서 일어나거라. 너는 젊음이 있지 않겠니. 젊음의 힘찬 박동과 함께 운신의 기지개를 어서 활짝 펼쳐보거라. 그녀는 울분을 토해내고 또 토해낸다. 내가 전생에 무슨 업이 그리도 무거워 이토록 가혹한 형벌을 받아야만 되는지 비애감마저 든다.

상상을 초월할 정도로 우주를 개발, 달나라를 탐사하는 고도의 과학

문명 시대에서 의학은 어찌 너희 소중한 생명 하나를 살려내지 못한단 말인가. 파계하고 죽이고 하는 전쟁문명에서 핵무기 한 방이면 250만 명을 죽이는 고도의 전쟁문명이거늘 억울하게 죽어가는 너의 생명 하나를 살려내지 못한다니 이런 불공평이 어디 있다하더냐.

인연

1.

한수정 그녀는 강준석을 교내에서 친구의 소개로 만났다. 학생관에서 친구와 식사를 하는 도중 옆자리 있던 강준석을 소개받았다. 과는 다르지만 학교는 일 년 선배였고, 나이는 세 살 차이였다. 강준석은 고등학교를 졸업하던 해 엄마까지 돌아가시는 불운으로 사실 진학을 포기했으나 2년 후 각고 끝에 진학할 수 있었다. 아르바이트로 등록금이 마련되면서 다행히 입학했다. 친구의 소개팅이었다 하지만 교내에서 우연히 마주치면 서로 인사나 나눌 정도 그 이상은 아니었다.

2.

수정이 2학기 말 리포트를 준비하기 위해서였다. 학교 도서관에서 자료를 정리하다가 늦게 귀가 도중이다. 전철역까지 지름길을 선택 골목을 빠져나올 무렵이다. 가로등이 없다 보니 가까이에서나 겨우 얼굴을 알아볼 정도 어둠침침했다. 단독 주택들이 운집한 동네이다. 그러다 보니 종종 불량배들이 출연하는 후미진 곳이다.

아르바이트가 없는 날, 준석은 주로 학교 도서관에서 공부했다. 필요한 책을 찾아볼 수도 있어 편리했다. 밤 11시쯤 통금 사이렌이 울리기 전 준석도 귀가를 서두르던 중이다. 학교에서 전철역 사이 중간 골목에 접어들었을 때다. 갑자기 여자의 비명이 날카롭게 정적을 깬다. 움찔하여 살펴보니 골목의 갈림길 지점에서 사내 두 놈이 여자를 강제로 납치하지 않던가.

양쪽에서 여자의 팔을 강제로 끼고 옆길 골목으로 끌고 들어가는 순간이다. 발버둥을 치지만 여자는 질질 끌려가는 다급한 상황이다.

–뭐야, 당신들.

그 광경을 목격한 준석이 달려들자

–상관하지 말고 조용하시지.

놈들도 만만치 않게 대항을 한다.

–그 여자 놔 줘!

준석이 호통을 치자 놈들은

–이 새끼, 못 비키겠어?

–못 비킨다면?

–왜 남 일에 상관 야, 이 자식아.

두 놈 중 한 놈이 앞으로 나서면서 먼저 주먹을 날린다. 상황은 금세 험악해 졌다. 서로 치고받고 극한 상황이었다. 사내도 쉬운 상대는 아니었다. 질세라 사내도 덤볐지만 주먹과 발길질 등으로 여러 번 차여 얼굴이 붓고 눈두덩이 찢어지는 상처까지 입었다.

다툼이 되었지만 두 놈을 상대하는 준석이 놈들을 당해내기는 힘이 부쳤다. 치고받고 하는 순간에 끌려가던 수정은 놈의 손을 확 뿌리치고 잽싸게 사내의 뒤로 숨었다. 그런데 그 여자가 우연히도 수정이었다. 두 놈이 덤벼도 준석도 만만한 상대는 아니었다. 더구나 수정이 그렇게 당하는 꼴을 보았으니 준석도 필사적이었다. 싸움은 길지 않았다. 놈들의 발길에 여러 번 채이기도 했지만 다행히 뼈가 부러지는 중상은 아니었다. 그러던 순간에 지나가던 행인들이 발길을 멈추고 꾸역꾸역 모여들기 시작했고 웅성거리기 시작했다.

–도와주세요, 양아치들이에요.

모여드는 학생들에게 수정이 소리치자 놈들이 슬금슬금 뒤로 뺐다. 이렇게 상황은 끝이 났다. 어쨌든 놈들은 꽁지를 빼고 어둠 속으로 사라졌다. 불특정 부녀자 성추행 사건은 이렇게 끝이 났다. 구경꾼들도 저마다 흩어졌다. 금품을 노린 범인은 아닌 듯 놈들의 행위가 의심스러웠지만 어쨌든 무사히 넘어갔다.

놈들보다도 준석에게 피해가 더 컸다. 그러나 준석은 대수롭지 않게 생각하는 듯 놈들의 발길에 차인 흙 묻은 옷을 툭툭 털며 수정을 향하여

–어디 다친 데는 없습니까?

–저는 괜찮은데 많이 다쳤지요?

수정은 가방에서 얼른 손수건을 꺼내 입술에서 흐르는 피를 닦아주려고 했지만 준석은 가볍게 사양한다.

–됐어요.

–죄송합니다. 저 때문에….

–아뇨.

–치료를 해야죠?

–괜찮습니다.

이렇게 수정과 준석은 다시 만났다.

월남 파병

1.

그런 일이 있은 후, 수정은 가끔 준석을 찾아가 커피도 마시녀 대화를 했다. 강준석 그는 겨울 방학 동안에 시골에 가 있을 거라고 했다. 온정 읍내에서 동북 방향으로 7km쯤 떨어진 지점이다. 산자락에 매달린 작은 마을이 그가 태어난 고향이라고 했다.

준석은 수정과 캠퍼스 학생관에서 아메리카노를 마시며 대화를 나눌 때다.

–나 방학 동안에 고향에 가서 있을려구.

–그럼 좋겠네, 내가 한 번 찾아갈까, 시골 구경도 할 겸!

–아냐, 시골은 수정이가 생각하는 것처럼 낭만이 있는 곳이 아냐.

–왜, 무엇이 어때서?

–깡촌이다 보니 전기도 전화도 문회시설이 전혀 없어. 또 형수 밑에서 밥 한 끼도 같이 할 처지가 못 된다고.

–그럼 편지하면 되겠네!

–그래 편지로 서로 연락하자구?

그때 준석은 분명 무언가 초조한 표정이었다. 무슨 말이든 할까 몇 번을 망설이다가 끝내 목구멍을 넘어오지 못하는 것을 수정만 눈치를 못 챘을 뿐이다.

–우리 고향 집에는 대중교통도 없는 무지한 깡촌야. 소식이 없다 하더라도 너무 기다리지 마. 무소식이 희소식이라고 여기면 되지 않겠어.

수정에게 씩 웃어가며 말은 했지만 준석의 표정은 평상시와 달리 수심이 깊었다.

–무슨 하고 싶은 얘기라도 있어요?

–아냐. 개학하면 만나겠지, 뭘.

준석은 가만히 수정을 껴안았다. 얼마 동안 포옹을 풀지 않고 있었다. 수정과 이렇게 헤어진 준석은 귀향하는 대로 먼저 면사무소를 찾아가 입영 신청을 했다. 재학 중에 등록을 못 하는 학생들에게 입영은 피난처였다. 생각보다 영장이 빨리 나왔다. 겨울 방학이 끝나고 신학기가 돌아올 무렵이다. 일 년만 더 다니면 졸업이다. 등록금 마련이 안 되었다. 기회에 차라리 입영이나 하자고 마음을 먹었다.

2.

사귀고 보니 강준석이란 선배는 생각도 깊었다. 자기 진로를 자기 자신 개척하지 않으면 안 될 처지라고 스스로 밝히는 준석은 의지도 있어 보였다. 도움 받을 사람도 도움을 줄 사람도 그에게는 없다는 그는 전공 토목에 상당한 관심도 있었고, 국토발전에 토목은 기본 틀 열심히 해서 사회에 기여해 보겠다고 의지를 담기도 했다. 만날수록 믿음이 가는 남자였다.

그럭저럭 겨울 방학도 지나고 1972년도 3월이다. 활기찬 봄의 햇살이 캠퍼스의 교정에도 화려하게 꽃을 활짝 피울 때다. 졸업생들은 저마다 취업에 길을 찾아 떠나고 입시에 찌들었던 신입생은 새로운 전당에서 새로운 웅지를 품고 날개를 펴는가 하면 재학생들은 등록금 마련과 학점 신청을 하고자 분주한 판에 준석이 모습만 보이질 않았다. 수정도 3학년으로 진급을 했다. 방학 동안에도 한 번쯤 준석에게서 소식이 올 줄로 알고 기다렸지만 역시 무소식이었다. 개학이 되었는데도 준석의 모습은 영 보이질 않았다. 궁금한 나머지 준석의 과 친구를 찾아갔다.

–그 친구 군대 갔잖아요?

입영했단다.

수정은 너무도 엉뚱했다.

–무슨 소리를 하는 거예요?

–그럼 수정씨 한 테도 말을 안 하고 갔다는 거예요?

–예!

–그럼 편지도 없었구요?

–예!

–아르바이트도 안 된다고, 그래서 등록금이 마련 안 된다고 그 친구 고민 많이 했어요?

수정은 가슴이 찡했다.

3.

준석의 주특기는 100보병으로 병과를 받았다. 기본 훈련 6주에 4주 보병 훈련까지 10주 동안 무사히 훈련을 마치고, 춘천 제3보충대를 거쳐 보병 제1군단 소속 수도사단 26연대 1대대 4중대로 특명을 받았다. 소총수 최 말단 부대다. 학보 출신은 무조건 보병이다.

1군단은 예비 전투군단이다. 가평에 주둔하고 있다. 그 예하부대로 수도사단은 홍천에 주둔하고 있었고, 현리에는 6사단, 양평에는 9사단 백마부대가 주둔하고 있다. 우리나라 최정예 전투사단으로 전공도 찬란했다. 6·25 당시 수도사단 26연대가 최초 혜산진을 점령했고, 6사단은 양평 용문산 전투에서 인민군 군단 병력과 싸워 혁혁한 공을 세웠는가 하면, 9사단은 중부전선 백마고지 전투가 유명하다. 군단 급은 이동이 없지만 사단은 3년마다 전, 후방 교대 근무를 한다.

휴전선 최전방 부대 병사들은 주로 GP(전방초소)근무다. 155마일 최전선 철조망 GP에서 하루 24시간 교대로 경계 근무를 한다. 그들에겐 훈련은 없다.

그러나 예비사단 보병부대는 일 년 열두 달 전투훈련이다. 매년 사단 기동훈련이 혹한 겨울에 있고 거기에 따른 대대 테스트와 연대 테스트가 기동훈련을 대비해서 2회씩 있다. 그러다 보니 덥고 추워도 병사들은 매일 같이 전투훈련이다. 기성부대에 배치되면서 준석도 매일 같이 훈련에 임할 때다. 밤에는 내무반을 비롯해서 외각 철조망에 나가서 한 시간씩 보초 근무도 해야 한다. 학보로 입대한 병사들은 복무기간이 짧은 대신 특과가 없다 보니 고생 막심하다.

혹한에는 춥고, 폭염에는 더위에 못 견딘다. 병사들에게는 동, 하복이 따로 없다. 동복이라야 점퍼에 내피가 있을 뿐이다. 그런 복장에서 혹한에 푹푹 발목이 빠지는 눈 덮인 산악지대에서 훈련하자면 아무리 워커(군화) 발이라 하더라도 손가락과 발가락이 얼어 빠진다. 강원도 깊은 산속의 추위라니 시베리아 추위는 체험하지 못해 얼마큼의 추위인지 모르겠다만 우리나라 기후 조건에서 병사들의 복장으로는 정말 견디기 어려운 추위 속에서의 훈련이다. 여름철 같은 경우에는 폭염에서 단독

무장이든 완전무장이든 배낭을 걸머지고 가파른 산속 비탈을 오르내리기란 팍팍 숨이 막힐 지경이다. 출동할 때마다 지휘관들이 의기에 찬 다짐으로 훈시도 한다.

–제군들의 생명은 하나밖에 없다. 생사를 가름할 수 없는 전투에서 적을 죽이지 않으면 내가 죽는다. 죽어가는 본인들은 슬픔을 모른다지만 너희들의 죽음을 가슴에 묻는 부모님의 마음에 상처는 당신의 몸이 땅에 묻을 때까지 고통의 세월을 보내게 될 것이다. 그런 부모들을 생각해서도 너희들은 반드시 적 앞에서 살아남아야 한다. 죽고 사는 전투에서는 추위도 없고 더위도 없다. 본 훈련은 실전이다. 살기 위하여 전투에 임해주길 바라고 희생되거나 낙오되는 일 없기를 바란다. 훈련은 제군의 생명을 지켜주는 또 하나의 무기다.

전투, 훈련, 생명, 주검, 각오, 등등 이런 용어들이 보병부대 지휘관들의 입에서 줄줄이 이어 나오는 말이다. 그러니 춥다고 불만을 할 수도 없고, 덥다고 불만을 할 수도 없다. 그런 훈련들이 매일 같이 반복된다. 또 공휴일 같은 때는 몸이 편하면 잡념이나 고민이 생긴다고 그러면 탈영할 수도 있다고 병사들을 잠시도 놔두질 않는다.

육군에는 5대 특과병과가 있다. 첫째 부관학교다. 인사 행정 요원을 양성한다. 둘째는 병참학교다. 보급품을 취급하는 병과다. 셋째는 병기학교다. 무기를 관리하는 병과다. 넷째는 헌병학교다. 군에 군기를 담당하는 병과다. 다섯째는 정훈학교가 있다. 그리고 군의학교도 있다. 국군병원에서 의료보조행위를 하는 병과다. 이들은 3개월 내지 6개월 간의 기술 전문 교육을 받는다. 다음 기성부대로 배치되면 이들이 학교에서 배운 대로 행정을 담당한다. 고졸 이상자에게 주어지는 혜택이다. 학력이 없으면 행정 능력이 없다고 고졸 이하는 그런 혜택을 받기 어렵다. 그도 이유가 된다.

4.

월남과 월맹 간에 국지전이 날로 심각해지더니 결국 전면적으로 확대되었다고 외신에서 연일 보도될 때다. 분단된 동족끼리의 전쟁이다. 6·25한국전쟁이 있은 후 10여 년 만에 월남에서 전쟁이 일어났다. 명분이 없는 전쟁이라고 일부 층에서 비난들도 있다지만 한국전쟁에서도 그랬듯이 미국이 개입 아니 할 수 없는 전쟁이 되었다. 따라서 한국전쟁에서도 미국을 위시한 17개국 유엔군이 가담 치열한 전쟁을 했다지만 월남전에서도 미국 단독만으로 전쟁이 감당하고 있는 것은 아니었다. 결국 지원국이 필요했고 거기에 한국군을 제일 먼저 파병 요청을 했다. 한국전쟁에서의 전시작전권을 가지고 있는 미국에서의 요청이다. 이 요청을 거절한다는 것은 국제적 배신행위다. 세계 다른 어느 나라가 배신을 한다 해도 우리나라만큼은 미국에 절대 거절할 수 없는 형편이다. 대신에 우리나라에서는 경제지원을 미국에 요청했다. 이왕 참전할 바에는 실속이나 챙기자는 박 대통령의 의도였다. 슬기로운 지혜다. 전투부대는 1963년부터 시작되었다. 1962년 3월 1일 일차 비둘기 부대 583명이 파월했다. 지원부대 보급품을 비롯한 전투에 필요한 장비를 지원해주는 역할이다. 다음은 청룡부대가 파병했다. 상륙작전을 수행하는 해병대 전투요원들이다. 전투가 점점 치열해지면서 결국 미국으로부터 보병 전투부대까지 지원요청을 했다.

5.

1965년이 밝아오면서 나오던 이야기들이다. 전투부대를 월남에 파병한다고 할 때, 어느 부대가 선발될지 설왕설래했었다. 1사단이냐 9사단이냐 수도사단이냐 등등할 때, 수도사단이 선발되었다. 최전방에서 병력을 뺄 수 없으니 전투예비사단에서 선발하는 것이 맞다. 드디어 김성은 국방장관의 명령이 떨어지자 전국 방방곡곡에서 술렁이기 시작하더니 홍천 하늘엔 '자유통일 위해서 조국 지키시다. 조국의 이름으로 님들은 가셨으니' 맹호부대 노래가 팡팡 메아리치며 하늘 높이 태극기가 휘날렸다.

장병들은 모두 불안에 휩싸였다. 수도사단에서 복무하는 장병들이 모두 월남으로 가는 줄로 짐작을 했었다. 또 전쟁터로 가면 모두 죽는 것으로 착각을 했다. 나라 안이 온통 술렁거릴 때 전국 각 부대에서 차출되거나 지원 병력이 하루에도 수백 명씩 홍천으로 들어오고 거기에 가족 면회객들은 구름처럼 몰려들었다. 그러다 보니 인산인해를 이루는 혼란 속에서 가족들의 면회도 순조롭지를 못했다. 무엇보다도 기존 수도사단 병력과 타 부대에서 차출되어온 지원 병력으로 혼선을 이룰 수밖에 없었다. 왜냐하면 부대를 재편성하는 과정이 많은 시간을 소요했다. 계속 들어오는 병력을 심사 합격자와 불합격자들을 선별하는데 소요되는 시간이었다. 무엇보다도 강제로 차출되어온 병사들이 있기에 그들을 가려내는 데도 시간이 필요했다. 어쨌든 병사들 개인별로 모두 면담을 했고 거기에서 합격자들을 선발했다. 차출되어온 병사들은 모두 불합격처리 귀대시켰다.

사단장도 교체되었다. 이준석 준장이 채명신 소장으로 교체되었다.

채명신 소장은 육사 5기로 준장 시절에 5사단장을 역임했고, 5·16 당시 끝까지 혁명 정부에 불복하고 있던 이한림 1군 사령관을 체포했던 공로가 있으니 박정희 대통령으로부터 신망을 받던 인물이다. 또 직접 참여는 하지 않았다 해도 5·16당시 출동대기조 역할도 했다.

육군본부에서 예하 부대로 차출 명령이 전달되자 전군 지휘관들이 지원병들을 차출했음으로 병력이 남아돌았다. 지원병들이 이토록 많이 몰려올 줄은 누구도 짐작 못했다. 선별할 수밖에 없었다. 가용병력을 떨어트리기 위한 선발기준은 다음과 같다.

1. 독자 제외 2. 학력 고졸 이상 3. 제대 1년 이상 남은 자. 키 165cm 이상 신체 건강한 자. 전과나 금치산 선고를 받지 아니한 자다.

사실 학력 기준은 아무 필요도 없는데 지원병이 넘쳐 부득이 선발기준을 엄격하게 마련될 수밖에 없었다. 선발된 병력은 아주 우수했다. 당시는 고등학교 학력이면 요즘의 대학 수준으로 인정을 받았다. 세계 어느 나라 군대보다도 최우수 정예부대로 편성되었다.

당시 9급 공무원 10호봉 월급이 1만2천 원 정도에 비해 월남 파병 병사들의 봉급은 달러를 환율로 환산해서 병장 기준 4만5천 원 획기적인 대우였다.

장교들도 마찬가지였다. 그러니까 전두환 대통령이나 노태우 대통령도 중령 때 월남을 지원했다. 더구나 장교들은 월남에서 1년간만 복무를 하면 평상시 3년 복무로 경력을 인정해주었으니 너도나도 피 터지는 경쟁률을 보였다. 당시에 장교들이 월남을 갔다 하면 대단한 배경을 가진 자들이었다.

맹호부대 이야기들이 텔레비전이나 신문에 매일 붕붕 뜨는 판이다.

온통 나라 안이 들썩거렸다. 연예계 위문 공연도 이틀이 멀다 하게 장병들을 위문했다.

6.

젊은 피를 팔아먹는다고 특히 김영삼의 목소리가 컸고 학생들을 앞세워 연일 성토를 했다. 4·19의 기상이 하늘을 찌르던 학원에서의 성토도 그치질 않는다. 고대에서는 이명박이 선두주자로, 서울대에서는 문리과 대학에 송철원, 김도현, 김덕용 등이 피 터지게 데모할 때다. 김덕용은 YS의 수행 비서를 했던 인물이 아니던가.

1965년 10월 22일, 드디어 수도사단이 맹호부대로 이름을 바꿔서 사단본부, 1연대, 기갑연대, 포병사령부 등이 인천항에서 월남을 향하여 출전했다. 그 후로 총 31만 명을 파병했고, 병력 손실은 5,065명이라 했다. 8년 전쟁에서 그 정도 희생이면 양호한 편이었다. 3년여 동안 6·25 전쟁에 참전했던 미국 병사들의 희생은 전사 54,246명이고 행방불명자가 8,177명 총 62,423명이나 되었다. 대신에 폐허화 된 일본 경제가 6·25전쟁으로 하여금 재기할 수 있었듯이 우리나라는 5억 달러 오늘날의 화폐가치로 계산한다면 5백억 달러를 벌어들였다. 세계 10위권으로 가는 초창기 경제개발 계획에 원초적 역할을 했던 자금이 되었다. 2021년도 우리나라 1년 예산과 맞먹는 액수가 아니던가. 서독에서 광부와 간호보조원으로 벌어들인 돈은 전부 1억 불이었단다. 그렇다면 그 당시 반대 데모에나 일삼던 YS와 DJ 등과 학생들은 반성에 여지는 없는지?

7.

오음리에서의 게릴라 섬멸 작전은 실전을 방불케 했다. 육사 16기 출신 강재구 대위도 중대장 임무를 띠고 열심히 부대를 통솔 가르치면서 훈련에 임할 당시다. 수류탄 투척 훈련장이다. 훈련을 받던 병사 한 사람이 수류탄을 잘못 투척하여 그 수류탄이 차례를 기다리는 부대 요원들이 모여 있는 곳으로 떨어질 순간이다. 그때다. 강재구 대위가 날렵하게 몸을 날려 수류탄을 덮쳤다. 동시에 수류탄이 폭발했다. 다행인지 불행인지 수십 명의 부대 요원들을 대신해서 대위 강재구 중대장이 지휘관답게 장렬하게 전사를 했다. 부하들은 한 사람도 다친 바 없다. 강재구 대위는 육사 16기로 전 국민의 애도 속에 전사를 했다.

본대는 1965년 10월 22일 인천항에서 대통령을 비롯한 정부 요인들이 참석한 가운데 대대적으로 환영을 받았지만 1972년 준석은 부산항에서 출발했다.

면회

1.

너무나 엉뚱한 소식이었다. 이제보니 준석이 너무 무책임한 친구라고 수정은 단교의 마음을 다지고 있을 때, 그래서 이젠 까마득히 마음에서 멀어지고 있을 때, 헤어진 지 8개월 정도 무렵에 준석에게서 뜻밖에 군사우편이 왔다.

파병을 지원했단다. 3개월 훈련기간을 마치면 월남으로 떠난단다. 뜻밖의 소식에 파병을 한단다. 한때나마 서로 좋아 친구로 지내던 준석이 전쟁터로 간다니 어처구니가 없었다. 갈등도 많이 했다. 생사를 가름할 수 없는 전쟁터로 하필 간다는데 어찌 마음이 편할 수 있겠는가. 그것도 타국 만리 총알이 빗발치는 전쟁터 월남 땅이란다.

김포공항을 통하여 전사자들이 계속해서 들어온다는 나쁜 소식에 방정맞은 생각이지만 다시는 준석의 얼굴을 못 볼 수도 있다는 생각이 들었다. 미운 생각 같아서는 '전쟁터로 가서 죽거나 말거나 내 알 게 뭐야' 했지만 그렇게 단순하게 포기하기는 거미줄처럼 자꾸 감정이 얽혔다. 포기한다 하면서도 준석의 편지를 받고 어찌해야 좋을지 수정은 마음을 잡지 못했다.

그렇게 갈등하던 중 전쟁터로 가는 사람 나중에 후회하지 말고 마지막 얼굴이나 보자고 최종 결심을 했다. 한때 좋아했던 아쉬움이다. 아침 일찍부터 서둘렀다. 처음엔 당일 갔다 올 생각이었다. 장마철인데도 불구하고 마침 날씨는 맑았다. 광열한 햇빛이 쏟아지는 여름, 아침나절부터 폭염은 극성을 토하듯 땀방울을 쥐어짜는 불순한 일기다.

춘천 가도를 끼고 산자락 변두리를 깎아 만든 도로 위에 달리는 버스 차창 밖이다. 산줄기 굽이굽이 뻗어 나간 계곡 아래로 삼백 리 길 서울 춘천 간에 흐르는 북한강이다. 흙먼지를 풍기며 울창한 숲 산기슭을 따라 네 시간을 달려 버스는 춘천에 도착했다. 험한 비탈길 비포장도로에서 속도를 낼 수가 없었을 것이다.

간이식당을 찾아 우동으로 간단하게 허기를 때우고 나서 수정은 화천 행 버스로 갈아탔다. 춘천에서 북동쪽으로 뒷산을 넘어서 굽이굽이 산골길을 두 시간이나 달려서 오옴리에 도착을 했다.

월남 전쟁이 막바지 무렵이다. 준석이 파병할 거라는 소식을 듣고 수정이 면회를 갔다. '뒤에 여자 손님 여기서 내리셔야 합니다' 초행길이라고 부탁을 했더니 잊지 않고 버스 기사가 친절하게 지리교시를 해준다. 다음에는 진중버스로 갈아탔다. GM 군 트럭이다. 군인들이나 면회객들을 위해서 부대에서 운행하는 교통편이다. 또 한 시간 정도를 달려서 하차했다.

버스에서 내린 수정은 기사가 일러준 대로 오른쪽을 건네다 보니 멀지 않은 산 밑으로 부대가 있었다. 군부대 근처라서 그렇겠지만 여기저기 군인들이 많이 눈에 띈다. 부대 정문 근처에서 수정은 준석에게서 온 군사우편 봉투를 가방에서 꺼내 들고 주소지를 다시 확인해보았다. 수정은 위병소로 찾아 들어가 편지 봉투를 내밀고 면회를 신청했다.

한 시간은 기다렸을 것이다. 생각보다 허술한 군복 차림으로 준석이 수정 앞에 나타났다. 복장이 허술한 까닭일까? 너무 초라한 준석을 보는 순간 수정은 눈물이 핑 돌았다. 구릿빛처럼 그을린 얼굴 표정과 함께 땟물이 주르르 흐르는 군복차림이 물어보지 않아도 고생 막심했음을 짐작할 수가 있었다. 저녁 다섯 시가 넘어서였다. 준석은 외출증을 위병소 소장에게 보여주고 거리로 나왔다. 그 증명서가 없다면 무단이탈로 헌병에게 적발된다. 탈영으로 단속 대상이 된다. 중대장 이름으로 외출증이 발행되었다.

깊은 산 산골짜기라 숙박업소는 물론 국밥을 파는 음식점도 하나 없었다. 난감했지만 부대에서 좀 떨어진 주민들의 집성촌 마을로 찾아들어갔다. 대화라도 나누려면 아무래도 방이라도 하나 얻어야 했다. 마을에서 조금 크다는 집을 찾아가서 부탁했더니 순수하게 받아준다. 슬레이트 지붕도 있다지만 대개가 초가들 민박식이다. 면회객들을 상대로 방도 빌려주고 식사도 제공하며 영업들을 한다.

경험이 많은 주인아주머니가 조금도 어색하지 않게 안내를 한다. 밖에서 보기보다 방은 깨끗했다. 종이 장판에 벽과 천장은 도배를 했다. 곰팡이 냄새 같은 것은 없었다. 다행이다 싶었지만 여기까지의 시간은 저녁 여섯 시가 되었다. 산악지대라서 그렇겠지만 하루해가 짧다. 늦게 뜨고 일찍 지기 때문이다. 여름철이라 해도 해가 그새 서산머리에 머물러 있었으니 서울에 갈 것이 걱정이 되었다. 수정은 주인아주머니를 불러 춘천을 경유 서울행 막차 시간을 물어봤지만 어림도 없는 일이란다. 지금부터 서둘러도 춘천까지는 가능할지 모르나 서울 행 버스까지는 불가능하단다. 수정은 할 수 없다는 듯 체념을 했다. 애초부터 당일치기는 어려울 것이란 짐작은 했다. 준석과 아직도 아무런 대화를 나누지 못했으니 단념하고 준석이 마련해준 방으로 들어갔다. 주인아주머니가 저녁을 차려준다. 준석이 밥상 앞에 대들어 허겁지겁 먹는 꼴이 배가 무척 고팠던 모양이다. 추가로 밥 한 그릇을 시켰는데도 준석은 거뜬히 먹어치운다.

−늘 배가 고파.

멋쩍게 수저를 놓으면서 준석이 하는 소리다.

까물거리는 석유 등잔 불빛 속에서 준석과 수정은 호젓한 자리를 처음같이 했다. 즐거움보다는 전쟁터로 가야 하고 보내야 하는 마음에서 두 사람 간의 감정은 침울했다. 대화하다 울고 울다가 대화를 하고 이렇게 밤을 새웠다.

준석의 손길이 수정의 가슴팍을 더듬고 그 손길이 하체를 더듬어도 수정은 뿌리치질 못했다. 격한 감정에 온몸의 신경이 마비된 탓일까, 수정은 꼼짝도 하질 못하고 준석에게 몸을 풀고 말았다. 여름일망정 그들의 밤은 더욱 짧았나 싶다.

2.

준석이 부산항을 떠나던 날 조촐한 가족들의 환영인파 속에서 수정도 포함하고 있으면서 모든 장병에게 무운장구(武運長久)를 빌고 또 빌었다. 준석은 맹호부대가 주둔하고 있는 월남 퀴논 땅으로 갔다.

그렇게 부산에서 가슴 아프게 떠난 준석에게서 편지가 왔다.

'총알이 빗발치는 전쟁터에서 언제 죽고 살지도 모르는 병사들은 오늘도 마찬가지 고국의 하늘을 우러러 반짝이는 별들을 본다. 저 별은 너의 별, 저 별은 나의 별. 고국에의 그리움을 한 가닥 한 가닥 헤아리며 또한 이 글을 쓴다. 한 인간의 생명으로 태어나서 조국을 위하여 이 한목숨 바친다 함을 영광으로 여길지니 언제 어떤 위험이 닥친다 하여 두려울 소만은 전쟁터에서 오늘의 무사를 신께 빌 뿐이란다? 중략. 첫 번째 봉급을 탔어. 한 푼도 쓰지 않은 총액이야. 수정이가 관리해 주면 좋겠어. 우리들의 미래를 위한 설계비라 믿어주면 더 좋고, 부탁할게? 그럼 다음 기회로….'

그렇게 떠나간 준석에게서는 한 달도 거르지 않고 편지와 더불어 생명을 담보로 한 급여가 꼬박꼬박 수정의 통장으로 들어왔다. 때로는 급여 전액이 올 때도 있고, 때로는 일부 용돈으로 썼다고 했지만 그것은 아주 작은 액수였다. 월남 파병 기간은 1년이다. 본인 희망에 따라 1년 1회 연장도 가능했다. 수정은 준석에게서 오는 돈을 전부 저축했다. 생명을 담보로 한 몸값이라는데 더욱 소중할 수밖에 없었다. 당시 정기예금의 이자도 연 12%까지 계산되었다. 준석은 2년간 월남에서 연장복무까지 했다. 퀴논 일대 전쟁터마다 누비며 죽을 고비도 수없이 넘겼다. 총알이 핑핑 날고 수류탄이 날아오고 포탄이 옆에서 펑펑 터져 수많은 생명이 죽어갈 때도 준석은 용케도 살아남았다. 준석이 전쟁을 잘해서가 아니라 신의 가호가 있었기 때문으로 믿었다.

베트콩으로부터 습격을 당해 소대장도 분대장도 소대원들이 절반 이상 현장에서 피를 흘리며 죽어갔는데도 준석만은 수류탄 파편 하나 맞지 않고 멀쩡하게 살아났고, 수색 임무를 띠고 5인 1조로 적진 깊숙이 들어갔다가 놈들에게 발각 체포되었는데도 구사일생으로 탈출할 기회도 신의 가호가 아니면 그런 기적은 없었을 것으로 생각했다. 동료 4명은 모두 죽었다. 한 번은 야밤 취침 중에 기습을 당해 중대 요원 대부분이 참사를 당하는 일도 있었으나 하늘이 무너져도 솟아날 구멍은 있다 했던가, 준석은 역시 건전하게 살아있었다. 모두가 신의 돌봄 그렇게 준석은 운명을 논했고 신과 함께 전쟁터를 누비고 다니며 감사를 했다.

월남 참전 2년 동안 전쟁터에서 위기도 많이 맞았고 전과도 많이 올렸다. 화랑무궁훈장 수혜도 받았다. 그렇게 2년을 잘 보낼 무렵이다. 한 달만 잘 견디면 귀국 명령이 곧 내려올 무렵이다. 33개월 만기 제대도 얼마 남지 않은 시기였다. 병사들 간에 설왕설래 곧 전쟁이 끝난다느니 미국이 월남을 포기했다느니 떠도는 소리들이 분분할 때다. 갑자기 부대 전체가 귀국 명령이 떨어졌다. 귀국을 얼마 앞두고 나갔던 작전에 수류탄 공세를 준석이 받고 부상 당한 채 병원치료를 받던 중 귀국명령이 떨어졌다. 다행이 중상은 아니었다.

결혼

1.

오옴리에서 하룻밤 준석과 같이 보낸 일로 수정은 원치도 않았는데 신체의 변화가 오기 시작했다. 혼자 남모르게 감당한다는 것이 쉽지는 않았다. 고심도 많이 했으나 5개월 무렵부터 배가 불러오는 사실을 다른 사람은 다 속여도 엄마의 눈까지 속일 수는 없었다. 네 뱃속에 무엇이 들어있고 그 당사자가 누구냐고 몰아치는 엄마를 더 이상 속일 수가 없었다.

총알이 빗발치는 전쟁터에서 살아온다는 보장도 없을 텐데, 그런 사람의 핏줄을 어찌 믿겠다는 것이고, 결혼도 못 해보고 덥석 애를 낳아서 어떻게 감당할 거냐고, 생전 너 혼자 살 자신 있느냐고 대단한 엄마의 성화였다.

–여자가 세상 혼자 산다는 것이 얼마나 힘든 일인지 너 상상이나 해봤니? 왜 고생을 만들어 살려고 그래, 이 미친 것아. 당장 병원으로 가자. 니가 낙태를 해도 이 세상에 아는 사람 없을 테니 혼인길 막힐 이유 없고 흉볼 사람도 없다. 조용히 병원으로 가자. 엄마와 너뿐인데 누가 알겠니. 어서 가자?

실성한 게 아니냐고 몰아붙이는 엄마는 당장 수술을 하라고, 나중에는 아버지를 비롯한 가족들 모두가 야단들이었다. 한편 원치 않은 임신에 수정도 당황 아니 할 수 없었다. 무척도 고심했던 일이다. 수정 혼자의 힘으로 더 이상 가족들을 설득하기란 불가능했다. 모체의 권리를 끝까지 고집한다면 막무가내 출산을 못 할 일도 아니겠지만 불같이 펄펄

뛰는 엄마의 성화를 꺾기엔 명분이 약했다. 가 네 못가네 실랑이 끝에 엄마의 극성을 뿌리치지 못하고 가까운 동네병원을 찾았다.

그런데 당일로 퇴원을 하는 사람도 있는데 수정은 그렇지가 못했다. 젊은 여의사 혼자 운영하는 산부인과 의원이었다. 의술이 서툰 탓도 있고 경험도 부족했다. 나중에 알게 된 일이지만 사산(死産)을 시키는 과정에서 탯줄을 끊어야 할 시술에 방관을 끊었다는 것이다. 본인 수정은 몰랐다지만 수술 과정에서 난리들을 치른 모양이다. 큰 병원으로 가는 소란까지 치르고 나서야 수술을 성공했다. 산부인과 쪽에서는 곧잘 있는 실수로 생명을 잃을 만큼 어려운 수술은 아니었기에 수정은 살아나올 수 있었다.

2.

미국이 종전선언을 했다. 준석이 귀국 후 며칠 후에 일이다. 우방국이었던 월남을 미국이 포기하는 것으로 10년 전쟁이 끝이 났다. 패한 전쟁으로 미국의 자존심이 아닐 수 없었다. 남의 나라 민족전쟁에 끼어들어 게릴라 전쟁을 하다 보니 예측을 할 수 없는 작전에 시행착오가 너무도 많았다. 10년 전쟁에서 엄청난 인명 피해와 재산 피해까지 깨진 독에 물 붓기가 되었다. 그리고 국내 여론도 나빴다. 미국 역사상 처음 있는 일 부끄럽게도 패전에 고배를 느껴야 했다. 미국 국민의 자존심에 많은 상처를 남긴 역사적인 전쟁이었다. 그 무렵 준석은 만기 제대를 했다.

군에서 재대한 준석은 바쁜 일정을 보냈다. 먼저 복학을 했다. 토목과 출신이다 보니 취업까지 그리 어렵지 않았다. 80년대까지 중동에 건설 붐이 한창일 때다.

끈질긴 수정의 고집을 엄마도 더 이상 막지를 못했다. 준석은 성실한 사람이었다. 또 수정에게는 다시없을 고마운 사람이다. 준석이 월남에 있을 때다. 준석의 고향에는 자기 큰 형님이 있고 형수가 있었다. 불구하고 파병하면서 준석은 월급을 수정의 통장으로 보냈다. 부모님이 없는 까닭이다. 약간의 용돈을 제외하고는 전액을 보내왔다. 완전 가족으로 인정을 했던지 계절이 바뀔 때 군사우편으로 옷이라도 한 벌 사 입으라고 권고도 했다. 그런 편지를 받을 때마다 수정은 감격했다. 그게 어떤 돈인데 사치스럽게 옷 따위나 사 입으면서 허세나 부릴까 하는 마음으로 소중하게 간직했었다.

그런 준석의 알뜰함에 극성스럽게 반대하던 엄마도 감동했다. 그런 정도로 여자를 생각하며 챙겨주는 남자의 심성이라면 자기 딸을 맡겨도 될 듯싶었다. 잘되고 못 되는 것은 자기들의 팔자 서로 의지하며 아끼는 마음으로 살아간다면 오늘날 세상에서 밥이야 굶기겠는가 싶었다.

대기업 D그룹에 공채로 들어간 준석에 대하여 전적으로 신뢰도 되었다. 엄마의 허락을 받던 날 수정도 감격했다. 준석에게서 보내온 통장을 엄마에게 보여줌으로 우여곡절 끝에 결혼 승낙을 받을 수 있었다. 사실 엄마도 그 통장을 보고 어찌 준석을 불신할 수 있었겠는가? 자기 딸을 그만큼 사랑하는데 엄마의 마음이라고 감동을 안 할 수 있을까 싶다. 준석도 그렇지, 얼마큼 자기 딸을 사랑했으면 그 월급을 수정에게 꼬박꼬박 보냈을까 하는 생각이었다.

사실 수정이 나쁜 마음으로 그 돈을 몽땅 챙겨도 무방했다. 잠수도 탈 수 있었고 배 째라고 막무가내로 나가도 어쩔 수 없는 일이었다. 이건 법적으로도 하자가 없다. 그냥 조건 없이 준 돈이기 때문에 그래서 썼다는데 누가 뭐라 할 것인가. 그랬것만 수정 역시 그 돈을 한 푼도 빼지 않고 낙출없이 살렸다. 우려했던 준석이 건전하게 귀국하고 그토록 고집을 부려가며 출산을 반대했던 엄마인지라 결혼을 하겠다는 수정의 뜻을 더 이상 말리지 못했다. 팔자라 여겼다. 저희끼리 죽어라고 좋아하는데 말리는 것도 정도가 있었다. 한때는 근본도 모르는 사람이라고 준석을 반대했지만 결혼을 허락했다. 한편 우려는 했었다. 황당한 이야기지만 남자 닭띠는 큰 수난을 헤쳐 나갈 기질이 못 된다고 엄마가 궁합을 따져보기도 했다지만 수정의 신념까지 꺾지는 못했고 준석의 정성도 사실 외면할 수가 없었다.

염색체 반응

수정은 오옴리에서 하루 준석과의 신체 접촉으로 임신이 되었던 몸이다. 의사들은 상관없다 하지만 한 번 수술로 상처를 받았던 자궁의 결함도 없지는 않았던지 결혼 후 3년 만이다. 그들 부부가 겨우 임신을 했다지만 3개월 만에 태아의 자연사로 인하여 출산에 실패했다. 처음 겪는 일이라서 그때는 대수롭지 않게 여겼다. 정상적으로 부부생활을 하고 있는데 무슨 상관이 있을까 싶었다. 2년 만에 다시 임신했다. 검진 결과 태아의 심장 기능 박동이 정상이 아니란다. 담당 의사의 뚱딴지같은 소리다. 기형아, 그것도 심장 관계라서 출산을 할 수가 없다는 의사의 검진이다. 한쪽 심장이 없음으로 출산을 해도 이 아이는 정상적으로 자랄 수가 없는 기형아란다. 생존 가능성도 희박하다니 선택의 여지조차 없었다. 부득이 유산해야 했다. 그러나 그들 부부에게 성 기능에는 아무런 장애가 없으니 출산을 걱정할 문제는 아니라고 의사는 격려의 말도 했다. 원인은 염색체 반응이란다.

염색체란 세포 선상(善狀)의 구조다. 핵분열이 시작될 때 염기성 색소에 농염(濃染)되는 봉상체(棒狀體) 현상이다. 염색체 수는 생물에 따라서 모두가 다르다. 사람 48, 누에 56, 벼 24, 밀 42 등으로 저마다 생물들은 갖게 마련이고 나타난다. 감수분열로 반감되기도 하지만 수정에 의하여 원래의 수요로 되돌아오기도 한다. 염색사(染色絲)란 이것을 싸고 있는 기질(基質)로 이루어져 있단다.

방사선, 온도, 약품 등의 작용으로 여러 가지 구조적 영향을 받아 염색체 돌연변이를 일으킬 수 있단다. 염색체 돌연변이란 염색체 자체에 이상이 생겨서 변이를 일으키는 현상이다. 돌연변이에 의하여 유전되는 경우에는 염색체 자체에 이상이 일어나거나 하는데 전자(前者)를 염색체 돌연변이 후자(候者)를 유전자 돌연변이라 한다.

이런 염색체 이상은 자연적인 원인이나 인위적인 수단에 의해 염색체의 구조에 일어나는 변화로서 전좌(轉座) 전위(轉位) 역위(逆位)가 일부분 없어지거나 일부분이 증폭되는 따위가 이에 속하며 때로는 배수성(倍數性)과 이수성(異數性)도 이에 포함되는 경우도 있다는 것이다.

담당 의사는 너무 걱정할 것 없다고 하지만 두 번씩이나 실패하고 더구나 염색체 관계라니 그들 부부는 더욱 불안했다. 염려하지 않아도 된다는 의사의 소견이 임산부에게 위로하는 말로만 들렸다. 혹시 아이를 못 갖는 것은 아닐까 고심도 했다. 또 임신한다 해도 정상적으로 출산을 할 수 있을까 의심도 되었다. 다른 증상도 아니고 염색체 관계라니 더구나 불안했다. 교감신경은 의술로 어떻게 해볼 수 있는 자체가 아니라서 그렇다. 그러니까 현대의학에서도 작용할 수 없는 생리적인 구조란다. 교감신경의 자율 신경이란 내 몸 안에서 스스로 활동하는 것이지 내 몸이라고 내가 움직이는 신체구조가 아니다.

5년 만에 세 번째 임신을 했어도 안심 못 했다. 심지어는 소화불량으로 배가 아파도 태아가 어떻게 되지 않나 염려가 되었다. 기형아가 아니면 자연유산을 할 것만 같은 불안감이 자꾸 신경을 기슬리는가 하면 또 어떤 외부적인 충격에 의하여 아이가 어떻게 다치지나 않나 불안에 떨어야 했다. 생물의 구조가 그러하듯이 여성의 생리구조가 그렇게 복잡하게 구성되어 있다는 것이다.

준석이 군에서 제대를 하고 5년 만에 결혼했고 승민을 얻기까지는 그 후 또 7년이 걸려서야 무사하게 출산을 했다. 승민이 하나로 만족 그 후로는 임신조차 못 해 봤다.

휴머니즘

1.

–아들아, 이놈아! 니가 어떻게 태어나고 어떻게 성장했는데 이게 무슨 꼴이란 말이냐. 너 없는 세상을 이 어미가 어떻게 혼자 살라구. 이 어미를 생각해서라도 어서 툭툭 몸을 털고 일어나거라, 이놈아!

중환자실 바로 옆에 붙어있는 의식 불명자들의 입원실이다. 승민만 혼자 왜 하필 독방으로 옮기게 되었는지 수정만 모른다. 두 평 남짓한 공간에서 그녀는 의식을 잃고 있는 승민과 단둘이 있다. 치료 불가능한 환자들에게 마지막 임종의 기회를 주는 방이라는 것을 수정은 나중에 알게 되었다. 생각할수록 끔찍한 일이었다. 아무도 찾는 사람이 없고, 찾아올 사람도 없다. 언젠가 사고가 나던 방범순찰대장이라는 사람이 다녀갔고 의경 동기생들이 몇 명 다녀갔을 뿐 문병의 발길도 뚝 끊겼다. 육중한 가스통에서 승민의 코로 이어진 호수가 LPG 가스렌인지에 연결되는 케이블만큼이나 컸다. 그렇게 보조 장치를 하고서도 승민은 호흡이 자유롭지 못하다. 꾸르륵 꾸르륵 가래를 삭이지 못하고 계속 목구멍을 휘감는 비음이 그녀의 가슴을 더욱 애타게 한다.

승민은 영원히 깨어날 수 없단 말인가. 그렇다면 주검으로 가는 길목이 바로 이거란 말이지? 생떼 같던 놈이 갑자기 이게 무슨 꼴인지 너무 허망했다.

승민이 있던 옆방 합동 중환자실에서도 고통을 호소하는 신음이 계속 들려오고 있다. 생로병사의 길목에서 울부짖는 고통 소리다. 병원은 병을 고치기도 한다지만 죽어가는 마지막 길이기도 했다.

아비규환 온통 들썩거리던 병원도 새벽으로 가는 시간대라 그런지 무거운 적막에 잠긴다. 인적이 끊긴 정원엔 희미한 가로등만 어둠을 밝힐 뿐 초연적인 침묵에 그녀의 안타까움만이 무겁게 긴 밤을 새우고 있다.

병역은 국민의 의무다. 분단된 조국에서의 그 규제법이란 더구나 철저하다. 분명 승민은 국가의 부름을 받고 입영을 했다. 또 국가의 명령을 받고 시위대에 맞서 폭력을 막아내야 한다. 그런데 병원 한구석에서 고통을 겪으며 죽어가는 불쌍한 이 자식 옆에는 아무도 거들떠보는 사람이 없다.

난세에서 충신이 난다고 했던가. 마찬가지 간웅도 난세에서 난다. 나라를 위하여 희생하는 정신이야말로 모두 거룩한 존재들이다. 그렇다면 승민아 네가 이 나라에 충신이라고? 아냐 너는 알고 보니 지금 국가적 차원에서 소모품 인생에 불과해. 시위 광장에서 누구는 열사로 추대받은 사람도 있다지만 너는 악명 높은 민주화를 역행하는 자로 낙인이 찍히고 있다는 거 아니냐!

–승민아, 니가 무슨 충신이냐. 그런데 왜 나라의 운명을 너 혼자 떠맡고 있단 말인가. 아무도 인정해주는 사람도 없는데 너는 억울하지도 않단 말이냐?

한 손은 승민의 손목을 잡고, 한 손으론 가슴을 쓰다듬으며 찢어지는 가슴을 안고 그녀는 절규한다. 승민이 왜 이래야 되는지 아무리 생각을 해봐도 국가라는 조직과 정부도 정치인들도 폭력집단도 모두 그녀에겐 괴물처럼 보인다.

간호사가 다녀갔다. 체온과 혈압을 체크하고는 폴 대에 주렁주렁 매달린 링거를 훑어보는 정도로 별다른 치료방법도 없이 나간다.

–무슨 일이 생기면 곧바로 간호사실로 연락하셔야 됩니다.

–그래 우리 승민의 증세가 어떤가요?

도망치듯이 병실을 빠져나가는 간호사를 붙잡고 그녀가 애타게 물어보지만.

–글쎄요, 선생님께 말씀드려보세요. 저는 잘 모릅니다.

그 한마디를 픽 던지고 간호사는 도망치듯 나가버리고 만다. 답답한 사람은 수정뿐 그녀만 애간장을 태운다.

2.

종진은 승민과의 입대 동기다. 종진은 다행히 오늘 일반 병실로 옮겨갔다. 약간 불편은 했지만 제 발로 걸어서 나가는 모습이 얼마나 대견스럽게 보였던지 그런 종진의 모습이 수정의 눈에는 신령스럽게만 보였다.

–승민이도 어서 깨어나야 할 텐데 걱정이네요.

종진의 어머니도 염려를 해준다.

–차츰 좋아지겠지요?

위로의 말을 종진까지도 한마디 더 보태준다.

걱정을 해주니 고맙다. 종진의 말대로 차츰 좋아진다면 얼마나 좋겠는가. 그러나 승민의 증상은 좋아질 가망이 없어 걱정이란다.

–아니에요. 머리를 다친 뇌출혈증은 예측할 수가 없데요. 절대 포기하지 마세요.

사정없이 시위대의 쇠파이프가 허공을 난무할 때다. 그 쇠파이프에 종진이 먼저 맞고 쓰러졌고, 종진을 부추기는 순간에 승민도 그 쇠파이프를 맞고 퍽 쓰러졌다.

승민과 종민은 논산훈련소에서 내무반 옆자리 짝이었다. 종진과는 고된 훈련생활이라 그랬던지 서로 의지하며 고된 훈련도 같이 했고, 고통도 같이 나누면서 병영생활을 했다. 적과 싸우는 전쟁터에서 목숨을 같이 나눌 수도 있는 전우애는 거룩한 존재다. 또 이런 우정은 총알이 빗발치는 전쟁터에서만이 가능 생사를 같이할 수 있다. 옆에서 쇠파이프에 맞아 쓰러지는 종진을 승민이 방관할 수는 없었다.

3.

군인은 적을 죽여야만 내가 산다. 내가 살려면 먼저 적을 죽여야 한다. 적을 먼저 죽이려면 우선 총을 잘 쏴야 한다. 총을 잘 쏴야 한다는 것은 군인의 기본자세다. 그래서 군에서의 사격 훈련은 신중하고 엄격하다. 엄격하다는 것은 훈련이 세다는 거다. 명중률이 좋으려면 총의 성능이라든가 목표물에 징조준부터 가늠자 조정에 이르기까지 기술적인 요령도 여러 가지 필요하다.

딴전 팔지 말고 교관이 가르치는 대로 정확하게 배우면 기본사격술까지는 누구나 할 수 있다고 했다. 며칠간의 철저한 훈련 끝에 첫 번째 1000인치 시험 사격장에서다. 누가 얼마나 열심히 배웠느냐에 결과는 테스트 과정에서 그 성적이 나온다.

물론 저마다의 소질은 따로 있다. 달리기 같은 경우가 그렇듯이 노력해도 안 되는 사람은 안 된다. 이게 개인차다. 승민이 그렇다. 신체기능이 스포츠하고는 아예 담을 쌓고 있다. 신체 발달사항에는 순발력도 요령도 없다. 집안에서 전구 하나도 갈아 끼울 주변머리가 없었다. 그런데 종진은 승민과 그런 쪽엔 달랐다. 신체적 순발력이 남들보다 언제나 앞섰다. 종진은 고등학교 때 축구 선수를 했다. 더구나 동네 축구장에서는 풀풀 날랐다. 체격도 당당했고 힘도 좋았다. 신체적 발달상황도 그렇다지만 손재주도 좋은 편 무엇이든 남들보다 잘했다. 대신 승민은 신체적 순발력이나 손재주는 없어도 두뇌는 명석했다.

사격훈련장에서 오발하면 옆에 사람을 죽일 수도 있고 자신도 위험에 빠진다. 절대 조심해야 할 일이고 정확해야 한다. 그래서 첫 번째 1000인치 사격에서 불합격하면 죽었다고 복창해야 한다. 기합이 장난이 아니었다. 군대 기압 중 가장 센 기합만 골라서 시행한다. 여기에 걸리면 모진 기합에 죽을 고생을 해야 한다. 그 고통에 고향 생각이 절로 난다 했다.

평상시 교관도 조교들도 사격훈련장에서는 아주 엄격하다. 1000인치 사격에 불합격하면 아마 집 생각이 절로 날 거라 했다. 알아서 기라고 조교들의 엄포도 있고 입만 벌렸다 하면 유급시킨다고 겁을 준다. 1000인치 사격은 6주 훈련과정에서 핵심이다.

편안하게 쉬고 있는 합격자들 앞에서 불합격자들은 모진 기합을 받아야 한다. 긴장해서 그런지 연습사격 때도 곧잘 승민은 불합격을 했었다.

–야, 너 임마 잘해, 정신 차리란 말야.

교관에게 평상시 개인적으로 지적을 받은 적도 있다. 열심히 해도 요령 부족인지 잘 안되었다, 승민은 그 사격 훈련에서 자신이 없었다. 열심히 한다고 해도 이상하게 남들을 따라갈 수가 없었다. 기합이 세다니까 더 긴장이 된다.

군대에는 선착순 기압이 있다. 단독 군장을 하고 달리기다. 등수 안에 들어오지 못하면 계속 뛰어야 한다. 남들은 한 바퀴면 끝낼 기압을 승민은 맨 나중까지 뛰어야 할 판이다.

1000인치 사격은 승민에겐 두려운 존재다. 종진은 그런 승민에게 격려했다.

–긴장하지 말고 평상시 배운 대로만 해. 그럼 별것 아니니까.

드디어 사선에 올라갔다. 사선 규칙이 엄격하다 보니 살벌할 지경 모두 눈알이 번뜩인다. 총알이 핑핑 나는 판에 부주의로 일어나는 사고가 종종 있다.

언제나 승민과 종진은 병영생활에서 붙어 다녔다. 사선도 같은 옆자리였다.

막상 사선에 올라갔을 때다. 승민이 긴장하고 있는 표정을 살펴보던 종진은

–야, 승민아. 너는 내가 시키는 대로만 해 알았어.

–뭘?

–기합을 받더라도 내가 받을 테니까 승민이 너는 내 타킷(목표물)을 향해서 쏘란 말야, 나는 네 타깃에다 쏴줄 테니까.

–만약에 내가 잘못 쏘면 너는 어떻게 하구?

나는 괜찮아. 걱정하지 말고 해, 알았어?

승민은 종진이 시키는 대로 했다. 아니나 다를까. 종진이 쏜 승민의 타깃은 정확하게 명중 합격을 했고, 승민이 쏜 종진의 타깃은 불합격이었다. 만약에 이 사실을 교관이나 조교에게 들통나면 그건 곧바로 형무소행이다. 대리사격은 절대 금물로 군법에 저촉돼 엄중 처벌을 받을 수도 있다. 그런데도 종진은 승민을 도와서 겁도 없이 범죄를 자행했다. 사격은 전투현장의 꽃이다. 꼭 총을 잘 쏘아야 만이 국가에 충성하는 길은 아니다. 다른 방법으로 국가에 충성할 수 있는 길은 얼마든지 있다. 너를 위해서 내가 죽을 수도 있는 휴머니즘, 전쟁터에서만 있을 수 있는 자랑스런 일이다. 다행히 무사히 통과했다.

사격이 끝나자 기다렸다는 듯이 교관의 불호령이 떨어졌다.

–불합격자 집합!

아니나 다를까. 종진이 나갔다. 종진은 기합 받으러 나갈 때 승민을 바라보며 씩 웃고 있었다. 괜찮으니 걱정말라는 눈치다. 기압을 받더라

도 자기가 받겠다는 것이다. 그 꼴을 보는 승민이 불안하기도 하려니와 종진에게 미안하기 했다. 의외로 불합격자들이 많은 편이었다. 중대 병력 1/5 정도 각 중대마다 30여 명씩 3개 중대에서 90여 명이나 되었다.

–너희들은 나라 밥이나 축내는 식충이 같은 놈들이다. 어디 두고 봐라, 맛이 어떤가?

분노에 찬 교관은 얼굴이 울그락 불그락 설친다.

논산벌이 그렇듯이 물론 산은 높지 않았다. 해발 250m 정도는 될 성 싶다. 단독 군장을 한 채로 고지를 선착순 뛰어갔다 오는 기합이다. 불합격자들은 죽을 지경이다. 맨몸으로 뛰기도 어려운데 하물며 단독군장 차림이라니, M1소총을 들고 차렷 자세로 뛰는 것이다. 역시 기합은 평상시 교관의 엄포대로다. 승민은 종진이 덕분에 합격했으니 다행이지만 종진이 죽도록 기합 받는 것이 안타까웠다. 몹시 마음이 불안했다. 종진이 자기 대신 기합 받고 있으니 어찌 마음이 편할 수 있겠는가.

–5등까지 선착순 뛰 엇!

교관의 구령과 함께 종진은 잽싸게 뛰기 시작했다. 불합격자들이 개미같이 새까맣게 산으로 기어오른다. 거리는 왕복 500m쯤 된다. 산꼭대기를 바라만 보아도 까마득하다. 생각한 대로다. 날쌘 종진은 잽싸게 선두 대열에서 달리고 있다. 그런 종진은 선착순 안에 들어왔다. 역시 종진의 체력은 우수했다. 등수 안에 들어오면 달리기 기합은 끝이다. 다섯 바퀴까지 뛴 자들도 있다. 다음은 총을 어깨 위로 올리고 오리발 기합 선착순이다. 종진은 언제나 선착순 이렇게 기합을 받았기에 남들보다 쉽게 끝났다. 등 외자 꼴찌는 모든 기합에 몇 번이고 되풀이하니 그 고통 짐작이 간다. 생각만 해도 끔찍한 일이다. 30명 중 5명씩 선착순으로 끊었으니 그런 결론이 나온다. 만약의 경우 달리기를 잘 못하는 승민이 불합격하여 선착순 뛰기했다면, 저 산을 여섯 번을 뛰어갔다 와야 할 그야말로 혹독한 기합이었다. 체력이 달리는 승민으로서는 도저히 감당이 안 될 정도다. 훈련과정에서마다 도와준 종진의 덕에 승민은 6주 과정 기본훈련을 무사히 마칠 수가 있었다. 이런 끈끈한 전우애는 총알이 빗발치는 전쟁터에서도 아름답게 꽃이 핀다.

경찰학교에서다. 기수 중에서 5등까지는 본인 희망지대로 특명을 내준다. 공무원 채용시험을 비롯해서 모든 시험은 성적순이다. 5등까지 성적을 내면 의무경찰이라 해도 자기 희망지대로 갈 수가 있다. 군도 마찬가지 특수학교에서 5등 안에 들면 자기가 원하는 대로 특과로 갈 수 있다. 그러나 성적이 나쁘면 방순대나 기동대 같은 곳에서 제대할 때까지 모로 겨야 한다. 학과시험에는 종진이 늘 걱정을 했다. 대신에 승민은 공부하는 머리만큼은 자신 있었다. 경찰학교에서도 승민과 종진은 항상 옆에 붙어 다녔다. 그렇게 본인들이 눈치껏 했다지만 우연하게도 그들이 뜻하는 대로 잘되었다.

학과시험 볼 때마다 옆자리에 있는 승민은 종진에게 슬금슬금 답을 알려주었다. 그래서 종진도 성적이 좋았다. 초·중·고등학교 때 승민의 학과성적은 전교 5등 외로 밀려난 적이 없다. 이렇게 이들은 서로 도우면서 서울경찰청으로 같이 특명을 받았다. 성적이 우수한 편이라서 경무과 소속으로 종진과 같이 특명을 받았다. 그러나 인력이 부족한 탓으로 현재는 행정요원들도 모두 데모 현장으로 차출되는 형편이라서 승민과 종진도 임시 방순대 소속 데모 현장으로 불려 다녀야 했다. 이렇게 승민과 종진은 서로 약점을 보완하며 끈끈한 의리로 정을 나눴다. 이것이 바로 주검과 같이할 수 있는 거룩한 전우애다.

시위현장에서다. 치고받고 쇠파이프가 난무할 때, 종진이 먼저 머리에 쇠파이프를 맞고 쓰러졌다. 그때 옆에 있던 승민이 쓰러지는 종진을 부축하면서 시위대들을 막고 있다가 순간 승민도 퍽 쇠파이프를 맞았다. 그리고 두 사람 같이 정신을 잃었다.

불행 중 다행이었다. 종진은 다행히도 급소를 피했다. 머리통은 깨졌을망정 뇌는 다치지 않았단다. 그랬던 종진이는 지금 일반병동으로 옮겨갔다.

4.

촛불시위와 쇠파이프 난동은 아무래도 심상치 않은 국면으로 치닫고 있다. 촛불시위 동조세력으로 보면 북한의 도발과 무관치 않아 가슴 섬찍하다,

지금 북한은 핵무기 개발 완성 단계다. ICBM 탄도미사일에 핵탄을 장치하면 대량 살상용 무기가 된다. 우리 국민 중 누가 그 핵무기로 하여금 목숨을 내놓아야 할지 아무도 장담할 수 없다. 북한의 핵무기에 세계가 경악해 맞이하는 바다. 식량 부족으로 국민이 배고픔에 허덕이는 판에 큰 비용을 들여 탄도미사일을 발사하고 있는 북한의 정치적 의도가 과연 무엇이란 말이냐? 제2의 민족전쟁을 도발하기 위하여 아직도 포기하지 않고 있다는 증거가 아니겠는가. 어쨌든 북한은 분단 70여년이 지났어도 동족의 생명을 위협하는 행위를 포기하지 않고 있다.

기회를 노리는 북한의 전력 앞에서 내란으로 국력을 소모해 나라가 또 다시 전쟁으로 휘말려서는 안 된다. 정치의 심장 청와대가 시위대에 의하여 완전 업무가 마비되는 판이다. 그렇다면 오늘의 난세도 망국의

조선 말기와 다를 바 없다는 생각, 분명 임오군란은 군사 반란이요, 동학란과 을미사변이 민란이 듯이 촛불시위도 마찬가지다.

5.

청와대는 이 나라 국민안전을 총 지휘하는 컨트롤 박스다. 조선왕조가 웅지를 품고 오백 년 역사를 담아온 경복궁과 다름없는 대한민국의 심장이다. 헌데 청와대로 가겠다는 그들의 뜻은 청와대를 폭력으로 점령 접수하겠다는 의도가 아니겠는가? 위험천만한 발상 어떻게 그런 정도까지 사태가 급진전했는지 황당하기 그지없는 일이다.

촛불시위로 내란을 주도한 진보연대의 정체가 무엇이란 말이냐? 또 어떤 존재이기에 정부와 사회 민심을 발칵 뒤집어 놓고 청와대까지 넘본단 말인가. 전교조? 민노총 등 26개 단체 외 좌파에 이른 불순세력? 촛불시위로 혼란을 자초하는 그들이 과연 국가와 민족에게 정당한 행위라고 말할 수 있을까?

그들은 북한의 핵무기문제와 인권문제에는 일체 언급도 없이 남들보다 뒤질세라 자기 자녀들은 미국으로 유학을 보내면서 피 터지게 반미운동을 하고 있으니 그들의 정체가 도대체 무엇이란 말인가? 민주주의를 내세워 체제와 정부를 부정 악착같이 물어뜯는 그들의 목소리는 연일 광란에 가까운 이적 행위들이다. 혼란을 획책하는 그들의 정체가 대체 무엇이기에 사사건건 정책을 탓하는 악순환을 가져온단 말인가?

오히려 그들은 현 정부를 무조건 불법 단체로 몰아붙이고 있으니 그게 과연 정당하다 믿기에 그럴까.

근 현대사를 왜곡하면서 참교육을 부르짖는 그들의 속셈은 좀처럼 드러내놓지 않고 가슴 속에 칼날처럼 품고 있으니 국민의 불안은 가중될 뿐이다. 진정 그들의 목적은 광우병 쇠고기란 말인가?

가톨릭 정의구현 사제단도 그렇다. 성스러운 신의 이름으로 평화를 구현해야 할 그들이 시국 미사나 일삼고 있어 신도들을 부추기고 있으니 신부로서 그게 걸맞은 행위일까. 신성국가로 제도를 구현함이 아니라면 불편부당한 행위는 자제해야 될 게 아닌가. 옳지 못한 방식으로 정치사회에 사사건건 개입하는 그 정체성 말이다?

신도들은 신부들의 성도에 따라 일상생활을 하고 있다. 신도들이 자기 뒷모습을 보면서 생활한다는 것 또한 신부들도 모르지 않는다. 알면서도 그런 행동을 하는 것은 신도들도 자기들의 뜻에 따라오라는 선동이 아니겠는가?

그들의 반국가적 행위가 국가와 사회 발전에 장애가 된다는 것 그들은 정말 몰라서 하는 짓일까? 그렇다면 그들도 그들의 행동이 반국가적 선동이요, 행위라는 것을 깨달아야 할 일 아닌가 싶다. 신도들의 성금으로 세상 편안하게 살아가다 보니 국가 경제나 사회경제는 물론 가정경제 따위와는 무관해서 그럴까. 먹고 살 일에 걱정 없으니 민주주의나 내세워 힘차게 나팔이나 불어보자는 것인가? 왜 불순한 저들 세력에 의하여 아무 잘못도 없는 내 아들이 쇠파이프에 맞아 죽어야 한단 말이냐. 내 아들 승민은 정치인도 아니요, 국가의 관료도 아니다. 다만 국가 수호를 위하여 나라의 부름을 받고 충실히 임무를 수행하는 군인일 뿐이다. 그런 내 아들이 왜 죽어야 하는지 설령 적과 싸우다 장렬하게 전사를 했다면 호국영령이라 할 텐데 이건 개죽음 소모품이 아닌가. 가톨릭 정의구현 사제단들에게 묻고 싶다.

경제는 국력

1.

명성황후를 살해한 일본의 낭인들, 아니면 임오군란과 동학란을 획책 5백 년 조선왕조를 무너트린 세력이 바로 대원군이란 사실을 상기한다면 4·19와 386세대들의 촛불시위가 민주주의를 부르짖으며 정부를 무너트린 사실을 그들은 혁명이라고 날뛰는데 과연 맞는다 할 수 있을까? 그들이 주장하는 그 논리가 어디에 근거를 두고 하는 소리인지는 몰라도 이는 너무도 터무니없는 발상 아닌가 싶다.

광우병에 걸릴 확률은 일억 분의 일이란다. 일억 명이 먹으면 한 명 정도 오염이 될 수도 있다는 말이다. 우리나라 인구는 5천만 명이다. 비율로 따져 0.02% 단 한 명도 걸릴 수 있는 확률이 아니다. 우리나라 5천만 중에는 생로병사로 죽는 사람도 있고, 교통사고로 죽는 사람도 있으며, 자살하는 사람도 하루에 수없이 발생한다. 그런데 1억 분에 1명이란 수치를 가지고 시위를 하다니 그게 명분이요 트집이 될까 싶다. 하기야 그들이 언제 명분을 따지고 정책을 따져 국민의 생활안전에 보호막이 되었던가? 그런 광우병이 국민건강을 해칠 수 있다고 주장해 정부를 불심임 매도하면서 쇠고기 수입을 막겠다고 온통 저 난리를 치르는 저들이 정말 국민건강을 위한 충심에서 나온 짓일까?

광우병으로 죽는 사람은 없어도 당장 시위를 하다가 죽어가는 생명이 부지기수인데, 1억분의 1에 해당하는 그 광우병 때문에 시위현장에서 그들의 폭력에 경찰들이 생명을 바쳐야 한다니 반민주적 논리가 아니라면 무엇일까. 유행병처럼 번지는 촛불시위가 망국으로 가는 행위라면 이는 일벌백계로 다스려야 할 존재들이 아닌가? 국력을 해치는 난동은 어떤 세력이던 강력한 공권력으로 다스려야 한다. 국가 존립을 위해서도 국헌을 문란 시키는 세력들은 사전에 응징 차단을 해야 한다. 강력한 법치는 국가수호에 필연이다. 그런데 무기력한 정부는 손을 놓고 있으니 시민사회는 더욱 불안할 수밖에 없는 지경이다.

조선왕조나 자유당 정권처럼 국헌이 내란 행위에 무너지는 꼴은 절대 아니 된다는 평상시 아들 승민의 신념이었다.

이승만 대통령을 비롯 실세 이기붕 같은 양심적 정치인이었기에 내란 앞에서 조건 없이 정권을 물려주었지 만약의 경우 탐욕스런 오늘날의 3대 민간정부의 권력형들이었다면 가능한 일이었을까? 어느 법무장관의 사태를 보며 생각에 잠겨본다. 맷집이 좋은지, 탐욕인지 저렇게 견디는 힘이 어디서 생기는 건지 가정이 쑥대밭이 되어도 장관 자리가 그렇게도 탐이 나던가 싶다.

이 나라 수난의 역사가 말하듯이 헌정은 내란을 획책하는 세력들에 매번 난도질당했다. 국가 존망의 명제 앞에 그들의 명분은 정당화될 수 없는데도 매번 그들에 의하여 국헌이 수난을 당해야만 했다. 괴질과 같은 시위는 무참하게 생명을 앗아가는 전염병과 같다는 것이다.

대학 다닐 때도 승민은 학생들이 본분을 잃고 정치에 가담 매일 시위 현장에서 화염병과 돌을 던지는 꼴에 개탄했었다. 오늘날 학교 분위기는 시위 관계로 항상 시끌벅적, 학문을 익히는 전당이 정치판으로 돌변하고 있는 사실에 우려 많이 했었다.

정치판에서 실세로 떠오른 이름난 정치인들을 살펴보면, 그들의 출세 경로가 시위에 가담해 줄을 잘 서서 출세를 했단다. 물론 5·16이나

12·12사태 때는 혁명에 가담한 군인들이 실세로 부상했지만, 민간정부가 들어서면서부터 출세는 민주화를 높이 부르짖고 시위에 적극 가담한 인물들이 금의환향했다.

YS나 DJ 그리고 MH의 노선에서 시위에 열심히 가담했던 인물들과 운동권 학생들을 정치판에서 흔히들 볼 수 있다. 현대 정치판에서 출세하려면 먼저 재학시절 운동권에서 시위부터 열심히 하고 꿈을 가지란다. 그래서 두각을 나타내면 출세는 보장된난다.

그러나 승민의 신념은 확고했다. 친구들로부터 권고도 많이 받고 억지로 끌려도 다녀보았지만 승민의 생각은 달랐다. 승민의 전공은 경제학이다. 승민은 경제 쪽에서 꿈을 펼쳐보겠다고 했다. 경제로 국가와 사회발전에 기여하겠다고 다짐했다. 공직생활 쪽에도 깊게 생각 중이다. 모든 조직은 경제에서 승패를 가름한다 했다. 국가와 사회도 마찬가지다. 승민은 경제학으로 모든 사회여건을 걸어보겠다 했다.

우리나라는 지리적인 여건에서 주변에 일본과 중국 러시아와의 틈바구니에 끼어 악조건에 있다. 임진왜란을 보더라도 일본이 어떤 나라라는 것을 우리 국민이 왜 모른다 할 것이며 중국이 과거 1200여 년 간 우리나라에 어떻게 침략을 하고 어떻게 행패를 부렸는지 왜 우리가 모른다 할 것이며 또 분단과 함께 원흉 러시아는 우리에게 어떤 짓을 했는지 우리 국민은 잘 알고 있지 않은가? 그들 주변 국가들은 모두 세계적 강대국들이다. 그들 강대국과 우리가 맞서 살아남을 수 있는 길은 오로지 경제밖에는 없다는 생각이다. 리더가 좋으면 국민은 따르게 마련이다. 현재도 우리나라가 그들 국가를 일부 경제로 지배하고 있지 않은가? 우리나라로 돈 벌러 오는 저개발 국가 사람들을 비롯해서 심지어 러시아 사람들도 있고 더구나 중국 사람들은 취업차 밀입국까지 하는 판이다. 아직 일본 경제는 따라잡지 못했다 치더라도 이젠 그들도 우리나라를 대하는 태도가 많이 달라졌다. 바로 이거다. 경제가 아니면 저들 국가들을 제압할 수 있는 방법이 없다. 코로나처럼 과학기술은 한 사람이 세계를 지배할 수도 있단다.

어찌 저들 국가들과 군사력으로 맞설 수 있다는 것인가? 그렇다. 군사력보다는 경제로 인한 과학기술로 저들을 제압할 수밖에 없다는 것이다. 그것이 우리가 살아가는 방법이요 최선에 평화의 방법이다. 군사력으로 저들과 맞서려 든다면 그건 철벽과 맞서는 꼴이 될 것이라는 생각이다. 평화시대에 그들 강대국을 제압하는 것은 군사력이 아니라 오로지 경제라는 남편 준석의 절대적 신념도 있었다. 하긴 우리나라 군사력도 세계 10위권 안에 있단다. 그러나 러시아도 중국도 일본도 우리나라가 맞설 국가들은 절대 아니다. 코로나의 위기는 핵무기를 앞서는 세균전이다.

특히 산업에 저해되는 일체의 행위는 절대 삼가야 된다고 승민은 다짐을 해왔다. 허황되게 민주주의나 찾는 세력들은 국가발전에 저해 요인이 될 뿐이라고 승민은 개탄도 했었다. 자기 출세를 찾기 위한 명분이요, 그게 정적과 싸워 이기는 방법이기에 국가발전엔 아무런 도움이 되지 못한다. 겉으로만 친절한 척하는 것이 요즘 관료들의 행정이다. 법과 제도로 국민의 권리를 꽁꽁 묶어놓는 짓도 좌파들이 부르짖는 오늘날의 민주주의란다. 때문에 국민의 활동 영역은 점점 좁아지기에 뭘 어떻게 옴지작 거리며 살아가야 할지 자유의 터전이 좁아지는 상태에서 그 틈바구니를 비집고 살아간다는 것이 점점 어려워진다는 것이다. 북한은 공산주의지 민주주의가 아니잖은가. 그런데 왜 그들이 민주주의를 외치는지 모르겠다. 이건 위장이요 위선이다. 좌파들은 사회주의를 부르짖어야 맞는 소리다. 그런데 민주주의를 외친다.

2.

IMF도 그렇다. 산업계가 저마다 경제압박에 비명을 지르고 있는 실정에 정부에서도 환율을 방어할 실탄이 부족했다. 대표적인 사례로 기아자동차가 먼저 휘청거리기 시작을 했으니 서둘러 국가에서 긴급 금융지원을 했어야 마땅했다. 그런데 오히려 통제를 했다. 기아자동차는 YS와 인과관계가 좋지 않았다는 소문도 떠돌고 있었다. 기업이 청와대에 미움 받는다는 것은 간단하다. 청와대에 고분고분하지 않으면 미움을 받게 된다, 권력 앞에 기업은 포효동물 앞에 먹잇감이다. 더구나 우리나라 기업은 대통령의 말 한마디에 죽일 수도 있고 살릴 수도 있다지 않던가. 청와대나, 경찰이나, 검찰, 그리고 국세청에 잘못 보이면 그 기업은 죽는다. 대통령이라고 다 그런 것은 아니겠지만 우리나라 대통령만큼 막강한 권력을 가진 자가 어느 나라가 또 있다 하던가. 대통령 중심제란 헌법과 정부조직이 그랬다. 모든 권력은 대통령부터로 시작된다.

때문에 권력을 총동원할 수 있는 절대 권력자 청와대에서 괘씸죄를 적용한다면 기업은 하루아침에 휴지조각으로 허공에 날릴 수밖에 없단다. 정보는 국정원, 탈세는 국세청, 수사는 경찰과 검찰을 동원시키면 기업은 살아남을 수가 없다. 국세청장과 검찰총장이나 경찰총장 임명권은 대통령의 고유권한이다. 임명권자가 시키는데 명령을 거부할 수도 없다. 모든 길은 로마로 통한다 하듯이 우리나라 같은 경우 헌법과 더불어 정부조직법에 대통령 중심제에서 모든 권력은 청와대로 통한다. 국가의 흥망성쇠는 대통령의 능력에서 시작되기도 하고 망국에의 길도 그렇게 간다.

국제적 신용도로 국가 경제가 흔들릴 가능성에서 경제계를 비롯 관계 당국에서도 기아자동차에 신속하게 금융지원을 해주어야 한다고 아우성쳐도 청와대의 YS는 들은 척 만 척 외면했다. 죽이려고 작정을 했다. 외환 위기가 몰아치고 있었다는 사실을 대통령 김영삼만 모르는 척하고 있었다.

금융지원이 아니면 발 빠르게 새로운 경영인을 선택했어야 했다. 매각도 안 되고 금융지원도 안 되고 그렇게 몇 개월을 갈팡질팡하다가 종래는 국제적 신용등급이 떨어지면서 결코 파탄을 이루고야 말았다. 지혜롭지 못했던 YS의 심보 그런 대통령은 통, 반장들도 시켜주면 너끈히 감당할 수 있다는 국민들의 불평이었다.

3.

결국 국가적 경제 파탄에 폭풍을 맞고 말았다. 흔들리고 있는 한국경제를 지켜보고 있던 외국인 투자자들이 증권시장에서부터 썰물처럼 빠져나가기 시작할 무렵, 일본에서 먼저 잽싸게 선수를 쳤다. 당시 외국인 투자금액이 250억 달러 중 80억 달러가 썰물 빠지듯 했으니 IMF로 가는 데 결정적 역할을 했다. 그러자 다른 외국인 투자자들도 서둘러 빠져나가면서 외환위기가 닥쳤다.

이유는 두 가지다. 첫째는 80억 달러를 투자한 일본이 상환에 문제가 있다고 선수(先手)를 치면서 이어서 외국인 투자자들이 저마다 썰물처럼 빠져나갔고, 둘째는 예민한 독도 문제를 대두시키면서 심각성을 들어냈다. IMF를 당하기 얼마 전이다. 일본 외상이 다께시마는 일본의 영토라고 발언을 하자 기회에 일본 놈들 버르장머리를 가르쳐 놓겠다고 YS가 발끈했다. 망발하는 목소리가 너무 컸다.

특유의 용어 경상도 사투리로 YS가 이렇게 이빨을 물었다. 그러자 일본에서는 발끈하는 YS의 분노를 보면서 그래 버르장머리를 어떻게 가르쳐 놓나 한번 해보라고 오히려 어깃장을 부렸단다.

역시 YS의 정치적 경제 부재(不才)였던가? 취약했던 한국 경제는 여지없이 무너지고 말았다. 그 80억 달러를 빼내가려는 일본의 움직임이 있을 당시다. 뻔쩍거리기 좋아하던 YS는 남이 벌어놓는 돈 싸들고 다니며 인심 쓰는 일에는 언제나 설쳐대며 4·19희생자묘지를 국립묘지로 성역화시키는 등 인기작전에만 몰두 엉뚱한 짓이나 하고 있지 않았던가?

4·19는 자유당 정권과 민주당 정권을 붕괴시키는데 결정적 역할을 했던 내란이다. 두 정권을 무너트린 그들이 그 후 정치에 가담했지만 과연 국가발전과 국민에게 무슨 꼴을 보여 주었는가 묻고 싶다. 절대적인 지지로 그들을 환영했던 일부 국민이 그들에게 표를 몰아 주워 정치인으로 출세를 시켜주었다지만 그들로부터 무슨 좋은 꼴을 보았다는 것인가? 나라가 망하든 말든 시위를 해서 정부만 무너트리면 무조건 혁명이라고 환영 추대하는 정치인이나 국민성도 문제가 많다.

그렇다면 고려 무신정권 때 최충원의 종으로 있던 만적의 난도, 조선 23대 순조 때 홍경래 난도 모두 혁명으로 재조명되어야 하지 않겠는가? 실패했으니 그건 내란으로 취급한다는 것인가? 그렇다면 중종반정 때 박원종이 그러했고, 인조반정에 이귀와 김유 등도 민주투사란 말인가?

부마사태와 김재규도 명예회복을 시킨다고 재심 청구를 했다니 그래서 그 세력들이 움직이고 있다니 앞으로 상당한 논란이 예고될 일이었다. 김재규는 현직 대통령의 머리에 확인 사살까지 했던 인물로 귀추가 주목된다.

대안도 없이 정권만 무너트려 놓고 권력다툼이나 일삼는 정치인들이 손안에 권력을 움켜쥐고 반대파들을 무참히 학살했는가 하면 귀향을 보내는 보복정치 500년 이조시대의 권력 싸움이 그러했거늘 권력을 나누는 정권 투쟁의 오늘날도 조금도 다르지 않다. 입으로만 부르짖는 민주주의 현장은 하나도 달라진 게 없다는 것이다. 청와대와 국회의사당을 살펴보면 알 일이다.

5.

민주화 운동으로 시위가 판치는 권력형 판도에서 수백억씩 혈세를 갈취하는 부패공화국이라 아니할 수 없는 나라 안 사정에 구청에 8급 공무원 따위가 25억씩이나 되는 거금을 갈취하는 판이고, 일개 회사원이 몇 억 원씩 도둑질해 먹는 판에 정부와 사회가 썩어도 너무 썩지 않았던가. 돈은 누가 벌었는데 숟갈질은 엉뚱한 자들이 먼저하고 있으니 한심한 일이다. 대우그룹 김우중 같은 경우는 공적자금으로 31억 원을 빼먹었다 하고 부정대출 11조라 한다.

위로 올라갈수록 커지는 권력형 비리다. 중앙부서 고위직 공직자들과 정치인들 또 청와대에 이르기까지 그들로 인하여 국민의 혈세가 얼마나 탕진 되는가 상상이나 해보았다는 것인가? 그러고도 국민 앞에서 사회구현의 깃발을 흔들 자격이 있다는 것인지 모르겠다. 자영업자들은 사회 불경기로 궁여지책이 간데없는 판에 국세청에서는 세무신고 잘못했다고 중과세로 압박 으름장을 서슴지 않고 있으니 그런 세무공무원들의 행태에는 아무런 문제가 없다는 것인가? 그것도 생활능력을 잃고 병들어가는 소외계층에게 지급되어야 할 지원금을 가족들을 시켜서 갈취하는 얌체족들이 있으니 어디라고 건전할까? 국가예산 뿐이겠는가. 기업체로부터 뜯어먹는 돈은 또 얼마나 되는가, 4대강사업, 방산비리사건, 해외자원 개발 사업 등이 MB정부의 3대 의혹사건이라면 그 또한 민주화 운동을 한다는 명분이 바로 이런 세상 만들자는 의도이었던가? 역사적인 입장에서 조국근대화 경제개발 차원에서 우리 조국과 민족은 그렇게도 많은 시련과 고통을 겪어오면서 경제를 개발시켜왔다지만 그 대가가 바로 특정인들에게 멍석 깔아주며 잔치상을 차려준 대가란 말인가?

일터가 있는 곳이라면 지구촌 어디든 마다하지 않고 찾아다녀야 했던 결과다. 총알이 빗발치는 전쟁터 월남에서 피의 대가로 벌어들인 돈이 전액 5억 달러와 서독으로 품을 팔러 간 남자들은 수 킬로 땅속 깊은 곳에서 탄을 캐며 돈을 벌었고, 의학지식도 없이 간호보조사들이 병원에서 피 걸레나 빨아대며 수년간 품삯을 받은 돈이 합쳐서 1억 달러라 하지 않던가. 태양이 이글거리는 중동에서도 마찬가지 이런 고통을 참고 견디며 세계경제 10위권에 올려놨더니 엉뚱하게 데모를 일삼던 정치꾼들이 남이 벌은 돈 가지고 호화판에서 흥청거리고 있다니 한심한 노릇, 남들 열심히 일하고 다닐 때 발목이나 잡고 시위나 하던 자들이 아니던가? 버는 사람 따로 있고 쓰는 사람 따로 있다더니 그 꼴이 아닌가 싶다.

정치는 국가 존립과 흥망성쇠에 직결한다. 나라를 사랑하는 방법도 저마다 개인차는 있겠지만 폭군 이하응 같은 사람은 이 땅에 태어나지 말았어야 할 존재다. 나라를 사랑한다고 외치는 사람들 누구나 마찬가지 방법이 달랐다 하겠지만 어쨌든 대원군의 정치는 나라가 멸망하는 결과를 가져왔다. 임오군란의 주동자 임춘영도 동학도의 선봉장 김계남이나 전봉준도 다 나라를 사랑하다가 나라를 망친 세력들이다. 촛불시위도 마찬가지다. 나라 사랑하는 마음에 탐욕이 있다면 그건 망국에 길일 뿐이다.

여우 사냥

1.

여우 사냥은 고종 32년(1895년 8월 20일) 경복궁에서 일본 공사 미우라 고로(일본 육군 중장 출신)의 밀명으로 오카모토 류네스키 대위의 지휘 아래 낭인들이 명성황후를 살해하기 위하여 권력 탐욕에 미쳐버린 대원군과 꾸민 비밀작전명이다. 일본의 침략을 견제하기 위하여 러시아 정부의 힘을 이용하고자 했던 명성황후를 살려놓고는 결코 조선 침략은 성공할 수가 없다는 일본의 작전명이다.

명성황후는 일본 미우라 고오라 공사를 통하여 일본 정부로부터 황실 내탕금조로 300만 원을 지원받기로 했으니 얼마나 기발했던 일이던가. 그 돈으로 신무기를 구입해서 우선 내정까지 간섭하는 일본군을 몰아내고 청나라군을 몰아내려는 엄청난 사건이다.

외무대신 미우라 공사로부터 먼저 150만 원을 받아낸 명성황후는 그 돈으로 신형무기를 구입하기 위하여 청나라로 사람을 보냈고 일부는 러시아로도 돈을 보냈다. 그런데 청나라로 보낸 사람은 일본의 비밀조직 감시요원에 발각되어 체포 모두 몰수를 당했고, 러시아로 보낸 돈은 비겁한 러시아 정부의 음모에 의하여 몽땅 떼먹히고 말았으니 명성황후의 갈망은 이렇게 무산되고 말았다.

정사에 고종은 상징적인 존재, 정치는 시계추처럼 대원군과 명성황후 사이에서 왔다 갔다 했으니 나라꼴은 망국에 터널을 벗어날 수가 없었다.

2.

그 3백만 원은 현재 우리나라의 화폐가치로 계산해 볼 때 엄청난 정치 자금이다. 그 돈이면 당시 조선 땅을 몽땅 사고도 남는다고 일본인들은 허풍을 떨었다. 당시 쌀 한 가마에 6원이었다. 3백만 원이면 50만 가마를 살 수 있는 가치다. 문전옥답으로 논 한 평에는 30전이었다. 1천만 평을 살 수가 있다. 여의도가 70만 평이라면 15개 정도의 땅값이다. 산 같은 경우로는 1, 2전에 불과했다. 금 한 돈에 1원 50전이었다면 78,125kg을 살 수 있는 거금이다. 어쨌든 쌀을 기준으로 계산을 할 때 현재 원화 가치로 1천억 원이나 되는 거금이다. 어떻게 보면 국민의 세금을 떼먹는 얌체족에 비하여 일본 돈 즉 외화를 떼먹었으니 우리나라 경제 형편에는 큰 도움이 될 수가 있었고, 만약의 경우 성공만 했다면 큰 물줄기 조선의 역사가 달라질 판이었다. 아무튼 명성황후는 1차 내탕금 조로 일본 외무성으로부터 150만 원을 받아내는데 성공했다. 아무 조건 없는 무상차관으로서 누구의 간섭도 없이 명성황후 나름대로 사용할 수 있는 돈이었다. 당시도 일본은 세계적 경제대국이었다.

일본 정부 모르게 그 돈으로 극비리에 신형무기를 구입해서 최소한 대궐만 지켰어도 쉽게 일본인들이 침략할 수 없도록 나라를 지킬 수 있었다는 명성황후의 자구책이었다. 명성황후가 아라사(러시아) 죤다크 웨베르트 공사 친척 손탁을 시켜 현대식 사교장 정동구락부를 개설한 것도 바로 그 돈이다. 외국 열강 사신들이 한자리에 모여 일본이 함부로 조선을 침략 못하도록 여론을 조성 견제할 수 있는 장소다.

명성황후의 지략은 원대했다. 조국을 지키고자 했던 일념이 아니라면 그런 위험한 행동은 한 번쯤 생각해 봐야 할 일이었다. 그중 일부 금액 50만 원은 영사관을 통하여 신형무기 기관총을 구입하려고 러시아로 보냈으니 비상한 각오가 아닐 수 없었다. 수단과 방법을 총동원된 명성황후의 비밀작전이었다. 극비리에 신무기를 구입해서 대궐 수비로 우리 어영군을 설치 무장시킨 다음 수시로 농락하는 조선 주둔 일본군과 청군을 소탕시켜 외세를 물리친 다음 자주독립 국가를 건설해 보겠다는 명성황후의 원대한 계획이요 소망이었다. 힘 있는 조국을 건설해 보겠다는 일념이다.

3.

치밀한 계획으로 덕국(독일) 공사 고문 목인덕(묄렌도로프 독일명)의 주선으로 유기전 상인들을 위장시켜 상해에 머물고 있는 민영익에게 돈을 보냈다. 상해는 국제무기상들로부터 자유롭게 무기를 사고 팔 수 있는 거래 시장이었다. 그러나 이들은 일본인들에게 추적당하고 있다는 사실을 전혀 깨닫지 못했다. 불행한 일이었다. 결국 일본의 감시망을 피하지 못하고 검거되었고, 그로 인하여 일본군의 엄호 아래 낭인들에게 명성황후가 피살당하고 말았으니 결국 명성황후의 원대한 꿈은 안타깝게도 주검으로 끝이 나고 말았다. 대원군은 거기에도 가담했으니 이게 바로 을미사변이다. 아무리 좋은 정책도 자기가 아니면 대원군은 훼방을 놓았으니 이런 심보를 가진 대원과 같은 자가 임금의 아버지이었다니 국가의 불행이었다.

가상적인 이야기지만 일본의 침략이 없었다면 국권을 친탈당하는 일도 없었을 것이고 물론 분단도 없었을 것이다. 따라서 6·25도 없었을 것이다. 오늘날 북한의 위협적인 핵무기 제조에 공포를 느끼지 않아도 될 일이요, 아름다운 금수강산에서 평화롭고 찬란한 자주독립국가 건설에 이바지했을 것이다. 희망이 있으면 음악은 없어도 세포가 춤을 춘다 했다.

비운의 명성황후

1.

기발했던 명성황후의 군비(軍費)의 꿈은 일본 정부 비밀 정보원에 발각되어 아쉽게도 실패로 끝났으나 멸망하는 나라를 지키고자 노심초사했던 명성황후의 몽환은 원대했다. 이 사건으로 하여금 명성황후 자신 목숨까지 내놓아야 했으니 이는 약소민족의 설움이 아니었던가? 상상만 해도 분통 터질 일이다. 당시 우리나라에는 조국을 지킬 만큼의 군사력이 없었다. 약간의 병사들이 있었다 해도 오합지졸에 불과했고 전쟁터에서 사용할 무기가 없었다. 활이나 농기구 따위를 가지고 핑핑 나르는 총알 앞에서 대결이 되었겠는가?

대항능력을 상실한 채 경복궁 건청궁 옥호루에 있던 명성황후는 속수무책 일본 낭인들의 칼날에 죽임을 당해야 했다. 오천 년 역사를 가진 국가로서 이런 참담한 비극이 어디 또 있었다 하더냐. 당시 원 세계가 지휘하는 청나라군도 일본군과 황실을 거침없이 드나들며 고종황제를 협박했으니 나라 형편이 어떠했는가를 짐작이 간다.

그랬다. 일국의 황후 명성황후가 일본의 정규군도 아닌 낭인들에 의하여 살해를 당했다. 이토록 국력이 쇠퇴하고 허술했으니 망국은 일보직전이 아니었던가. 백성들은 나라를 불신했고, 정부는 정쟁(政爭)으로 혼란을 거듭했다. 이런 황실을 어찌 국가라고 백성들은 믿고 따라야 했던가. 1894년 갑오경장(甲午更張)으로 권력을 상실한 대원군이 여우사냥을 획책한 일본군과 협조 을미사변을 일으켜 정적 명성황후를 시해했던 사건이다. 대원군이 얼마나 권력에 욕심을 부렸는가 알 만한 일이다.

임오군란 때도 그랬듯이 며느리 명성황후로부터 권력을 빼앗기 위하여 일본의 힘을 빌렸다니 파렴치하기가 얼마이었던가 기억할 일이다. 떠날 때를 모르고 끝내는 명성황후를 죽임으로써 대원군은 승리했다고 만세라도 불렀던가? 나라를 일본에 바쳤으니 역사적인 측면에서 마냥 자유로울 수가 있었을까? 거대한 제방도 쥐새끼 한 마리 때문에 무너지듯이 못된 불순분자가 끼여있으면 나라도 다르지 않을 것이다. 시련은 애매한 백성들의 몫이 되었다.

고종 21년 1884년 10월 혁신파 개화당 김옥균등의 정치적 변란 갑신정변도 다르지 않다. 그 10년 후 1894년 전라도 고부에서 일어났던 갑오

년 동학란도 분명 국가적 내란이었다.

임오군란으로 점령을 당했던 황실이 마건충에 의하여 대원군을 청나라로 납치 감금시킴으로써 일단 수습은 했다지만 끝내는 역시 대원군의 손에 국가가 멸망했다. 그리고는 넉살 좋게 민씨 일가의 부정부패 때문에 나라가 망했다고 남 탓, 책임을 전가했다. 민씨 일가가 대거 정치에 참여했다지만 대원군 세력을 견제하기란 역부족이었다.

일본군을 등에 업고 정치적 개혁을 하겠다고 거사를 했던 김옥균의 갑신정변 또한 정치적으로 큰 혼란을 겪어야만 했다. 김옥균의 갑신정변은 망둥이가 뛰니까 송사리까지 뛴다고 할까. 역시 쓰러지는 국가의 운명에 부채질한 꼴이다.

4·19와 386은 순수 학생운동이라 하지만 1960년 10월 30일 최경렬 연대 정외과 출신 부상자 회장은 국회의사당을 점령 의사봉을 점거했는가 하면, 민족통일학생연맹 회장 안병규 서울대 총 학생회장은 김일성과 직접 면담 요청을 했고, 남북 학생대표끼리 통일문제를 직접 협상하자고 제의를 했으니 이 또한 얼마나 엉뚱한 일이었던가.

결국 민주당 장면 정부가 들어섰지만 시도 때도 없이 학생들이 총리실에 드나들면서 등살을 부렸으니 이 또한 정부 기능이 마비될 지경이었다. 신, 구파로 갈라진 정치인들은 권력만 움켜잡으려고 좌충우돌했고, 영웅 대접을 받으면서 기고만장한 학생들은 사사건건 정치에 가담했으나 국가발전에 무슨 도움이 되었다 하던가? '가자 북으로 오라 남으로' 정치에 참여했지만, 사실 북한의 학생들은 공산당원이지 순수한 학생이 아니었고 그런 그들과 남북교류를 하자고 설쳐댔으니 당치도 않은 망동이었다. 김일성 역시 '그래 좋다'고 즉답했다니, 학생들의 기세가 얼마나 기고만장했던가 짐작이 가는 대목이다. 4·19와 386세대들이 정치 맛을 보았다는 것은 언제든 태풍의 눈 큰 우환거리가 아닐 수 없으며 이 같은 역사의 굴레는 계속 이어질 풍토가 되어버렸다.

2.

일본 정부는 전쟁에서 패망한 이후, 자민당이 70여 년 동안을 집권했다. 잠시 야당에게 정권이 넘어간 때도 있었다지만 현재도 여전히 자민당이 집권하고 있다. 그랬어도 독재란 말은 한마디 없이 세계 1등 국가 서열에서 잘만 나가고 있다. 민주주의 따위나 내걸고 내란을 획책 무력으로 정권을 탈취하는 행위는 단 한 번도 없지 않던가. 국민은 정치인들을 믿고 정치인들은 국민을 믿고 패망한 후 국가적 큰 소요 따위 없이 잘만 나가고 있지 않던가? 그런 민족성 때문에 단 한 번도 외침을 당해본 사실 없고 굳건히 나라를 지키고 국력을 신장해 오지 않았나 싶다. 그들이라고 정치적 시행착오가 없고 일부 국민적 불만이 왜 없었겠는가. 잃어버린 20년 경제 파탄으로 많은 어려움을 겪으면서도 그들은 묵묵히 참고 견디며 지금은 새로운 도약을 하고 있다. 강대국을 유지해 나갈 위대한 그들 국민성에 존경하는바 일등 국민으로서 충분한 자격을 가진 민족임을 인정한다.

거대한 국토를 가진 이웃 중국도 뭉쳤다가 분단되고 분단되었다가 뭉치기를 수없이 겪으면서도 위기 때마다 국민의 힘은 잠재하고 있어 거대한 국가를 잘만 유지하고 있고, 러시아도 한때 레닌 때문에 잃어버린 100년간 시름을 겪었다지만 분열 없이 잘만 나가고 있다. 푸틴 대통령 같은 경우는 8년 집권을 한 후 일단 대통령 자리에서 물러났다가 다시 돌아오는 해프닝도 있었다지만 러시아 국민은 정치는 정치인에 맡기고 자기 일에 충실 나라를 지키고 있다. 러시아 국민들 수준이 우리들 국민 수준만 못해 그랬을까?

세계 어느 나라도 가능치 않은 일이 러시아에서 벌어지고 있다. 그들 국민도 민주주의나 들추며 정권 탈취나 하자고 소란은 없다. 그 틈에 낀 작은 땅을 가진 우리나라만 유독 빈주주의 체제나 따지면서 내란을 획책 정권을 탈취코자 하는 탐욕이 팽배하고 있다. YS정부기 정권을 거머쥐면서 전직 대통령을 두 명씩이나 구속했는가 하면 MJ정부가 두 명의 대통령들을 구속했다. 유독 민주주의를 부르짖는 대통령들이 그랬다. MJ는 사회주의 촛불시위로 대통령이 되지 않았던가? 그런데 왜 민주주의를 찾으면서 두 명의 대통령을 구속시켰는가 말이다. 이게 민족성인지 국민성인지 도대체 헷갈린다. 대다수 국민이 뽑아준 대통령들을 임기 5년을 기다리지 못하고 왜 무너트려야 했는지? 부정을 했다고? 그렇다면 당신은 깨끗하다는 것인가?

항룡유회(亢龍有悔)란 제일 높이 올라간 용이 내려올 때는 눈물을 흘리며 후회를 한다는 말이다. 세상에 나오지 않은 용을 잠룡(潛龍)이라 하고, 물 밖으로 나온 용을 비룡(飛龍)이라 하며, 제일 높이 올라간 용을 항룡(亢龍)이라 한다. 주역에 나오는 한 구절이다. 인간사에서는 제일 높이 올라간 사람이 제황이요, 오늘날의 대통령이다. 한때 권세를 누리며 영광을 누렸지만 내려올 때는 허무하다는 뜻이다. 특히 우리나라의 대통령들이 그 모양이고, 권력이 좋아 따라다니는 그 주변 세력가들 역시 그렇다.

우리나라 국민은 권력에 대한 욕심이 너무 많았다. 이유도 없이 국가와 사회에 불만을 갖는 탐욕스런 위인들을 말함이다. 내란을 혁명이라고 자칭하는 역사는 반드시 타파해야 마땅하다. 임오군란, 갑신정변, 동학란, 4·19, 63세대, YH 시위 사건과 신민당 대여투쟁에 의한 부마사태, 5·18, 6월 항쟁, 광우병, 세월호 사태와 촛불집회 등 이는 민주주의가 아니고 모두 탐욕에 의한 내란이다. 권력투쟁일 뿐이다. 의적이라 하지만 임꺽정도 장길산도 내란이요 홍길동 역시 내란이다. 이런 따위의 국가적 내란 때문에 사분오열 국민의 지표가 정립이 되지 않는다 할 것이다. 패거리 다툼으로 서로 비방하고 갈취하고 죽이고 하는 사태가 민족 감정으로 오는 오랜 우리 역사의 상처요 아픔이며 비극으로 얼룩져 왔다. 70년 오늘날의 정치사에 깊이 반성해야 할 일이다.

3.

웅대한 제국이 멸망하는 것도 순간적이다. 조선왕조가 멸망한 것은 매국노라고 몰아붙이는 을사늑약 5적들이 아니라 임오군란과 동학란 그리고 을미사변을 선동 지휘했던 대원군이었다. 을미사변이란 친로적(親露的) 행위로 힘을 확보하려는 명성황후의 움직임에 권력을 탈취고자 격분한 대원군이 일본의 낭인들과 함께 명성황후를 살해한 사건이 아니던가? 일본 낭인들로 하여금 명성황후를 시해한 대원군은 막상 친일파 유길준 등과 김홍집을 내세워 내각을 구성했으나 민비의 참변과 단발령으로 민심을 크게 동요시킴으로 각지에서 의병이 봉기 소요가 일어남에 아관파천(俄館播遷)을 초래한 계기가 되었고, 그래서 나라가 망하는 꼴을 보지 않았던가. 갑신정변의 주역 김옥균 등도 다르지 않다. 삼균주의를 내걸고 혁명을 했으나 망국으로 가는 500년 사조에 결정적 역할이 아니었던가. 엉뚱한 김옥균의 삼균(三均)주의란 대한제국을 비롯한 일본, 청나라와 동조 평화협상을 맺어 동북아 지역을 새롭게 개혁해 나가자는 뜻인바 그게 가능하였겠는가. 호시탐탐 침략을 노리는 일본군을 등에 업고 폭동을 일으켰으니 이런 행위가 일본에 침략의 길을 열어준 셈, 이렇듯 세력다툼으로 엉뚱한 개혁을 부르짖으며 정권을 탈취고자 했다.

일본의 항복

1.

세계 제2차대전은 유럽 독일이 1939년 5월에 전쟁을 일으켰고, 극동지역에서는 1941년도 12월 8일에 일본이 전쟁을 일으켰다. 그들이 바로 세계 제2차대전에 전범 국가들이지만 1945년 5월에 6년 동안의 전쟁 끝에 독일이 항복했다. 유엔 점령군 사령관 아이젠하워에게 항복 문서를 조인하면서 전쟁은 끝났다. 유엔에서는 전쟁범죄국 독일을 동과 서로 가차 없이 분단시켰다. 전쟁을 사전에 예방하겠다는 단호한 조치였다. 힘을 분산 국력을 약화시켜 놓아야 세계 질서를 어지럽히는 나쁜 짓을 못한다는 것이다. 전쟁 재발방지를 위하여 유엔감시 하에 독일을 통제하는 목적이었다. 따라서 서독은 미국이 동독은 소련의 감독 하에 행정부 수립을 허용했고 무기개발은 물론 군사적 행위를 철저하게 감시 정치적으로 통제하기로 전후처리를 철저하게 끝냈다. 유엔에서의 그런

처분은 마땅했고 독일 당사국도 당연하게 받아드려 두 개의 정부가 수립되었다. 우리 정부로서도 대환영을 했다. 그런데 그런 부메랑이 우리나라로 불똥이 튀다니 약소국가에겐 천추의 한이 되었다.

일본의 사정은 달랐다. 1945년 8월 6일. 히로시마에 원자폭탄이 투하되었다. 여기에 일본 정부는 더 이상의 전쟁은 희생만 커질 뿐 승산이 없다는 것을 판단하고 항복을 어떻게 하느냐에 대한 방법을 찾을 때다. 육군대신 아나미 고레치와 육군참모총장 우메즈 등은 끝까지 전쟁을 고수 항복을 반대했으나, 당시 도고시게노리 외무상과 시게마르 마르쇼 외무대신 그리고 해군제독 요나미스마사 등은 이제 더 이상의 전쟁은 무의미, 만약의 경우 동경까지 원자폭탄의 세례를 받는다면 앞으로 더 이상의 일본은 없다고 주장 대신에 미국을 상대로 항복의 조건을 걸고 협상이나 해보자고 주장을 했다.

협상 대상 인물로는 극동군 사령관 더그라스 맥아더였다. 일본 정부는 협상 대표를 당시 일본의 외무상 도고사께 노리와 총리, 외무대신 시게마루 마르쇼, 해군대신 요나 미쓰마사를 수석대표로 협상단을 구성 오키나와 근해 미드웨이 항공모함에서 작전을 지휘하는 맥아더 장군을 찾아갔다.

시게마루 마르쇼 일행은 항복의 조건으로 3가지 조항을 맥아더에게 제시했다.

첫째, 분단을 막아줄 것

둘째, 전범은 천황에게 묻지 말고 총리대신 도쇼 히데키 내각에게 물어주고

셋째, 천황제를 유지해 달라는 조건이었다.

그랬다. 흉악한 일본 정부가 항복한다니까 기다렸다는 듯이 일본 대표들을 반가이 맞은 맥아더 장군은 선뜻 그 항복에 조건을 단독으로 받아들였다. 워싱턴 당국에 보고도 하지 않았고 트루먼 대통령에게 재가도 받지 않았다. 자기 재량 전결권으로 그 약속을 선뜻 받아들였다. 완전 맥아더 장군의 월권행위였다. 맥아더로 하여금 일본 대신 우리나라가 엉뚱하게 분단이 되는 불행한 사긴이 되었다. 투르먼 미국 대통령은 루스벨트 대통령의 대행체제라서 대통령의 권위가 맥아더를 압도하지 못했던 이유도 있었다. 맥아더는 이를 보기 좋게 이용했던 사례다. 한반도의 분단이라니 땅을 치며 통곡할 일이었다.

일본제국의 잔꾀로 하여금 미국을 비롯한 아세아 제국들이 얼마나 전쟁 피해를 많이 당했는데, 그 정도 선에서 전후처리가 마무리되다니 맥아더의 처신과 아집이 너무도 불공평했다. 우리나라에서의 맥아더 장군은 분단의 원흉이 되었다.

일본의 항복조건 첫째는 일본 대신 조선을 분단시켰고, 둘째는 전범을 일왕 대신 도죠 히데키 총리를 사형시키는 등 20명에게만 가볍게 책임을 물어 그중에는 사형을 받은 사람도 있고 징역형을 받은 사람도 있었다.

셋째는 천황 제도를 살려주었다는 것이다.

2.

일본 대표 시게마루 마르쵸는 32년도 상해 홍구공원에서 일본 천왕 생신 기념일과 상해점령일을 기념하기 위해서 성대하게 행사를 진행할 때 기념 행사장에 일본 정부를 대표해서 참석했던 인물이기도 했고 윤봉길이가 폭탄을 던진 사건이기도 했다.

그 사건에 지휘는 김구가 했고, 도시락과 물통 두 개의 폭탄은 김홍일 장군이 준비했으며, 폭탄 투석은 윤봉길이 했다. 행사장은 중국을 통치하고 있던 일본의 주둔사령관 시라가와 요시노리(백천) 대장을 비롯한 일본 해군 장성급들 수십 명이 참석하고 있으면서 대대적인 행사였다. 거기에서 윤봉길이가 김구로부터 건네받은 폭탄 두 개를 투척하였다. 갑자기 행사장은 아수라장 불바다가 되었다. 완벽한 성공이었다. 시라가와 요시노리(백천) 대장을 비롯 일본의 해군장성과 요인들이 수십 명 죽임을 당하는 사건이다. 세계 언론들이 대서특필 기사를 다루기도 했던 특종 사건이었다. 안타까운 것은 윤봉길을 중국 독립군으로 오인 보도가 되었다는 것이다.

우리나라 독립을 세계만방에 알리고자 했던 사건이 중국독립을 위한 중국인으로 알려졌다 하니 유감스런 일이었다. 이 같은 억울한 사정을 세계인들은 누구도 몰랐고 희생만 컸을 뿐이다. 일본 정부나 군부에서도 발칵 뒤집힌 대사건 대한제국의 임시정부를 완전 소탕하라고 특별 명령이 떨어졌다. 그래서 일본의 감시망을 피해서 그러니까 중국의 동쪽 상해에서 서북부 중경까지 장장 6,000km까지 피신하게 되었다. 중경에는 일본군 전투 병력은 없었고 치안을 다스리고자 경찰들과 헌병들만 약간 주둔하고 있었으니 안심지역이었다. 아무튼 이 사건으로 하여금 피난길에 임시정부 요인과 김구가 죽을 고생을 했다는 것이다.

3.

소련과 함께 우리나라도 1945년 8월 8일 선전포고를 해야 했는데, 김구가 그 결정적 시기를 놓치는 바람에 일본 대신 우리나라가 분단이 되는 비극을 가져왔다. 다만 홍구공원 폭탄 사건으로 얻은 것이라고는 장개석으로부터 김구가 고맙다는 인사와 함께 점령국끼리 동병상린의 동료로 기회를 만들었다지만 일본 패망과 함께 장개석으로부터 얻어지는 것은 아무것도 없었다. 장개석을 쫓아다니면서 분단을 막아 달라 사정하고 다녔지만 역시 장개석으로부터 얻어지는 것은 하나도 없었다. 하긴 김구의 독립운동 가운데 윤봉길의 홍구공원 폭탄투척 사건은 가장 빛나는 업적 중 하나다.

또 그 사건에 주목할 만한 인물로는 시게마루 마르쵸가 있었다. 그는 당시 일본 외무성 요인이었고 1945년도 일본이 항복을 할 당시 일본을 대표해서 그가 전후처리를 했던 인물이다. 그가 정부 특사로 홍구공원 행사에 참석을 했다가 윤봉길의 폭탄에 맞아 죽을 고비를 넘겼으나 다행히도 한쪽 다리가 불구가 되는 골절상을 겪었으면서 목숨을 건졌다. 그런 자가 우리나라 분단에 중요역할을 했다니 놀라운 일이 아닐 수 없었고 그의 끈질긴 정치생명은 일본국에 주요 역할을 하면서 많은 공을 세운 인물이기도 하다.

위대한 미국

1.

1927년 이후 세계의 열강들이 대공항으로 대립을 격화시키면서 각국들이 경제권이 협소에 짐에 따라 그 기반이 열악했던 독일 역시 제1차대전의 피해와 더불어 1929년 대공항의 결과로 블록경제(bloc 經濟)의 움직임이 시작되면서 당시 국제 정세 하에서 독일의 나치정권이 출현하였고, 파시즘 체계를 겸비한 이탈리아가 이디오피아를 침략했는가 하면 일본은 청나라 침략을 감행했었다. 초전에는 독일도 이탈리아도 일본도 모두 성공을 했던 전쟁이었다.

당시 파시즘 체계로 독일, 이탈리아, 일본 등 3국이 추축국(樞軸國)을 형성하여 전쟁을 일으키자 이에 대응하여 미국, 영국, 프랑스, 중국 등이 연합국을 형성하기에 이르렀고 양측 간에 대립이 격화되던 때다. 1939년 독일이 폴란드 회랑(poland 回廊)을 요구했으나 폴란드가 이를 거절했다. 그러자 독일은 즉각적으로 폴란드를 침공하므로 대전의 전초가 되었다. 이에 영국, 프랑스가 독일을 상대로 선전을 포고했으나, 개전 초기에는 소강상태에 있었다. 1940년에 이탈리아가 참전하자, 1941년에는 독일이 소련을 침공하였는가 하면, 1941년 12월 8일, 일본의 도죠 히데기 내각이 미국의 진주만을 선전포고도 없이 폭격하여 극동 지역에서도 세계 제2차 전쟁으로 확전 되었다.

초기에는 추축국들이 우세하였으나 장기전으로 접어들면서 특히 세계의 병기창임을 자처했던 미국이 연합군에 가담하므로 주도권을 장악 연합국 측이 저력을 발휘 전세를 역전시키자, 1943년 이탈리아가 먼저 항복을 했고, 1945년 5월에는 독일이 항복했고, 1945년 8월 15일에는 일본이 항복하면서 전쟁이 끝이 났다. 이 전쟁에는 추축국 9개국과 연합국 측 51개국이 참전했으며 군인과 민간인 포함 2천2백만 명의 사망자를 냈다. 재산 피해는 추정 2천5백억 달러의 손실을 보았다 한다.

2.

독일의 게르만족은 본래 도전 정신이 강한 민족이다. 유럽의 동구권을 비롯해서 아시아 지역과 중동을 비롯 아프리카 대륙까지 점령 거침없이 영토를 넓혀가던 로마 제국과도 항상 티격태격했던 나라로서 아우렐리우스 황제 때(막시무스 장군) 로마제국을 침공했다가 크게 참패를 당했던 나라가 아니던가. 그럴 때마다 패배의 쓴맛을 아니 느낄 수 없었지만 끝내는 로마제국이 동, 서로 분열되지 기회라고 생각, 서로마를 침략 멸망시키고야 말았고 따라서 평정까지 했던 게르만족의 근성이었다.

그리고 세계 제1차대전은 1914년 7월에 시작 1918년 11월까지 4년여에 걸친 전쟁에서 1천만 명의 병사들이 목숨을 잃었고 민간인 2천5백여 명의 사상자가 발생한 큰 전쟁이었다.

오스트리아가 세르비아에 선전포고하면서 시작된 전쟁이다. 발칸 내부에서 주도권을 잡은 세르비아가 범슬리아 주의를 내세워 오스트리아와 대립하면서 1914년 사라예보 사건이 일어나 전쟁이 발발하면서 유럽 전역에 세계열강들이 전쟁에 휘말리는 결과를 가져오게 되었다. 그러나 결론적으로는 독일과 미국 간의 전쟁으로 독일이 항복하면서 전쟁이 끝이 났다.

이렇듯 독일이 언제나 기회가 있을 때마다 전쟁을 일으켰듯이 일본 역시 그랬다. 세계 제2차대전에서 미국에게 완패를 당하면서 75년이 지난 현재까지도 미국의 영향권 내에서 끽소리 없이 코 박고 있지만 언제 또다시 일본은 전쟁을 일으킬지 예측 불가능한 국가다. 그런 시점에서 현재의 미국은 전 세계의 질서를 꽉 잡고 있다. 지구상에는 193개 여의 독립 국가들이 존재하고 있지만 미국에 도전할 국가는 없다. 독일은 유럽을 일본은 극동 지역 일대를 점령했던 막강한 국력을 가진 나라다. 그런 독일과 일본을 상대로 유럽과 태평양 지역에서 동시 전쟁으로 두 나라를 항복을 시켰다는 것은 대단한 전력 위대한 미국의 힘이었다.

3.

미국의 독립은 1775년 4월에 영국과의 식민지 사이에서 미국이 전쟁을 촉발하므로 1776년 7월 4일 필라델피아에서 3개 식민지 대표들이 모여 토머스 제퍼슨이 기초한 독립선언문을 낭독 채택하면서 독립이 되었다.

미국은 초대 대통령 조지 워싱톤으로 하여금 정부를 수립한 후 계속적으로 인디언 족들과 전쟁을 감행하면서 광활한 영토를 확보하였고, 러시아로부터 알래스카까지 돈을 주고 산 땅을 개발하면서 지하자원까지 세계 제일의 영토와 각종 지하자원을 확보한 나라가 되었다. 교육 지식을 개발하므로 1위에서 13위까지 명문대학을 육성 세계의 인재들을 양성했는가 하면, 과학 문명을 고도로 발전시킨 문화시설로서 정치, 경제, 문화, 군사에 이르기까지 타국에 추월을 불허하도록 명실공이 위대한 국가로 자리 잡고 있다. 미국은 복 받은 나라라고 칭송들이 하늘을 찌르는가 하면 경제와 군사 면에서 세계의 질서를 완전 장악하고 있다.

쥬니어 조지 부시 대통령으로 하여금 리먼브러더스 사태로 한때 경제적 어려움을 겪기는 했을망정 지금의 미국 경제는 오바마 대통령의 정치에 힘입어 현재 불같이 일어났다. 그런 미국이 우리나라의 전시작전통제권으로 안보를 지켜주고 있으니 우리나라 역시 도움을 받은 나라가 아닐른지? 김정은이 핵무기로 무력 통일을 획책하고 싶어도 전시작전통제권을 명분으로 안보를 지켜주는 미국 때문에 절대 도발은 할 수 없으리라 믿고 만약에 핵무기로 도발을 했다하면 북한은 쑥대밭이 될 것이고 그날로 김정은도 죽는다.

한반도의 분단

1.

일본의 항복으로 논공행상에 뛰어든 자칭 각국의 영웅들이 너도나도 많았다. 맥아더의 비겁한 야심도 여기에 포함하고, 임시정부 김구를 비롯한 중국에서 독립운동을 했다는 독립군들도 포함한다.

일본을 항복시킨 원대한 공은 뭐니 뭐니 해도 원자폭탄이다. 그 원자폭탄은 시카코 대학에 물리학 교수 아인슈타인 지휘 아래 하이모와 피르미 교수팀에서 제조했고 과감하게 대행 트루먼 대통령이 이를 사용했다. 아무리 전쟁의 귀재 일본이라 할지라도 또 민족적 근성이 우수한들 원자폭탄에는 깜이 안 되는 존재들이었다.

히로시마에 원자폭탄을 맞은 일본은 재기 불능상태까지 폭삭했다. 그 위력은 상상을 초월했다. 히로시마는 25만 인구에 13만 명이 죽고, 헬리코박터 세균에서 암으로 발생된 환자가 5만에 이르렀다. 뿐만이랴, 피부병 환자는 그 수를 헤아릴 수가 없었다. 나가사키는 21만 인구에 7만 명이 죽고, 그 후유증 환자는 5만 명에 이르렀으며, 역시 피부병 환자는 그 숫자를 파악할 수가 없었을 뿐만 아니라 재산 피해는 도시의 모든 건물이 삽시간에 화염에 휩싸이며 불바다가 되었다. 이로 인하여 일본은 완전히 전의를 상실하면서 미국에 의한 세계 역사가 한바탕 요동치는 모멘트(MOMENT)가 되기도 했다.

일본은 병력충원도 어려웠고 재원도 고갈 상태였다. 1945년 8월 8일에는 약삭빠른 소련이 선전포고를 했다. 노·일 전쟁 후 양국 간 맺은 불가침조약을 소련이 일방적으로 파기해버린 결과다. 소련이 미국의 권유에도 불구하고 참전을 미루고 있던 이유가 그 불가침조약 때문이었다.

조선왕조 말, 노·일 전쟁은 러시아와 일본이 조선의 지배권을 놓고 다툰 싸움이다. 청·일 전쟁 이후 중국이 세계열강들의 이권 쟁탈전에서 뒤로 물러나자 러시아는 동청철도(東淸鐵道) 부설권, 여순 대련의 조차권(租借權)을 획득하면서 다시 조선에서 일본의 우위를 위협하였고, 만주에 출병 노청비밀협약(露淸秘密協約)을 체결한 다음 만주를 영구히 점령코자 했다. 이에 일본은 미국과 영국의 협조를 얻어 러시아의 만주철병을 교섭 광무 6년(1902) 4월 8일 북경에서 만주철병 조약을 맺었으나, 러시아는 그 협약을 지키지 않은 채 압록강 하류 용암포(龍岩浦)를 점령, 포대까지 쌓고 극동대총독부(極東大總督府)를 세워 알렉세예프(EI Alexei)를 대 총독에 임명 정치, 외교, 군사까지 전권을 장악했다.

이와 같이 러시아의 극동침략이 노골화하자 일본의 대륙진출 야욕은 큰 난관에 부딪치게 되었다. 광무7년(1903) 7월 23일, 일본은 청국에 대해서는 기회 균등권을, 한국에 있어서는 일본의 우위를 인정하라고 러시아에 요구하였으나 거절당하자 광무 8년(1904) 2월 6일, 최후통첩을 발송하면서 10일에는 선전포고에 앞서 일본의 해군은 러시아 군함을 인천에서 격파 여순 항을 기습하고, 9월 4일과 14일에는 요양 사합을 광무9년(1905년) 1월 2일에는 여순을 함락하므로 일본의 우세를 점치기도 하였으나, 3월 10일 봉천대전 이후 한때 일본은 곤경에 빠졌다. 그러나 5월 7일 발틱함대와의 대전에서 일본이 다시 전세를 유리하게 이끌어 나갈 때, 러시아에서는 레닌의 혁명으로 내란을 겪에 되자 더 이상 전쟁을 수행할 능력을 잃었고, 일본 역시도 한꺼번에 전략을 쏟아부은 탓으로 전력이 바닥을 드러나게 되었다. 그러자 미국의 루스벨트 대통령이 휴전 중계를 하였고 이를 받아들여 포오츠 머드에서 강화조약을 일본의 유리한 조건으로 체결 종전은 되었으나 사실상 전쟁은 일본의 승리로 끝이 났다. 이로 인하여 일본은 아무런 장애도 없이 조선 침략이 감행되었다, 포오츠 머드 강화조약으로 미국의 권유에도 불구하고 망설이고 있던 러시아가 기회를 노리던 중 히로시마에 원자폭탄이 투하되면서 일본의 패망이 눈앞에 보이자 재빠르게 선전포고를 했다. 일시에 속개된 전면전으로 만주 일대는 물론 한반도 북방 일부 지역까지 일본군을 단번에 초토화시켜 버렸다. 전투 병력도 아닌 경비 병력에 불과한 소수 일본 헌병들은 속수무책 전멸되었다.

여기에 전의를 완전 상실하고 있을 때, 대행 트루먼 대통령은 1945년 8월 9일 나가사끼에 제2의 원자폭탄을 투하했다. 그래도 일본이 항복하지 않는다면 제3탄은 동경으로 손꼽고 있었다. 재기불능 일본을 아예 죽여 버리겠다는 트루먼 대통령의 결심이었다.

원자폭탄 세례를 받은 일본군은 드디어 1945년 8월 15일 정오를 기해서 무조건 항복을 선언했다. 그처럼도 의기 당당하던 일본 천황의 비음 섞인 목소리가 비참하게 라디오에서 떨려 나오고 있었다. 그러나 항복 조건에는 무조건이라 했지만 내용은 원흉이 깔려있었다.

승승장구 청국과 러시아와의 전쟁까지 극동 지역을 완전 점령했던 일본의 야심은 미국의 아메리카 대륙까지 욕심을 부렸다지만 일본은 드디어 미국에 의하여 결국 패망을 했고 처참한 꼴로 좌절되고 말았다.

그렇다. 일본은 항복했다. 그렇다면 유럽 독일 경우처럼 일본을 분단한다는 것은 당연했다. 그런데 전후처리 배경은 엉뚱하게 흘러가고 있었다. 전범국 일본이 아닌 대한민국을 분단시키자는 것이다. 왜 하필 대한민국이 분단이 되어야 했는지 너무나도 엉뚱했다. 우리나라 정치인들 그리고 독립운동을 했다고 너도나도 보상금을 노리는 사람들 그때 도대체 어디에서 무엇을 하고 있었기에 나라가 이 모양으로 찢어져야 했으니 묻고 싶다. 억울하고 분통 터질 일이다. 임시정부를 비롯 김구가 독립운동을 해서 우리나라가 독립을 취득했더냐?

우리나라는 세계2차 대전에서 가장 피해를 많이 본 국가다. 그런데도 우리 국토가 분단이 되었다. 너무도 터무니가 없는 일이었다. 분단된 독일에 비하면 이건 경우가 너무나도 엉뚱했다. 왜 하필 대한민국이 분단되어야 했는지 약소국이라고 만만하게 본 까닭이 아닌지 서로 찢어먹자는 야심 말이다.

2.

우리나라가 분단된 이유는 첫째, 국권이 없었다. 둘째, 유엔 회원국이 아니었다. 셋째, 자국의 힘으로 정부를 수립 관리능력이 없다는 이유다. 설령 우리나라가 유엔에 가입만 되었다면 같은 회원국으로서 그런 억울한 대접을 받지도 않았을 텐데 말이다. 또 정치를 할 만한 인물들이 없었다는 것이다, 여기에 독립운동을 했다는 사람들 할 말이 있으면 해보란다. 곰곰이 생각을 해봐도 이건 너무나도 엉뚱했고 억울한 일이

었다. 경우에도 맞지 않는 일이 아닌가. 우리나라가 분단된 주 원인은

첫째, 전쟁에 불참했으니 조선은 유엔에 가입할 자격이 없고,

둘째, 일본 분단을 유엔 극동군 사령관 맥아더 장군이 반대를 했고

셋째, 선전포고를 하지 않았던 임시정부 김구 주석의 무능과 책임이다.

김홍일 장군과 지청천 장군이 지휘하는 700여 명의 광복군이 우리나라도 임시정부 조직 하에 정예군으로 양성되어 있었다.

늦었지만 소련이 선전포고를 할 당시 우리도 선전포고를 한 다음 중경에 주둔하고 있는 일본국의 1개 경찰서나 헌병경비초소 한 군데만이라도 공격 점령했다면 유엔의 일원 국가로 당당하게 입성했을 것이다. 중경에는 일본의 전투 병력은 없었다. 치안병력 헌병들만 소수 있었을 뿐이다. 그 정도였다면 누구라도 폭탄 하나면 해결할 수가 있었던 일인데 안타까운 일이 아닐 수 없었다. 절체절명의 기회를 놓친 결과다. 그때 윤봉길 같은 열사가 한 명이라도 있어 일본 경찰서에 폭탄을 투척 성공했다면, 우리나라도 당당하게 유엔의 일원 국가로 부상했을 텐데 천추의 한이다. 세계 2차 대전에서 우리나라도 선전포고를 했다고 일부 좌파요원들이 주장을 하나 이는 터무니없는 헛된 소리다.

180m 정도 키에 김구는 힘이 장사였다. 그는 뚝심은 있었으나 지혜도 선경지명도 없는 리더였다. 대한민국을 대표하는 임시정부 주석 김구의 판단이 잘못되어 비운의 국가로 전락되었다는 것이다. 당시 김홍일 장군이나 지청천 장군이 임시정부를 대표했다면 당시 상황은 달라졌을 것이다. 순국 처녀 유관순 같은 열사도 아쉬운 인물이었다. 국권을 잃은 상태에서 선전포고와 함께 참전도 하지 않아 전쟁에 아무런 기여도가 없는 상태에서 무슨 명분으로 분단을 막을 수 있었겠는가? 맥

아더가 일본 분단을 반대했다면 우리나라의 분단은 이미 예고된 바와 다름없었다. 일본의 항복조건에 이런 내용이 들어있었다는 사실을 미국의 투르먼 대통령도 몰랐고 유엔에서는 더구나 몰랐다.

정부 수립과 유엔 가입

1.

우리나라의 유엔 가입은 노태우 대통령 때 일이다. 1991년도에 비로소 유엔에 가입할 수 있는 기회가 왔다. 유엔에 입성한다는 것이 그렇게도 먼 길이었다. 해방 후 46년 만이다. 유엔에 가입하고자 절치부심 외교적 노력을 총동원해도 소련과 중국을 비롯한 동구권에서의 반대로 언제나 좌절되었다. 백방으로 뛰어다녀도 그게 그토록 어려운 일이었다. 국가로 아예 취급을 받지 못했다. 이처럼 어려운 존재이었다. 유엔군의 일원으로 일본군과 맞서 싸우지 않았다는 이유다. 조선의 젊은이들이 오히려 일본군에 가담 유엔군과 총 뿌리를 마주 대고 싸웠다는 사실도 숨길 수 없는 노릇이었다. 치명적인 이야기가 아닐 수 없다. 때문에 분단은 정당하다는 논리다. 우여곡절 끝에 정부 수립까지는 유엔의 동의를 얻었다지만 고대하던 유엔에 가입까지는 유감스럽게도 넘어야 할 산이 높았다.

2.

정부를 수립하는데도 절차가 유엔의 승인을 받아야 했다. 18개국 유엔 대표 국들이 정부를 수립할 여건과 자질을 갖췄는지 심사를 하기 위하여 우리나라를 방문했다. 그중에 유엔 대표는 인도의 메론 장군이었다. 이들의 승인을 받아내지 못한다면 정부 수립도 불가능했다. 당시 남한에는 정부가 없는 무정부 집단에 불가할 뿐이었다. 물론 미국으로부터 이승만은 지도자로 인정을 받을 만한 인물이었지만 그러나 유엔 대표들이 승인을 해주지 않는다면 독립국가로서의 국권을 얻을 수가 없었고 따라지 신세였다. 북한은 석극 소련의 지원으로 국가로서의 규모를 완전 갖춘 상태에서 만방의 제국들에게 공포만 미루고 있는데, 우리나라는 유엔의 승인을 받아야 건국을 할 수 있는 형편이었으니 심각한 지경이었다.

이승만은 유엔 사절단 대표자들을 우리의 요원들이 영접을 하되 어떤 방법이든지 반드시 건국에 승인을 받아내야 한다고 비상령을 내렸다. 유엔대표자들을 상대로 한 명씩 맨투맨으로 득표 작전을 펼쳤다. 자기 담당은 자기가 책임지는 로비작전이다.

유엔 대표 단장 인도의 메론 장군에게는 렌의 애가 저자 모윤숙 시인을 이승만은 붙였다. 미인계 작전이었다. 모윤숙은 메론 장군을 상대 선물 공세를 서슴지 않았을 뿐만 아니라 밤새도록 단둘이 술자리를 같이 하면서까지 설득해서 답을 받아냈다.

메론 장군을 만약 설득하지 못한다면 우리 남한은 미래가 없다는 절박한 심정으로 로비에 전부(올인)를 걸었다. 모윤숙의 설득이었다. 메론 장군은 회의를 진행 중에

–정부 수립을 하고자 하는 대한민국은 그동안 피어린 전화(戰禍)에도 불구하고 건국을 하기 위하여 노력한 성과는 실로 가상하다 할 것입니

다. 그러므로 이제 정부를 수립한다 해도 별다른 하자가 없다고 보이는 바 여러분들께서도 승인을 해주는 것이 옳다는 생각입니다. 모두 발언이었다.

자기 표뿐만이 아니라 유엔 대표들 앞에서 기조연설까지 서슴없이 해줌으로 만장일치로 드디어 대한민국이 탄생했다. 극적이라기보다는 로비의 덕택 그중에 모윤숙 선생님의 공로가 컸다는 사실이고 천만다행한 일이었다. 그 후 모윤숙은 메론 장군의 초청으로 인도를 방문하는 등 국가적으로 친교를 맺기도 했다.

단군 이래 오천 년 우리 민족의 역사가 일본의 침략으로 한때 지구상에서 사라질 뻔했던 위기 속에서 국권을 다시 찾았다는 사실은 민족적인 입장에서 감격 아니 할 수 없으며 극적이라 할 것이다.

3.

우리나라가 애타도록 유엔에 가입하고자 했던 시기는 조선 말엽부터다. 네델란드 헤이그에서 개최한 만국평화회의는 러시아 마지막 황제 리콜라이 2세가 세계평화를 주도 각국 대표들을 초청 진행한 행사다.

러시아 제국의 마지막 황제 리콜라이 2세가 당시 세계만국평화를 개최하기 위해서 1889년에 제1차 헤이그에서 26개국 대표들을 모아놓고 회의를 개최했고, 제2차로 1907년 6월 5일 역시 네델란드 헤이그에서 46개국 대표들을 초청 군비축소 등 평화를 유지하기 위하여 만국평화회의를 개최했지만 볼셰비키 혁명으로 레닌에게 가족까지 죽임을 당하는 불운을 맞이했다.

유일무이(唯一無二) 전 세계 역사상 단 하나뿐인 전쟁영웅이 되겠다고 독단으로 일본 분단을 막아준 맥아더의 야심이 기어코 한국전쟁 6·25의 미끼로 폐허화 된 일본의 경제를 재건까지 시켜준 결과가 되었는가 하면 또 맥아더가 미국 대통령까지 되겠다고 야심을 품었지만 누구도 그를 영웅으로 불러주지 않았음은 물론 그가 사라지고 없는 뒤땅에는 고집불통 유아독존의 소리만 무성할 뿐이었다. 그로 하여금 분단된 한반도는 70여 년이 흘러간 세월 속에서도 슬픈 비극만이 남아 원망의 소리만 드높을 뿐이다.

일본은 맥아더 장군으로 하여금 분단의 위기를 한국으로 떠넘겼고 경제대국의 발판으로 6·25전쟁의 한반도가 희생물로 재건이 된 셈이다. 한반도의 전쟁이 없었던들 일본의 경제부흥은 없었을 거란 결과논쟁이다. 어쨌든 일본은 악연인지 호연인지 이웃 나라로서 언제나 걸림돌이 되어왔었다.

누가 뭐라 해도 세계사적으로 볼 때 크고 작은 전쟁이 유럽 지역과 중동 지역에서 가장 많았다는 것이 사실이다. 로마제국이 탄생하면서 유럽 및 중동 전 지역에서 전쟁에 휘말려야 했고, 마케도니아의 알렉산더 대왕이 한때 유럽을 휩쓸었으며, 18세기 무렵 영국이 그랬는가 하면 프랑스 나폴레옹이 그랬고 현대사에서는 독일의 히틀러와 론멜 장군이 세계 1, 2차 대전을 가져오기도 했던 전쟁이었다. 따라서 몽골의 칭기즈칸도 있고 진(秦)나라의 시황제도 빼놓을 수 없는 전쟁의 영웅들이다.

영웅은 자신이 아니라 남들이 만들어 주는 것이다. 전쟁이 있을 때마다 인명피해와 재산 피해는 상상을 초월해 왔다. 전 세계의 전쟁영웅들은 대부분 유럽에서 탄생했다. 현대사 미국의 아이젠하워 유엔군 사령관과 맥아더가 전쟁영웅이라 한다지만, 미국 대통령을 지낸 아이젠하워는 무능한 대통령의 오명을 벗어나지 못했고, 맥아더 역시 유아독존의 오명을 벗어나지 못한 채 사라진 인물이다. 맥아더의 인천상륙작전은 영웅 취급을 받을 만큼 화려하고 웅장한 전쟁이었다지만 성과가 없는 전쟁이었다.

영웅은 난세에서 태어난다 했듯이 그만큼 전쟁이 많았고 희생이 많은 전쟁을 유럽에서 치렀기에 영웅들이 많이 탄생한 것이다. 평화 시에서는 영웅이 탄생할 수 없듯이 말이다. 러시아도 유럽이나 중동전쟁으로 많은 피해를 본 나라다. 특히 프랑스의 나폴레옹으로 하여금 피해를 많이 봤다. 작전이기는 했을망정 황제가 황궁을 버리고 시베리아로 망진했을 정도로 나폴레옹의 공격은 거센 태풍을 몰고 왔다.

시베리아까지 공격했던 프랑스 군은 승전했다고 자축했다지만 군량미가 떨어지고 강추위에 무기가 얼어붙어 작동되질 않아 무용지물이 되었다. 나폴레옹은 서둘러 퇴진하고자 했으나 때는 늦었다. 매복하고 있던 러시아군이 일제히 공격을 감행하자 속수무책이었다. 이 전쟁으로 몰락한 나폴레옹은 엘바섬으로 쫓겨 귀양살이 신세가 되었다. 불가능은 없다는 나폴레옹의 신화가 깨져버린 참패를 했던 전쟁이었다.

유럽이나 중동에서 이런 험악한 전쟁을 예방하기 위하여 러시아 리콜라이 2세 황제가 전쟁이 없는 세계평화를 염원한 나머지 각국의 대표들을 초청 평화조약을 이룩하고자 노력했던 인물이다. 비록 레닌에게 비참하게 죽임을 당했을망정 세계평화를 주체했던 훌륭한 인물임에는 틀림이 없다 하겠다.

리콜라이 2세 러시아 황제가 헤이그에서 세계의 국가대표들을 모아 놓고 세계만국평화 회의를 할 때 조선의 이준 열사는 이상설 등과 고종의 밀명을 받고 우리나라도 독립을 시켜달라고 유엔에 호소하려고 했으나 일본의 방해로 회의 장소에 참석도 하지 못한 채 쫓겨나고 말았다. 이에 이준은 격분하고 원통한 나머지 각국 대표들이 평화를 외치는 자리에서 할복자살을 하지 않았던가. 허나 뜻을 이루지 못한 채 약소민족의 몸부림으로 끝났다.

러시아 황제의 멸망

러시아 리콜라이 2세 황제도 마찬가지로 그처럼 평화를 염원했건만 불행하게도 시대 상황은 그의 염원대로 따라주질 않았다. 리콜라이 2세 황제가 마침 만국평화회의를 진행하던 중에 있을 때, 이를 기회라고 생각한 노동자, 농민들이 상트페테르부르크 에르미타주 박물관 광장(피의 광장)에서 인금 인상을 요구하며 정부 타도를 외치는 시위가 벌어졌다. 물론 레닌이 선동한 내란이었다. 노동자들은 저마다 살기를 띄었고, 그 집회는 수십만에 이르렀다. 공권력으로 진압하기에 감당이 안 되었다. 다급하게 여긴 정부 측에서는 곧바로 리콜라이 2세 황제에게 전황을 띄웠다. 주동자는 레닌이라고 했다. 레닌은 국가 반란죄로 체포령이 내려졌던 기소중지자다. 핀란드 어딘가에서 숨어있었든지 아니면 죽었든지 행방이 묘연했던 자다. 그런 레닌이 갑자기 나타나 반란을 주동했다는데 황제는 깜짝 놀라웠다. 핀란드에서 숨어있었다는 사실을 황제는 전혀 몰랐다. 국, 공 대립에서 모택동이 사회주의 이론을 내세워 국민당 장개석을 몰아냈듯이 레닌도 기회가 있을 때마다 노동자, 농민들을 선동 정부 타도를 외치는 사회주의 이상론자다. 항상 요 주위 인물로 취급하던 레닌이 주동자라는 데 신경을 곤두세우던 리콜라이 2세는 발포 명령을 내렸다. 외유 중에 현지 사정을 정확하게 판단을 하지 못했던 결정적인 과오였다.

과잉진압 이게 화근이 되었다. 피를 맛본 노동자, 농민 그리고 사회주의자들이 성난 파도처럼 일제히 봉기했다. 사회주의가 무엇인지도 모르는 일반 백성들까지도 맹목적으로 레닌을 지지했다. 사회주의 제도를 드높이 외치며 공평한 사회를 이룩하겠다는 레닌의 외침에 현혹된 무리가 일제히 반기를 들었다. 사유재산을 강제로 몰수하면서 백성들을 마구잡이로 죽였던 스탈린의 포악한 정치가 도래될 줄 꿈에도 모르고 황제의 사살 명령에 일부 노동자, 농민들이 피를 흘리면서 죽었다니까 백성들이 무조건 레닌을 지지하였음으로 위대한 황제국 러시아 제국이 멸망하게 된 원인이 되었다. 공산주의자들은 한번 물면 절대 놓지 않는다는 사실을 실감케 했다. 많은 노동자의 호응을 받던 레닌은 민족혁명으로 격을 높이면서 정부군과 정면 대결을 했다.

한편 반란군들은 만국평화조약회의를 무사히 마치고 리콜라이 2세 황제가 가족들과 휴양을 즐기고 있다는 사실을 사전에 알고 있던 레닌 일파가 기습 공격을 감행했다. 마지막 만국 평화를 전 세계에 외치고 가족들과 함께 외유 중이었던 리콜라이 2세는 휴양지에서 이렇게 대책도 없이 1917년 폭도들의 기습을 받아 가족들은 현지에서 참변을 당했고, 황제는 폭군에게 체포 감금되었다가 비참하게 처형을 당했다. 니콜라이 1세는 30년 동안 집권을 했으나, 2세는 재위 1894년에서부터 1917년까지 23년간 집권했다. 이로써 위대했던 러시아 황제 정부가 무너지고 사회주의 국가 소련이 탄생했다. 그처럼도 위대했던 로마제국의 황제가 무너졌듯이 더불어 러시아 황제도 레닌에 의하여 무너지는 볼셰비키 혁명이 시작되었다. 공산주의자들은 레닌도 그랬고 모택동도 그랬듯이 다수(多數) 층 노동자, 농민들을 선동 국가를 전복시키는 수법을 동원했다. 이를 본받은 우리나라는 한술 더 떠 노조들과 학생들까지 동원하지 않던가? 심지어는 이기 어미에 유모차까지 100만 인파가 동원했다.

그뿐만이 아니다. 러시아는 1904년에 갑작스럽게 일본의 공격을 받아 1905년 5월에 발틱함대가 일본의 해군에 대패하면서 더 이상의 전쟁을 치를 수가 없을 만큼 곤혹을 치루고 있을 무렵 이 틈을 이용 레닌이 볼셰비키 혁명을 주동했으니 사실 정부가 크게 곤경에 빠져있을 때다. 일본도 마찬가지다. 레닌 혁명에 내란을 겪고 있는 러시아 정부에 약점을 놓고 기회다 생각하고 공격을 시도하게 된 동기다. 그러니까 러시아 정부에서는 레닌으로 하여금 내란을 겪고 있을 때 일본과의 전쟁도 치러야 했고 일본과의 전쟁으로 전의를 상실할 수밖에 없었던 러시아 황권 정부와 함께 리콜라이 2세 황제가 몰락하는 비운을 맞게 되었다. 1918년 3월에 정식으로 볼셰비키 혁명으로 이름하면서 레닌의 정부 소련이 탄생했다.

세계 질서가 혼란을 겪고 있을 시기다. 더구나 일본과의 전쟁에서 정부가 곤욕을 치루며 혼란을 겪고 있을 때, 리콜라이 2세 황제가 1907년 헤이그에서 세계만국평화회의를 개최할 당시 우리나라도 만국회의에 참석 세계만방에 유엔가입을 호소코자 했으나 일본의 저지로 뜻을 이루지 못하자 이준 열사가 통한을 안고 할복자살을 하지 않았던가? 그랬던 쓰라린 한을 45년 해방정국을 거처 48년 드디어 대한민국이 탄생했지만 그렇다고 유엔에 가입되는 것은 아니었다. 그 후 42년여 년 동안이나 지나서야 유엔에 가입할 수 있었으니 얼마나 오랜 세월 동안 기다림의 염원이었던가? 장장 84년의 세월 동안 민족적 설움이 아니던가?

유엔의 회원국이 아니면 우선 국제간에 격이 다르고 독립국으로서의 위상을 인정받을 수가 없다. 부연해서 설명하자면 국가로서의 자격을 인정받지 못한다는 것이다. 즉 너희들은 국가가 아니라는 것이다. 그렇다면 어느 집단적인 모임으로밖에 취급을 받을 수밖에 없지 않던가. 사사건건 국제사회로부터 냉대뿐이다. 얼마나 서럽고 분통할 일이든가.

우선 국제간에 문화교류와 특히 경제적인 거래가 자유로울 수가 없다. 차관도 안 되었다. 평화적 상징으로 다만 스포츠만 세계올림픽 경기를 비롯 기타 경기에 참여자격을 허용해줄 뿐이다. 다른 모든 교류는 제약을 받았다.

독일 통일

1.

역시 독일민족은 위대했다. 2009년 11월 9일 독일을 통일시켜주었던 주인공들이 다시 한자리에 모였다. 앙겔라 메르겔 독일의 수상이 초대했다. 메르겔 독일 총리는 동독 출신 정치인이다. 분단의 당사국 서독엔 전 헬무트 콜수상, 러시아 전 대통령 미하일 고르바초프, 미국 전 대통령 부시가 한자리 모여 회고담을 하는 것을 텔레비전에서 대담형식으로 톱뉴스로 방영했다.

사실상 독일 통일을 영국과 불란서까지 유럽의 모든 나라가 반대하는 것을 그들이 극적으로 통일을 이루어낸 주인공들이다. 동, 서독으로 갈라졌던 베를린 장벽이 무너지면서 독일이 통일을 가져오게 된 역사적인 날이었다.

1989년 11월 9일. 극적으로 통일을 가져온 독일 정부가 20주년 만에 역사적인 날을 기념하기 위하여 축하 행사를 대대적으로 준비했다. 그런 독일 통일을 축하하기 위하여 수십만 인파가 베를린으로 몰려들기도 했다.

통일 독일을 대표한 앙겔라 메르켈 총리는 사뭇 흥분된 표정으로 외국의 사절과 하객들을 맞이했다. 그 자리를 축하하기 위하여 냉전 기간 자유 서독의 수호자였던 미국을 대표한 힐러리 클린턴 국무장관도 참석했고, 2차 대전 후 독일 분단을 결정한 4대 열강을 대표해서 영국의 고든 브라운총리, 프랑스의 니콜라 사르코지 대통령, 러시아의 드미트리 메드베데프 대통령이 참석했다. 그야말로 세계를 지배할 수 있는 최열강 국가대표들이 한자리에 모였다.

EU(유럽연합) 27개 회원국 정상들은 최근 리스본조약 비준과 함께 한 발 더 다가선 통일 유럽에 대한 축하도 겸했던 행사다. 메르켈 총리는 베를린 장벽이 붕괴될 당시 동독인들이 자유를 처음 맛본 보론홀머 다리에서 베를린 장벽 붕괴의 숨은 주역 미하일 고르바초프 전 소련 대통령을 맞는 퍼포먼스도 선보였다. 그랬다. 누가 뭐라 해도 독일 통일의 주역은 분명 전 러시아 대통령 고르바초프였고, 그 사실을 아는 독일 국민은 고르바초프에게 기회에 뜨거운 환영과 더불어 감사를 했다. 고르바초프를 비롯해서 행사장에 참석한 여러 요인들 말고도 전 세계인들이 독일 국민과 함께 축하 찬사를 마음껏 보내주었다. 소련 초대 대통령으로 집권에 성공은 못 했을망정 독일을 통일시켜주었으니 그 업적 세계사 영웅으로 영원하리라.

베를린 장벽이 무너지는 역사적 의미를 깨닫게 해주기 위하여 재현된 1천 개의 도미노가 차례로 쓰러지는 장면은 행사장에 모인 관객들에게 흥분의 도가니 환호의 함성은 하늘을 찔렀다. 공중엔 만국기가 휘날렸고 평화를 상징하는 비둘기가 푸른 하늘을 화려하게 수놓아 맘껏 축제의 분위기를 장식했다. 세계에서 유일하게 분단된 우리 국민이 보기에 감개무량 부러움의 대상이 아닐 수 없었던 장면이었다.

2.

독일 통일은 45년 5월 독일 패망과 함께 분단 44년 만에 이뤄낸 쾌거다. 역사적인 그 장면을 화려하게 연출한 일등공신은 뭐니 뭐니 해도 대 주역을 맡았던 고르바초프 전 러시아 대통령이다. 옆에서 음과 양으로 조언을 해준 부시 전 대통령께도 감사를 드린다고 헬무트 콜 서독 전 수상은 승리를 쾌감하듯 20년이 지난 그 순간에 흥분을 감추지 못하고 대담들을 나눴다. 미국의 레이건 대통령도 한몫했다.

지금 생각해도 높이 2.5m 두께 1m나 되는 태산 같았던 거대한 베를린 장벽이 흙더미처럼 무너지는 광경은 누가 보아도 장관이었습니다.

감격적인 장면이었기에 자기의 의지로 자기가 무너트렸을망정 극적이었다고 회고하는 미하일 고르바초프의 표정도 몹시 상기되어 있었다. 세계사적인 위대한 업적이 아닐 수 없고 앞으로도 그 위대한 역사는 영원히 찬란하게 빛날 것이다. 고르바초프는 영원한 독일 국민의 은혜로운 인물이 되어 영원하게 대접을 받을 것이다.

분단된 독일도, 대한민국도 당시 통일에 열쇠는 고르바초프 러시아 대통령의 손안에 들어있었다. 준다고 다 소화되는 것은 아니지만 독일인들은 해냈다. 무엇보다도 거기엔 국민적 통일의 여념이 있어야 했고 경제적 능력도 있어야 했다. 그 엄청난 선물을 고르바초프로부터 헬무트 콜 전 수상은 용케도 잘 받아냈다. 사회주의와 민주주의 이념 대결에서 분단된 국가 중에서 민주주의로 통일한 국가는 오로지 독일뿐이 아니던가. 나머지 장개석의 국민당의 중국도 사회주의자 모택동에 의하여 통일했고, 러시아 제국을 레닌이 사회주의로 통일했는가 하면, 베트남도 호지명에 의하여 통일했다. 마지막 분단국 한반도가 어떻게 통일할는지 이는 세계사의 관심거리이기도 하다.

유감스럽게도 한반도에는 북한의 젊은 김정은이 핵무기를 보유하고 있다. 그렇다면 한반도의 통일은 앞으로도 10년이 갈지 100년이 갈지 5백 년이 갈지 막연하기만 할 뿐이다. 삼국이 칠백 년을 지탱했고, 고려가 오백 년을 지탱했는가 하면, 조선이 오백 년을 지탱했다. 그렇듯이 지금 한반도의 분단도 그렇게 안 되리란 어떤 보장도 없다. 우리나라 같은 경우는 분단되었다 하면 오백 년을 지탱했으니 말이다. 불미스러운 것은 김정은이 핵무기 개발을 완성했으니 남한이 통일하기는 물 건너간 것이 아니겠는가. ICBM 탄도미사일에 다탄두 수소폭탄만 제조 장착하면 북한의 핵무기 개발은 완성한다.

고르바초프 대통령과 같은 걸출한 인물이 하늘에서 백마를 타고 오면 모를까 한반도의 통일은 너무도 막연한 길이다. 아니 김정은이 핵무기를 사용 무력으로 통일을 하고자 한다면 의외로 적화통일은 가깝게

올 수도 있기에 통일에 공은 핵무기를 보유한 김정은에게 넘어간 꼴, 한반도의 통일 안보는 이제 김정은의 선택으로 넘어간 셈이 아닐까?

대통령의 무능

그토록 염원했던 유엔 가입의 꿈이 드디어 이루어졌다. 노태우 정부 때 일이다. 독일을 통일시켜주고 난 후 1991년도에 러시아의 고르바초프 대통령이 우리나라를 방문했다. 백마를 타고 온 귀인이 아닐 수 없었다. 전 러시아 대통령 고르바초프가 페레스트로이카(개혁)가 필요한 소련 연방제도에서 내부적으로 자유를 얻고 전체주위를 종식시켜 대외 냉전을 끝내기 위하여 과감하게 실천 정치개혁을 하는 과정에서 국가 경제가 파탄지경에 즈음했을 때다. 또 신 개념 자유시장 경제체제를 구현고자 시도를 했으나 일부 시행착오가 있었기에 경제적 어려움을 겪게 되었을 때다.

고르바초프 대통령이 우리나라를 방문 노태우 대통령과 제주도에서 정상 회담을 가졌다. 거기에서 최종 합의사항이다. 우리나라에서는 러시아에 30억 불을 유상으로 차관을 주기로 했고, 그 대가로 고르바초프는 유엔 가입권과 중국과 교류할 수 있는 선물을 주기로 극적 합의했다. 언감생심 굴러온 떡이었다.

앞에서도 언급한바 바이체커 독일 대통령의 기자회견처럼 독일 통일이 그냥 거저 온 것이 아닌 바로 경제라 했듯이 사회주의 서기장 체제를 대통령제로 개혁하는 과정에서 러시아 경제가 급작스럽게 위기를 맞게 되었을 때다. 빠르게 국가 경제가 무너지고 사회경제가 혼란을 거듭하면서 고르바초프는 당장 국가 경제와 시장경제를 살릴 돈이 필요했다. 거기엔 개혁을 주도한 고르바초프의 정치생명도 걸려 있었기에 심각했다.

고심 끝에 박정희 대통령이 경제개발을 하기 위한 적과 동침하는 심정으로 일본과 협상했듯이, 고르바초프 대통령 역시 서독의 헬무트 콜 총리를 찾아갔다. 그 자리에서 고르바초프 대통령은 헬무트 콜 총리에게 통일을 시켜줄 테니 돈을 달라고 솔직한 심정을 털어놓았다. 여기에 서독의 헬무트 콜 수상은 즉석에서 쾌히 승낙했단다. 이렇게 해서 고르바초프는 서독의 헬무트 콜 수상에게 통일의 선물을 선뜻 내놓았고, 콜 총리는 고르바초프에게 경제적 지원을 즉석에서 승낙했다. 이렇듯 독일은 사실 경제로 통일을 얻어낸 셈이다.

물론 영국과 프랑스 주변 국가들의 반대에도 불구하고 이를 과감하게 추진한 고르바초프의 지원 아래 헬무트 콜 총리가 이루어 낸 역사적인 성과라 하겠다. 주변 국가들의 찬반 논란과 더불어 순조로울 수만은 없었던 여건에서 이를 지혜롭게 극복 통일을 가져왔다는 것은 관계자들의 능력으로 봐야 하지 않겠는가. 역시 일등국민 게르만 민족의 긍지와 국민총화도 한몫 했다.

이렇게 우리나라도 서독의 경우와 비슷했지만 아쉽게도 통일이 아니라 유엔 가입이었다. 그 덕에 한국도 유엔가입을 하게 되었다지만 아쉬운 감 없지 않다. 국제적 위상으로 볼 때 이도 엄청난 성과가 아닐 수 없다.

유엔의 문턱에서 우리나라가 유엔회원국으로 가입시켜주기를 바라고 얼마나 목이 타도록 염원하며 서러움을 겪었단 말인가. 그 꿈이 제주도에서 고르바초프 대통령이 노태우 대통령과 극적인 합의문서에서 이루어진 것이다.

특히 8·15해방 후부터 줄곧 유엔의 문턱에서 서성거렸지만 특히 소련을 비롯한 중국 등 공산주의 국가들의 절대적 반대로 번번이 무산될 때, 우리 국민이 얼마나 좌절을 하고 울분을 했던가?

1945년 8월 15일. 일본이 항복하자 유엔이 제네바에서 얄타까지 전후처리 안건을 놓고 숨 가쁘게 협상하는 과정에서 대한민국이 분단되었다. 그 소식에 우리 민족들이 얼마나 울분했던가를 하늘이 알고 땅이 안다. 그로 인하여 우리나라가 국제사회에서 비회원 분단국으로 얼마나 멸시를 당했고, 그 설움을 얼마나 겪어야 했던가. 하지만 통일의 기회를 놓친 노태우 대통령의 무능은 8천만 민족에게 크나큰 실망을 주었다. 따라서 유엔가입 성과도 노태우 대통령의 업적이 아니라 고르바초프의 배려였다.

전쟁고아와 이민 가족사

1.

역시 무능했던 노태우 대통령은 그런 귀중한 통일에 기회를 놓치고 말았다. 손이 작아서 그 좋은 선물을 못 받아냈다고 하니 정말 속 터질 일이었다. 이는 영원히 가슴 아픈 기억으로 남을 것이며 역사적으로 영원히 후회할 것이다.

분단국가들이 저마다 통일을 이룩했는데 오로지 한반도만이 70여 년이 지나도록 통일을 하지 못한 채 극과 극으로 대치하고 있는 실정 언제 통일을 가져올지 막연할 뿐 민족의 아픈 한을 누가 있어 풀어줄 손가?

한반도의 통일은 막연한 채 통일의 대가로 무엇을 얼마나 더 많이 희생을 치러야 할지 누구도 알 수 없는 실정에서 6·25와 같은 엄청난 참극이 또 있어서는 아니되지 않겠는가?

흘러간 세월이 할퀴고 간 상처는 아직도 아물지 않은 채 이 시간에도 상봉에 그날만을 학수고대 기다리며 죽어가는 일 천만 이산가족들이 무너지는 베를린 장벽을 보면서 어떤 생각을 하고 있었을까 가히 짐작이 간다, 그 장면 예사롭지 않았을 터이니 말이다.

이산가족뿐이겠는가? 전화(戰禍) 속에는 언제나 고아들이 발생하게 마련이다. 우리나라 전쟁에서는 20만 명의 전쟁고아들이 타국으로 입양이 되었다 하지 않던가? 그들 역시 이산가족들과 다름없는 한을 지닌 사람들이다. 그들에게는 지금까지 정부에서도 별다른 관심과 정책도 없이 버려진 민족일 뿐이다. 그런 그들이 극적인 눈물로 상봉하는 장면들이 텔레비전으로 가끔씩 반영이 되지 않던가? 그들 중에는 피부색이 다른 사람들도 있고 입양 2, 3세들도 있다. 역시 전쟁의 피해자들이다. 모진 삶 모진 역경을 굽이굽이 딛고 타국 멀리에서 살아온 비극의 주인공들이다. 조국을 잃은 그들의 슬픔을 우리가 한번 쯤 기회에 살펴볼 일이다.

통일! 과연 한반도에서도 그런 극적인 날이 올까, 막연한 희망 속에서 좌절하는 그들과 함께 뿜어내는 허국(許國) 소리가 만천하에 울려 퍼진다고 누가 있어 들어줄 것인가?

44년 동안 분단의 세월 속에서 동, 서독 간 크고 작은 충돌이 왜 없었겠지만 한반도의 입장과 사정은 사뭇 달라 너무나 인상적인 장면이었다.

끊임없는 북한의 도발로 한반도에서는 6·25의 민족전쟁까지 치렀음에도 불구하고 앞으로도 마찬가지 크고 작은 충돌은 바람 잘 날이 없으니 통일에 그날까지 남, 북간의 대립은 변함없이 이어질 것이다. 김정일이 죽으면 한반도의 통일이 가능하다고 했었다. 그런데 지금의 김정은은 핵무기까지 완성단계에 있다. 김일성이나 김정일보다도 더 강력한 정부체제를 김정은은 완성하고 있다. 그러기에 더구나 통일 독일의 축하 행사야말로 우리에게 경망의 대상이 아닐 수 없었다.

북한은 한반도에 도려낼 수 없는 악성 종기와 같은 위험 존재 우환의 대상이 아닌가? 노태우 대통령 참으로 해볼 도리 없는 인물, 통일은 막연한 채 가슴을 쥐어짜고 있는 이산가족 후예로서 승민과 수정이 느끼는 심정도 어찌 다를 수 있으랴.

통일 20주년 행사에 참석했던 통일 독일 초대 대통령 바이체커의 기자 인터뷰는 매우 인상적이었다. 독일이 통일할 수 있었던 정치 상황을 고려치 않을 수 없기에 참고하는 바이지만 결정적인 계기는 경제였다고 그는 힘주어 소감을 피력했다. 모든 국력은 경제에서 나온다 했다.

부연해서 이야기이지만 서독이 경제로 통일했듯이 세계 경제가 불황인데도 불구하고 한국의 경제가 심상치 않게 세계 10위권으로 성장하는 모습을 볼 때, 한반도에서의 통일도 멀지 않다고 바이체커 대통령은 거침없이 말을 했다지만 이를 우리 국민은 칭찬으로 받아 들어야 할까, 위안으로 받아들어야 할까, 아니면 반성의 계기로 삼아야 할까 헷갈린다.

핵무기가 아니면 북한은 무너진다는 김정은의 망상은 현재도 한반도를 긴장시키고 있다. 미국도 긴장하고 있다. 그런 망상으로 북한을 통치하고 있는 김정은이 존재하고 있는 한, 북한은 절대 핵무기를 포기하지 않을 것이란 예측 아래 미국의 트럼프와 김정은의 회담이 과연 좋은 결과를 가져올지 예측만 무성했었다.

북한 경제가 언제 무너질지 불투명한 상황에서 반면에 한국 경제가 고도성장을 계속하고 있으니, 독일 바이체커 대통령은 한반도의 통일도 멀지 않다고 서슴없이 예측은 하고 있으나, 핵무기에 위협을 받고 있는 당사자 남한으로서는 너무도 막연한 통일이다. 강대국으로 부상하고 있는 중국과 북한이 혈맹하고 있는 한반도의 통일은 물 건너가지 않았나 싶다. 중국과 러시아는 절대 한반도의 통일을 원치 않고 있다. 오히려 즐기고 있으니 실망스럽지 않던가? 민족적 이념 대결이라지만 집권욕과 권력다툼으로 커다랗게 장애요인으로 가로막고 있으니 오늘날과 같은 추세라면 김정은의 적화통일이 평화통일보다 먼저라는 것이다.

2.

6·25전쟁 무렵 가난한 조국 가난한 가정에서 부양 능력이 없는 부모들이 철모르는 어린아이들을 낯선 이국땅 낯선 사람들에게 보낼 수밖에 없었던 20만 명의 입양아가 있듯이, 도저히 살길이 막연 대책을 마련하지 못했던 사람들이 어디를 간들 이만 못하랴 하는 심정으로 그리운 고향산천 조국 땅을 등지고 너도나도 무작정 이민을 선택한 사람들이 또 있었다. 이민 1세대라 한다면 나라를 일본에 빼앗기고 일본인들의 경찰이나 헌병들의 학정에 못 견뎌 이민을 선택한 사람들이 있었는

가 하면, 이민 2세대라 하면 8·15해방 후 6·25를 거치면서 전쟁피해자들로 시작된 세대들이다.

이들 중에서 먼저 입양아들을 떠올리고 싶다. 8·15해방이 되고 1948년도 이승만 박사가 건국은 했다지만, 36년간 아니, 1894년도 동학란과 명성황후 살해 때부터라면 51년 동안 일본인들의 학정과 착취 속에서 정치, 경제, 군사, 문화를 비롯 모든 분야에서 무엇 하나 남아난 것이 없었던 시절에 6·25전쟁까지 겪어야 했으니 나라는 나라 꼴이 아니었다. 무엇보다도 초근목피로 연명할 무렵 미국의 잉여농산물(알람미)을 구걸해서 부족한 식량을 보충도 했다지만 완전 충당하기까지는 턱없이 부족했다. 부족한 식량을 다소라도 메꾼다는 것이 식구를 줄이는 비운의 방법이었다. 어쩔 수 없는 선택 가슴 아프게 보내는 부모 마음에 철모르는 어린아이는 무었도 분별을 못 한 채 낯선 이국땅에 입양아로 떠나야만 했다. 그 아이들은 누가 부모인지도 모른다. 그 아이들이 커서 철이 들고 그리운 나머지 고국을 찾는다지만 어릴 적 기억으로 고국까지는 찾아올 수 있어도 부모형제들까지 찾는다는 것은 불가능했다. 고향이 어딘지도 모르고 부모형제의 이름조차 알 수 없으니 막연할 뿐 허탕치고 되돌아가는 입양아들 실망과 슬픔이 왜 아니 크겠는가?

억장이 무너질 일이다. 그런 그들에겐 정부에서도 전혀 배려가 없다. 또 그들이 2세 3세가 가정을 형성하고 있으나 국가에서는 그들에게 전혀 대책이 없다. 이유라면 단지 가난 때문에 부모는 어린 것을 보내야만 했고 어린 것은 떠나야만 했다. 누가 만든 비극인데 그들에게 이산가족 찾기라도 고국에서 해준다면 얼마나 고마워하겠는가?

이민가족들도 마찬가지다. 사상 따위하고는 전혀 상관없이 가난한 대한민국에서는 더 이상 배가 고파 살 수가 없다고 조건 없이 떠난 사람들이다. 조국이 그들에게 희망을 주지 못한 대신 조국에 절망을 느낀 그들은 오직 살길은 이민뿐이라 생각하고 저마다 쓸쓸하게 떠난 사람들이다. 너무도 가난한 조국에서 굶어죽느니 차라리 이민을 선택한 동족들의 최후 선택이었다. 국가와 민족을 망라해서 어디든 사람이 사는 곳이라면 우리의 가난한 땅에서 사는 것 보다 났겠지 하는 막연한 희망을 갖고 떠난 사람들이다. 이렇게 무작정 떠난 이민들이 작은 나라 작은 민족이지만 세계 어느 나라를 막론하고 유럽 지역이든 아메리카 대륙과 중동 중앙아시아 대륙이든 받아만 준다면 어떤 조건도 따지지 않고 우리나라보다는 났겠지 하는 막연한 기대로 가야 했고 어떠한 일이든지 뼈가 부서지도록 일을 했다. 거기엔 인권도 없고 근로기준법도 없었으며 밥은 주는 대로 먹고 일은 시키는 대로 했다. 심지어는 때려도 맞으면서 죽으라면 죽는시늉까지 잘못했다고 빌면서 주로 농사일을 할 때 밤낮을 가리지 않고 목구멍에 풀칠이나 했으니 그 고생 참아 입에 담을 수 없을 만큼 꼭 짐승 대우를 받으면서 일을 했단다.

미국이 국토를 개척할 무렵 부족한 인력을 충당하기 위하여 미개발국 아프리카 대륙에 가서 흑인들을 마구잡이 강제로 납치해다가 일을 시켰던 노예들과 조금도 다름없는 생활을 우리 민족이 당했다면 그런 그들 앞에서 오늘날 이념 대결로 민주주의나 찾으며 권력다툼을 하는 사상논쟁 파들에게 이제 그만 허세로 위장하지 말라고 당부하고 싶다. 우리 국민에게 민주주의는 아직 사치일 뿐이다.

이제는 그들 2세 3세들이 뿌리를 내리고 살아오면서 정착 성공한 사람도 간혹 있다지만 그렇지 못한 사람들이 고국이 그리워 찾아오고 싶어도 제반 규정이 까다롭고 더구나 환율로 발목을 잡고 있단다. 점점 인구가 줄고 있는 우리나라 형편에서 다국적 국민을 받아들이는 대신에 민족의 피를 이어받은 그들에게 귀국할 수 있도록 정부에서 대책을 마련 대폭 받아주는 것이 인도주의요 배려차원이 아닌가 싶다. 백의민족의 긍지를 살리는 일은 역사의 사명이다.

일본 본토와 사할린 동포도 마찬가지다. 그처럼도 간절하게 고국이 그리워 안타깝게 기다리는 입양아들이나 이민족들에게 우리 정부에서는 외면 관심조차 없다는데 안타까운 일이 아닐 수 없다. 그런 입장에서 세월 호 사건은 왜 그처럼도 좌파정부에서 우대를 하는지 까닭을 모르겠다.

3.

천안함 사건과 희생된 병사들은 3천3백만씩만 보상을 해주면서 세월호 사건이나 5·18 사건에는 10억 내지 15억 정도씩 보상을 해주었다니 깜짝 놀랄 일이다. 뿐만이랴? 공무원 채용시험에 10% 가산점과 의료비 등 11가지 각종 혜택과 기념관 건립 등 금전 혜택을 베풀고 있다니 그래서 4·19 사건에서 세월호 사건에 이르기까지 유공자가 세계에서 가장 많다고 하니 이것도 과연 자랑꺼리가 될까? 5·18 유공자가 오천 명에 이른단다. 40여 년이 지난 오늘날에도 유공자는 계속 늘어나고 있다는 것이다. 세월호 사건도 보상 대상자가 점점 늘어나고 있단다. 세월호 사건도 국가처우 개선은 5·18과 다름없단다. 세월호 희생자가 국가유공자 대우라니 정말 엉뚱한 일이 아닐 수 없다. 정말 못 말리는 문재인 정부다.

5·18 유공자에게는 공적서가 없단다. 그렇다고 세월호 참사에 공적서가 있을리 있겠는가? 그들은 공적서도 없이 유공자가 되었다. 끼리끼리 서로 보증만 서주면 유공자 서열에 오른단다. 국가유공자는 반듯이 공적서가 작성되어야 마땅하다. 따라서 그 공적서나 유공자 명단은 전 국민에게 영광스럽게 공개되어야 하고 국민에게 인정을 받아야 영광스런 일인데 안타깝게도 그게 비밀처럼 공개를 꺼리고 있다니 웬일일까? 이유는 가짜 유공자들이 너무 많이 포함하고 있고 거기엔 정치권 인물들도 대거 포함하고 있기 때문이란다. 간첩사건으로 구속된 사람도 전 서울시장 박원순도 포함 가짜 유공자가 13명이 된다니 너무 엉뚱하다. 6·25 참전 전사자나 월남파병 전사자에게 지급되는 원호 보상금은 고작 18만원이란다.

4.

촛불혁명으로 탄생한 정부라면 무언가 선명해야 하지 않을까? 대통령을 두 명까지 구속 처벌을 해야 옳은 건지? 국민은 묻고 있다.

386세대들! 당신들에게 가난을 물려주지 않으려고 당신들 부모들이 얼만큼 허리띠를 졸라맸고 공부를 시키기 위하여 어떻게 고생을 하면서 살아왔는지 그래서 세계 10위권 경제대국을 이룩했는지 알고는 있다는 건가. 그런 부모들의 공은 인정치 않고 컴퓨터를 모르고 스마트폰을 모른다고 그래서 무식하다고 천대를 하면서까지 사치스런 민주주의나 찾으며 권력과 금욕을 탐하는 파렴치한 행위는 당연히 반성해야 마땅하지 않겠는가? 적폐청산 먼 훗날 당신들을 꼭 재조명할 것인바 역사의 죄인이 되어서는 아니 될 일이기에 각성해야 마땅할 것이다.

같은 민족끼리 통일에 발목을 잡는 행위로 좌파니 우파니 이념 논쟁으로 복잡하게 얽혀지는 국내 정치 사정도 빼놓을 수 없다. 자기 입신과 밥그릇 챙기기 바쁜 정치인들에게 과거도 그랬고 현재도 그렇다. 그 밥에 그 나물 누가 누구를 탓할 손가. 정부 타도를 목적으로 하는 촛불 시위가 그치질 않고 있으면서 국민 불안을 자초하는 마당에서 언감생심 무슨 통일을 기대하겠는가. 사상논쟁으로 얼룩지는 정치인들과 강성노조에 이르기까지 통일을 가져올 기본자세가 먼저 안 된 판에 국민을 기만하는 행위는 이제 그만둬야 할 것이다.

북한 당국이 난장판이 되어버린 남조선 국회영상물을 평양인민문화궁전에서 2009년 11월 9일에 북한 최고위급 간부들을 모여 놓고 방영을 했단다. 영상물 내용은 2009년 10월 초 국회의사당에서 민주당 소속 문학진이 해머와 전기톱으로 국회의사당 시설물들을 파괴했는가 하면 민노당의 강기갑 의원이 의장실에 침입 책상을 뒤엎는 난동을 부리는 모양, 그리고 여성 국회의원 이정희가 명패를 집어던져 깨버리는 등 국회의원끼리 서로 멱살을 잡고 발차기까지 싸움질하는 개판 5분 전 장면이었단다. 또 남조선의 혼란 그 자체와 함께 MH 전 대통령을 MB 역도가 못살게 굴어서 자살했다는 내용도 포함되어 있었다는 것이며, 자유를 부르짖는 민주주의도 한계점에 도달했으니 남한이 망할 날도 멀지 않은 시점에서 인내심을 가지고 통일의 그날을 기다리자고 자축을 했단다. 그 자리에는 대부분 군 고위층과 노동당 간부들이면서 현재 북한 정부를 이끌어 가는 핵심요인들이었단다.

진시황제의 업적과 명예회복

1.

중국의 진시황제가 생각난다. 시황제(始皇帝) 그는 BC 259~210 진(秦)나라의 36대 황제다. 통일왕조의 진(秦)의 시조요, 이름은 정(政)이다. BC 221년도 전국춘추시내 7개 여러 나라를 정복 통일을 완성한 제황(帝皇)으로서 자신만이 가지는 존업(?業)을 세운 위대한 황제다.

중국의 역사상 초대(初代)국가는 하(夏)나라다. 치수에 공로가 있는 우(禹)가 순(舜)의 선양(禪讓)을 받아 세워 17왕조 439년간의 역사를 가진 나라다. 다음은 상나라다. 상나라는 탕 임금이 명조에서 하나라의 주력군을 격파시킨 후 건국을 했지만 주(周)나라에 멸망하기까지 처음으로 국호를 가진 나라로서 중국의 최초의 나라다. BC 1027 주(周)나라는 중국의 한 왕조로서 BC 1027경 은나라와 상나라를 멸망시킨 후 호경(鎬京)에 도읍한 나라로서 BC 249년에 전국춘추시대 진(秦)나라에게 멸망 때까지, 778년간 중국 역사상 가장 오래된 나라이다. 은나라도 있다.

이처럼 춘추시대를 통일한 제국이 크다 보니 황제라는 칭호도 시황제가 처음 사용한 존칭으로서 황제 존칭이 마땅했다. 전국춘추시대에 2/3의 진(晋)에서 진(秦)나라가 전국을 통일까지(403~221 BC) 진(晋)나라, 초(楚)나라, 연(燕)나라, 제(帝)나라, 위(魏)나라, 조(趙)나라 등 7웅들이 저마다 제국을 건국했다. 이때 4분 5열로 유명무실화했던 주(周)나라가 질서를 붕괴시켜 자유경쟁으로 산업, 상업, 문화 등을 발달시켜 제자백가(諸子百家)를 이루어 낼 무렵 정(政)이 진(秦)의 황제로서 중국 역사상 처음으로 통일제국을 세운 인물이다. 그가 유학자들에게는 비판을 받았으나 행정 관료들에게는 통일제국을 세운 개척 정신과 진취적인 인물로 높이 평가를 받았다 한다.

시황제는 13세로 정치기반이 혼란했던 시기에 황제가 되었다. 아버지 장양왕으로부터 기구한 운명을 타고난 시황제다. 진(秦)나라에서 소양왕 40년에 태자가 사망하고, 둘째 아들인 안국군이 태자로 책봉되었다. 안국군에겐 아들이 20여 명이나 있었다. 그중에 장양왕 자초도 있었다. 자초의 어머니는 하희(夏姬)라고 하는데 안국군의 총애를 잃어 자초는 불행하게도 조(趙)나라의 인질로 보내졌다. 이를 본 무역상 여불위가 자초를 극진히 우대하여 안국군과 화양부인에게 공작을 꾸며 세자로 책봉시켰다.

소양왕이 사망하자 안국군이 왕위에 오르니 이분이 즉 효문왕이다. 그는 화양부인을 왕후로 삼고 자초를 태자로 삼았다. 효문왕이 1년 만에 죽자 자초가 왕이 되었다. 이가 시황제의 아버지 장양왕이다. 여불위의 시종 무희(舞姬)가 임신한 몸으로 자초에게 시집을 가서 아들 정(政)을 낳았다. 정(政)은 여불위의 아들이지만 그렇게 해서 장양왕의 아들이 되었고, 장양왕이 재위 13년에 붕어(崩御)하자, 정(政)이 왕위에 오르니 이분이 바로 시황제(始皇帝)다. 그는 어머니 무희(舞姬)에 의하여 13세에 왕위에 올랐고, 어머니의 섭정(攝政)하에 8년간을 황제로 있다가, 스물한 살 되던 해부터 친정을 하게 되었고 그때부터 그의 정치적 야망이 발동했다.

정(政)은 황제가 되면서 먼저 인적 쇄신을 단행했다. 구태의연한 장양왕 시대의 정부 요인들을 과감하게 모두 숙청했다. 권력에 탐하여 무소불위로 중상묘략을 해서 반대파들을 죽이고 귀향 보내기를 일삼던 자들은 그 죄의 정도 따라 사형을 시키거나 귀향 보냈고, 부패한 자들 역시 죄과의 정도에 따라 귀향도 보냈고 삭탈관직을 시켰다. 자신의 정치 이념에 잘 따라주고 충성을 바치는 자들로 등용시켜 힘차게 개혁을 추진했다.

황제에 오르자 시황세는 10년 동안 서둘러 강철 검을 개발하는 등 신무기 제조에 박차 축구장 크기의 창고 330개가 꽉 찰 정도로 대량으로 만든 후부터다. 통일 전쟁에 나선 시황제는 전국춘추시대 6개국을 모조리 정복시키면서 국토를 통일시켰다. 다음은 문자를 통일시켰다. 한문 2만 자 시대를 열었다. 현재 6만 자까지 개발했다가 최근에는 문자 혹을 줄여 알기 쉬고 간편하게 사용할 수 있도록 약식 글자를 개발했다. 그리고 말(언어)을 통일했다. 7개국 나라들이 제각각 말을 사용하므로 불편하기도 하고 사투리까지 사용하는 등 서로 간 언어 소통이 안 되어 불편을 느끼자 과감하게 이를 통일했다. 그리고 화폐를 통일시켰고 또 북쪽에 오랑캐들이 국경 접경지대에서 티격태격 말썽을 부리며 수시로 침략을 일삼자 아예 이를 막기 위하여 BC 214에는 만리장성을 축성하기도 했다. 또 외국과의 교류를 활성화하여 무역 및 상업에도 기여 경제를 개발하였고 신제품 농기구도 개발 널리 보급 식량 증산에도 다대한 공이 크다. 또 시황제는 중국 최초로 중앙집권제로 통일 정부를 세운 업적을 가지고도 있다. 중국 역사상 추적을 불허할 만큼 가장 훌륭한 으뜸 인물이면서 업적을 남긴 인물이다. 그런데 그를 일러 대부분 사람은 폭군으로 불렀다. 물론이다. 큰 업적 뒤에는 항상 노력의 대가가 따르고 노력 뒤에는 언제나 희생이 따른다. 노력의 대가 없이 이루어지는 업적은 어디에도 없다. 인간세계는 그렇게 진화해 왔다. 앞으로도 인간의 욕망이 어디까지 진화를 할지 아무도 예측할 수 없다. 예를 들어 태양계를 정복한다 해도 만족할 인간의 욕망은 멈추지를 않는다는 것이다. 더 원대하고 큰 그림이 그려질 것이다. 그런 그가 2천5백 년이 지난 오늘날에도 그를 일러 폭군이라 한다. 그에게는 정말로 억울한 일이었다. 진화하는 인간의 욕망을 거두라 한다면 진화를 멈춘 65만 종의 미물들과 무엇이 다르겠는가?

시황제는 기원전 259년 1월에 태어나서 기원전 210 음력 6월 14일 49세로 짧은 생애를 마감했다. 황권(皇權)은 36년 동안이라 하지만 13세부터 21세까지 8년간은 섭정하였으니 실지 친정은 28년간이다. 이같이 짧은 인생을 살면서 그토록 유례없는 큰 업적을 남겼음에도 불구하고 그의 불명예를 벗어나지 못하고 폭군으로 낙인이 찍혀있다. 폭군이란 닉네임은 2500여 년이 지난 지금에도 사람들은 그를 폭군으로만 알고 있다. 아방궁에서 불로초나 복용하면서 많은 궁녀를 거느린 채 호색했는가 하면 쓸모도 없는 만리장성을 축성하노라 강제 노역을 시켰다는 식에서 갖은 비방들을 다 쏟아내고들 있으면서 그를 일러 폭군으로 지칭하고들 있다. 정말 엉뚱했다.

정변에 따라 거대 중국이 헤쳐모이기를 수십 차례 거듭했음에도 오늘날 거대한 중국을 유지할 수 있으면서 한민족의 개념을 영원히 지탱할 수 있었던 원인은 글을 통일하고 말(언어)을 통일한 업적이다. 말과 글은 그 나라 민족의 숨결이요 혼이다, 말과 글이 다르면 민족 감정도 다를 수밖에 없고 동족 개념도 없다. 아주 중요한 사안이다. 이런 중대사의 업적을 시황제의 공로로 이루어낸 중국이다. 불구하고 BC 210년 시황제가 생을 마감한 후 오늘날까지 폭군으로부터 명예회복을 못 하고 있다는 것은 정말 안타까운 일이기도 했다.

물론 통일 전쟁을 하는데 많은 인명들이 무참하게 죽어갔다지만 또 무리하게 만리장성을 강제 노역으로 25,000km를 축성하노라 45,000명의 사상자가 발생했던 사실에 비난을 받기도 했다지만, 그는 분명 인류 역사에 영웅이었다. 또 중국의 공자, 맹자를 비롯해서 많은 성현이 전국춘추시대 사람이요, 그들은 진시황제의 바로 전 세대이기도하다. 시황제는 국토, 문자, 언어, 문화 등 모두 통일시킨 후, 4년 만에 마지막 경제를 살리고자 지방 순찰 중 득병을 하여 생을 마감했다. 또한 진(秦)나라는 시황제가 죽자 그 아들이 황제가 되었으나 초나라 항우(項羽)(BC232~202)에게 4년 만에 멸망했다. 또한 초(楚)나라를 건국한 항우는 유방과의 대전에서 망하고 한 나라가 탄생하는 역사를 가졌다. 처음 시황제는 폭군이라 부른 사람은 바로 한나라 시조 유방이다. 한나라를 통치하는데 전자의 업적이 너무 크면 자신의 운신이 너무 작아지기 때문이요 명분이었다.

한나라의 시조 유방은 비적출신이다. 명나라의 시조 주원장도 비적의 두목 출신들이었다 한다. 이들이 바로 붉은 머리띠 홍건적에 속하는 족속들이다.

2.

그렇다. 우리나라 말(언어)은 삼국시대부터 사용했다고 전해 내려오고 있으나 이도 확실한 기록은 어디에도 없다. 우리나라에서 가장 훌륭한 역사적인 인물로 손을 꼽는다면 글을 창조하고 그리고 현재의 지도상에 나타나는 한반도의 국경을 김종서에 의하여 압록강과 두만강을 경계로 영토를 확정시킨 업적으로 세종대왕 시대를 말할 수 있고 또, 당나라에 멸망하고 나서 고구려의 난민들을 모아 발해국을 건국한 대조영을 훌륭한 인물로 존경하듯이 중국의 시황제의 업적이야말로 그들 중국에서는 다시없을 인물이다. 중국에서는 공자와 맹자 등 많은 성현을 손꼽기도 한다지만 정치인으로서 진시황제만큼 업적을 역사에 남긴 위인은 없다.

언어와 글이 틀이면 어찌 같은 민족이라 할 수 있겠는가? 수십 차례나 분열되었다가 통합을 이룰 수 있었던 중국 통일의 근본은 말과 글을 같이 사용할 수 있었던 결속된 민족 감정이 있었기에 가능했다. 그 힘으로 거대한 중국이 지금까지 통일국가를 형성하며 누려왔듯이 민족 감정의 통합은 바로 말과 글이다. 땅은 갈라질 수 있어도 민족 감정은 갈라질 수 없듯이 진시황제는 중국의 최고 업적을 세운 인물임을 자타가 공인한다. 그런데도 2500여 년의 세월이 흘러온 지금도 시황제는 폭군이란 악명을 떨치지 못한 채 불명예를 씻지 못하고 있다. 시황제를 일러 불로초와 아방궁 이야기로 분분했다지만 49세로 단명을 한 시황제의 업적에 아낌없는 찬사를 보낸다. 시황제에게 불로초는 당치도 않은 비난이다.

마찬가지 박정희 대통령도 다르지 않다. 오천 년 역사에 명실공히 경제를 개발한 위인은 박정희 대통령뿐이다. 그런데 오늘날의 좌파세력들이 특히 YS와 386세대들이 민주주의를 주창하면서 제3공을 군사독재 장기집권으로 몰아붙이며 악평들을 쏟아내고 있다. 이렇게 악랄해야 자기네들의 정통성을 가지는 것은 아닐 진데 권력 앞에서 꼭 아부하는 자들이 그러했다. 박정희 대통령의 위대한 공을 격하시키면서 민주화를 이룩했다고 교과서까지 개정해나가며 주창을 한다. 남의 업적은 무조건 깔아뭉개는 그들의 근성 그렇다면 박정희 대통령 역시도 시황제처럼 영원히 명예회복은 없지 않을까 싶다.

386세대와 5공

1.

5·18 광주사태의 책임 관계로 몰린 전두환 대통령도 12·12 사태 후 간접선거로 집권을 했지만 성공한 정책도 있다. 첫째가 단임제를 실천했고, 386세대들의 요구에 따라 6·29선언으로 직선제를 선택했지만 어쨌든 6공이 있기까지는 단임제 공약을 지키기 위해서 헌법과 정부조직법을 개혁했다. 둘째. 3공의 경제정책을 이어받은 5공 시대에서 경제 호황을 풍미했다. 셋째. 천정부지로 뛰어오르는 인플레이와 부동산을 비롯 물가를 잡았다. 넷째, 그토록 말썽이 많았던 과외를 금지시켰다. 다섯째 88올림픽을 유치 성공했다. 프로야구를 비롯한 체육진흥에도 공로가 있다. 집권 당시는 노조들의 데모도 없었다.

6월 항쟁으로 직선 단임제를 실시했다고 386세대들은 자찬을 하지만 이는 분명 전두환 대통령의 공약 의지였다.

2.

세계사로 보면 무력으로 정권을 잡았을망정 정치와 경제를 성공시킨 지도자들도 많다. 첫째. 일본의 메이지 유신이 성공한 혁명이요. 둘째. 터키의 케말 파샤 장군이 성공을 했고, 이집트의 낫세르 대통령도 성공한 대통령이었다. 페루의 벨라스코 장군도 있고 아르헨티나 페론 장군도 있다. 나폴레옹도 성공한 지도자다. 그리고 좌파들이 군사독재 장기집권으로 몰아붙이는 5·16혁명 박정희 대통령도 성공한 대통령이다. 오천 년 역사에 최초 경제를 개발 세계 10위권으로 명실공히 위상을 들어낸 업적이 있다. 세계사 경제를 개발한 지도자로 정평이 나있는 대통령이었다. 국민으로부터 모두 존경받는 현대사 유일무이한 인물이기도 하다. 러시아와 중국을 비롯한 동남아 국가들에서 취업차 몰려오는 외국인 노동자들이 우리나라를 가장 선호 입증하지 않는가.

3.

6·10항쟁으로 우리나라 현대사를 풍미하고 있는 386세대들이 대학 시절에 과외 금지로 5공의 철퇴를 맞은 세대들이다. 그렇지만 그들의 부모들은 나는 비록 고생할지라도 내 자식들은 좋은 세상에서 잘살게 하려고 허리띠를 졸라매고 팔을 걷어붙이면서 돈이 되는 곳이라면 어디든 마다하지 않고 쫓아다닌 세대들이다.

그런데 YS가 6공 2대 대통령으로서 당선이 되면서 첫 번째 한 일이 부패청산이었다. 없는 법도 만들어서 두 명의 대통령을 구속시켰고, 사회적으로 그토록 말썽이 많았던 과외 금지를 다시 풀었다. 그의 망동을 누가 막으랴?

그 후 사회적으로 고액 과외 병폐로 얼마나 많은 혼란을 겪어야 했으며, 외환위기로 국민이 못 살겠다고 아우성들 나라가 망하는 꼴도 가져왔으나, YS는 반성은커녕 인심 쓰는 행위엔 서슴지 않았다. 5공 대통령만 천하에 나쁜 독재자로 선동 구속했으니 남의 업적을 깔아뭉개는 수법이 YS 특유의 심보였다.

돈을 벌기 위하여 총알이 빗발치는 월남전쟁터로도 갔고, 수십 Km 땅속 독일 탄광으로도 갔으며, 태양이 이글거리는 중동의 사막 건설 현장을 누비면서 죽자 살자 했고 그 돈으로 자식들 공부를 시켰다. 그런 그들의 확고한 신념과 정신이 오늘날 이 나라 이 조국을 세계 경제 대국으로 만들었고 반석 위에 올려놓기도 했건만, 그 공을 386세대들이 묵살하는 판이다. 5공에서 6·29선언을 얻어낸 386세대가 바로 좌파정권이 아니든가? 그들이 오늘날 이 나라에 정치, 경제, 군사, 문화 등 모든 분야에서 핵심 역할을 하고 있다는 것 누구도 모르지 않는다. 그런데 그들에 의하여 정부가 좌초에 위기를 맞고 있다니 심히 우려스럽다 하겠다. 핵무기를 완성한 김정은의 무력 통일의 사정권 안에 갇혀있으니 하는 말이다.

4.

공산주의 종주국 소련연방이 무너지고 동구권이 붕괴된 마당에 곧 무너질 것으로 믿어왔던 북한이 독보적으로 존재하고 있다는 것은 위험한 존재가 아니겠는가. 핵무기까지 개발한 김정은에 의하여 체제를 구축하자 덩달아서 남한의 좌파들까지 득세 드디어는 박근혜 정부를 무너트리면서 정권을 장악했다. 안보 라인이 송두리째 무너져 내리는 상황에서 국민의 불안은 더욱 고조되고 있는 판에 제발 전시작전통제권은 건드리지 말았으면 한다. 김정은의 핵무기가 서울 한복판에 떨어졌다고 상상을 해보자. 그 혼란을 누가 막을 것인가?

최근 2019년 11월쯤 짐작되는 어느 날이다. KBS 제일 라디오 17시 프로그램에서 방영된 대담이다. 경제 노예로 제3공화국 박정희 대통령이 국민을 학정을 했다는 것이다. 이런 억지 논리로 경제개발 세대를 혹한 시대로 매도하는 어느 패널리스트의 당치도 않은 방송을 경청한 바 있다. 어느 PD가 진행한 프로그램이다. 누구인지 기억이 나질 않는다. 운행 중에 차량 내 라디오에서 언뜻 들은 이야기다.

경제개발을 하노라 죽도록 고생한 부모세대들에게 경제 노예라니 너무도 당치않은 지탄이다. 이게 좌파들이 생각하는 기본 논리라면 그들의 정체는 무엇일까? 경제 노예라니? 경제가 '나일론 뽕'으로 얻어진 것으로 착각하는 세력들이 앞으로 조국과 민족들에게 어떤 위해를 끼칠지 걱정스럽다. 분명 그자도 부모세대로부터 공부를 했을 것이다. 무슨 짓을 하며 먹고 사는 자인지는 몰라도 이 나라 경제를 개발한 세대들을 지칭 경제 노예라니 정말 파렴치한 자가 아닐 수 없고 지금 경제를 떠난 그자가 어떻게 살고 있는지 궁금하다.

시황제가 영원한 폭군으로 그 불명예를 회복하지 못하듯이, 기적과 같이 경제를 개발한 박정희 대통령 시대를 그들이 독재자로 몰아붙이고 있으니 그 불명예는 영원히 회복하지 못할 것으로 여겨진다.

5.

조선왕조도 마찬가지고, 중국의 제왕들도 모두가 수십 명씩 후궁을 거느렸건만 하필 시황제만 아방궁을 운운하며 불로초에 이르기까지 악평들을 하고 있으니 공평치 못한 행위들이 아닌가? 시황제는 정치적으로 크게 실정한 바가 없다. 폭군하면 시황제, 시황제하면 폭군으로 모든 사람들은 그를 이름하여 부르고 있다.

시황제를 폭군으로 몰아붙인 유방은 비적 출신이다. 대신에 초나라 항우는 관료 출신의 귀족이었다.

오천 년 역사에 식량을 자급자족하고 세계적으로 경제대국을 이룩한 박정희 대통령을 일러 그까짓 경제는 다소 개발했다시만 독재주의자는 비난받아 마땅하다고 성토하는 그런 세력들이 돈은 더 밝히고 있으니 이것이 그들의 위선이 아닐까?

제2부

여명의 종소리

헌법

1.

1948년 5월 10일, 총선거에서 제헌국회의원들을 선출하고, 그해 7월 17일 공포한 대한민국 헌법과 정부조직법을 기초로 7월 24일 이승만이 초대 대통령에 취임했다. 그 헌법과 정부조직법은 미국과 일본의 헌법을 응용한 합법성 헌법을 기초로 입법하였기에 우리나라 후진국 국민 수준에는 걸맞지 않게 선진국 민주주의에 입각한 훌륭한 헌법이었다. 이는 오히려 비경제개발 국민으로서는 과분한 부분도 있어 다소 삐걱거리기는 했을망정 그래서 일부 시행하는 과정에서 착오도 있었지만 제일 공화국 헌법과 정부조직법 그 자체가 얼마나 훌륭했었나 다시 살펴본다. 본 헌법에 준하여 이승만은 건국 대통령이 되었고 이 헌법을 기초로 사회제도(社會制度) 즉 양반(兩班)의 특권 계급과 노비(奴婢)제도를 타파(打破)했고 토지개혁을 단행했다. 즉 양반 계급을 없애버렸고 양반들의 토지를 정부가 몰수 경작자들에게 재분배를 했다. 엄천난 사건이다. 이 사실을 당사자들은 실감을 못하고 있다지만 이는 대단한 정치적 혁명이었다. 수천 년간 전통적으로 이어온 양반과 노비제도를 개혁한 것이다. 이 제도를 삼국시대부터 작금에 이르기까지 많은 정치인이 시도했지만 모두 실패한 작품에서 이승만의 독자적 결단이었음을 비로소 밝힌다. 이래서 이승만 정부의 헌법은 훌륭했다.

또 6·25의 난국과 외침을 막아낼 수 있었던 것도 헌법을 뒷받침했던 바로 미국을 위시한 전시작전통제권이다. 그 헌법과 정부조직법이 오늘날 국가 경제와 개인 경제가 같이 살아갈 수 있는 합리적인 헌법이 되었다. 우리나라 국민 저마다 개인적인 경제는 일본과 중국을 앞서면서 미국까지 세계 어느 나라 헌법보다도 보장되는 헌법이었다. 그래서 개인들이 풍요롭게 살아갈 수 있다는 것이다. 특히 주거 시설들이 그렇다. 투자처를 못 찾는 지하경제가 일천조 원이라니 아니 그런가. 이런 개인 재산이 헌법에서 기초가 되었다는 것을 막상 혜택을 누리고 있는 국민은 모른다. 세계 경제 2위라고 하는 중국의 GNP는 2008년도 기준 2천 9백 달러 정도다. 빈 민국을 면치 못하는 수준이다. 국민의 몫을 국가가 모두 챙긴 원인이다. 그래서 중국은 14억 중 12억 인구가 경제나 문화 혜택을 못 받고 6·25 때 못 살던 우리 국민 생활과 별반 다르지 않다 한다. 국민의 몫을 국가가 착취한 까닭이다. 사회주주의 국가는 사유재산을 인정하지 않으니 그럴 수도 있다. 일본도 별반 다르지 않았다는 것이다. 국가 경제는 풍부해도 개인경제는 그만큼 미치지 못한다는 것이다.

2.

요즘 고위직 관료를 지낸 사람들과 정치인들 재산 없는 청백리 어디 있다 할까. 그들은 재산을 가졌다 하면 수백억이다. 카톡엔 대통령을 지낸 사람 중에는 수천억 원을 가진 사람도 있단다. 그 재산만 가지면 천년이 간들 재산이 마르겠는가? 대대손손 호의호식 떵떵거리며 살아가도 그 샘물은 영원히 마르지 않을 것이란다. 그리고도 경제를 개발 국민을 잘살게 해준 3공 세대들의 업적을 말살하며 독재자로 몰아붙이고 있다. 중국의 시황제를 폭군으로 몰아붙이는 행위와 무엇이 다르랴. 지금 스위스 은행에 우리나라 돈이 얼마나 유치되었는지 상상을 초월한단다.

위대했던 황제국 러시아 제국이 멸망한 원인도 노동자들의 시위 때문이었다. 물론 그 중심엔 레닌이 있었다. 레닌으로 하여금 세계가 민주주의와 공산주의 두 체제로 갈라졌고, 세계 역사의 큰 물줄기가 요동을 쳐야 했던 비운의 계기가 되었다. 레닌의 볼셰비키 혁명으로 세계가 두 체제로 되면서 특히 우리나라도 분단의 비운을 맞이했으니 거기에 얼마나 많은 피를 흘렸던가. 어느 나라건 귀족보다 노동자, 농민들의 숫자가 더 많다. 이걸 레닌이 이용한 것이고, 이런 수법이 공산주의자들의 전매특허다. 불만이 많은 소외계층 사람들을 선동 내란을 일으키는 방법이다. 그러니 화약에 불을 붙이는 꼴이다. 세상은 자기 능력으로 사는 게 아닌가? 농사꾼이 되는 것도 자기 팔자요, 귀족이나 위정자가 되는 것도 자기 팔자다. 내 욕심으로 남의 것을 강제로 탈취하는 것은 나쁜 사람들의 짓이다. 요즘 실업자 젊은이들이 목수가 연장을 탓하는 성토와 무엇이 다르랴. 출산을 기피하는 여성들로 하여금 인구가 감소하는 것은 당연하지 않은가? 각 분야에서 여성들의 활동이 두각을 나타내고 있기 때문이다. 성폭력 사건으로 장군들의 목이 추풍낙엽 비운의 시대라 할 것이다? 어디를 망라해서 일하기 쉬운 자리는 젊은 여성들이 다 차지하고 있으니 그래서 젊은 청년들의 일자리가 없다는 것이다. 지금 당장이라도 여성들이 가정으로 돌아가면 저출산 걱정 아니 해도 되고 청년 실업자가 왜 생기겠는가?

러시아 제국은 국제적으로 로마 제국 다음으로 권위가 있던 황제 국이었다. 그처럼 위대한 러시아 제국도 임금인상을 요구하는 노동자들에 의한 내란으로 멸망했다. 북한은 지금 3대 세습 정책으로서 김일성 유일사상에 독보적인 국가로서 핵으로 전 세계를 위협하고 있다. 그런 악의 축 북한과 우리는 분단을 같이 하고 있다. 그런데 우리나라 좌파들은 왜 하필 김일성 유일 체제를 선호하고 있는지 모를 일이다. 분단이 안 된 국가들이야 좌파든 우파든 상관이 없겠지만 우리나라 경우는 그들과 형편이 다르지 않은가?

웅비하는 중국

1.

1911년 신해혁명으로 청나라를 멸망시킨 손문을 비롯한 중화민국 초대 총통 원세개에 이어 장개석에 이르기까지 거대했던 중화민국도 노동자, 농민들을 선동 내란을 획책한 모택동에 의하여 몰락했다.

중국의 역사가들은 1911년 청나라를 붕괴시킨 손문을 신해혁명의 지도자로, 장개석 국민당을 몰아낸 마오쩌둥은 파(破)의 지도자로, 경제를 개혁한 덩샤오핑을 잎(立)의 지도자로 칭송한다. 손문은 청나라를 붕괴시켰고, 마오쩌둥은 국민당 장개석 정부를 무너트리면서 사회주의 이념으로 국가를 통일했으며 덩샤오핑은 국가 현대화 경제건설에 이바지했다. 위대한 오늘의 중국을 이끌어 온 그들 삼두마차는 대내적 개방으로 국토를 통일한 마오쩌둥이요, 대외적 개방은 덩샤오핑의 경제적 건설이다. 경제적 건설을 위해서는 그 잘난 민주주의 이념 논쟁에 연연하지 말고 전 인민의 결속과 힘을 모아야 이룩할 수 있다는 힘찬 결의다. 그 깃발이 지금 중국 역사에 있어 찬란하게 빛나고 있다. 샴페인을 터트려

놓고 먹을 것 다 먹고, 놀 것 다 놀면서 언제 경제를 발전시키겠느냐는 신념이다. 소득주도성장 경제정책과 저임금제 52시간 근무제는 일은 적게 하고 돈은 많이 받겠다는 정책이 아닌가?

오늘날 사회주의 좌파들의 결속력도 러시아 레닌의 혁명이나, 중국의 모택동 혁명처럼 적화시킬 수 있는 충분한 조직과 힘을 갖추고 있다는 것이다. 우리나라는 유일한 분단국이다. 상대성 원리다. 무능한 지도자 앞에는 언제나 내란이 발생하게 마련이다. 아니면 환란을 겪게 된다. 철옹성처럼 그토록 막강했던 미국의 경제도 무능한 주니어 부시 대통령의 리먼부러더스 사태로 사뭇 비틀거릴 때도 있었다.

중국은 지금 날개를 단 듯 웅비하고 있다. 중국이 세계열강으로 군림한다는 것은 한반도 통일에 큰 걸림돌이다. 중국의 웅비는 한반도 통일에 방해만 될 뿐 도움 되는 일은 없다. 지금 현재도 중국은 한반도 통일에 주도적인 역할을 하고 있고 악영향을 행세하고 있다. 중국으로 하여금 적화통일은 있을망정 평화통일은 절대 없을 것이다.

대원군의 권력욕

1.

오백 년 조선왕조가 왜 멸망했는가를 이번 기회에 원인을 다시 살펴본다. 1871년 신미양요는 미국이 국제적 통상을 맺고자 강화 해협에 군함을 정착시켜 놓고 통상을 시도했던 일이다. 대원군은 이를 무력으로 착각 대항을 했다. 그러자 원래 전쟁의 목적이 아니었던 미국에서는 대원군의 그릇된 행동에 부득이 군사적 충돌까지 갈 필요가 없다는 이유에서 조용히 물러갔다. 이를 두고 대원군은 미국을 무력으로 물리쳤다는 것이다. 엄청난 착각이었다.

이 사건으로 승자로 자만했던 대원군은 곧바로 쇄국정책으로 이어지는 비극을 초래했다. 영토 점령에 나선 세계열강들의 정책적 야심을 대원군은 헤아리지 못한 것이 아니라 착각을 했다는 것이다. 무식이 병인 걸 어쩌란 말인가?

임오군란은 고종 19년 1882년 6월에 일어난 군사 반란이다. 정권욕에 혈안이 된 대원군이 선동한 것이다. 대원군의 사주를 받은 장위영과 무위영(지금의 청와대 30경비대와 31대대)들이 부정부패를 타도하겠다고 궁궐에 침입해서 당시 황궁에 재산관리를 맡고 있던 선혜청 민겸호를 죽이고 명성황후까지 죽이겠다고 군사 반란을 일으킨 것이다. 황궁을 지켜야 할 군이 본분을 잃은 채 고종황제가 거처하고 있던 경복궁을 점령하고 황후를 죽이겠다고 반란을 했으니 나라가 온전할 수가 있었을까? 그런 힘이 있으면 일본군이나 중국군을 상대로 목숨을 바쳐 싸울 일이지 황실을 향하여 그것도 황후를 죽이겠다고 반란을 일으켰다니 이들이 바로 만고의 역적이 아니고 무엇이랴.

원인은 포수 김춘영(金春永) 등이 밀린 봉급을 지급해 달라는 요청과 함께 선혜청의 고지기와 충돌 폭행한 사건이 발단이 되었다. 이에 선혜청 단상관 민겸호가 김춘영 등 주동자 몇 명을 포도청에 감금을 시키자 대원군의 사주를 받은 장위영과 무위영의 군졸들이 합세 일제히 봉기하여 대궐을 점령했다. 밀린 봉급을 주지 않는다고 불만을 품고 있는 장위영과 무위영들에게 기회를 노린 대원군이 종복 허욱과 장순규를 시켜 시작된 내란이었다.

폭도들은 먼저 동별영(東別營)의 무기를 약탈한 다음 그 여세로 대궐까지 침범해 이최응, 민겸호, 김보현 등을 죽이고 왕비 명성황후까지 죽이고자 했는가 하면, 일본 공사관 건물에 불도 질렀고, 공사관 요원들까지 일부 살해하는 만행을 저질렀다.

다행히도 명성황후는 별감 홍계훈의 지혜와 도움으로 난리를 피하여 장호원, 민응식의 집으로 피신했다. 반란에 성공한 대원군은 즉시 예궐하여 정무를 장악하고 대행체제를 선포하며 권력을 탈취해 정권을 장악했다.

호시탐탐 조선 침략에 기회를 엿보던 일본군은 신형무기 기관총으로 무장한 군인 1천5백 명을 실은 군함이 제물포항으로 입성했다. 일본 공사관에 불을 지르고 폭파한 임오군란 반혁명적 태도에 책임과 배상을 요구하기 위한 군사 행동이었다.

빈대를 잡자고 초가삼간을 태운 꼴로 대원군의 탐욕은 분수가 넘쳤다. 일본 공사관까지 불태우고 일본인들을 살해한 행위는 일본이 조선을 침략하는데 결정적 명분을 준 계기가 되었다.

2.

한술 더 떠서 대원군과의 정적이었던 대왕대비 조씨(순조비)는 일본군을 퇴각시켜 달라는 명분으로 영선사 김윤식을 시켜 비밀리에 청나라에 지원을 요청했다. 청탁을 받은 청나라에서는 기다렸다는 듯이 마건충(馬建忠)이 정여창(丁汝昌) 등을 이끌고 3천여 명의 병력을 싣고 역시 제물포항으로 입성했다. 이도 대왕대비 조 씨의 결정적 과오라지만 모두 권력을 탐한 작태였다.

임오군란에 동원된 무위영과 장위영군을 믿고 싸우자 고집을 부렸지만 기고만장했던 무위영과 장위영들은 일본군이 입성하고 청나라군이 입성했다니까 질겁하고 뿔뿔이 도망갔다. 여기에서 대원군의 의지가 꺾이면서 대항능력을 잃은 채 마건충에 의하여 청나라로 납치되는 불운을 맞이했다. 이는 대왕대비 조 씨의 흉계였다.

명성황후가 대원군의 난을 피하여 장호원 민응식의 집에서 피신하고 있을 때다. 장위영과 무위영을 이용 반란에 성공한 대원군은 명성황후를 죽이려고 했으나 행방이 묘연하자 생사를 확인조차도 아니 하고 명성황후를 관에 못질하는 이런 만행도 부렸다. 얼마나 악랄했던가를 짐작하는 바다. 명성황후를 몰아내고 황궁 세력을 장악 천년만년 권세를 누리고자 했던 기세는 1개월을 지탱하지 못하고 몰락하는 결과를 가져왔다. 대원군과 명성황후의 다툼에서 임오군란에 일어나자, 고종은 구경만 하고 있었다니 이런 무능한 제왕이 어디 또 있었다든가? 어처구니가 없다.

따라서 일본 측에서는 반란군이 일본 공사관까지 점령해 불을 질렀으니 그 책임을 물어 조선과 일본 간에 제물포조약(濟物浦條約)을 체결하는 등 일본의 침략행위는 한 발짝 더 속도가 붙었다.

대왕대비 조 씨는 조선 23대 순조의 비로서 그토록 오랜 세월 동안 당파 싸움의 틈바구니에서 안동 김씨 60년 세도와 함께 권력의 맛을 톡톡히 본 인물이다. 고종 시절에도 호시탐탐 권력에 기웃거렸고, 조영하를 앞세워 대원군과 명성황후의 사이에서 맞서기도 했으니, 혼란한 국내 정치에 3파전으로 한몫 단단히 했던 인물이다.

대왕대비 조 씨도 대원군을 몰아내기 위해서 비밀리에 영선사 김윤식을 통하여 청국의 이홍장에게 원조를 요청 사태를 진압하려고도 했으나 사태는 대왕대비 뜻대로 가지는 않았다. 물론 대왕대비의 지원요청도 있었다지만 조선의 내정을 간섭하기 위한 청나라의 북양대신 이홍장의 견해도 다르진 않았다. 내란에 의한 황실이 무너지는 부당한 처사에 그냥 방관할 수 없다는 이유로 북양대신 이홍장은 마건충을 시켜 대원군을 청나라군영으로 유인한 뒤 누구도 모르게 청국으로 납치 감금시켰으니 이 또한 청나라가 군사행동으로 조선 내정에 간섭하는 계기가 되었다.

명성황후와 같이 일본은 조선의 개방을 요구하는 대신 청나라는 대원군의 쇄국을 지지했다. 일본과 청나라 간의 계산은 따로 있었다.

대원군의 쇄국정책은 외국의 침략이 두려워 아예 문을 닫아 외교를 단절시키는 정책적 모순에 반하여 명성황후의 개혁정책은 나라를 지키려면 무엇보다도 경제요, 또 군사력을 양성하는데 필요한 신무기 수입이 절실하다고 여겼던 정책이 대원군과 달랐다. 신무기로 병력을 무장하려면 서양에서 신무기를 수입해야 하는 것은 기정사실 국가 간 개방문호를 열지 않고는 다른 방법이 없다는 주장이었다.

3.

명성황후가 미국의 메케인으로부터 처음 전기를 도입한 것도 문화정책의 일환으로 시작된 문호개방이었다. 처음 경복궁에 전깃불을 켰을 때, 고종황제가 어찌나 감탄했던지 '저 괴물이 밤을 낮으로 바꿨구나.'

했단다. 우리나라의 전기 수입은 일본이나 중국보다 앞선 무역이었다. 이로 인해 명성황후는 외국을 통하여 신무기도 수입할 수 있다는 확신을 갖게 되었다.

우리가 신형무기를 개발 제조할 능력이 있다면 부득이 수입할 필요도 없겠지만 국내 사정은 그렇지가 못했다. 만약의 경우 당시에 오늘날의 M16 소총만 가지고 있었다면 동학란에 참여했던 3천 명의 청군이 무서워했겠는가 아니면 1천5백 명의 일본군이 두려웠겠는가. 그렇다면 오백년을 지탱해온 조선왕조가 멸망을 했겠는가?

동학란

1.

동학란을 기리기 위한 기념행사가 최근 2019년 8월에 광화문에서 거행되었다. 이낙연 국무총리는 격려사에서 동학혁명을 반듯이 재조명하겠다고 약속했고 그들에게 보상을 해주겠단다. 현 정부의 적폐청산의 일원이다.

그렇다면 다음은 임오군란이요 더 나아가 순조 때 홍경래 난과 고려 무신정권 때 최충헌의 노비로 있던 만적의 난도 민주화 투사로 재조명 보상을 해주어야 공평한 일 아닌가. 나라를 망친 동학란을 어떻게 명예회복을 시켜 보상을 해주겠다는 것인지 정말 어처구니가 없는 망상들이다. 나라를 망친 동학란을 혁명이라니 당치도 않은 일, 국가만 무너트리면 혁명이란 말인가? 동학란에 참여자는 수십만 명이다. 이어서 그 후손들과 함께 관련자들을 이렇게 저렇게 추린다면 수백만 명에 이를 것이란다. 그렇다면 5·18과 더불어 호남사람들은 모두가 유공자가 될 판이다.

부마사태도 기념일로 지정이 될 거란다. 따라서 박 대통령을 저격한 김재규도 명예회복이 될 거란 가능성이 없지 않다. 일부 민주화 세력들이 김재규 회복 운동에 꿈틀거리고 있다니 불가능한 것은 아니란 생각도 든다. 그렇다면 김재규도 민주화의 투사로 보상을 받을 것이고 기념비도 효창공원에 세워질 거란 예측도 배제할 수 없다. 적폐청산 민주화 세력들이 하는 일 불가능은 없다.

기득권을 가진 세력들이 국민으로부터 강제로 세금을 거둬서 그들에게 보상해주면 불가능할 것은 없다. 역시 내 돈 들어가는 것 아니라면 얼마든지 인심 써도 된다는 식이고 그래서 표를 얻으면 일거양득이다. 북에서 날아오는 핵무기는 병역의무자 젊은 군인들에게 목숨을 바쳐서라도 막으라고 시키면 되고 데모 진압은 의무경찰들에게 맡기면 된다. 소모품들 마구 쓰다 버리면 된다는 식이다. 그들의 목숨 값은 현행법에 따라 병장 기준 3천1백만 원씩이면 된다. 개죽음이다.

2.

동학란은 1894년 천주교도 김계남과 전봉준에 의하여 전라도 고부에서 일어난 농민봉기다. 지방 탐관오리의 부정부패와 학정에 불만 봉기를 했다. 대원군의 사주를 받았으니 동학군은 기고만장했다.

사건의 발단은 고부 군수 조병갑의 폭정에 대항하기 위하여 동학 접주인 녹두장군 전봉준이 농민들을 선동시켜 탐관오리에 대항하면서 발단이 되었다. 이 소식을 전해 들은 조정에서는 전봉준의 난을 민요(民擾)로 간주하여 고부 농민들을 제압했다. 여기에 분개한 전봉준의 동학도들이 재차 궐기를 시도하자 전 교단까지 합세함으로 사태는 확대일로로 치닫게 되었다. 이런 판에서 나라가 망하든 말든 아랑곳하지 않고 동학도들은 파죽지세로 전주성까지 점령한 다음 북진을 계속했다. 10만 대군을 동원한 녹두장군 전봉준은 호남지방을 비롯 일부 경상도와 충청도 공주까지 거늡 파숙지세였다. 그들의 목적은 황궁까지다. 최고 권력자 대원군의 사주를 받았으니 사기 충천 거칠 것이 없었다. 임오군란에 이어 황실이 최대위기를 맞는 계기가 되었다. 어쩜 대원군의 임금에 전봉준의 나라가 될 판이었다.

청·일 전쟁

1.

사태가 이토록 악화되자 조선의 내란을 진압해 준다는 명분을 얻은 청나라군이 배 30척을 이끌고 아산만에 입항하자 기다렸다는 듯이 평택에 주둔하고 있던 일본군이 개입 1894년 6월에 풍도 앞바다에서 충돌했다. 모두가 조선 침략의 야욕에서 온 경쟁이었고, 이 전투가 바로 청·일 전쟁의 전초전이 되었던 역사적인 사건(아산이 무너지나 평택이 무너지나 해볼 대로 해보라는 유명한 일화다)이면서, 동년 8월 일본의 일방적인 선전포고와 함께 해전은 청나라 위해 앞바다에서 육군은 평양을 비롯해 요동에 이르기까지 확전 청·일 전쟁이 전개되었고 12개월 동안의 전쟁 끝에 일본군의 일방적인 승리로 청나라가 완패하고 말았다. 조선 침략을 위한 쟁탈전이었다. 그랬다. 일본은 조선 침략을 위해 청나라와 전쟁을 하기 위하여 10년간 준비를 해왔다.

2.

정예부대 일본군은 아산만에서 간단하게 청나라군을 섬멸시킨 다음 공수동맹(攻守同盟)이란 미명 하에 일본군 300명으로 충청도 공주까지 진군한 동학군 10만 명과 우금치에서 교전하여 일망타진하였다. 일본군은 현장에서 선봉장 전봉준을 체포해 처형시킴으로 동학란은 진압이 되었다. 동학군 10만 명이 고작 일본군 300명에게 전멸한 진압 작전이다. 막강한 일본군의 전력과 위세를 보기 좋게 보여준 전쟁이었다. 일본의 기관총에 속수무책 당한 동학군은 오합지졸에 불과했다.

그 여파는 실로 컸다. 동학란은 결국 청나라군과 일본군을 끌어드리는 계기가 되었고, 일본은 조선의 내정간섭을 하게 된 결정적인 계기가 되었다. 그 여세로 일본의 야욕은 조선을 찬탈하는데 뜻을 이루었고, 동학란은 나라를 멸망시키는데 결정적 요인이 되었다. 3·1운동의 33인 대표인 손병희 선생도 동학도의 일원이었다.

3.

또한 노·일 전쟁도 청나라를 항복시킨 뒤 꼭 10년간 준비를 마친 일본은 1904년 5월 선전포고와 함께 결국 승리를 이끌어냈다.

일본은 러시아가 동청철도(東淸鐵道)부설권, 여순, 대련의 조차권(租借權)을 획득한 다음 다시 조선에서 일본의 우위권을 점령하기 위하여 협박하였고, 만주에 출병 노청비밀협약(露淸秘密協約)을 체결하면서 만주를 영구히 점령하고자 했다. 이에 일본은 미국과 영국의 협조를 얻어 러시아의 만주철병 교섭을 제지하기 위하여 광무 6년(1902년) 4월 8일 북경에서 만주철병조약을 맺었으나, 러시아는 이를 버려둔 채 압록강 하류 용암포(龍岩浦)를 점령해 포대를 쌓고 극동대총독부(極東大總督附)를 세워 알렉세예프(E.I alexeev)를 대총독으로 임명 군사, 정치, 외교 전권을 부여했다. 이와 같이 러시아의 극동침략이 노골화되자 일본의 대륙진출 야욕은 큰 난관에 부딪치게 되었다. 광무7년(1903년) 7월 23일 일본은 청국에 대해서는 기회균등을 조선에 있어서는 일본에 우위를 인정하라고 러시아에 요구하였으나 거절당하자, 광무10년(1904년) 2월 6일 문서로 최후통첩을 발송해 10일 선전포고에 앞서 8일 일본의 해군은 러시아의 군함을 인천에서 격파하여 여순항을 기습하고 9월 4일 요양성 14일에는 사합(沙合)을, 광무11년 1월 2일에는 여순 함락 등으로 일본이 우세하였으나, 3월 10일 러시아의 대반전에 봉천대전 이후 한때 일본은 곤경에 빠지기도 했었다. 그러나 5월 7일 발틱함대의 교전에서 승리하면서 일본이 다시 전세를 유리하게 이끌어 나갈 때, 러시아에서는 볼셰비키 혁명이 일어남으로 정부가 무너지는 내란에 노·일 전쟁에서 전투력이 바닥나자 결국 패하는 결과를 가져왔다. 기회 포착에 능라한 일본이나 마찬가지 공산주의자들의 전술전략이었다.

따라서 지칠 대로 지친 노·일 양국은 전쟁을 빨리 끝내고자 미국의 루스벨트 대통령의 조정을 받아들였고 포오츠먼트에서 강화조약을 체결했으나 전쟁은 일본의 승리가 되었다. 이렇게 러시아가 무너지자 일본은 조선 침략을 아무런 거리낌도 없이 급속히 진행할 수가 있었다.

일본은 조선을 침략하기 위하여 청·일 전쟁과 노·일 전쟁도 불사했으니 그만큼 대가를 치렀다는 것이다.

4.

조선왕조 25대왕 철종의 후사가 없자 12세 된 둘째 아들을 대왕대비 조 씨의 양아들로 입적을 시켜 고종을 왕위에 오르게 한 이하응의 업적은 인정하나 아버지가 섭정했던 경우는 역사적으로 없던 일이기도 했다. 왕비가 수렴청정을 했던 경우는 있었지만 대원군이 수렴청정했던 경우는 역사적으로 없었다.

아버지가 왕을 시켜주었다고 그 아버지에게 국정에 실권까지 준다는 것은 정권을 농단시키는 일이 아닌가? 제왕의 아버지가 살아있었다는 사실만으로도 국가적 불행이요, 그 아버지가 정치야욕을 끝내 버리지 못하고 사사건건 내정에 간섭했다는 사실도 불행이면서 나라가 망하는데 결정적 역할을 했다니 이런 불행이 어디 있단 말인가. 국민은 나라가 필요할 때 쓰는 소모품이라더냐?

어린 나이에 고종이 왕위에 올랐으니 섭정은 불가피했다. 그러나 고종이 장성을 해서 친정을 하였으니, 국민적 여망에 따라 대원군은 조용히 뒤로 물러나야 마땅했다. 그런데 권력에 대한 탐욕을 끝내 놓지 못하고 그 야심이 나라를 망치는 데 결정적 역할을 했다니 그게 임오군란과 동학란 그리고 을미사변이다. 자기가 아니면 아니 된다는 대원군이 부른 망국의 길이었다.

효를 근본으로 하는 동양적 윤리관을 앞세워 권력을 행사해 반란을 일삼는 대원군을 고종은 아버지라서 죽이질 못했다. 반면에 그 약점을 최대한 이용한 대원군은 정치적 야심과 함께 친정을 하고자 하는 며느리 명성황후와 권력 다툼까지 계속 일관했다. 명성황후와 대원군 사이에 권력이 시계추처럼 왔다 갔다 하는 동안에 국가의 혼란은 거듭되었고 국력은 점점 소모 국운은 날로 쇠퇴해졌다.

정치에 직접 가담했던 명성황후 역시 그랬다. 고종이 있는 한 남편의 아버지를 죽일 수는 없었다. 거기에 시어머니(대원군의 부인)까지 아들과 며느리에게 콩이냐 팥이냐 정치에 가담했으니 이런 복잡한 인과관계로 정치 부재 상태에서 국가가 온전할 수 있었겠는가.

5.

명나라 마지막 황제 숭정제가 생각이 난다. 제정러시아 황제 니콜라이 2세가 노동자, 농민들에 의하여 멸망했듯이 명나라가 멸망한 것도 농민시위에 붕괴되었다.

명나라 자금성이 농민시위에 의하여 점령되자, 숭정제는 황실에 자기 가족들과 함께 비참하게 죽임을 당할 것이 두려워 자기 아내 황후와 자기 딸을 칼로 목을 베어 죽인 후 시위대에 마지막 결전을 하다가 체포되자 결국 자기도 스스로 목숨을 끊었다. 오천 결사대를 이끌고 신라군과 마지막 전투에서 백제의 운명과 같이 했던 계백장군의 황산벌 전투가 생각난다. 중국 명나라 비운의 황제 순정제의 말로다. 원나라 마지막 순제와 기황후가 비적 주원장에게 멸망했듯이 비적 주원장이 건국한 명나라 또한 농민봉기에 멸망했다.

이 꼴을 지켜보고 있던 청나라 3대 황제 순치제가 즉각 공격을 감행했으니 반란군들은 단번에 초토화되었다. 순치제는 삼전도의 비극 병자

호란 때 조선을 침략했던 누르하치의 여덟 번째 아들 청나라 2대 황제 청태종의 아들이다.

자금성을 점령하자 순치제는 먼저 반란군 농민 대표들까지 몽땅 죽여 버리고 나서 명나라를 완전 접수했다. 손 안 대고 코 푼 격이었다. 이처럼 거대했던 명나라가 오랑캐들에게 힘없이 무너진 이런 정황들을 고종황제는 일찍이 교훈으로 삼았어야 했다.

임오군란은 청나라 마건충 등에 의하여 진압되었고, 동학란은 일본 공사 이노우에 가오루 일본군이 진압했다. 계속되는 대원군에 의한 내란을 겪어야 했으니 국력이 소모될 대로 소모된 상태에서 효나 따지던 황실은 포효 동물들의 먹잇감 초식동물 신세로 몰락해 멸망을 자초하지 않았던가.

자연의 생태계에서도 사정은 같다. 힘을 잃은 자는 언제든 죽임을 당한다는 것 생존의 법칙이요 약자는 언제나 강자에게 잡아먹히는 것도 자연의 이치다. 대원군 이하응의 권력 탐욕으로부터 시작된 동학란과 녹두장군 전봉준, 청·일 전쟁과 을사늑약, 일본의 침략과 분단, 6·25전쟁으로 400만 명의 인명피해와 1천억 달러의 재산 피해, 그리고 일천만 이산가족의 비극과 함께 아직도 분단의 상처는 우리 민족의 가슴을 저리도록 아픈데 김정은의 핵무기 위협으로부터 통일에 길은 멀기만 하다.

아무리 살펴봐도 평화통일이란 경제 혼란으로 스스로 붕괴되는 북한 정권을 지켜보는 것 말고는 없을 것 같다. 감나무 밑에서 연시 떨어질 때 바라고 입 벌리고 있는 꼴과 무엇이 다르랴?

친일파들의 은사금

1.

태국의 일화다. 태국은 동아시아에서 가장 자존심이 강한 나라다. 태국은 비록 세계 제2차대전 무렵 일본에게 외침은 당했을망정 국권을 잃은 적은 없단다. 이유인즉 태국을 점령한 일본군 사령관이 태국의 외무부 장관을 앞에 놓고 항복 문서에 조인할 무렵이다. 그때 테국의 외무장관은 항복문서를 놓고 울고만 있었다는 것이다. 미친 짓을 한 것이다. 빨리 조인을 하라고 독촉하는 일본군 사령관 앞에서 엉엉 울고만 있을 때

–빨리 찍어, 이 자식아!

심지어는 욕설까지 서슴지 않아도, 막무가내 이유도 없이 울고만 있으니까

–이거 빈충이 같은 놈 아냐?

버럭 화를 내고는 다음 버마(미안마)로 넘어갔다는 것이다. 일부에서는 일본인들이 태국의 외무장관으로부터 도장을 강제로 빼앗아 항복 문서에 찍어 가지고 갔단다. 그러나 분명 태국 정부에서는 조인을 안 했으니 항복한 것이 아니란다. 다만 도장을 강탈당했을 뿐이란다. 이렇게 주장을 하면서 태국 국민은 태국 역사상 외침에 항복한 사실이 없다고 자존심을 내세우면서 그 외무부 장관을 태국의 역사 인물 중에서 가장 훌륭한 사람으로 칭송을 한단다. 우리나라처럼 태국은 중국으로부터 지배를 받은 나라는 아니었다.

668년 한나라 설인귀에게 고구려가 항복하면서부터 1905년 11월(광무

11년) 을사조약에 이르기까지 무려 1237년간 중국에게 일일이 정치적 간섭을 받고 조공까지 바치면서 지배를 받지 않았던가? 심지어는 중국의 황제가 우리나라 왕을 임명까지 했다니 이건 속국이 아니던가? 그리고는 일본에게 침략을 당하면서 그 지배권이 일본에게 넘어가는 비운을 맞이했다. 그 오랜 동안에 중국으로 흡수합병 나라가 없어지지 않은 것만이 다행일 뿐이다. 그것도 중국의 배려 차원이라니 정말 수치스런 일이었다. 아무튼 중국으로부터 가장 많이 지배를 많이 받은 나라가 조선하고 지금의 베트남이란다. 만만한 게 조선국, 장마다 꼴뚜기 신세 말이다.

2.

을사늑약은 고종의 승인 없이 외부대신 박제순과 교육부대신 이완용에 의하여 체결된 조약이란다. 그래서 늑약이라 한다. 그것도 조약 문서에는 17일로 하루를 앞당겨 기록했다는 것이다. 완전히 일본의 억압에 놀아난 역사의 흔적이다. 그렇다면 태국의 외무장관처럼 조인하지 않았다고 일본이 조선 침략을 포기했을까? 그건 아니다. 당시 고종도 국권을 포기하고 있었다. 묵언으로 의사표시만 안 했을 뿐이다. 거절한다고 물러날 일본이 아니었다. 조약 후 일본 정부로부터 오적의 당사자들 특히 교육부 장관 이완용이 받은 돈은 당시 화폐로 15만 원이었다고 한다. 을사조약을 조인하는데 수고가 많았다는 은사금 조다.

1905년 무렵 화폐의 가치를 살펴본다. 쌀 한 가마에 5원 할 때다. 당시 화폐의 모든 가치는 쌀로 기준했다. 오늘날에는 남아도는 쌀이 푸대접을 받지만 1905년 당시의 쌀은 금값이었다. 그들이 받은 15만 원은 쌀의 가치로 따져 3만 가마가 된다. 전원 옥답으로 따져 논 한 평은 20전했다. 그렇다면 75만 평을 살 수 있다는 금액이다. 여의도가 70여만 평이란다. 요즘은 똥값이지만 당시는 논의 가치는 대단했다. 산 같은 경우는 한 평에 1전했으니 1,500만 평이란 숫자가 나온다. 어마어마한 금액이다. 오늘날도 세계경제를 일본이 지배하듯이 일본의 경제는 그때도 세계적인 부국이었다. 경제를 바탕으로 양성된 군사력은 청나라도 항복을 시켰고 노·일 전쟁에도 승리할 수 있었다.

소위 매국노라는 사람들이 일본 정부로부터 은사금을 받은 자들은 이완용 말고도 5적들 그 외에도 또 있었다. 그 돈을 다 합치면 제주도 땅을 사고도 남을 액수란다. 이런 큰돈을 일본 정부로부터 받아들였다면 속된 말로 외화를 벌어들인 셈도 된다. 국민의 혈세를 놓고 부정을 하는 오늘날의 권력형 비리보다야 노골적으로 낫지 않은가. 그들이 일본 정부로부터 돈을 받지 않았다고 나라를 지켜낼 수 있었겠는가. 힘의 원리에서 강자가 약자를 잡아먹는 것은 생존의 법칙이다. 썩은 동아줄 잡고 매달려 봤자 희생만 더 커질 뿐이었다. 어차피 멸망하는 나라 더 큰 희생이 따르기 전에 후일을 도모하는 전략도 필요했을 것이다.

신라의 마지막 경순왕이 고려의 왕건에게 나라를 들어 바친 꼴과 무엇이 다르랴? 어차피 패망할 신라, 전쟁 없이 항복해야겠다는 의도, 김부 경순왕의 논리다. 전쟁으로 희생될 많은 백성을 살린 것은 맞다. 태종 무열왕 김춘추에 의하여 고구려를 당나라에 바친 역사와 무엇이 다르랴? 경순왕은 신라를 점령 후 후백제 권원 왕이 시켜주었으니 존재가치가 없는 왕일 뿐이다.

그런 그들의 개인 재산을 국가에서 몰수할라치면 오늘날의 권력형 비리도 몽땅 몰수해야 옳을 것이다. 똥 묻은 개가 겨 묻은 개를 나물 100년이 지난 과거사를 들춰 적폐청산이란 미명하에 연연할 일이 아니라 내 먼지부터 철저하게 털어내야 부정이 없는 투명사회를 이룩하게 될 것이다. 누구보다도 아들을 시켜 부정한 YS와 DJ, 그리고 MB의 재산을 털어봤으면 한다. 그게 바로 국민의 알 권리다. 현대사 권력형의 비리는 외국의 자본이 아니라 바로 국민의 혈세라는 점도 상기해야 할 것이다. 경제는 세계 10위권에 올랐다지만, 영국의 더 타임지는 말한다. 대한민국에서 민주주의가 꽃을 피우려면 쓰레기통에서 꽃이 피기를 바라는 것과 같다고 했다. 입으로만 떠든다고 민주주의가 이루어지는 것은 아니란다. 매사 나는 되고 너는 안 된다는 논리는 사리에 맞지 않는 경우다.

청백리 공직자

1.

바른 시민사회 모임에서 2007년 조사한 바에 따르면 진실위원회 46명 중 24명(54%)이 좌파성향 쪽 사람들이었단다. 진실위원회뿐만이 아니라 9개 과거사와 관련 정부산하 위원회의 구성원들도 좌파성향이 많아 조사의 공정성이 흔들릴 정도였고 형평성을 잃었다는 것이다.

그 예로 동아대 사건은 교내분쟁이다. 그 사건에 연유된 시위를 진압하러 갔던 경찰관들이 떼죽음을 당했다. 이를 단순 교내분쟁으로 보기엔 석연찮은 면이 너무 많았다. 그런 동아대 경찰 사망 사건과 더불어 남조선 민족해방전선 준비위원회의 활동단체까지 민주화운동으로 규정하고 있는 그들에게 민주화운동 보상심의위원회의 조사활동이 얼마만큼 공정했는지 따져봐야 할 일이다.

최근 친일명단을 발표한 친일반민족행위 진상규명위원회의 진실성 여부에도 의문을 따져본다. 그들의 말인즉 시간에 쫓겨 제대로 자료도 검토하지 못한 채 친일 여부를 대충 결정할 수밖에 없었다니 하는 말이다. 3년 반 동안 303건이나 되는 보고서를 만들어 진실성 여부를 검토했다지만 역시 충실하게 조사를 했는지 여부 또한 의문이다. 어디까지가 친일행위인지 무엇보다도 그 기준부터가 애매하기에 공정하게 조사되었는지도 따져봐야 할 일이다. 역사의 진실성이 자기들 시각에서 호도되었다면 이를 누가 믿겠는가? 백선엽 장군 뿐이겠는가?

2.

조선왕조를 망친 대원군처럼 모두가 남의 탓으로 떠넘기며 나쁜 짓으로 내 실속 차리는 정치인이나 고위 공직자들 오늘날도 얼마든지 많다. 대한민국의 공직자들 중 국가 돈이나 남의 돈 안 먹은 청백리가 누구일까? 청와대에서부터 정치권 말단 9급 공무원까지 통 털어서 나는 먹어도 괜찮고 남이 먹어서는 안 된다고? 이런 논리는 데모공화국과 부패공화국으로 가는 망국의 지름길이기에 하는 말이다.

충남 논산시청 7급 공무원이 논산시청 예산 지출보조 업무를 맡고 있으면서 2000년 8월부터 2007년 9월까지 12차례에 걸쳐 독단으로 41억원을 횡령했다고 한다. 그것도 자체 내에서 적발된 것도 아니고 감사원

감사에서 적발되었다니 한심한 노릇 아닌가. 지방 관청 예산이 얼마나 많기에 일개 말단 공무원이 그토록 엄청난 예산을 먹어치워도 들통나지 않고 감쪽같이 해 먹을 수가 있다는 말인가. 뉴스 때마다 빠지는 날 없고 청문회 때마다 공직자 부패가 나오고 있는 판에 도대체 정부가 썩었다면 얼마나 썩었기에 갈수록 태산일까?

나라를 좀먹고 국민의 고혈을 빨아먹는 이들로 하여금 핵으로 무장한 북한으로부터 언제 또다시 동족상잔의 비극을 겪게 될지 누구도 장담할 수없는 일이다. 월남 민족의 신세는 되지 말아야 할 것이다. 오늘날의 경제 위기도 심상치 않은 과제, 미래 지향적인 입장에서도 역사는 공평하게 재조명되어야 할 일이다. 자기를 탓할 수 없다고 남을 탓하는 행위는 파렴치한 행위다. 역사가 승자 독식이 되어서는 아니 된다. 그들을 다스리지 못한 고종과 그 아버지 대원군의 책임 또한 무관치 않아 그렇다.

친일인사 사전을 발행한 과거사 청산위원회가 추려낸 인사들은 대부분 총독부 산하에 공직자들이다. 그 사람들이 일본 정부에 협조를 했다는 것이다. 그런데 그들마다 고의적으로 친일행위를 하고자 했던 것은 아니 잖는가. 나라를 누가 망쳤는데 먹고살기 위한 궁여지책이었다고 그들이 항변한다면 무어라고 나무랄 것인가. 그런 그들에게 친일행위라고 가혹하게 책임을 묻는다면 지난 10년과 오늘날 좌파정부에서 공직생활을 했던 사람들을 모두 좌파라 몰아붙여도 되겠는가. 공직자의 부패는 망국의 길, 공직자들은 어느 시대건 있게 마련이다. 그렇다면 정부가 바뀌었다고 직장을 그만둬야 할 일인가?

임시정부와 김구

1.

다시 말해서 8월 15일 일본으로부터 받아낸 항복은 원자폭탄이다. 다른 어떤 세력의 힘이 아니다. 남의 나라 중국 땅에 가서 독립운동을 했던 애국시사들에 의하여 일본이 항복했고 또 그들이 일본의 항복을 받아낸 것은 분명 아니다. 윤봉길도 마찬가지다. 홍구공원 폭탄 투척 사건도 외신은 중국인으로 오인 보도들을 했단다. 그랬어도 이를 누가 나서서 기록 정정을 요구하지도 못했다. 1986년 8월 13일 독일 베를린 세계 올림픽 대회에서 손기정 선수가 마라톤에서 우승했다. 전 세계 도하 신문들이 일제히 사진을 찍어 영광의 순간을 보도했다. 일장기를 가슴에 달고 뛰었으니 손기정은 일본 사람이었다. 이를 보다 못한 동아일보에서 손기정의 가슴에서 일본의 국기를 떼어 내고 보도했다. 이게 일장기 말살 사건이다. 사건의 당사자는 처벌을 받았고, 동아일보는 정간을 당하는 수모를 겪었다. 진실 보도와 함께 애국적 행위라 민족적 설움을 겪고 있던 국민으로부터 동아일보가 인기가 붕 떴던 이유다.

청산리 전투에 유명했던 김좌진 장군도 거사 후 일본군의 감시를 피해 연해주 일대에서 피신 중에 조선인에게 총을 맞고 죽었듯이 또 안창호나 신채호, 이상재 같은 인사들이 임시정부에서 뿌리를 내리지 못하고 정처 없이 떠돌아다녀야 했던 사실들과 임시정부가 독립운동을 했다면 일본국의 항복에 얼마만큼 공이 컸고 우리나라 독립에 어떤 영향력을 가져왔는지 밝혀봐야 할 일이다.

대한민국 초대 해군 참모총장이었던 손원일 장군의 아버지면서 임시정부 의정원 원장을 역임했던 손정도 목사도 결국 임시정부에서의 내부 갈등으로 더 견디지 못하고 상해(上海)를 떠나 지린성(吉林省)으로 와서 독자적으로 독립운동을 했다면 임시정부가 어떠한 단체였나 짐작이 간다.

임시정부 의정원 원장을 지냈던 손정도 목사의 일화다. 그가 임시정부를 떠나 만주 지린성에서 목회 활동을 할 당시 두 아들을 거느리고 있으면서 김일성까지 데리고 있었단다. 김일성은 중학생 시절을 손정도 목사의 보살핌을 받으면서 의탁을 하고 자랐다. 중학교를 졸업할 때까지 성장했던 김일성은 그 후 헤어졌고 해방이 되면서 손정도의 큰아들 손원일은 월남해 대한민국 이승만 정부에서 해군 초대 참모총장을 거쳐 국방장관을 역임했고, 둘째 아들은 미국으로 유학을 가 의과대학 졸업 후 의사가 되었다가 김일성의 초대를 받아 이북으로 가서 김일성의 돌봄을 받으며 일생을 보낸 뒤 북한의 유공자 묘역에 안장되었단다. 손월일 장군은 동작도 국립묘지에 안장이 되었다.

이처럼 임시정부에서 서로 갈등하고 시기하고 암투하고 했으니 먹을 것도 없는데 비렁이끼리 자루 찢는다는 말이 허황된 말은 아니 잖는가. 어디를 가나 세력다툼은 여전했던 모양이다. 사상계(思想界) 발행인이었던 장준하 선생과 고대 총장을 지낸 김준엽 선생의 푸념이 생각이 난다. 일본에 유학 중이었던 장준하 선생과 김준엽 선생도 강제로 학도병에 끌려갈 수밖에 없었다.

일본은 조선을 강제로 찬탈한 나라인데 원수 국 일본을 위하여 조선인이 싸워야 했고 피를 흘려야 한다는 것은 조국을 배신하는 행위이기에 또 조선의 독립을 위하여 싸워주는 연합군에게 총을 겨누는 것은 우리 민족의 가슴에 총질하는 행위와 다름없기에 고심 끝에 그들 학도병들은 집단으로 탈출했다.

전쟁터에서 탈출행위는 절대 금물 만약의 경우 탈출에 실패한다면 그들은 즉결처분 총살감이다. 목숨을 내건 탈출 그렇게 결단을 하기까지 얼마나 고심했겠는가. 치밀했던 그들의 계획은 성공했다. 생사의 기로에서 죽을 고비를 수없이 겪었다. 허나 막상 탈출은 했어도 갈 곳이 없었다. 망국의 서러움이 아닌가. 국권을 잃은 고국으로 돌아와 봤자 왜놈 헌병들 등쌀에 쫓겨 숨어다닐 것이 뻔한 일, 고심 끝에 그들은 중경 임시정부를 선택했다. 그곳에 가서 임시정부 요원들과 조국독립을 위하여 내 한 몸 바치기로 결심했다. 그들이 탈출한 중국의 남경 서주 지역에서 중경 임시정부까지 가는데 장장 6천km나 걸어서 갔단다. 임시정부가 중경으로 쫓겨 가는 길은 돌고 돌아서 갔기 때문에 장장 8천km를 걷고 걸어서 갔단다. 서울에서 부산까지 약 400km 그렇다면 그 거리는 20배가 된다. 끈질기게 쫓는 일본인 헌병들을 피해서 오랜 기간 동안이지만 그 먼 길을 걸어서 갔다. 가도 가도 끝이 없던 머나먼 도피의 길이었다. 긴박한 위험도 많았지만 의지와 각오로 오랜 기간 초근목피나 밥을 얻어 먹어가면서 사투 끝에 드디어 임시정부를 찾았다. 춥고, 배고픔을 참고 견디면서 우리의 살길은 오직 임시정부라고 믿고 천신만고 끝에 찾아갔다.

환영까지는 바라지 않았지만 최소한 고생했다고 위로의 한마디는 있을 거라 믿었다. 그런데 현실은 기대와 사뭇 달랐다. 쓸모도 없는 사람들 식객만 늘었다는 반갑지 않은 눈치들이다. 이들은 일본 유학파로서 윤봉길이나 이봉창 같은 사람들과는 달랐다. 이들은 학문을 바탕으로 한 논리적 사고를 가진 인물들이지 폭탄을 들고 불에 뛰어드는 행동파 들은 아니었다. 그렇다면 사실 임시정부에서는 필요한 인물들이 아니었다. 냉대를 받았다는 말도 꾸민 말은 아니었을 것이다.

그런데 조국독립 운동을 위하여 모인 그들은 독립운동을 하기 위해서 계획하고 작전을 구상하는 게 아니라 청사에 모인 귀중한 시간에 잡담과 함께 바둑과 장기로 허송 생활 더구나 실망했던 일은 그들 요원끼리 의견이 분분하고 갈등과 더불어 암투가 심각했다는 것이다. 그래서 뜻 있는 분들은 임시정부를 떠나는 사람들이 많았단다. 이승만이 그랬고 서재필도 합류하지 못했다. 안창호, 신채호, 이상재가 대표적인 예요, 손정도 의정원 의장도 마찬가지다. 만주에서 무장 투쟁을 했던 김좌진도 이범석도 상해임시정부와 아예 합류하지 않았다. 안중근 의사 또한 그랬다. 임시정부와는 개별 활동을 했다. 일치단결 서로 협조체제가 없었다. 그런 사례들이 못마땅했던 장준하와 김준엽을 비롯한 유학파들이 찬밥신세로 끝내 귀국해 버리고 말았다는 일화와 함께 초대 부통령을 지낸 이시영도 임시정부는 단합보다 분열에 능했다고 해방 후 이승만과 김구 앞에서 충고로 조언을 했다는 일화다.

이같이 임시정부 요원들끼리도 서로 갈등 시기하고 탓하면서 감투싸움에 이르기까지 심각한 분열을 겪고 있었다. 더 중요한 것은 중국 땅에서 독립운동을 했으니 중국 독립운동을 해준 꼴, 그게 어디 조선독립을 했다고 외신들의 눈길에 올바로 비쳐져 기사화가 되었겠는가? 온 민족이 성심성의껏 있는 돈 없는 돈 궁여지책으로 독립자금을 마련해서 임시정부에 아낌없이 바쳤건만 조선독립에는 아무 효과도 없이 임시정부 요인들만 먹여 살린 꼴이 되었다는 것이다. 독립자금이 그렇다. 말이 쉬워 독립자금이지 못 사는 나라에서 독립자금을 모금하기가 쉬웠겠는가. 재산을 몽땅 털어주는 사람도 있었다지만 권총을 들이대고 강제 모금까지 하는 경우도 있었다. 이렇게 모은 독립자금으로 조국 해방에 무슨 도움이 되었든가 되돌아볼 일이다. 다만 독립군들은 망명객에 불과했다.

쓰러져 가는 집을 서까래 몇 개로 떠받친다고 지탱이 되는 것은 아니었다. 그러기에 어차피 망국으로 가는 실목에서 더 이상 많은 희생과 참혹한 꼴을 당하기 전에 차라리 한일합방조약 체결을 고종황제에게 권고했다 해서 그게 나라를 팔아먹은 행위는 아닐 것이다. 예를 들어 전쟁 중에 적장에게 돈을 받고 성문을 열어주어 함락되었다든지 돈을 받고 군사비밀을 적장에게 제공해 아군을 패하게 역할을 했을 때 그게 국가에 배신하는 행위이고 나라를 팔아먹는 행위 아니겠는가. 국가 간의 모든 조약은 총리대신과 외무대신의 소임이요 임무다. 모든 문서조약은 대신들의 몫이지 임금이 하는 일은 아니었다.

2.

국가의 위기상황에서 가장 안전한 곳은 왕비의 처소다. 조선의 왕비 처소는 경복궁 교태전이었다. 제왕의 처소보다도 더 안전한 곳이다. 그런 교태전이 속수무책으로 일본 낭인들과 대원군의 정치적 야심에 죽임을 당해야 했으니 나라가 온전할 수가 있었겠는가. 오천 년 건국 이래 가장 치욕스런 망국의 순간이었다. 자기 과오를 모르는 대원군은 민비 일가가 나라를 망쳤다 떠넘기지만 사실 민비 일가족은 비리는 있을 망정 정변을 일으킨 사실은 없다.

나라가 망하는 꼴을 보며 통탄 아니 할 백성이 어디 있으랴 만은 개미구멍에 터지는 거대한 제방처럼 국가의 흥망성쇠도 그릇된 한 사람의 정치인에 의하여 좌우된다는 사실을 바로 우리 역사 속에서 깨달아야 할 일이었다.

대표적인 예로 성종의 인수대비가 섭정했고, 명종의 문정왕후가 섭정했으며, 대원군 이하응의 섭정이 그랬다. 그들의 횡포는 제왕의 권리를 능가했으니 현정을 베풀 수가 있었겠는가? 고종황제 자신이 지혜로운 정치인도 아닌데 사공이 많아 산으로 가는 배를 막을 자가 없었다. 대원군의 횡포는 명성황후도 어쩔 수 없었다.

미국 독립과 영토전쟁

거대한 아메리카 대륙에서 영국으로부터 미국의 독립과 함께 세계는 다시 한번 요동을 칠 무렵 1799년 혜성같이 나타난 프랑스의 나폴레옹은 세계의 질서를 바꿔놓았다. 나폴레옹은 포병 장교이었다. 그가 자코뱅당에 입당하고 난 다음 1793년 톨롱반도 토벌에 공을 세워 정부에 발탁되었다. 거기에 힘을 받아 1799년에 쿠테타로 정권을 잡은 뒤, 1802년 종신 대통령에 집권하게 되었다. 나폴레옹은 군사독재 체제를 확립한 다음 황제의 자리에 오르면서 1799년부터 1814년까지 유럽 여러 나라와 60여 차례나 영토전쟁을 치르면서 유럽 전역을 그의 지배하에 두면서 세계는 요동을 쳤는가 하면, 아메리카 대륙에서는 미국이 1776년 7월 4일, 광활한 영토를 점령하면서 독립을 선언할 무렵 특히 영국과 프랑스를 비롯한 유럽에 열강들이 앞다투어 약소국들에 대한 정복 침략전쟁에서 세계 역사는 소용돌이치는 물줄기에 요동쳤다.

동남아 약소국가들은 물론 남태평양 호주와 뉴질랜드, 캐나다를 비롯 거대한 청나라도 서구 세력에 여지없이 점령을 당하는 판에 작은 나라 조선이 어찌 무사할 수가 있었겠는가. 포르투갈과의 전쟁에서 패한 중국이 마카오를 점령당했고, 영국과의 아편전쟁에서 홍콩을 영국에게 점령당할 수밖에 없던 중국 역사의 소용돌이에서 서구 강대국들의 무차별적 국토원정 토벌이 유행 도래했던 시기다. 시대적 상황에서 세계 제1차대전은 독일의 히틀러가 유럽 전역을 휩쓸면서 세계 제2차대전으로 이어지는 영토전쟁이 전염병처럼 번지고 있을 때, 일본도 그 대열에서 조선을 비롯한 동남아 일대를 점령한 뒤 미국까지 넘보는 태평양전쟁을 일으킨 것이다. 고슴도치처럼 가시가 있었다면 모를까, 무차별적 굶주린 맹수들의 이빨에 약소민족들은 여지없이 당할 수밖에 없었다.

경제 개발

1.

한국조선협회 본부장의 주선으로 한국소설가협회 회원들이 거제도에 있는 대우조선을 탐방할 기회가 있었다. 30만 톤 유조선까지 제조하는 대우조선의 현장은 그 규모가 상상을 초월할 정도로 어마어마했다.

얼마 전까지만 해도 대우조선하면 노사분규요, 노사분규하면 대우조선을 떠올릴 만큼 악명 높았던 대우조선이 무분규로 10년을 지켜온 근로 현장은 활활 희망이 꽃피고 있었다. 한국의 노사분규는 망국의 지름길이라고 한결같은 외국 바이어들의 곱지 않은 눈길이 쏟아지던 때이다.

130만 평의 광활한 터에서 자동시스템으로 움직이는 기계화 제조과정으로부터 생산되는 유조선은 세계 으뜸 기업으로 발돋움을 했다. 대우, 삼성, 현대가 세계에서 1, 2, 3위를 우위하고 있다니 얼마나 대견스런 일이던가. 더구나 우리 3대 조선기업은 세계 어느 나라도 추월을 불허한단다. 전 세계발주 50%를 차지하고 있다니 명실공히 세계 제일이 아니던가.

조선 사업을 창업할 무렵의 일화다. 고속도로를 건설하고, 포항제철을 창업하고, 자동차를 생산하고, 정유공장을 건설하고, 비료공장을 만들고 이렇게 중화학 공업이 육성발전을 할 무렵, 박정희 대통령이 정주영 현대 회장을 불러 내가 도와줄 테니 조선 사업을 창업하기 위하여 우선 준비를 해보라고 권고를 했단다. 그러나 정주영은 난색을 표명했다. 생소한 사업 부분이기도 하려니와 규모가 너무나도 엄청나게 크기에 엄두가 나질 않았다. 미적거리고 있을 때였다. 전혀 감이 잡히질 않아 사실 고민할 가치도 없는 사업이라고 아예 포기할 때였다.

'해보기나 했어?'

정주영의 도전 정신 그런 그도 가당치 않아 엄두를 못 내고 있을 때, 청와대에서 긴급 호출이 왔다. 국책사업이 있을 때마다 부름을 받았던 지라 별스러운 일은 아닐 거란 생각으로 정주영은 태연하게 대통령 앞에서 또 무슨 사업을 주려나 오히려 기대가 컸다.

–조선 사업은 얼만큼 진행되었습니까?

엄중한 대통령의 물음이었다. 정주영은 당황했다. 대통령께서 그냥 한번 해본 소리로 여겼을 뿐이다. 그런데 다짜고짜 캐묻질 않는가. 박 대통령은 한 번 지시하면 무엇이든 꼭 챙기는 스타일이었으니 그랬을 것이다.

–워낙 엄청난 사업이기에 엄두도 못 내고 있습니다.

–당신, 달면 삼키고 쓰면 뱉겠다는 거야?

대뜸 박 대통령의 불호령, 정주영에게 그토록 분노하기는 처음이었단다. 그만큼 박 대통령은 정주영을 신뢰해 오던 터다. 정주영이 현대그룹을 키운 결정적 원인은 누구보다도 박 대통령의 신뢰 덕분이란 것을 자신 모르지 않는다.

–예, 잘못했습니다. 용서해 주십시오. 서둘러 발족하도록 하겠습니다.

–해봐, 내가 도와줄 테니!

쩔쩔매는 정주영을 건너다보던 박 대통령은 노기가 다소 풀렸는지 타이르듯 권고했다. 이상 책임을 묻지 않고 용서하는 박 대통령께 정주영은 황송했다.

–예, 알겠습니다.

이렇게 시작된 우리나라 조선 사업이 현재 국내 제일의 효자 산업이면서 국가 경제를 완전 뒷받침하고 있다. 대당 최고액 1조2천억대로 외국에 수출하면 그 마진이 80%가 된다는 설명은 총괄본부장이 소설가들 앞에서 직접 일러준 설명이다. 그렇다. 이보다 더 좋은 사업은 어디도 없다. 외국인들은 한국의 경제가 기적을 이루었다고 하지만 경제는 기적으로 오는 것이 아니다. 부동산에서 졸부들도 있다지만 피나는 노력의 대가일 뿐이다. 그때도 야당 인사들은 박 정권이 꼴값 떤다고 조크를 서슴지 않았다. 위험한 장사가 마진이 많다 하듯이 어려운 사업이 마진이 많은 법이었다.

2.

우리나라는 자원이 전혀 없는 나라다. 작은 국토에 인구밀도는 세계 최상위에 속했다. 그런 사정 속에서 수출하지 않으면 우리 국민은 먹고 살 끼니조차도 마련하기 어려운 형편에서 나라를 보존하고 산업을 살린 사람들이 정치인이 아니고 바로 기업인들의 산업이었다. 기업인들이 나라 경제를 지탱해 왔고 국가 경제를 살렸다면 누가 아니라 할 것인가? 기업인들이 아니었으면 우리나라 경제는 해방정국에서 6·25에 이르기까지 세계에서 가장 가난한 나라에서 헤어나질 못했을 것이다. 정부, 기업인, 국민의 총화로 이룬 경제 성과다. 동남아 국가 중에는 필리핀이 경제 선진국이었다지만 우리나라와 비교가 되겠는가? 48년도 정부 수립 당시 국민소득이 60달러였다면 얼마나 가난했는가를 가히 짐작이 간다. 현재 60달러는 중소기업도 거뜬히 수출해 낼 수 있다. 북한은 3곱이 넘는 180달러였다. 그렇게 경제적으로 남한을 능가했으니 6·25 남침이 가능했던 것이다.

1945년도 해방부터 80년대까지 우리나라가 외국으로부터 지원받은 경제의 총 액수는 공적개발 원조로 247억76백만 달러와 공공개발차관 311억96백만 달러, 식량 원조 110억28백만 달러 등 총 액수가 6백70억 달러를 지원받았다 한다.

1948년 정부 수립 후, 한국의 군사력은 병력 5만 명에 일본군이 버리고 간 구식 소총이 전부였다. 그중 1연대(맹호부대)가 가장 먼저 창설되었고, 사단 급 전투사단으론 수도사단이 우리나라 제1호로 창설되었다. 그런 역사와 전공이 있어 월남파병에 선발된 이유다. 같은 군인데 무엇이 다르겠느냐 하겠지만 그건 아니다. 부대마다 잠재적 혼(魂)이 담겨있고 전략이 있다. 거기에서 강약(强弱)과 전통이 존재한다.

이토록 빈약한 국력이었으니 김일성은 남침만 하면 반드시 적화통일을 이룩할 수 있다고 판단했다. 그때나 지금이니 김일성 세습정치 정말 위험한 존재들 저런 세력들이 한반도에 태어났다는 것이 국가적 비운이다.

그렇다. 미국을 비롯한 유엔 참전 17개국과 의료지원 5개국과 함께 그들 국가들이 적극 지원을 해주지 않았다면 김일성의 뜻대로 한반도는 적화통일이 되었을 것이다. 이란의 팔레비 왕이 그랬고 베트남이 그랬으며 아프간의 탈레반이 그러했듯이 6·25 당시 우리나라도 미국에서 포기했다면 적화 통일이 되었을 것이다.

아슈라프가니 아프간 대통령이 탈레반에게 점령을 당하면서 그 많은 돈을 자동차 4대에 싣고 도망을 하는 도중에 주체를 못하여 공항에 버리고 갔다니 정말 웃기지 못할 비화가 아니던가?

아프간 난민이 올해만 55만 명이 발생했다단다. 이 중 80%가 부녀자들이란다. 탈레반에 점령당하면서 현재도 난민은 기하급수적으로 늘어날 판이고 따라서 많은 뉴스는 계속될 것이다.

약자는 강자에게 언제든 잡혀 먹히는 게 자연의 공전이다. 그랬던 한국이 초고속으로 경제발전을 하면서 1991년 고르바초프의 도움으로 유엔 회원국으로 가입하고부터 1993년 소말리아 공병대 파견을 시작 현재 합동참모부의 현황에 따르면 해외파병 활동 중인 한국군은 717명, 이 가운데 310명은 유엔평화유지군(PKF)으로 분쟁지역에서 정전협정이

행 여부를 감시하고 있으며, 내년 상반기에는 아프가니스탄에 지방 재건(PRT)팀 보호 병력으로 파견돼 동명부대와 청해 부대의 명성을 이어간다하니 얼마나 대단한가?

아덴만 해협에서는 세계평화유지군 임무를 띤 우리 청해 부대가 있다. 그 부대가 호르무즈 해협으로 파견한다고 2020년 1월 22일 정부가 발표했다. 호르무즈 해협은 바다가 육지를 향해 쏜 화살촉 모양으로 생긴 작고 좁은 해협이다. 그런 호르무즈 해협이 지금 일촉즉발 전쟁의 긴장 상태에 있다. 2019년 1월3 일이다. 이란의 제2인자 쿠드스 군(혁명수비군)의 최첨단 무기를 소유한 최정예부대장 가셈 쏠레이마니 사령관을 미국이 드론으로 표적 족집게 사살을 함으로 시작된 전쟁이다.

호르무즈 해협은 유조선들이 왕래하는 원유 요새 지역 통로다. 30만 톤급 유조선들이 전 세계에 20%만큼의 원유를 공급하기 위하여 왕래하고 있으면서 우리나라 같은 경우는 70%를 공급받는 중요 해로다. 호르무즈 해협은 워낙 작은 해협으로써 넓이 10km쯤 되는 아주 좁은 자연적인 병목 현상 지역이 있다. 그 가운데 공간에 6km는 중앙선이 설정되어있다. 좌, 우로 들어가는 노선이 2km, 나오는 노선이 2km씩 나눠져 있다. 이곳을 30만 톤급 유조선들이 왕래한다. 때문에 그 6km쯤 되는 중앙선에는 옛날부터 해적들이 유조선을 상대로 납치 살생을 함부로 자행하므로 험지로 지정 평화유지군이 언제나 초긴장 상태로 감시를 늦추지 않고 있다. 그런데 미국이 이란을 공격하므로 이란은 이 지역을 봉쇄했다. 자원무기화 차원에서 보복행위 가능성이 내재되어 있다. 이를 사전에 방지하기 위한 차원에서 미국은 우리나라에 군사적 지원을 요청하면서 아덴만에서 임무 수행을 하고 있던 청해부대 기동타격대 정예요원 300명이 아덴만에서 호르무즈 해협까지 확대 감시 임무를 띠고 파견을 하게 되었단다.

이런 우리나라는 국제사회로부터 경제협력개발기구 산하 경제개발원조위원회 (DAC)회원국으로 당당하게 입성을 했을 뿐만 아니라 군사적인 면에서도 평화유지군으로 강력하게 역할을 하며 주력군으로 당당하게 평화를 지키고 있다니 얼마나 위대한가.

어쨌든 선진국 대열로 급부상 탈바꿈한 것은 세계적 첫 번째 순위 OECD 국가 중 24번째로 아시아권에서는 일본 다음으로 가입이 되었다. 선진국으로 당당하게 진입한 그 성과가 얼마나 대단하고 위대한가 짐작할 만한 일이다.

허나 불행하게도 OECD회원국로 가입 후 일 년 만에 IMF을 맞았다. 남이 번 돈 가지고 김영삼이 OECD에 들어갔다가 그 꼴이 된 것이다. 경제개발 차원에서 YS는 사사건건 발목이나 잡고 비아냥이나 하던 심술이나 골라하지 않았던가? 6·25전쟁에서의 피해액에 버금갈 만큼 큰 경제적 환란을 겪었던 현상이다. 그렇게 분수도 모르고 날뛴 YS처럼 MB정부가 좌파들이 보기엔 좌충우돌 일을 꼭 저지르고 말 인물이란다.

3.

글로벌 시대에 즈음하여 하나의 물건도 세계 최고의 명품을 개발 생산해야 기업이 살아남을 수 있다 하듯이 2류나 3류 상품을 생산해서는 무엇보다도 중국에 밀려 경쟁력을 갖출 수가 없단다. 현재의 중국이 세계 경제 대국으로 발돋움했다 하나 많은 상품이 짝퉁이 아니면 3류 상품으로 길거리에 계획 상품이 아니면 흔들어 파는 저질 상품들뿐이기에 아직도 중국의 GNP는 3천불 대를 넘지 못한단다.

중국의 인구가 14억이라 하면, 그중에 1억 명 정도가 중국 경제를 이끌어 가는가 하면, 1억 명 정도는 중산층 그리고 나머지 12억 명은 경제 혜택은 물론 문화 혜택까지 전혀 못 받고 있단다. 사회경제 체제에서 중국은 경제만큼은 자유시장 경제를 선택하고 있다지만 전 인민들에게 혜택이 골고루 가기까지는 아직도 먼 이야기다. 특히 중국의 동부지방은 경제적인 혜택으로 부를 누리고 있지만 중, 서북쪽으로는 원시생활과 다름없는 천민 생활을 이어가고 있다. 우리나라와 교류가 잘되고 있는 요동벌 황량했던 만주 쪽에는 조선족으로 인하여 경제교류가 활성화 그래도 잘 사는 편이란다.

그러기에 중국을 비롯한 개발도상 국가에서 감히 흉내도 못 낼 물건들을 개발 생산하는 것만이 세계시장에서 경쟁력을 가질 수 있지 아니면 도태될 수밖에 없다. 그것이 나라도 기업도 살아남는 최선의 방법이다. 그러기에 대기업은 물론 중소기업에서도 요즘은 개발을 했다하면 세계 최고의 신상품을 만들어 내야만 경쟁력 시대로 편승한다. 빠르게 변화하는 세계의 시장은 번개 튀김을 할 정도다. 스마트폰은 우주만물이 다 들어있는 요물이 아니던가?

그런 기업과 기업인들을 정부에서는 세금포탈을 내세워 기업 총수를 구속하는 등 죽이고 있으니 이건 또 무슨 엉뚱한 발상인지 모르겠다. 기업을 두들겨 패야 돈이 나오니 그럴까 아니면 세금을 거둬들이기 위한 방법일까? 부하가 없는 독불장군 없다 하듯이 국민이 있어 나라가 존재하는 것이고 정부도 존재할 뿐이다. 따라서 국민이 살고 정부가 존재하려면 경제가 먼저 뒷받침해야 하는 거 당연하다. 그런데 그런 원리를 망각한 채, 권력을 가진 자들이 국가 경제를 떠받들고 있는 기업인들을 죽이고 있다. 이런 후안무치한 정부 행위가 우리나라가 아니면 세계 어느 나라가 있다 하던가. 언제나 정치인과 권력층으로부터 문제가 발생해 망국의 길로 간다. 정치권에 의하여 부패 공화국은 언젠가 망한다.

4.

갓 임명된 젊은 판, 검사들의 기개가 대단하다. 기고만장하는 어느 검사의 말을 인용한다. 기업을 살리는 일은 못 해도 죽이는 것은 단칼이란다. 검찰이 마음만 먹으면 대통령도 죽일 수 있단다. 검찰 조사를 받던 노무현 대통령도 우리나라에서 제일로 세고 무서운 기관은 바로 검찰이라 서슴없이 실토했다. 그랬던 노무현 전 대통령도 검찰의 압박에 의하여 죽었고 검찰이 죽인 셈이다. 이 맛에 이 나라 최고의 수재들이 저마다 모여들지 않던가? 이런 사람들이 과학 쪽으로 간다면 산업이 더욱 발전할 텐데 권력을 선호한다는 것이다. 누가 골치 아프게 기업을 하느냐다.

털어 먼지 나지 않는 사람 없다 했다. 우리나라 검찰의 수사가 그렇다. 죽이고 싶으면 도주 및 증거인멸의 우려가 있어 구속한다는 것이고, 봐주고 싶으면 사건 자체를 묵살하든지 그렇지 않으면 도주 및 증거인멸의 우려가 없음으로 불구속처리 한단다. 염치없는 말이 아닐 수 없다. 그 재량권이란 나는 새도 떨어뜨린다는 말도 있다. 막강한 그들의 권한은 사회 여론이 들끓고 억울한 사람들이 속출해도 막무가내 상관하지 않는다. 그게 오늘날의 우리나라 판, 검사들의 위상이다. 검찰이

잣대를 어느 쪽에 놓고 수사를 하느냐에 따라 진실여부와 관계없이 사건 당사자가 죽을 수도 있고 살 수도 있다. 거기엔 괘씸죄도 있다. 괘씸죄에 걸리면 누구도 살아남지 못한다. 지광원의 유전무죄 무전유죄는 아직도 유효하다.

판, 검사들의 봐주기 잣대 제1이 전관예우다. 제2가 연수원 동기란다. 제3이 대학 동창이다. 제4가 고등학교 동창이다. 제5가 친인척 그런데다 자기 사심까지 보태는 로비가 거래되면 남는 사건이 얼마나 되겠는가. 나머지는 돈 없고 빽 없는 서민들 몫, 그들이 살아남을 틈은 어디도 없다. 이런 말들이 서초동에 가면 무성하다. 국민에게 검찰의 칼은 음식을 만드는 칼이 아니고 흉기일 뿐이란다. 그 칼을 판, 검사들은 고유의 권한으로 알고 있다. 재판은 거짓말 잘하는 사람이 이긴다는 웃지 못 할 소리도 서초동에서 심심치 않게 떠도는 말이다. 이렇게 허술하게 법을 남용하는 법조계의 관행을 이용 한몫을 챙기려는 사기꾼들이 법원, 검찰청 주변에는 똥파리 떼처럼 득실대고 있단다. 한술 더 떠 관료들까지도 별로 다를 바 없는 실정이다. 기업인들은 언제나 정치나 관료들의 봉(鳳)이다. 권력 앞에서 기업인들은 어쩔 수 없이 당하는 꼴이다. 아니면 살아남을 수가 없다.

여명의 종소리

밤은 새벽 네 시로 넘어가고 있다. 멀리서 종소리가 아늑하게 들려온다. 성당의 종소리는 하느님이 죄인들을 불러 모으는 소리라 했다. 어린

양들이여, 모두 나에게로 오라. 너의 죄를 모두 사하겠노라. 너에게 평화를 주겠노라.

거룩한 종소리가 온 누리에 사랑을 아울러 주는 고요라 할까? 새벽으로 가는 밤은 모든 만물에게 생명을 태동케 하는 기회를 줄 것이다. 새 생명들에게 힘찬 발동을 촉진하는 여명과 함께 분명 다가오는 대자연의 섭리는 신의 가호를 가져올 것이다.

성서에서 보면 예수는 사막에서 병들고 약한 자들에게 사랑과 구원을 주었단다. 그게 과연 정말일까? 걷지 못하던 사람도 신의 가호로 거뜬히 자리를 박차고 일어났다면 그게 기적이 아닐까?

수정은 허공을 가르며 멀리서 들려오는 성스런 저 종소리에 조용히 가슴에 손을 얹고 승민에게 기적을 바랄 뿐이다. 열 번이고 백번이고 천 번이고 만 번이고 승민이 깨어날 때까지 소원할 것이다.

초저녁부터 추적추적 내리던 비가 그쳤다. 무심중 수정은 창문을 열어 제킨다. 찬 공기가 병실로 쏴아 밀려들어온다. 빗물에 씻긴 맑은 공기가 너무도 신선하다. 미세 먼지 하나도 오염되지 않은 맑게 정제된 공기, 신 호흡으로 수정의 답답한 가슴을 후련하게 쓸어내린다.

-그래, 승민아. 맑은 공기는 몸에 나쁜 불순물을 맑게 정제시켜준다지 않더냐? 가슴속에 꽉 뭉친 오염물질 그리고 너의 몸을 해치는 나쁜 독을 깨끗하게 정제시켜주지 않겠느냐. 맑은 공기와 더불어 은은하게 들려오는 저 종소리와 함께 어우러지는 기적이 너에게로 가져와 준다면 얼마나 좋겠는가 싶다. 어서 툭툭 몸을 털고 일어나렴. 아들아!

승민은 지금 자기 능력으론 손가락 하나도 움직이질 못하고 있다. 그런 승민을 내려다보는 수정은 천 갈래 만 갈래 찢어지는 가슴을 움켜쥐고 몸부림친다. 또 기적을 부르는 수정은 지금 지푸라기라도 잡고 싶은 마음 간절하다.

예측 불가능한 우리네 삶, 인간 새옹지마(塞翁之馬) 득(得)이 있으면 화(禍)가 있고 호사다마(好事多摩) 좋은 일에는 반드시 마(魔)가 낀다고도 했던가? 기쁜 일보다 슬픈 일이 더 많고 즐거움보다 외로움이 더 많은 게 우리네 인생화복(人生禍福)이라 했다.

새 생명이 태어난다는 것은 신비다. 기적 중 기적이라고 여기며 수정은 지금까지 살아왔고 살아가고 있다. 음과 양의 접촉은 새 생명을 탄생하기에 수정의 몸에서 승민의 탄생은 새로운 기적을 가져오지 않았더냐?

세상사 생명만큼 소중한 존재가 없음을 수정은 승민으로부터 알게 되었다. 아이가 태어나서 자라고 성장하는 모습이라니 세상에 그보다 더 신기하고 보람된 일이 어디 또 있다할까. 하루가 달라지는 아이의 성장 모습은 신비 중 신비이었다.

미물들도 마찬가지 종족은 그렇게 보존 진화되어 왔다. 수정의 품 안에서 승민도 미운 짓 고운 짓 다하며 성장했던 소중한 아이였다.

나뭇가지에 바람의 악연처럼 삶은 인생을 언제나 흔든다. 평온하고 싶어도 나뭇가지는 흔들릴 수밖에 없고, 파도의 심술은 언제나 바다의 평화를 깬다. 인생사 승민의 삶에 그런 악운을 비켜가지 못한 채, 주검의 문턱에서 몸부림치는 승민에게 하필 이런 비운이 닥쳐올지 누가 짐작이나 했으랴.

비록 가난한 가정에서 태어났을망정 승민은 성격도 좋고 인물도 좋았다. 영혼도 맑았다. 신장 175cm, 몸무게 68Kg이라면 우리나라 표준형, 무엇보다 승민은 잘생긴 얼굴을 가졌다. 악의라곤 전혀 찾아볼 수 없는 고운 인상은 어디를 가든 많은 사람으로부터 칭송을 받지 않았던가? 저런 아들을 나에게 보내준 신께 늘 감사를 하며 수정은 살아왔다. 남편 준석을 잃은 슬픔도 차츰 잊혀가는 요즈음 이게 무슨 날벼락이란 말인가. 이놈아, 어서 일어나거라!

중국의 분배 구조

1.

가정도 사회도 국가도 마찬가지 경제는 누구의 뜻대로 그리 쉽게 이루어지는 것이 아니다. 노력은 기본이라 하겠지만 기발한 아이템과 무한한 선경지명 그리고 확실한 신념이 아니고는 이룰 수 없는 것이 경제다.

조국근대화, 부국강병, 경제대국을 기적과 같이 이룩한 우리나라 발전상도 그랬다지만 경제대국으로 가는 오늘날의 중국도 경제발전이 그냥 공짜로 하늘에서 떨어진 것도 나일론 뽕으로 얻은 것도 아니다.

오천 년 역사를 더듬어 보듯 우리가 경제로나마 30여 년간일망정 중국을 지배했고, 중국인들부터 존경을 받을 수 있었던 역사는 오늘날의 우리 세대가 이룬 기적이다.

앞으로 그런 기적은 더 이상 영원히 오지 않을 것이요, 머지않아 한국도 한때 경제로 세계를 풍미했던 남미의 나라들처럼 망국의 길도 멀지 않다고 비아냥거리는 세계 금융계의 추세다. 샴페인을 너무 많이 터트렸다는 것이다.

사회주의 폐쇄 경제로 한때 어려움도 겪었을망정 불같이 일어나는 요즘의 중국에서 이젠 반대로 우리가 중국의 천안문 사태를 교훈으로 삼아야 할 형편이다. 국가 국운과 운명은 지도자의 확고한 신념과 선견지명에 좌우한다.

안보와 더불어 경제를 개발 국민의 생활을 향상시키는 것만큼 더 이상 중대한 정부 목표가 어디 있겠는가. 중국의 경제를 개발한 등소평의 머릿속엔 민주주의 따위나 인권 따위는 없다. 경제로 국민소득 5천 달러에 달성하면 그 잘난 민주화는 자연스럽게 찾아온다는 것을 등소평이 모르지 않는다. 아무리 위대한 정책도 찬반 논란은 동반하게 마련이지만 사사건건 물고 늘어지는 정적의 체질이 도를 넘을 때 양상은 달라진다. 허망하게 민주화를 외치는 우리 정치인들이 그렇다. 이런 인물들이 한 시대에 태어났다는 것만으로도 국가와 민족의 불행이다.

등소평은 천안문 사태에 탱크까지 동원했다. 무너지는 제방은 초기에 막아야한다는 것이 그의 의지였다. 터진 다음에 막기란 불가능, 등소평의 신념은 확고했다.

그런 등소평의 신념 앞에 현재 위대한 경제성장을 바탕으로 초강대국의 입지를 확보 세계를 제패하겠다고 정부에 힘을 실어주는 그들 대륙성 민족 기질도 존경스럽다. 그들은 이웃 국가인 대한민국의 근대화 정책을 어떻게 달성했는가를 잘 알고 있다. '하면 된다'는 정신과 신념을 그리고 의지와 기술을 그들은 우리에게서 배워갔다. 세계에서 제일 가난했던 한국이 저토록 성장할 수 있었던 것은 오로지 신념이란 것이다. 자신감을 국민에게 심어주었기에 가능했다는 것을 그들은 정치적으로 보고 배웠다. 정치를 보고 배웠다고 실천의 의지 없이 이뤄지는 것은 아니다. 그들도 우리와 같이 온 인민이 다 함께 피나는 노력을 했다. 결과 우리가 30여 년 만에 경제를 이룩했듯이 그들도 우리와 같이 30여 년 만에 이룩했다.

지도자와 국민의 의지가 맞아떨어졌던 날, 중국도 세계의 일류국가로 경제를 성장시켰다. 이젠 거꾸로 좌경세력의 분열로 몰락하고 있는 우리 국민이 그들의 국민성을 본받아야 할 판이다. 2009년도 영국 G20 경제협력기구에서 중국은 명실상부 미국 다음 세계 2위 국가로 급부상했다고 찬사를 보냈다.

작년 중국은 국내총생산(GDP)에서 미국과 일본에 이어 세계 3위를 차지했다. 무역액도 독일, 일본에 이어 3위이고, 외환보유액은 2조 달러로 세계 1위로 부상했다. 그런데 개인소득은 2008년 기준 1인당 GDP가 2485달러로 세계 99위권에 속한다. 국가 경제는 세계 2위라지만 개인 경제가 99위라면 이는 분명 불균형 상태로 잘못된 정책이다.

지난 30년간 중국 공산당은 부강한 나라를 만드는 데 총력을 기울여 왔다. 먼저 경제성장을 이룬 뒤 분배형식을 선택하자고 지금까지는 인민들을 설득해 왔다. 그런데 작금 금융위기로 수출과 투자를 위한 경제성장이 한계에 다다르자 선 분배 후 성장 분배론이 중국 사회를 흔들고 있다는 것이다.

중국도 작금의 경제 위기를 극복하는 방법은 국민 소비를 위한 내수 확대 정책에 있단다. 이를 위해 중국 정부는 880조원 대의 재정투자에 나섰다. 예컨대 전자제품을 사는 농어민들에게 보조금을 주는 가전하향(家電下鄕)정책 같은 경우다. 과감하게 정책 논리를 펼쳐 봤지만 아직 원활치는 않다. 국부(國富)에 대한 분배 구조의 방향이 이루어지지 않는 한 인민들에 사재기를 강요하는 내수 경기는 문제가 있단다.

소신 있는 경제전문학자들은 중국 정부가 진정으로 내수 진작을 통한 소비를 확대하려면 정부가 보유하고 있는 재산을 적극 민영화 국민에게 과감하게 환원해야 된다고 주장한다. 인민들은 지금 그런 국가의 정책을 목 타게 기다리고 있다. 언젠가는 폭발할 것으로 믿어지는 중국의 시장경제 체제다.

현재 중국의 토지 중 국유지와 11만 개 국영기업체로서의 보유재산 총액은 79조 위안에 달한다. 이를 민영화한다면 인민 한 사람당 6만 위안이 돌아간다. 13억 위안이나 되는 국영기업체 상장주식만 국민에게 분배해도 1인당 5천5백만 주식을 소유할 수 있단다. 그렇게 2조 달러(약 13조 위안) 규모의 외환보유액을 국민에게 분배하면 각각 1만 위안이 돌아갈 수 있단다. 그렇게 된다면 국가 경제가 세계 2위가 절대 될 수가 없다는 결론이다.

그렇지만 공산당이 지배하는 중국에서는 국가재정이 민간에게 분배될 가능성은 희박하다. 차선책으론 주거, 교육, 의료분야의 사회보장제도를 확충하고 국민의 과중한 세금을 감세 해주는 정책을 선택하고 있다고 하나 인민들이 원하는 수치에는 너무 미약 정책만 그렇게 결정했을 뿐 시행 가능성은 없다는 것이다.

2009년 3월 3일부터 시작되는 양회(兩會)전국인민대표대회와 전국인민대표 협상에서 경제 위기 등 민생문제가 집중 거론되었다. 이 자리에서 국부(國富)와 민빈(民貧)의 균형을 이루는 방안도 논의되기를 인민들은 바라며 고르게 분배방법을 선택하라는 공자의 말씀도 인용하고 있다.

중국공산당도 이젠 달라져야 한다. 중국의 야망은 미국 주도세력을 능가하는 위대한 국가로 먼저 성장한 다음 선도정치를 하겠다는 계획은 이제 접어야 한다. 강성노조의 극성으로 몰락해 가고 있는 우리 경제에서 그들은 또 한 번 터득할 것이다.

2.

중국과의 오랜 역사가 그러했듯이 우리나라는 1237년간 지배를 받아오면서 얼 만큼 피해 당사국으로 취급되어 왔던가? 중공군의 개입으로 1·4후퇴로 이어진 전란의 피해 또한 컸다. 6·25에 중공군이 개입을 안 했다면 한반도는 통일을 가져왔다. 역사적 의미에서 우리 민족들이 무척 아쉬워했다는 사실을 승민도 모르지 않는다. 중국과의 또 한 번의 악연이었다. 독도를 주장하는 일본과도 영원히 동반관계가 될 수 없다는 사실에 재확인하는 바다. 현재도 중국으로 하여금 통일의 길은 멀다.

오늘날 강대국으로 부상하고 있는 중국이 우리에겐 위험요소가 될 뿐 절대 동반의 존재가 아니다. 지난 30여 년 동안 우리의 경제로부터 지배를 받았고 멸시를 당했던 수모는 중국 인민들의 자존심에 크게 손상 상처를 받았단다.

경제부흥을 위해서는 어떠한 희생도 감수하겠다는 확고한 신념에 따라 경제에 찌든 14억 중국 인민들은 민주화보다는 우선 경제를 선택하므로 오늘날 중국이 있고 베이징 올림픽에 깃발을 드높이 올릴 수가 있었음을 너무나도 잘 알고 있다.

오천 년의 역사를 자랑하는 중국도 위대한 경제를 자립한 세대는 오직 등소평과 화려한 베이징 올림픽 세대뿐이란다. 우리나라가 그랬듯이 덩치만 컸던 그들 역시 뼈를 깎는 아픔으로 이뤄낸 성과였다.

칭기즈칸에 의하여 건국한 원나라가 그랬고, 주원장에 의하여 건국한 명나라가 그랬으며, 누르하치에 의하여 건국한 청나라가 그랬듯이 강대국 중국이 언제 또 우리나라를 침략할지 장담 못 할 일, 거대한 그들 국가를 제압하는 방법은 오직 경제 말고는 다른 방법이 없다는 거다. 경계는 우리에게 유일한 존재, 그들에게 대항할 수 있는 존재는 오로지 경제뿐이다. 한시도 방심하고 늦춰서는 안 될 일, 군사력으로 중국을 다스린다는 것은 꿈에 불가할 뿐이다. 하긴 핵을 개발해 너 때리면 나도 너를 때리겠다고 으름장을 놓을 수 있디지만 그건 우리 마음대로 할 수 있는 여건이 아니다.

미국의 경제 분석기관 글로버 인사이트는 내년에 세계상품 생산의 17%를 차지하는 중국이 16% 수준에 머문 미국을 제치고 제조업 세계 1위 국가로 상승할 전망도 있다고 했다.

국력을 향상시키고 국민을 잘살게 해보겠다는 확고한 철학적 신념이 등소평에게 있었기에 허무맹랑한 민주화운동으로 정권이나 탈취하려는 그 추종세력들을 탱크로 무자비하게 짓밟아 버리지 않았던가. 그래서 성공할 수 있었던 산업정책이었지만 자연스럽지 못했던 그 사건은 그들에게도 불미스러운 상처로 먼 훗날까지 역사에 남아있을 거란다. 현재도 중국은 우리의 경제를 아직 따라오지 못한다. 짝퉁 따위나 만들어 길거리에서 파는 산업 따위로 어떻게 우리경제를 따라오겠는가? 어림도 없는 일이다.

중국 공산당 덩샤오핑의 개혁개방 원년은 1978년이다. 그 기점으로 30년을 맞는 2008년에 개최한 베이징 올림픽은 중국 역사상 최대의 영광이 되었다.

고르바초프 방문

1.

1945년 5월, 연합군에게 항복하고 난 독일은 정치, 경제, 문화, 군사, 어느 분야도 온전하게 남아있는 것 하나도 없이 초토화되었다. 더구나 동, 서독으로 분단까지 된 상태였다. 그런 와중에 서독 정부는 과감하게 정치는 사회주의 즉 강력한 정부주도로 경제는 자본주의 시장원리를 채택 조국현대화 작업에 박차 그 보람으로 오늘날의 통일 독일이 탄생했다.

새로운 조국 건설에 헬무트 콜 수상 그가 키를 힘껏 잡았다. 거기에 국민은 과감하게 힘과 용기를 몰아주었다. 하여 경제건설을 바탕으로 통일까지 일궈냈다. 역시 훌륭한 민족성을 발휘했고 이는 서로마를 정복한 게르만 민족의 긍지까지 살렸다.

권력을 놓고 같은 민족끼리 원수지간처럼 물고 뜯고를 일삼는 우리나라 민족성하고는 근본적으로 성향이 달랐다. 전쟁도 없이 오늘날의 독일이 그처럼도 찬란하게 통일의 깃발을 올렸다. 우리 민족으로서는 경망의 대상이 아닐 수 없었다. 거대한 베를린 장벽이 기적적으로 무너지던 날, 너도나도 전 세계인들이 텔레비전 영상을 보면서 박수를 보내지 않았던가. 그랬다. 독일 통일을 가져올 무렵 우리나라도 분명 통일에 기회가 왔었다. 다시없는 기회였다. 그런 호기를 물론 노태우 대통령이 놓쳐버렸고, 천추에 한, 오늘날과 같은 우리나라의 정세라면 핵무기를 완성한 김정은의 적화통일에 월남 꼴과 같을 것이다.

러시아 대통령 고르바초프가 사회주의 당 총서기장 정치제도를 대통령제로 개혁할 무렵 러시아는 극심한 경제란에 봉착했다. 시장경제 체제로 전환코자 정치제도를 무리하게 개혁 추진하다 보니 부작용 민주주의를 선택하고자 했던 경제가 희생물이 되었던 것이다. 급작스럽게 국가 경제가 무너지면서 사회경제와 민생생활경제까지 몰락하는 불운을 맞이했다. 신은 양손에 떡을 쥐어주지 않았다.

고르바초프는 급한 길에 우선 서독을 찾아갔다. 통일을 시켜줄 테니 그 대가로 돈을 달라고 터놓고 요구했다. 이때 서독의 헬무트 콜 수상은 과감하게 고르바초프의 경제지원을 받아들였다. 즉 돈과 통일을 바꾸겠다는 의지였다. 그런 상황에 장애물이 왜 없었겠는가? 영국이나 프랑스 유럽의 일부 국가가 독일 통일을 적극 반대했지만 미국의 레이건 대통령과 중국은 아예 침묵했었다. 당시에는 중국도 러시아의 정치적 영향권 안에 있었기에 가능했다.

서독에서의 경제지원은 250억 마르크(약 16조 원)이었다.

그렇다고 서독에서 지원받은 250억 마르크로 무너진 러시아 경제를 살리기엔 역부족이었다. 고르바초프 제2의 방문국은 분단국 대한민국을 선택했다. 1990년도 두 나라 대통령이 제주도에서 드디어 역사적인으로 정상 회담을 가졌다.

우리나라 오천 년 역사를 통 털어 러시아 황제 내지는 대통령이 외교적으로 우리나라를 방문한 사실은 전무후무한 일이었다. 이젠 역사 속으로 사라졌지만 구 소련연방은 우리나라 분단의 주역이요, 6·25전쟁의 원흉이 아니던가.

그런 공산주의 종주국 대통령이 식민지 국가처럼 취급하던 우리나라를 방문했다는 것은 천지지동설(天地地動說)과 같은 놀라운 일이다.

2.

우리나라를 방문한 고르바초프는 가방 속에 선물 세 개를 가지고 왔다. 첫째, 통일의 선물이요, 둘째, 유엔의 가입 회원권, 셋째가 중국과의 교류권이다.

노태우 대통령과의 협상 내용에 따라 그 세 개를 독일처럼 다 주고 갈 수도 있었다. 고르바초프 대통령은 노태우 대통령에게 100억 달러(약 12조 원)를 요청했다. 그럼 독일처럼 통일을 시켜주겠다는 단호한 의지였다. 당시 우리나라 외환보유고는 560억 달러였다. 과감하게 배팅할 수도 있었다. 그런데 노태우 대통령은 아니었다. 그런 큰 역사의 물줄기를 잡을 만한 능력의 소유자가 아니었다. 노태우 대통령은 그런 행운의 선물 세 개를 다 받아 낼 그릇이 못 되었다. 독일처럼 100억 달러를 듬뿍 고르바초프의 빈 가방 속을 채워 주었다면 고르바초프는 그 세 개를 노태우 손아귀에 선뜻 안겨주고 갔을 터인데 겨우 30억 달러 그것도 유상으로 주겠다니 고르바초프 대통령 입장에서는 통일의 선물까지 주고 갈 수는 없었던 모양 너무도 황당했다. 대신에 유엔가입 회원권과 중국과의 교류 권만 주고 갔다. 밑진 장사에 안타까움만 남기고 쓸쓸하게 돌아간 고르바초프 대통령은 실망했다지만 노태우 대통령으로서는 많은 것을 얻어냈다고 만족했단다. 공평치 못한 협상이었다.

국제간에 교류를 그런 방식으로 접근했다니 아니 되는 일, 성공할 수 있는 외교가 아니었다. 정말 아쉬운 순간들 그런 통일에의 기회는 언제 또다시 오게 될지 막연한 현실에서 온 국민과 함께 승민도 가슴을 쳤다.

그때만 해도 중국은 소련의 영향권 안에 있었으니 가능했던 일이다.

통일의 기회를 놓친 참으로 안타까운 순간이다. 오천 년 수난의 역사에 우리 민족은 유능한 지도자의 부재, 국가 건설에 기여한 지도자는 단 한 사람도 없었으니 반면에 신라통일로 오늘날 중국의 광활한 요동 벌 일대의 영토를 잃었고, 작금에는 통일의의 기회를 잃었으며 김정은의 핵무기 태풍 앞에서 촛불 신세로 방치된 꼴이다.

3.

만약 고르바초프의 요구에 과감하게 배팅했다면 지금쯤 삼천리금수강산에서 우리 민족은 세계 일등 국가로 풍요롭고 활기찬 삶을 맘껏 누리고 있을 텐데 통한의 아쉬움만 남긴 협상이었다. 독일의 베를린 장벽이 무너지듯이 한반도 155마일 휴전선도 보기 좋게 무너졌을 텐데 말이다. 저절로 굴러들어온 통일에의 선물이었다. 무능한 대통령 노태우의 역사는 영원할 것이다.

물론 당시 YS 당 대표는 반대했다. 남의 공을 그는 좋은 정책이든 나쁜 정책이든 무조건 반대만 하는 심술이 가득했지만, 무한한 권한과 재량권을 가지고 있는 우리나라 대통령직권 제에서 대통령의 권한은 할 수 있었다.

30억 달라 주겠다고 협상을 하고서도 심보 사나운 YS의 절대적인 반대로 15억 불만 주고 나머지 15억 불은 약속 불이행하고 말았단다. 그로 인하여 러시아 정부와 국민에게 큰 실망을 안겨주었고 꼭 보복하겠다고 러시아 국민에게 원한의 감정까지 심어주었다는 것이다. 우리나라 통일은 러시아와 중국의 영향권에 들어있다. 그렇다면 평화통일에의 길은 더 멀어진 게 아니겠는가?

그 한 가지 예로 인공위성을 발사하는 국제협약에서 러시아는 우리나라가 두 번씩이나 실패하도록 심술을 부리기도 했고, 가스를 수입하는 과정에서도 다른 나라 공급가 보다 비싼 가격이란다. 지금 러시아에서는 가스 판돈만 가지고도 8000억 불의 외화를 보유하고 있으면서 경제대국으로 발돋움했고 이는 푸틴 대통령의 성공한 정책이란다. 4년 중임제를 무사히 마치고도 다시 집권하게 된 큰 성과란다, 또 그까짓 15억불에 대한 상환도 진작 해결할 여유가 있으면서도 미적거리는 이유도 그런 맥락이란다. 가스 대금으로 상환은 했다지만 언제 또다시 보복을 당할지 모른다. 1991년에 노태우 대통령의 유엔 가입 성과는 선진국으로 진입하는 첫 단추였고, 국력을 신장시키는 데 큰 역할을 했다지만 대신에 그 후 30년 북한은 핵무기를 완성했다.

4.

생각할수록 아쉬운 점은 고르바초프 대통령으로부터 통일에 선물을 받아내지 못했다는 사실, 원래 간웅들이 득세하면 나라는 망하게 되어 있다. 그건 바로 긴 우리나라 역사가 말해주고 있다. 조선 시대 당파 싸움에서부터 현재 정치사가 잘 입증해주고 있다. 비록 경제는 박정희 대통령에 의하여 성공했지만 물욕과 권력에 양심을 팔아먹는 세력들로 하여금 당파싸움으로 얼룩진 조선 5백 년 역사보다 오늘날 정치사가 더욱 혼란할 뿐만 아니라 오욕의 시대를 창출하고 있다는 것이다.

유엔가입은 국가적 교류 관계에서 꼭 필요했던 사안인데도 불구하고 100년이 넘는 세월 동안 국제사회에서 불이익을 받아왔고, 그중에 분단과 더불어 6·25는 치명적인 국란이면서 현재도 통일을 이룩하지 못한 채 북한의 핵 위협은 여전할 뿐이다.

통일의 기회

1.

두 번째도 통일에 기회가 확실하게 있었다. 1994년도 YS정부 때다. 미국의 클린턴 대통령이 우리나라를 방문했다. YS 대통령과의 정상 회담 자리에서 클린턴 대통령은 북한의 김일성 주석이 핵무기를 제조하려고 박차를 가하고 있다. 만약의 경우다. 김일성이 핵무기를 제조하는 날에는 지금의 한반도 정세에 걷잡을 수 없는 위기를 가져올 것이다. 뿐만 아니라 세계의 무기 전략에도 막강한 변화를 가져올 수도 있으니 그땐 통제도 아니 될 것이다. 세계 질서의 판도가 달라 질수도 있으니 아예 영변 핵시설을 사전에 폭파해버리는 게 어떻겠느냐고 YS 대통령에게 제안했었다. 또 북한의 김일성 주석 같은 사람은 세계적 위험인물로서 언제 어느 때 무슨 일을 저질러 한반도의 평화뿐만이 아니라 세계평화까지 해칠 수 있는 인물이기에 아예 싹을 잘라버리자고 그래서 한반도 통일을 가져오는 것이 어떻겠냐고 강하게 요청을 했다. 클린턴 대통령이 한국을 방문한 목적이 바로 북한의 핵무기 사전 폭파와 더불어 한반도 통일 문제였다. 그런데 YS는 한반도를 통일시켜주겠다는 미국의 클린턴 대통령에게 단호히 거절을 했단다. 한반도의 문제는 한반도에서 해결할 테니 상관하지 말라고 일언지하에 거절을 했다고 한다. 참으로 유감스런 대목이다. 부담 없이 한반도의 통일을 미국에서 단호히 시켜주겠다 하는데 유감스럽게 이를 거절했다는 것이다. 의외로 YS의 거절에 클린턴 대통령은 황당했지만 당사국 대통령의 반대에는 어쩔 수 없었던지 포기를 하고 쓸쓸하게 돌아갔단다. 그때야말로 북한 사정은 경제를 비롯한 정치적인 입지가 국, 내외적으로 가장 어려움에 처해 있을 때란다. 현대사 중대한 국가 운명의 길목에는 언제든지 YS가 나타나 역사의 물주기를 확 비틀어 놓는꼴이었다. 김영삼은 분명 우리나라에 역사의 죄인 단죄를 받아야 마땅하다.

2.

YS가 거절한 이유는 김일성과 정상 회담을 추진 중에 있었다는 것이다. 숨겨 논 YS의 야욕이다. 만약의 경우 김일성과 남북 정상 회담을 추진 성사시켰다면 평화 무드를 조성 세계평화에 기초질서를 조성했다고 노벨평화상을 수상하는 영광을 얻을 수도 있을 거란 엄청난 착각을 하고 있었단다. 개인적인 욕망에 불타 통일을 시켜주겠다는 클린턴 대통령의 호의를 거절했다니 대사건이 아닐 수 없기에 정말 YS는 해볼 도리 없는 인물임에 틀림이 없다. DJ가 김정일을 만나 노벨평화상을 탈 때도 YS는 심술을 부리지 않았던가. 역사적으로 YS가 최연소 국회의원이라구? 나라 중심에 서 있는 YS는 사사건건 심술이나 부리면서 IMF를 불러오지 않았던가?

빈손으로 클린턴 대통령이 떠나고 얼마 후다. YS에게 불행인지 몰라도 김일성이 1994년 7월 8일, 원인도 불분명한 채 급사하므로 YS의 꿈은 허무하게 사라지고 말았다. 개인의 영달을 위하여 국가 대사를 그르친 YS는 한반도의 중대사에 언제든지 끼어들어 환란을 가져오지 않았던가? 의문의 김일성 주검에 김정일이 개입했다는 설도 SNS에 심심치 않게 떠돌았다.

3.

해프닝으로 끝났다지만 한반도의 평화통일을 위하여 당시 중앙정보부장 이후락을 특사로 북한에 보낸 일이 있었다. 박 대통령의 의도도 그랬다지만 본인 역시 잘못되면 자결을 하겠다고 이와나 칼슘(청사가리)를 몸에 품고 1972년 7월 4일 북한을 방문 김일성과 회담을 가졌다. 남북한 당국과 국토분단 이후 최초로 통일과 관련하여 회담을 가졌던 역사적인 사건이었다. 곧 통일이 되는 것으로 온 국민이 흥분했고 희망에 부풀었던 사건이기도 했다. 당사자 박 대통령 역시도 통일의 기반이 될 것으로 믿었다. 또 국토 통일은 박 대통령의 절대적 염원이기도 했고 사명이기도 했다. 자기가 반드시 조국 통일을 이룩하여 경제는 일본을 능가하고 사사건건 인권을 들춰 내정을 간섭하는 미국의 카터 대통령에 맞서 니가 때리면 나도 너를 때리겠다는 의지로 요즘 김정은의 투지와 같이 꼭 핵무기를 개발하여 명실공히 강력한 군사력을 확보한 다음 국력을 신장시키겠다는 원대한 꿈이었다.

그토록 지긋지긋했던 간섭도 외침도 없는 강대국으로 존립하면서 전 국토를 하루 생활권으로 개발하여 백의민족끼리 삼천리금수강산에서 오순도순 살아보자고 원대하게 키워온 꿈이 당시 박 대통령의 지상과제요 절대적 신념이기도 했다. 무에서 유를 찾는 그 뜻이 허황된 생각이라 믿는 국민은 없었다. 그런 7·4 공동성명이 며칠도 안가 김일성에 의하여 일방적으로 깨져버리자 박 대통령의 실망은 실로 컸고 미친개는 몽둥이가 약이라고 실미도 사건도 여기에서 무관하지 않다.

저런 김일성과 한때나마 평화통일의 꿈을 가져보았다는 것이 심히 부끄러웠을 뿐만 아니라 공산주의자들과는 대화가 안 되는 민족의 적일 뿐이라고 단념, 역시 통일은 무력밖에 없다고 핵무기 개발에 박차를 가했던 시기이었다.

4.

YH 여성근로자 사건은 뜻밖의 소요 사태이었다. 이런 일련의 사태들이 외신을 타고 국제사회의 여론몰이가 되었는가 하면 이에 부마사태가 원인이 되기도 했다. 1979년 9월 8일 역시 YS의 등장이다. YS 신민당 총재 직무정지가처분에 동년 10월 4일 제명처분까지 당하자 부마사태까지 일어나 사회 인심이 흉흉할 때 경호실장 차지철에 대한 소외감과 더불어 갈등 속에서 중앙정보부장 김재규의 총탄이 안타깝게도 박정희 대통령을 겨냥했다. 차지철과의 권력다툼에서 일어난 국란이라 했다. 한반도 통일에의 꿈은 또 물 건너가고 말았으니 이 또한 아쉬웠던 일이었다.

그때 담당 변호사 강신욱의 말을 인용, 김재규는 유신의 심장에 총을 쐈다고 나팔을 불어댔으니 가관(可觀)들이 아닐 수 없었다. 모든 좌경소요 사태와 더불어 관계자들의 재심청구에서 무죄로 판결하는 판에 적폐청산 민주화 차원에서 대통령을 사살한 김재규도 재심청구와 더불어 재조명이 된다는 사실에 국민은 격노하고 있다.

1979년 10월 부마항쟁을 김재규의 10·26사태와 연계를 한다면 기념일로 제정하는데 명분은 충분할 것이다. 물론 보상도 해줘야 할 일이며 김재규 재심청구도 가능할 것이고 그럼 무죄를 받아 구국에 영웅으로 추대받을 것이 아닌가? 적폐청산의 화살이 어디를 겨냥하는지는 모르나 나라만 까꾸러트리면 영웅이라고 추대를 하니 별스럽다 하겠지만 머리통에 총을 맞지 않고서야 어찌 역사가 무섭지 않다 하겠는가?

5.

국제적 탕아 김정은의 핵 개발은 완성 단계에 왔다. 최신형 ICBM 다단도 소형 핵폭탄을 개발했다니 세계 최고형 신무기가 아니던가? 이젠 김정은은 미국의 군사력을 능가한다니 명실공히 핵무기 보유국으로 우뚝 솟았고 누구도 두려울 게 없단다.

이쯤 되면 거꾸로 한반도의 통일은 김정은의 선택권에 들어있다는 결론이다. 한반도의 통일은 이제 핵무기를 보유한 김정은의 선택에 공이 있다니 국가와 민족을 위하여 내 모든 것을 바치겠노라고 목소리 높여 부르짖던 그 잘난 대통령들 가증스럽지 않던가? 민주화가 고작 자기 출세와 영달을 위한 제물이었다니 국민을 속인 사기행각이 아니란 말인가?

잠수함에서도 발사할 수 있는 ISBM 북극성 3형 탄도미사일까지 개발한 김정은은 30대 초반 정치 경험도 없는 자가 이룩한 성과다. 그런 김정은 앞에서 JY 대통령도 전시작전권을 환수하겠단다.

탄도미사일(ISBM)북극성-5형까지 개발한 김정은은 한반도의 무력 통일은 언제든지 자기 마음먹기 달렸다고 과신하고 있지만 아직은 미국이 전시작전통제권을 가지고 있는 한 국제적 탕아 김정은도 함부로 서툰 짓은 못 할 것이다.

톱날이 지날 때마다 수없이 쏟아지는 톱밥처럼 톱질 전쟁에서 우리 국민의 목숨이 그 꼴, 민간인 포함 400만 명의 목숨을 가져간 6·25의 톱질 전쟁처럼 김정은이 과연 이 땅에서 재현할 수 있을까? 카톡에 뜨는 김정은은 위험인물 언제 도발할지 방심은 금물이다.

월남이 그랬고, 캄보디아 같은 경우도 3백만 명이 죽임을 당했다 한다. 무력 통일이 된다고 봤을 때, 먼저 숙청대상은 정치인과 관료들, 다음이 임금 인상을 요구하는 노소들이란다. 내 밥그릇 챙기자고 사회 혼란은 물론 기업과 경제를 망치는 집단 행위은 공산주의에서는 절대 금물이다. 우리나라가 시위문화를 수출까지 한다니 한심한 일이 아닐 수 없다. 특히 군과 대치하고 있는 미안마 국민이 우리나라의 시위문화를 공개적으로 지원을 요청했다 하는데 결과는 모른다.

어쨌든 전시작전통제권이 한·미 간 협약에 살아있는 한 김정은이 함부로 무력 도발은 못 할 것으로 우리 국민은 믿고 있다. 섣불리 김정은이 핵무기를 도발할 경우 미국에 의하여 북한도 잿더미가 될 것이고 김정은은 꼭 죽는다.

그것이 두려워 김정은도 핵무기를 만지작거리며 주판 놀이를 하는 판에 JY 대통령의 국민 안보정책은 과연 무엇인지 까놓고 공개하길 국민은 바란다.

6.

그렇다. 우리나라 정치인들이 각성하지 않으면 곧 적화통일이 온다는 현실을 직시해야 할 판에 권력을 쟁취하고자 민주주의를 외치며 명분을 찾는 우리 대통령들의 모습들이 너무 황당하다. 대통령의 막강한 권력으로 조국과 민족의 생존권을 갖고 있으면서 무슨 짓을 하고 있는지 의심스럽다. 전시작전권을 환수하므로 김정은에게 적화통일의 기회를 열어줌으로 한반도가 동일이 되었다면 과연 그런 대통령을 한반도 통일 대통령으로 인정 영웅이 될까? 월남처럼 2천만 민족이 죽거나 난민이 되어 국제적 미아로 태평양의 파도 위에 부초처럼 떠돌아도 말이다.

지리적인 여건에 따라 우리나라의 북, 동쪽으로는 러시아가 있고, 서쪽으론 중국이 버티고 있으며, 동, 남쪽으론 일본이 항상 기회를 노리고 있는 한 우리의 안보는 보장될 수 없음을 우리 국민 누가 모른다 할 것인가. 더구나 일본이나 중국으로부터 오랜 세월 동안 침략을 받아 약소민족으로서 모진 시련을 겪어야 했던 민족 감정은 아직도 살아있는데 과연 집권자들만 모른다 할 것인가?

그래도 한때나마 30여 년간 경제로 중국과 러시아를 지배했다는 것이 기적과 같은 일이요, 오천 년 긴 역사 속에 전무후무한 일로서 지금도 사실 그들의 경제를 우리가 지배하고 있지 않던가? 그러나 일본은 아직도 제압해 본 사실이 없다. 일본은 남의 나라를 침략만 했지 단 한 번도 외침을 받아본 사실이 없기에 위대한 역사를 가진 나라가 아니던가.

그렇다면 분단의 국가 우리로서는 그들의 영향력을 아니 받을 수 없는 지형적 여건에서 통일에 길은 점점 멀어지고 있다는 것이 사실이다.

7.

올해로 중국은 조선공산당 개국 60년이다. 100년이 되는 2049년까지 중국은 위대한 경제대국을 실현하기 위하여 조화로운 사회주의 현대국가를 건설하겠다고 후진타오 중국공산당군사위원회 주석이 2008년 공산당전인대회에서 천명을 했었다.

선거를 통한 민주주의는 언제나 패당정치로 경쟁 다툼을 하게 마련이다. 민주주의는 권력간 다툼이 빈번하기에 국론으로 분열될 가능성이 너무 많아 위험성이 항상 내재해 있다는 결점도 있다. 작금에 발목을 잡히는 우리나라 같은 경우가 그렇다.

한국적 민주주의가 있어 제3공화국이 조국 근대화 경제업적을 이룩했듯이, 중국이나 러시아 같은 경우도 그랬고, 분단 후 독일도 사회주의를 선택했었기에 경제를 부흥시켰다는 것이다. 정치는 사회주의를 존속하고 경제는 자유경제체제로 박차를 가했기에 그들은 경제 대국을 이룩할 수가 있었다. 강력한 리더십으로 국론을 모아 박차를 가할 때, 그 바탕 위에서 경제를 살릴 수 있다는 것이다.

박 대통령의 한국적 민주주의가 바로 서독의 경제정책과 같은 논리다. 자유시장 경제로 정치개혁을 했던 고르바초프 당시 러시아 대통령의 경제정책은 아쉽게도 실패했지만 하나를 얻으면 다른 하나는 잃게 마련인가 싶다. 정치는 강력한 리더십에 선경지명이 요구된다. 그리고 인재를 양성 적소에 배치 행정을 감당하면 된다. 우리나라는 너무 똑똑한 사람들이 많아 걱정이다. 그들마다 다들 탐욕을 가지고 있다. 시기하고 갈등하고 몰아내고 죽이고 하기를 일삼는 세력들 말이다.

국가 경제와 개인 경제

1.

일본도 마찬가지 국가 경제는 세계 2위라지만 국민의 실제 체감하는 경제는 거기에 훨씬 못 미친다는 것이다. 우리나라는 부과세가 10%라고 하지만, 일본은 모든 세금이 20%가 넘는가 하면, 중국 같은 경우는 50%까지 된다.

1948년도 정부 수립 당시 이승만 대통령은 미국식 자유민주주의 헌법과 정부조직법을 선택했다. 본래 이승만은 자유분방하고 일관성 있는 미국 국민을 선호했다. 극히 개인적이면서 필요할 때 뭉치는 그 국민성 말이다. 이는 헌법과 정부조직법이 뒷받침하는 까닭이다. 이승만은 미국식 헌법과 정부조직법을 선호했고 채택했다. 합리적인 입장에서 국가와 국민이 같이 가는 헌법과 정부조직법에 의한 질서 그리고 경제 말이다.

2.

처음 유진호 박사가 헌법을 제정할 당시 미국 헌법과 정부조직법을 바탕으로 일본 헌법을 가미 참고해서 제정하는데 이승만의 영향을 받아들인 것이다. 다시 말하면 미국과 일본의 헌법을 참고해서 우리나라 헌법을 제정했으니 사실 가장 이상적인 헌법과 정부조직법이었다. 같은 무렵 일본도 내각제를 선택했지만 우리나라도 내각제를 선택했다가 1952년도 직선제로 바꿨다. 기초가 미국식에서 헌법과 정부조직법은 이상적으로 좋았으나 우선 경제가 따라주질 않았고 국민성과 국민 지식

수준이 따르질 못했다. 그래서 시행착오도 많았고 그럴 때마다 땜질을 하다 보니 오늘날엔 걸레 헌법으로 정착이 되었다지만 그래도 자유민주주의 헌법과 정부조직법으로 일본이나 미국보다도 좋은 점들이 많다. 미국의 헌법과 정부조직법이라고 우리의 체질에 다 맞는 것은 아니다.

조직에서 총괄적으로 아우르는 법령이 보호법, 진흥법, 규제법이 아니던가?

무엇보다도 헌법과 정부조직법을 기초로 한 우리나라 경제는 국가 경제와 국민경제가 같은 수준으로 간다는 것이다. 미국이나 일본보다 우리나라는 우선 국가 세금이 싸고 공과금이 많이 싸다. 교통비 또한 싸다. 이런 개인적인 맥락에서 국민의식주가 미국과 중국 그리고 일본에 앞선다는 것이다. 즉 30평 대 아파트라면 우리나라에서는 중, 서민용으로 취급되지만, 일본 같은 경우는 상류층에 속하고, 미국도 마찬가지 중, 상류층에 속한단다. 뭉칫돈이 몰려다니는 지하경제가 국가 경제를 능가할 정도라니 가히 짐작이 가는 대목이고 이것들이 투자처를 찾아 몰려다니는 작금의 현실을 비춰볼 때 일본이나 미국에 비하여 개인 재산이 풍부하다는 것이다.

결론적인 이야기지만 우리나라의 경제는 국가 경제나 국민 경제의 비중이 50/50 같다는 것이다. 미국은 45/55 일본은 40/60 중국은 30/70이란다. JY 정부는 이를 꿰고 있고 그 수순을 밟아가고 있다는 것이다. 중국처럼 세금 폭탄 정책이 시행단계로 가고 있음이다. 구소련이나 중국처럼 개인 재산을 몰수하겠다는 정책도 구상 중이란 말도 있다. 국가가 거둬드린 세금으로 국민을 먹여 살리겠다는 강력한 정책 말이다.

3.

우리나라 개인 시장경제는 활짝 핀 금수강산에서 꽃길을 가고 있음을 우리 국민만 체감 못 하고 있단다. 도시지역뿐만이 아니라 지방 도시 산과 들 어느 곳을 가든지 경관을 그림같이 아름답게 개발, 휴지 조각하나 없이 깨끗하고 청결하다. 동맥처럼 뻗어 나간 철도와 고속도로들이 반나절 생활권으로 세계 으뜸을 자랑하고 있것만, 불만 세력들은 정권만 전복시키려고 몰두하고 있으니 이를 어찌 불행이 아닐 수 있겠는가.

원래 우리나라는 처음부터 이상적인 자유민주주의 헌법과 정부조직법으로 시작했고 그렇게 국민은 생활을 누리고 왔다. 물론 그동안 세계에서 가장 가난했던 나라가 경제개발을 하는 과정에서 시행착오도 있었다지만 이를 탐욕스런 일부 정치인들이 또 사회주의 좌파 논리 자들이 독재를 운운 민주주의를 표방 호도하면서 데모공화국, 노조공화국으로 흙탕질을 하고 있지 않은가? 그래서 국가가 망국의 지경에 이르렀다지만 그렇지 않다면 행복의 꽃이 금수강산에 활짝 피어 온 국민이 활기찬 희망의 노래를 부르며 살아갈 복 받은 땅 일진데 우리 국민만 이를 실감하지 못한다는 것이다.

통일만 이룩한다면 미국 다음으로 경제, 군사, 문화를 비롯 모든 면에서 세계 제2의 강대국으로 발돋움할 수 있으련만 통일의 길에서 망국의 길로 간다는 것이 너무 염려스럽지 않던가? 작금에 이르러 정치 부재로 인하여 안보도, 경제도, 외교도 다 무너질 판이란다. 개미굴에 무너지는 제방처럼 나라가 무너지는 것도 순간적이다.

러시아 경제

구걸하다시피 참혹하게 경제를 실패했던 러시아가 불과 15년 만에 8천억 달러를 보유 세계 3위 경제대국으로 우뚝 부상했다. 해체된 구소련 동구권 국가들에게도 지금은 얼마든지 경제를 지원해줄 능력이 있단다. 그렇게 큰소리치던 미국도 한때 중국이나 러시아에게 경제협력을 하자고 사정할 판이라니 오늘날 그들의 정치체제가 얼마나 지혜로웠던지 알만한 대목이라고 승민은 서슴없이 말을 했었다. 남미국가들과 달리 무너진 경제를 빠르게 회복시켰다니 역시 선진국다운 저력이다.

사실 미국도 리먼브러더스 사태로 위기를 맞아 한때 어려움을 겪을 때, 대신 중국이 세계 경제 대국으로 부상 채권을 가지고 미국을 위협하기도 했다지만 오바마 대통령부터 미국의 경제는 불같이 일어나 이제 중국 따위는 얼마든지 제압할 수 있는 경제적 여력을 갖췄단다. 트럼프가 관세로 중국을 압박하는 것도 그만큼 미국 경제가 뒷받침 해주는 원인이다.

세계의 인재는 모두 미국에서 탄생한다. 하버드대학을 비롯 세계 우수대학 서열 1위에서 13위까지 미국에서 존재하고 있고 거기에서 세계의 인재들이 탄생한다. 또 너도나도 인재들이 미국으로 몰려드는 이유도 그들마다 미국의 엘리트 코스를 거쳐야 세계적 인재로 등단을 할 수 있기 때문이다.

미국은 넓은 국토에 자원도 풍부하다. 그렇다면 아직은 미국에 대적할 어느 나라도 없다는 것이다. 시대적으로 글로벌 두뇌 경쟁 시대에서 미국을 능가할 인재 발굴이 중국도 다른 어느 나라도 따를 수가 없다는 것이다. 그 격차는 점점 더 커질 뿐이란다. 더구나 세계 제1차대전을 평정하고 제2차대전 역시 독일과 일본까지 항복을 시킨 후 오늘날까지 미국이 세계 질서를 유지해 왔듯이 앞으로도 미국의 힘은 유지될 것이다. 중국이 아무리 발버둥 쳐도 미국을 뛰어넘기란 아직 요원할 것이다. 오늘날 단기간 내에 러시아 푸틴 대통령이 경제를 부흥시킬 수 있었던 것도 정치는 사회주의, 경제는 자본주의 시장원리를 과감하게 채택했기 때문이다. 서독, 중국, 러시아가 같은 사회주의 맥락에서 정치적으로 경제를 성공한 나라다. 동남아 국가들이 아직도 기지개를 못 펴고 있는 실정에서 오늘날 베트남의 경제가 불같이 일어나는 원리도 그런 맥락이란다.

그처럼 탄탄한 원동력으로 러시아와 중국을 이끌어 가는 그들 정책이 예사롭지 않게 미래로 발돋움하고 있다.

러시아도 지금 중국도 희망찬 미래의 청사진을 보여주는 대목이 중국적 자본주의 체제를 말함이다. 앞으로도 러시아와 중국의 경제는 계속 불같이 일어날 것이다. 미국을 비롯한 유럽 국가들과 일본에 이르기까지 민주화를 외치는 나라 모두가 마이너스로 성장하는 판에 유독 중국만이 8% 성장 목표를 내걸고 발진하는 모습이 예사롭지 않은 대목이다. 머지않은 앞날에 중국이 정치, 경제, 군사력에 대하여 20세기를 풍미 세계를 지배해온 미국과 당당하게 맞서나갈 거란 포부를 국민은 희망하고 있단다. 중국도 러시아도 일본도 한반도 통일에는 모두 저해요인 악성 코드다.

리먼 브라더스

한때 주니어부시 대통령이 미국경제를 망쳐놓았다. 2008년 8월 기준 미국의 빚이 2경4천조란다. 2018년도 기준 우리나라 총 경제규모는 1경 3천7백조다.

버락 오바마가 2008년도 대통령에 당선되고 국무장관에 힐러리를 임명하면서 첫 번째로 아시아 4개국을 방문토록 했다. 이유는 일본과 한국에게는 미국에서 발행하는 채권을 많이 매입해 달라는 주문이고, 중국에게는 현재 보유하고 있는 미국의 채권을 팔지 말아 달라고 사정을 했단다. 2008년 12월 말 기준으로 중국은 미국 전체 국채의 6,5%인 6962억 달러를 보유하고 있었다는 것이다. 만약의 경우 이것을 한꺼번에 시장에 내놔 현금화할 경우 미국 경제도 큰 타격을 받을 수 있었다. 이를 우려해서 미국의 국무장관 힐러리가 아시아를 첫 번째 방문했다고 아들 승민이 말을 해서 수정도 이해를 했다. 미국경제 정책을 우선하면서 몰락하는 경제를 살리기 위함이었다. 인도네시아도 방문했지만 까닭은 한때 오바마가 살았던 국가로서 예방 차원이었단다.

경제는 경제학에서 온다. 국가든 기업이든 가정에 이르기까지 운영에 승, 패는 경제에 있다고 승민은 늘 주장했었다. 국가도 기업도 가정도 마찬가지 경제를 잘못 운영하면 몰락한다. 대신에 경제에 묘를 잘 살리면 쓰러져가는 국가도 기업도 살릴 수 있다는 승민의 주장이다.

주변에 강대국들로 둘러싸인 우리나라 여건은 무엇보다도 경제로 그들과 맞서지 않으면 살아남을 수 없다는 것이 승민의 신념이다. 통일의 과제를 안고 있는 우리나라 실정으론 불가결한 조건이라 했다.

중국 중앙은행인 인민은행은 2008년 12월 기준으로 국제무역 결제대금으로 위안화를 사용하기 위하여 제도적인 장해물도 줄이면서 편리성도 제공할 것이라고 발표한 의도는 위안화를 기축 통화로 만들려는 속셈이었다고 한다.

그렇다면 명실상부 중국의 위안화가 세계의 경제를 이미 지배하고 있음이 아니던가. 지금 중국은 경제를 바탕으로 세계를 지배하겠단다. 그 힘으로 1860년대 영국과 프랑스에게 약탈을 당했던 국보급 문화재 등을 찾기 위하여 프랑스의 루브르 박물관, 독일의 페르가몬 박물관, 러시아의 에르미타주 박물관, 미국의 메트로 폴리탄 등 고대유물 전시관을 샅샅이 뒤지고 있단다. 작금에 힘을 바탕으로 하는 중국의 그 긍지야말로 정말 부러운 존재가 아닐 수 없다.

뿐 만이겠는가? 홍콩도 마카오도 잃었던 영토를 피 한 방울도 흘리지 않고 찾을 수 있었던 것도 경제의 힘이었다. 그처럼 위대한 등소평의 산업혁명이 바로 대한민국 근대화 산업정책에 복사판이라면 누가 부인할 것이며 그렇다면 우리 경제가 얼마나 훌륭했었나 알만한 일이다.

우리나라가 경제개발에 속도를 내기 시작한 것은 5·16혁명 후 1962년부터 88올림픽까지 28년간이고, 중국은 1978년부터 2000년 베이징 올림픽까지 22년간이다. 중국의 올림픽을 보면서 세계인들이 경제성장에 감탄할 정도였다. 시작은 16년 차라 하지만 아직도 중국이 우리나라를 따라오기란 먼 세월을 요구한다지만 우리나라 분단에 대한 영향력은 막강한 위력을 가지고 있다.

1217여 년간 침략과 지배를 해오던 거대 중국을 오늘날 우리 세대가 경제로 한때 지배했다는 것은 역사적으로 커다란 의미를 부여한다. 이는 그 누구도 부인할 수 없는 현실이다. 그러나 앞으로는 어림도 없는 일이란다.

위대한 조국을 건설하기 위한다면 어떤 희생쯤은 감수해야 하는 거 아닌가. 가장 국민을 사랑하는 척 인기 발언이나 늘어놓는 정치인들 몇 명 사라져주는 것이 어떨까 싶다. 잘못 박힌 가시 하나가 몸 전체를 상하게 해서는 안 될 것이다.

오로지 경제발전에 매진하는 중국에서 지금 민주화 소리를 찾는 미친놈은 어디에도 없단다. 국력은 바로 경제라는 것을 그들은 절실하게 인식하고 있다. 그런 중국과 이웃하고 있는 우리 정치판은 노조공화국, 데모공화국, 보상공화국이라 할까. 이젠 사무관까지 포함되는 전국공무원 노조가 15만 명이란다. 이들이 10월 20일 하필 민노총과 동참 총파업을 하겠단다. 금지된 파업과 태업을 자유롭게 쟁의를 하기 위한 취지이고 최저임금제를 요구 불법집회를 하다가 구속된 민노총 위원장 안경수의 석방을 위한 대규모 집회란다.

국민의 뜻과 안위를 조금이라도 의식한다면 15만 공무원노조까지 저런 후안무치한 행동이 어떻게 나올 수 있을까? 민족상잔의 비극 6·25를 겪은 민족이 이제 또 어떤 비극을 겪으려고 정부는 전시작전통제권을 환수하겠다는 것인지 국민의 생명을 권력의 희생양으로 담보하는 행위에 과연 용서가 될 것인가?

텔레비전에서 나온 뉴스다. 우리나라 군사력이 세계 6위란다. 수소폭탄에 다단두 발사체까지 완성한 북한은 28위이란다. 이는 너무도 엉터리 수치가 아니겠는가? 버튼을 누르는데 1초도 안 걸리는 순간이다. 그런 김정은이 핵탄두로 서울, 부산, 인천, 대구, 광주, 대전 등 6대 도시에 정조준 한 개씩만 수소폭탄을 발사하면 단번에 전 국토가 초토화되는 판이다. 그런데 핵무기도 없는 우리나라가 군사력 세계 6위라니 터무니도 없는 거짓말이 아니던가? 지금 김정은이 마음만 먹으면 미국을 비롯한 세계 10대 군사 대국 수도에 핵무기 하나씩만 터트린다면 전 세계가 멸망하는 판인데 어찌 그런 거짓 보도로 국민을 현혹시키는지 모르겠다. 그까짓 SLBM 잠수함 발사대 하나를 개발했다고 해서 강대국이 되었다 호들갑을 떠는 우리 정부에 김정은 엉성하다고 비웃지 않던가?

베이징 올림픽

1.

2008년 8월 8일 8시에 베이징 올림픽 개막식을 했던 중국은 요즘 자신감에 넘쳐있다. 8은 중국에 있어 부를 상징하는 숫자다. 중국인민은 현재 자신들을 지배하는 국가 체제가 86%나 옳다고 정부를 지지한단다. 세계적으로 널리 알려진 미국의 팩트탱크로 리서치 센터가 중국에 머물면서 직접 1대1 면접방식으로 조사한 여론조사다. 6년 전에 실시한 결과는 46% 정도였단다. 6년 만에 무려 38%나 수직 상승한 결과다. 놀라운 것은 그 리서치 센터가 똑같은 내용으로 질문 조사한바 미국은 23%로 나타났고, 독일도, 영국도, 프랑스도 30%대를 넘지 못하는 것으로 나타났다. MB 대통령의 지지율은 집권 초기 81%에서 거꾸로 곤두박질 현재 18%란다. 그것도 반 MH 정서의 영향이란 수치를 MB 대통령이 수혜를 받고 있기 때문이다.

불길처럼 타오르는 중국의 근대화 물결은 멈출 줄을 모르는 시점에서 우리나라는 차츰 설 자리를 잃어가고 있다. 중국은 연 8% 경제성장을 목표로 하는데 우리나라는 연 2,5%다.

오랜 전통을 가진 중국은 언제나 거대한 국토의 힘을 앞세워 완력으로 주변 약소국가들을 지배하온 국가다. 더구나 우리나라 같은 경우는 무역마찰, 고구려사 침탈, 불법 어로, 불량 상품, 범죄 유입 등 크고 작은 행패로 억지와 무례한 범죄를 계속 저지르고 있다. 따라서 중국과의 관계가 가까워질수록 친근감 못지않게 위화감도 커지고 있는 형편이다. 부연하여 남북 관계의 국면에서 중국이 취할 태도가 불분명하기에 미래를 점쳐도 우리의 마음은 무겁기만 하고 통일에의 길은 멀기만 하다.

2.

중국도 최근 문제가 없는 것은 아니다. 인도의 '슬럼독 밀리어네어' 영화가 중국 국민에 많은 공감을 불러일으키고 있단다. 아카데미상 8개 부분을 수상한 이유만은 아닐 것이다. 아시아 영화가 할리우드의 경쟁에서 당당하게 승리했다는 반 오리엔탈리즘에 기인한 것도 아니다.

중국 언론이 이 영화로 하여금 반 사회주의적 요소가 움트고 있다는데 문제가 야기된다. 체제에 대한 재편론 같은 평가로 논란을 일으키고 뜻 있는 중국인들에게 자화상을 볼 수 있는 기회를 제공했다는 데 의미가 있다.

'슬럼독 밀리어네어'는 인도의 반체제 국가 리얼리즘 영화다. 그런 영화를 우리라고 만들지 못할 이유가 어디 있겠느냐 사회평론가 왕귀창은

칼럼에서 시사했다.

'슬럼독 밀리어네어'의 내용은 경찰의 강압 수사, 아동학대, 빈부격차 등 사회적 모순을 리얼하게 표현한 우회적 발언의 영화 내용이다. 중국인들은 슬럼독 밀리어네어를 빈민굴의 백만장자 핀미푸웡이라 일컸는다. 부국궁민(富國窮民)이란 나라는 부자인데 국민은 가난하다는 말과 묘한 대비를 이룬다. 중국도 언젠가는 달라져야 할 때가 왔다.

송환법으로 홍콩이 요즘 연일 시위에 곤욕을 치른다. 최근 송환법 폐지로 야기된 자치국 홍콩 시위가 심상치 않다. 그 기세가 좀처럼 끝날 것 같지가 않다는데 심각하다. 일당 독재주의가 영원할 수는 없듯이 공산주의 종주국 소련이 영원할 것 같았지만 결코 붕괴되었듯이 중국 공산당도 현재 독보적인 존재로 명맥을 유지는 하고 있다지만 멀지 않아 무너질 공산이 크지 않겠는가. 1989년 6월 4일 등소평의 천안문 사태와는 그 양상이 사뭇 다르고 대다수 인민의 생각이 변하고 있다는 것이다.

홍콩 시위에 시진핑도 평정하지 못한 채 딜레마에 빠져있다. 적극적으로 군을 동원할 수도 없고 경찰로 진압하기엔 한계가 있어 결단을 못 내리고 심사숙고하는 자세로 속을 끓이고 있단다.

중국 시진핑 독재 정부는 경제가 살아있는 한 절대로 체제가 무너질 염려는 없다지만 국가가 누구의 소유물은 아니 잖는가? 중국도 북한도 언젠가는 붕괴될 공산은 있다.

과거 역사가 그랬듯이 동북공정을 주장하는 서쪽에 중국이 있고, 독도 영유권을 주장하는 동쪽에 일본이 존재하는 한 지리적 여건 속에서 우리도 경제를 바탕으로 한 강력한 힘을 길러 그들과 맞장 뜰 실력을 배양하지 않으면 절대 우리의 안전도 보장받을 수 없다고 경제학도 승민은 늘 염려를 했었다.

힘과 힘의 대결 원리에서 전쟁터에서는 적을 죽이는 한 개의 총알은 필요할망정 민주주의 이념 따위는 아무 쓸모 없는 존재 거추장스러운 쓰레기에 불과할 뿐이다. 좌파 쪽에 사람들은 온통 민주주의를 열광하고 있다지반 사실 민주주의는 사치스런 존재가 아닌가. 언제부터 우리나라가 위대한 국가의 국민이라고 한가하게 민주주의 타령이나 하며 호화판 삶을 영위했다는 건가?

북쪽에 러시아가 존재함도 안보에 절대 무관치 않다. 이런 긴박한 정세에서 먼저 국태민안(國泰民安)을 챙겨야 할 정치인들이 탐욕이 난무하는 정치판에서 혼란을 조성하고 있으니 심히 우려되는 바이다. 우리 한반도의 통일은 우선 핵무기를 보유하고 있는 김정은과 러시아는 물론 중국의 동조가 없이는 절대 불가능하다. 평화적으로 자주통일을 이룩하려면 강한 국가를 만드는 데 총력을 기울여야 할 것이다. 글로벌 시대에 즈음하여 국제간 강한 국가만이 살아남을 수 있다는 원리, 핵무기 앞에는 핵무기로 대처해야 경쟁력이 바로 설 것이다. 우리나라도 핵보유국이 될 수는 없을까?

3.

OECD 국가 중 GNP 1만 불을 달성한 선진국들의 추세가 5, 6년이면 모두 2만 불 시대를 열었다고 한다. 그런데 유독 우리나라만이 13년이나 걸려서야 겨우 2만 불을 달성했다고 하지만 세계적인 경기불황 탓으로 최근의 경제지수는 1만5천 달러에 불과할 뿐이란다. 향후 5년이 걸려도 2만 달러 달성하기가 어렵다고 IMF의 진단이다.

정확히 1962년도부터 1992년까지 30년간(현재 나이 70세부터 100세까지)의 세대들이 조국근대화산업을 기초적으로 성공시킨 사람들이다. 경제성장의 원동력이 바로 그들에 의하여 이룩한 자랑스러운 세대들이다. 먹고, 입을 것 제대로 못 챙겨가며 한 손엔 망치, 또 한 손은 총을 들고 싸우면서 열심히 일한 세대들이 그들이고, 그들에 의하여 위대한 경제성장을 이룩한 것이다. YS나 DJ 같은 사람은 일생 동안 직업을 가져본 사실 없고 돈을 한 푼도 벌어본 사실이 없다. 정치판에서 남이 벌어놓은 돈을 기생충처럼 뜯어먹고 살아왔고 그 재산이 수천억 원이 된다니 파렴치한 행위가 아닌가? 그들의 재산은 천문학적 숫자라니 놀라울 뿐이다. 카톡에 뜬 DJ의 재산은 각종 기념관 등을 포함하면 몇조 원이라 한다. 그들이 축적한 재산이 모두 국민의 고혈이 아니고 무엇이겠는가?

위대했던 그들에 의해서 경제대국 신생국가로 초고속 성장 모범국로 세계적인 청룡(靑龍)이, 1993년부터 정권을 틀어쥔 문민정부 YS 때부터 작금에 이르기까지 미꾸라지로 몰락하고 있다는 사실에 실로 안타까움을 금치 못할 일이다. 더 나아가 지렁이로 몰락할 수도 있다는 것이다. 경제가 어디 애들 장난감이라 하더냐. 그래도 국가를 떠받들고 있는 것은 정치인들이 아니라 기업들인데, 국가는 왜 기업인들을 죽이지 못해 혈안이 되어있는지 그도 알 수 없는 일이다. 기업들을 과세와 비리로 죽여서 공영화시킨 다음 국가에서 드디어는 사유재산을 몰수 국민에게 공평하게 분배하는 형식을 취한다면 이게 바로 사회주의 공산주의 체제다. 사유재산을 인정치 않는 제도에서 국가가 국민을 배급제로 먹여 살리는 방식 말이다.

우리나라의 경제 선두주자 삼성그룹 대표 이재용을 정부에서 사면했다는 것은 그래도 다행이다. 우리 국민이 강력하게 촉구해야 할 일이다. 청와대를 비롯해 정치인들 그리고 고급 관리들 심지어는 촛불시위 세력들까지도 기업으로부터 뜯어먹고 산다니 깜짝 놀랄 일, 또 기업에서는 어느 한군데도 거절할 수 없는 완전 동네북이다. 기업은 완전 봉, 그러니 기업들이 죽을 수밖에 없으니 저마다 외국으로 떠나지 않더냐?

철강, 조선, 전자, 자동차, 정유, 원자력, 반도체 등 세계 일등 기업들과 국토개발 산업 등으로 경부고속도로나 서울 도심 전철 등 교통혁명과 더불어 그린벨트 산림녹화 수자원개발과 간척사업이라든지 이들이 우리나라 기본전략산업에 바탕이 되어왔고 앞으로도 효자산업으로 계승 발전시켜야 할 귀중한 효도산업들이다.

이 산업은 무(無)에서 유(有)을 창조한 조국 근대화 개발에서 이룩한 위대한 업적이다. 이를 두고 '비록 경제정치는 성공했다 하더라도 암울했던 독재정권이다.'라고 민주화를 부르짖는 좌파들이 매도하는 것은 전자의 업적을 깔아뭉개야 내가 산다는 체제를 위장하며 민주주의를 찾는 저들의 사고방식이다. 시 황제를 폭군으로 몰아붙이는 세력들과 무엇이 다르겠는가. 너무도 비겁한 행위들이다.

탐욕에만 눈이 어두운 저들은 죽었다 깨어나도 그런 업적을 이룩할 능력 있는 자들이 아니다. 이유는 우선 기본정신과 기본자세가 삐뚤어져 있다는 것이다. 소신과 신념이 없다면 무엇도 하나 제대로 이룩할 수가 없다는 것이다. 저들의 머릿속에는 탐욕만이 가득할 뿐 조국 건설과 민족을 위한 국가적 이념 따위는 없다는 것이다.

나폴레옹의 '불가능은 없다' '청소년들이여 야망을 가져라' 하던 유행어들이 '하면 된다' '초전 박살' '일하면서 싸우자' 산업과 군사적 이슈로 바뀐 지 오래다. 이는 우리나라뿐만 아니라 세계적인 이슈로 유행하고 있다. 그런 지도자의 신념이 조국 근대화와 군사적 기반을 단기간에 성공시킨 국가가 대한민국 말고 세계 어느 국가가 있던가? 이는 특히 공산권 이웃 중국의 14억 인구가 인정하고 러시아권에서까지 존경을 받는 대목이다. 그런데 정신 빠진 우리나라 좌파들만 아니란다. 어쨌든 저들에 의하여 우리나라는 언젠가 망할 것이다.

중국과 러시아 그리고 동남아 국가 근로자들이 앞다투어 심지어 밀입국까지 서슴지 않으면서 우리나라 근로현장으로 몰려오는 실정이다. 그런 판에 국민을 경제 노예로 몰아 억압을 했다느니 다소 경제는 개발했다지만 군사 독재정치 인권을 짓밟았다고 외치면서 역사를 왜곡 국민을 현혹시키면서 반사회적 행위들을 하고 있으니 국가의 미래가 없다는 것이다. 사치스런 이념 논리가 아니던가? 그런 그들이 재물은 더 밝히면서 엄청나게 축적했고, 자녀들은 이미 이중 국적을 가지고 있으면서 여차하면 미국으로 도망가겠다고 준비를 하고 있단다.

민주화라는 허망한 여론몰이로 국민을 현혹하여 부정부패나 일삼은 정치 모사꾼에 불과한 기생충 같은 존재들, 나라 망치는 이들은 북한처럼 경계대상 인물들이라 할 것이다.

4.

강풍이 휘몰아치는 겨울이다. 겨우살이에 준비가 끝낸 다른 동물들은 편안하게 동면을 하고 있을 때다. 그런데 게으른 고슴도치만 집이 없어 때늦게 쉴 곳을 찾아 헤매야 했다. 헤매던 끝에 가까스로 집을 하나

발견했다. 다행으로 생각 그 집을 들어가 보니 먼저 뱀이 자리를 잡고 있지 않은가. 고슴도치는 뱀에게 사정했다. 행색이 초라한 고슴도치를 보는 순간 불쌍한 생각에서 뱀은 동거를 허락했다. 집이 좁아서 그렇다. 털이 없는 맨살의 뱀이 고슴도치와 함께 살을 비비며 지내려니 고슴도치의 가시가 살갗을 찔러 견디기 여간 불편한 것이 아니었다. 당장 아파 못 견디고 고슴도치를 피하고자 몸을 움츠릴 때마다 뱀의 자리는 점점 좁아지고 대신에 고슴도치 자리는 넓어졌다. 결국 뱀은 구석으로 밀려나고 고슴도치가 안방을 차지했으니 주객이 바뀐 셈이다.

마침 눈이 그쳤다. 불편했던 뱀은 고슴도치에게 이제 눈이 그쳤으니 그리고 네 가시에 찔려서 내가 너무 몸이 아파 못 견디겠으니 그만 나가 달라고 부탁을 했다. 뻔뻔한 고슴도치의 답이 우습다. 난 하나도 불편하지 않으니 불편하게 생각하는 너나 나가 달라고 오히려 버럭 화를 냈단다.

이솝의 우화다. 그렇다. 좌파들의 요즘 태도가 이솝의 우화 고슴도치와 다르지 않다는 생각에 입맛이 씁쓸하다. 굴러온 돌이 박힌 돌을 밀어내는 꼴과 무엇이 다르랴? 우리나라를 비롯 국제사회로부터 식량을 지원받지 않으면 국민이 연명하기도 어려운 주제에 툭하면 고슴도치같이 가시를 세우고 운신 폭을 넓혀가는 꼴이 우습고 위험한 존재 김정은의 야만적 행위와도 같다.

ICBM 탄도미사일

1.

남한에서 핵무기를 폐기하고 평화적으로 관계개선을 하자고 제의를 한 날, 북한에서는 동해에 미사일을 쏘아댔다. 2018년 10월 12일에도 동해안 전진기지서 단거리 미사일 KN-02 5발을 발사했다. 사거리 110~120km라고 한다. 장소는 강원도 원산으로 추정된단다. 정부에서는 북한이 대남 유화 제스처로 보인다 했다. 물론 유사시에는 실지 발사할 수 있다고 한다. 북한은 지난 5월 25일 풍계리에서 2차 핵실험과 단거리 미사일 3발을 발사한 것과 29일 함북 대화군 무수단리에서 1발을 추가 발사한 바도 있다. 7월 2일엔 미사일 4발과 4일에는 잇따라 미사일을 7발을 난사했다. 뿐만이든가. 4월에는 장거리 로켓 은하 2호를 발사함으로 계속해서 남한을 협박하고 있는데, 과연 우리 국민은 안심하고 생활에 전념해도 되는가 싶다. 발사된 미사일은 단거리라고 하지만 이것은 고성능 고체 미사일로서 미국을 겨냥하는 것이 아니라 한반도를 겨냥하고 있다는 사실이다. 이동이 쉽고 신속하게 발사할 수 있으면서 최대사거리를 현재 400km에서 600km까지 늘릴 수 있음으로 군사기지 평택에 주둔하고 있는 해군 제2함대와 평택에 주한 미군 전진기지까지 타격할 수 있다는 전문가의 분석이다.

올해 들어 부쩍 핵실험을 많이 하는가 하면 장거리 미사일을 쏘아대는 북한의 의도가 무엇인지는 몰라도 장거리 로켓 발사와 핵실험은 7월 미국 독립기념일에 맞춰 이루어졌다는 것이 의미심장한 일이기도 하다.

따라서 북한이 도발을 감행할 때는 주변 정세나 일정을 충분히 고려

했을 거란 이야기도 있다지만 올 들어 일곱 차례씩이나 발사했다는 것은 경제적인 이득을 취하기 위해서라고 정부 당국이나 전문가들의 분석이지만 만약의 경우 그렇게 핵무기나 미사일로 위협을 가해도 소기의 목적을 달성하지 못 했을 경우에 다음 차례는 무슨 짓을 할지 그 뒷일은 아무도 예측 불가능 최근에는 잠수함에서 SLBM 탄도미사일을 시험 발사했단다.

어쨌든 우리 5천만 국민의 생명이 북한에 의하여 위협받고 있다는 사실은 분명하다. 이처럼 북한은 호시탐탐 남한을 위협하고 있는데, 우리 정부는 도대체 무얼 하고 있기에 팔자 좋게 민주화 타령이나 하면서 권력 타령이란 말인가?

식량난으로 북한 주민들은 굶어 죽을 판이란다. 그런데도 2006년도 핵무기를 제조하노라 탄도미사일을 발사했다. 탄도미사일 한 개를 발사하는데 5천만 원 정도의 비용이 든단다. 북한의 인공위성은 처음부터 장거리 탄도미사일을 시험 발사하는데 목적이 있지 않았겠는가? 아무튼 북한은 장거리 탄도미사일 개발에 성공함으로써 세계인을 경악케 했을 뿐더러 우리의 심장을 목표로 협박하고 있다는데 의심할 여지가 없다. 이 비용이면 북한 주민 일 년 먹을 양식 엄청난 비용이란다.

분명 북한의 장거리 로켓 발사는 DJ과 MH가 10년간 북한에 공식, 비공식을 포함해서 약 50억 달러(현 환율로 6조7천억 원)를 퍼준 햇볕정책의 결과란다(TALK 이야기 참조). 그들은 기아선상에서 허덕이는 북한 정권에 인도주의적 차원에서 식량 등 경제협력에 대한 지원이었다고 말하고 있지만 과연 신빈성이 있는 말일까? 그들의 지원을 받은 북한에서는 핵무기를 만들고 탄도미사일을 만들었음이 사실로 드러나지 않았던가?

그 사실을 정부는 과연 모르고 지원을 해주었을까? 아니면 알면서도 지원을 해주었을까? 알면서도 지원을 해주었다면 북한의 핵무기에 우리 국민은 다 죽어도 상관이 없다는 의도였을까? 무력으로 적화통일을 하라고 도와준 수단이었을까? 아무리 생각을 해봐도 햇볕정책을 추진했던 DJ와 MH의 의중이 의심스럽다. 이게 나라를 팔아먹었다는 을사늑약 5적 등에 비교가 될 일이라더냐?

요즘 따라 부쩍 북한은 핵무기를 제조해 놓고 우리 국민의 심장을 겨누고 있다. 서울을 불바다로 만들어 놓을 수도 있다고 서슴없이 협박도 한다.

DJ정부에 이어 MH정부가 북한의 요구에 따라 퍼주기를 계속했던 결과로 우리에게 돌아온 것은 역시 2006년 10월 9일 핵무기 실험에 이어 4월 5일 장거리 로켓 발사다. 북한은 지금 인민들이야 굶어 죽든 말든 다량 살상용 무기로 세계를 공포 속으로 몰아넣고 있다. DJ와 MH는 왜 그런 짓을 했을까?

그런데 만약의 경우 북한의 핵무기 도발로 우리 국가와 민족에게 피해가 발생할 때는 DJ와 MH는 역사적인 차원에서라도 반드시 책임져야 할 것이다. 또 미국의 클린턴 대통령이 연변의 핵 개발 지대를 사전에 폭파해 남한을 통일시켜 주겠다는데 반대를 했던 YS도 자유로울 수가 절대 없다. 그렇지 못할 경우 그들의 이적 행위는 국민의 이름으로 단죄를 해야 마땅하다. 반드시 책임져야 할 일, 그들은 떠나고 없어도 핵무기는 우리 후세대에 남아 부담이 되고 있으니 말이다.

한술 더 떠서 북한의 전력을 군사 대국으로 증강해 놓고, 전쟁이 날지도 모른다고 협박 아닌 협박을 일삼고 있으니 그 발언 역시도 어처구니없는 처사로 누가 누구에게 협박하는지 모르겠다.

청백리 대통령

1.

대다수 국민에게 고통을 가져다준 3대 민간성부 시도자들 미안하지만 조국과 민족을 위해 정치판에서 떠나 주었으면 하는 것이 국민의 바람이다. 국력을 뒷받침하는 경제에 민주화로 맞불 놓아 이념 논쟁으로 분열을 조성하는 그런 인물 말이다.

국민이 피땀을 흘리며 경제발전에 노심초사할 때, 그들은 학생들을 선동 데모나 일삼지 않았던가. 국가발전을 YS처럼 잔머리로 애드벌룬이나 띄우는 정치적 행위이기에 황당하다는 것이다. 그들의 주변에는 아직도 민주화 행세로 내란을 자초하는 미래 세대들이 망국의 병에서 깨어나지 못해 유감스럽다. 민주화 기본 이념을 교묘히 이용 헌정질서를 교란시켜 정권이나 탈취하려는 행위는 국가와 민족의 적일 뿐이다. 사회주의 이념을 민주화 이념으로 포장 국가의 내란을 획책하는 간교한 몇 명의 욕망에 국민이 현혹되고 있다는 것이다.

헌정이 무너져 나라가 망하는 어떤 시위도 이젠 끝내야 한다. 민주화의 기본을 어느 초점에 맞춰야 하는지 그들이 먼저 알 것이다. 그 허무맹랑한 소리가 국가정책과 국민경제에 어떤 영향을 미칠지 그들이 모르지 않을 것이다. 3대 민간정부가 단 한 가지 국가발전과 국민 안위에 기여했던 정책이 있었는가 데모 선동자들에게 묻고 싶다.

국민의 생명 줄은 경제다. 경제를 먹고 국민은 산다. 몸통인지 깃털인지 그게 전부인지 일부인지는 알 수는 없지만 YS와 DJ는 아들들과 함께 부정했고, MH는 부인과 같이 부정을 했단다. 그게 다 국민의 혈세 권력을 이용한 부패라 할 것이다.

국가와 국민의 재산을 못된 방법으로 갈취한 이들의 재산이 수천 원, 그 일부는 외국 은행에 유치되었다는 설도 있다. 미국의 입김처럼 스위스 은행의 비밀 계좌를 공개하면 안 될까? 우리나라 돈이 외국 은행에 얼마나 숨겨져 있을까 의문이다.

그들이 독재자로 몰아붙이는 건국 대통령 이승만과 찬란하게 조국 근대화를 이룩한 박정희 대통령은 오늘날의 3대 민간정부 정치인들처럼 부정부패 같은 파렴치한 행위는 없었다. 더구나 제1공화국 이승만 대통령이나 실세 이기붕 같은 경우는 한 푼도 부정한 사실이 없다. 부정선거에 대한 책임은 일가족이 목숨으로 책임졌다. 자기 책임을 아는 양심적인 정치인이 아닌가 싶다.

"아버지가 당선되면 나라가 망하고, 낙선되면 집안이 망한다."

이기붕의 작은아들 이강욱이 당시 했던 말이다.

이승만 정권을 웃음거리로 만든 일화다. 54년 9월 6일 이승만 대통령 중임제를 3선으로 개헌을 하기 위해서 국회의원들이 투표를 했다. 결과 총 의석 수 203석에서 찬성 135석이다. 반대는 60표에 기권은 7표다. 선거법은 3분의 2로 규정하고 있다. 통과선에서는 0.67 부족했고 부결선에서 0.33이 부족했다. 분명 무승부다. 이를 두고 의장 최순조가 부결로 선언했다. 이틀 후다. 고심했던 자유당에서는 다수결 원칙에서

0.33를 반올림하면 136석이 된다고 주장했다. 야당에서는 기권표 7를 모두 가져간 셈이다. 이 사실을 두고 야당에서는 사사오입으로 통과시켰다고 포문을 열어 비난했던 사건이다.

2.

4·19로 몰락한 이기붕 집을 압수수색을 하고 보니 봄인데도 냉장고에 수박이 있었고 호피 가죽이 있었다고, 이렇게 부정을 많이 했다고 신문 방송마다 대서특필을 했었다. 그 외로는 부정했다고 드러난 사실이 현재까지도 없다. 돈도 한 푼 없고 땅도 한 평 없다. 어디에는 이승만 대통령의 재산이 있고 또 어디엔 이기붕 재산이 있다고 밝혀진 게 하나도 없다. 만약의 경우 있다면 그들을 부정과 독재로 몰아붙이는 세력들이 그냥 놔뒀겠는가. 이승만 대통령과 이기붕의 재산이 어디 숨어 있는가 기회에 밝혀보자 한다.

그런데 왜 그들을 부정했다고 4·19 세대들은 목소리를 높였는가. 더구나 이승만 대통령에게는 부정이란 말조차도 없었다. 실세였던 2인자 이기붕 집에서 수박이 나오고 호피 가죽이 나왔다고 그게 부정축재란 말인가. 그런데도 민주화를 외치는 사람들은 자유당 정권을 부정축재 했다고 오늘날도 열변을 토하며 매도하고 있다. 역사를 왜곡하는 일이 아닐까?

돈을 벌려면 기업을 할 것이 아니라 정치판으로 가야 된다는 속된 말도 저들 정치인을 가리켜 하는 말이라고 승민은 개탄했었다.

쇠고기 수입과 MB정부

1.

한바탕 전쟁이 휩쓸고 간 폐허의 땅에 버려진 부상자들처럼 그 고통에서 신음과 아우성치는 경찰병원의 길고 긴 밤도 어느덧 새벽으로 가고 있다. 날밤을 새우는 간호사들도 피로에 지쳤는가 무거운 눈까풀을 주체 못하는 가운데 수간호사는 컴퓨터 영상을 더듬고 있는가 하면 다른 간호사들은 병상일지를 졸린 눈으로 느릿느릿 넘기며 피로를 견디고 있다.

홑이불 속으로 손을 깊숙이 넣어보는 수정은 승민의 심장을 만져 본다. 승민의 가슴은 아직도 따뜻하고 또 뛰고 있다. 다행스럽다고 여기는 수정은 후 한숨을 뿜어낸다.

–승민아! 일어나거라. 어미로서 이런 너에게 무엇을 어떻게 해주어야 네가 소생할 건지 손 놓고 마냥 기다릴 수만은 없지 않느냐. 방법이 있다면 이 어미가 무엇인들 못하겠느냐. 그 방법을 어떻게 찾을지 어서 빨리 네가 말을 해 보거라. 이놈아.

깨어나지 않는 아들을 애타게 어루만지며 그녀는 신의 기적을 바라고 있다.

–의사의 말이 너는 뇌출혈 상태란다. 내 머리통을 깨서라도 승민아 너에게 이식시켜준다면 안 될까. 할 수만 있다면 무엇이든지 해줄 어미의 간절한 소망이다.

국민의 안위와 운명을 같이해야 할 나라가 왜 이 지경이 되었는가? 애당초 그녀의 소망은 좋은 사내 만나서 아들딸 둘만 낳아 단란한 가정을 꾸려가며 평범하게 살아보겠다고 했었다. 그랬던 그녀가 그런 작은 소망조차도 신은 부여해주지를 않는 것 같아 가슴 아프다. 과욕을 부리지 않으면 화도 없을 터 그런 신념으로 세상을 살아왔건만 현실은 그게 아니란다.

수정은 월남전에서 고엽제까지 옮아가지고 온 남편을 일찍 여의고, 촛불시위에서 아들까지 떠나보내야 할 기구한 운명 앞에 서 있다. 학수고대 수정의 바람은 지금 승민의 소생이다. 정치와 국민 생활이 밀접한 현실에서 처참하게 실패한 삶을 안고 아무도 모르게 가야 하는 신세에 수정은 가슴 저린다.

화려하게 출범한 6공의 5대 MB정부만큼은 평안한 국민 생활이 되도록 공약을 지켜주고 좋은 정치를 해주길 국민은 바랬다. CEO라고, 자신만이 경제를 살릴 수 있다고 경제성장 7% 수출 1억 달러 GNP 4만 달러를 이룩하겠다고 화려하게 국민 앞에서 공약을 했것만 야심 찬 그런 정책대안은 다 어디로 사라졌기에 출범 후 첫 번째 순방외교에서 미국과 무엇을 주고 무엇을 받아왔는지 도무지 파악이 안 되고 있다. 미국과의 외교채널에서 2008년 4월 18일 쇠고기 수입 협상 타결, 4월 19일 주니어 부시와의 정상 회담이 속전속결로 갈 때 국민은 역시 CEO 출신답게 속도가 있다 기대를 했다. 큰 표 차로 대통령에 당선되었으니 소신껏 정책을 밀고 나갈 것으로 국민은 믿었다.

반 MH 국민 정서가 작용한 선거결과라 하지만 어쨌든 MB는 화려하게 대통령에 취임했었다. 자칭 CEO 출신으로서 선거공약 제1호 경제는 반드시 자기가 살리겠다고 기치를 걸고 국정에 임하는 활동성향은 한층 국민의 기대에 부응하는 듯도 했었다.

그런 MB정부가 취임한 지 48일 만에 이뤄낸 외교 성과 중 그 첫 번째가 쇠고기 수입개방이라니 너무도 가상하지 않던가?

쇠고기 수입은 DJ정부가 도마 위에 올려놓고 대물림한 뜨거운 감자다. 대다수 국민의 이념을 뛰어넘어 햇볕정책을 고집스럽게 추진했고, IMF 경제 상황에서 일본의 차관 몇 푼을 얻자고 독도를 팔아먹는 거와 마찬가지 일본과의 어로선 재 협정을 강행한 DJ정부도 못 먹고 떠난 감자였다. 사생결단을 하겠다고 눈을 부릅뜨고 치켜보는 농민들이 있어 그랬다.

사사건건 국민의 저항을 받으면서도 마지막 퇴임 직전까지 수도 분할을 위한 세종시 건설, 전시작전통제권 환수, 혁신도시, 병역 단축, 종합부동산세 등 수많은 정책을 다음 정권이 아예 건드리지 못하도록 대 못질을 하면서 할 짓 다하고 떠난 고집스런 MH정부도 군침은 당겨도 도마 위에 올라온 뜨거운 감자이기에 끝내 못 먹고 떠나야 했던 이유가 그게 독약이었기 때문이라는 것을 왜 MB정부만 몰랐을까? 청계천 개발에 재미를 봤으니 대통령이 밀어붙이면 못할 일이 없다는 식이었을까.

쇠고기 협상과 더불어 부시 대통령과의 회담 내용 중 그 속에 실용외교는 무엇이었는지 국민은 그 실과 득을 아직도 모른다. 단지 쇠고기 수입 문제만 가지고 그토록 큰 목소리로 요란을 떨지는 않았을 것이란 국민의 추측이 있었다지만 협상 내용에 아무것도 얻은 게 없는 데 쇠고기 수입만 덥석 물었다는 것이다. 그렇지 않아도 MB가 첫 번째로 미국을 방문한다고 했을 때, 농, 축산계 국민은 기대 반 우려 반으로 쇠고기 수입만큼은 제발 건드리지 말았으면 했었다. 그런데 DJ정부와 MH정부에서 끝내 건드리지 못한 쇠고기 수입을 무슨 배짱으로 MB정부에서 덥석 개방했는지 그 저의가 의심스럽다. 기다렸다는 듯이 신경을 곤두세우고 있던 농, 축산 계통 사람들이 텔레비전 뉴스에 발끈하자 좌파들이 일제히 촛불을 켜고 100만 군중이 광화문 광장으로 몰려나오는 결과를 가져오지 않았던가. 광우병 쇠고기 수입 반대 결의가 촛불을 켜게 된 결과다. 벌집을 쑤셔놓은 듯 성난 물결이 온통 광화문 광장을 휩쓸고 있다. MB의 다음 방문지는 일본이었다.

'과거에 얽매여 미래로 가는 데 걸림돌이 되어서는 안 된다.'

후쿠다 일본 총리와 한일 정상 회담을 할 때, MB 대통령이 양국 정상 회담장에서 화려하게 카메라 조명을 받으면서 신나게 먼저 천명한 대목이다. 일차 미국에게 인심을 쓰고 나서 일본에 가서도 더욱 호의적인 발언이었다. 승민뿐만이 아니라 국민 대다수가 저런 발언을 하기엔 아직 시기상조라고 염려하지 않았던가?

한, 일 관계를 더욱 성숙한 동반관계로 확대 무역협정과 더불어 양국 우호 관계를 돈독히 하자는 뜻은 참으로 명품 발언이었는데, MB만의 짝사랑인 것 같아 씁쓸한 입맛이 되고 말았다. 일본과의 천문학적인 무역적자와 더불어 야스쿠니신사 참배 특히 독도 문제는 영토의 분쟁이 아니던가?

독도 부근에는 부존자원 하이드레이트가 6억 톤이 매장돼 30년을 사용할 수 있는 부존자원이 있단다. 아니 20억 톤이 될 수도 있다는데 그 양이면 100년을 사용할 수 있는 양이 매장되었다고 전문가들은 분석하고 있다. 일본은 이 엄청난 부존자원을 10년 내로 개발하겠다고 착착 준비 중이라는데 이런 이유로 일본은 독도를 자기네 영토라고 갑자기 주장하는 판에 우리나라는 부존자원이 있는지 왜 일본이 갑자기 독도를 자기네 영토라고 주장하는지 영문도 모르고 번쩍거리는 MB는 사실

CEO가 아니다. 엄청난 이권 관계가 있으면서 독도는 양국 간에 한 치의 양보도 할 수 없는 영토분쟁이다. 절대 물러설 수도 없겠지만 더구나 부존자원을 개발 때문이라면 독도 문제는 양보할 수 없는 영토가 아닐까?

이처럼 민감한 사안으로 일본과의 관계개선에서 저토록 인심 쓰는 공약을 쉽게 남발해도 되는지 텔레비전 뉴스를 보는 대다수 국민은 고개를 갸우뚱했었다. MB는 사실 CEO가 아니라 정주영 회장의 경영 리더에 따랐을 뿐이다. 임진왜란도 그렇고 을사늑약도 그랬듯이 호시탐탐 야만적인 행위로 침략을 일삼는 일본을 상대로 좀 더 신중했어야 할 외교, 우리가 먼저 과거를 청산하자고 서둘러서는 아니 될 일이 아닌가? MB는 주객이 바뀐 사안에 혼자 나팔을 불고 있었다는 것이다.

후쿠다 총리는 4월 MB 대통령과의 정상 회담에서 미래지향적 한일 관계 구축을 향한 합의 후 석 달 만에 국제심판 위원회에 독도를 제소하기 위하여 중·고등학교 교과서에 독도는 일본 땅이라고 명기하며 준비하고 있는 판에, 모든 과거사에 매달리지 말고 새롭게 출발하자고 먼저 제의를 한 MB 대통령이 일본 정부로부터 무엇을 어떻게 외교적 실리를 챙겼는가 역시 의문스런 일이 아닐 수 없다.

2.

금강산 관광은 관광객마다 두 당 10만 원씩 관광비 조로 북한에 갖다 주면서 실시하는 행사란다. 박왕자 씨도 역시 북한에 10만 원을 주고 간 고마운 손님일 뿐 결코 북한에 해를 끼칠 사람은 아니었다. 그런 그녀에게 대항능력도 없고 정치적인 의도나 개인적인 사심도 없는데 오로지 관광의 호기심 하나만으로 군사분계선이 무엇인지도 모르면서 넘어섰다 해서 무참하게 총살을 당했는데, 그 보고를 받고도 인도적인 차원에서 북한에 지원을 아끼지 않겠다고 엉뚱한 담화를 서둘러 발표한 사실에 동문서답 MB정부의 원칙과 신뢰가 무너지는 대목이 아닌가 싶었다. 무식이 약이었던가?

6·3세대의 주도적 역할로 정부를 비판하며 타도하고자 대중들 앞에서 데모를 일삼던 자가 CEO 대통령이라고 설쳐대니 분수에 맞지 않은 경향 같다. 도대체 정치가 무엇이고 외교가 무엇인지 분별도 못 하는 사람이 일본에 가서 대통령이라고 귀빈 대접이나 받으며 화려하게 카메라 플래시 앞에 섰다는 것인가? 똥, 오줌도 가리지 못하는 외교정책에 지금 MB 대통령은 분별없이 설치고 있다는 점에 시위대의 화살이 아니던가?

3.

당시 공화당 정부는 5·16혁명으로 정치 초년생들이었다. 정치도 행정도 아직 정착하지 못한 어려운 시기다. 그런 정부를 야당 인사들을 비롯한 학생들까지 극한적인 시위투쟁을 했던 6·3시위다. 국민은 정부를 신뢰해야 할지 그렇다면 반대하는 야당들의 정책을 지지해야 할지 헷갈릴 때다. 정부는 당장 기업에 투자할 자금이 없을 때다. 한일 청구권 협상 문제는 드디어 1965년 6월 22일, 김종필과 일본의 이게다 수상과의 최종 협상 난항 끝에 무상 3억, 유상 3억, 알파 기업교류자금 1억 달러로 최종 협상을 했던 사안이다. 당시 일본의 외화보유고는 36억 달러였다. 장면 내각에서는 27억 달러 요구했다지만 당시의 일본 외화보유고는 10억 달러뿐이었다. 일본에서 장면 내각에 제시한 금액은 1억 달러였다. 민주당과 함께 굴욕외교를 주장하는 학생들의 시위가 과연 옳았는가 되짚어 본다. 협상이 가능치 않은 액수 백번을 요구한들 무슨 소용이 있겠는가?

아버지의 징용

1944년 9월에 준석의 아버지가 왜놈들 순사에게 주재소로 강제로 끌려갔다. '일본은 절대 미국과의 전쟁에서 이길 수 없다'고 마을 사람들과 나눈 대화가 어떻게 주재소 순사들의 귀에까지 들어갔다. 누가 고자질했다. 가뭄에 물꼬 때문에 마을 사람과 다툼을 했던 일로 그랬다.

물론 강제로 동원을 했다지만 명분과 트집이 필요했던지 유언비어를 빙자로 아버지를 주재소로 끌고 간 놈들은 그 죗값으로 징용을 보냈다. 사실 아버지는 연령상 징용의 대상은 아니었으나 죗값에 대한 상계였다. 천인공노할 일이다.

온 가족이 저녁 식사를 하던 중이었다. 밖에서 누군가의 부르는 소리에 어머니가 나갔다. 아버지를 찾는 자들이었다. 사복을 했으니 그들이 왜놈들 순사인 줄은 어머니는 꿈에도 몰랐다. 아버지를 찾는다니까 멋도 모르고 어머니가 불러주었다. 그 순간이 영원한 아버지와의 이별이었다. 주재소까지 놈들이 데리고 간 후 아버지는 영 돌아오질 못했다. 해방이 되자 귀국선을 타고 징병이나 징용 간 사람들이 속속 고향을 찾는데 아버지만 보이질 않는다. 사이판이 미군에 의하여 함락될 무렵에 아버지도 그곳에서 방공호 작업을 하고 있었단다. 그런데 미군의 쌕

싹이가 기총사격을 했다. 3백여 명 중에 반 이상이 죽었단다.

이렇게 가장의 부재로 집안 경제가 곤두박질했다. 16세 맏딸에 아래로 줄줄이 5남매를 거느리고 농촌 마을에서 지독한 가난의 생활 속에서 비참한 삶을 지탱하여 오다가 그 17년 후 어머니께서도 끝내 세상을 떠났다. 어머니 영전 앞에서 준석은 가슴이 찢어지는 슬픔을 느꼈다.

남편의 죽음

D그룹에 토목과 출신 준석이 공채로 취업했지만 태양이 이글거리는 중동 건설현장을 누볐던 세월이 더 많았다. 대신에 해외 수당을 포함하고 있으니 내근을 하는 사원들에 비하여 월급봉투는 두툼했다. 노력한 만큼 저축도 했다지만 입사 22년 차다. 1990년대 중반이다.

준석은 전립선 질환으로 몸을 상하기 시작했다. 전립선암이다. 50세 이상에서 많이 발생하며 발육은 완만하나 진행하기 시작하면 회음부의 불쾌한 중압감과 함께 통증이 생기고 배뇨통과 배뇨곤란증을 일으킨다. 시기를 놓치면 골반척추 등으로 옮아가기 쉬우며 그럴 때에는 여성호르몬을 투여하기도 하고 전립선 적제수술을 하기도 한다지만 저마다의 질병들이 마찬가지겠지만 시기를 놓치면 생존에 위험을 받게 된다는 것이다. 취장암이나 폐암처럼 급발진하여 생명을 잃는 경우와 달리 진행이 늦어지면서 통증 역시 시름시름하는 사이에 대부분의 환자는 설마 하다가 때를 놓치는 경우 많다.

중동의 사막 모래 바닥으로부터 시작되었으나 설마 하다가 병을 키웠다. 처음 준석은 휴가로 귀국한 다음 동네 병원에서 처방을 받으면 되겠지 했지만 별다른 치료도 없이 머리를 갸우뚱하던 의사는 큰 병원으로 가보라는 권고였다. 놀란 수정은 준석을 데리고 서둘러 S대 병원을 찾아가 전립선암이라는 검사 결과를 받고 더 이상의 선택은 없었다. 1차 수술을 했다. 초기라서 그다지 염려는 없었다. 그런데 4년이 넘어서야 재발이 되었다. 너무도 충격적이었다. 당황한 수정은 재수술을 하고 그래도 제거가 되지를 않아 3차까지 수술했고 배변주머니를 차고 다닐 정도로 긴 세월 동안 고생도 했다지만 별다른 보람도 없고 효과도 없이 준석을 떠내 보내야 했다. 발생부터 투병 생활 장장 5년간이다. 폐암이나 췌장암과 달리 전립선암은 진행이 늦다고 하지만 그러다 보니 오히려 더 어려운 병이 되고야 만다. S대 병원의 의술이라고 기적은 없었다.

하늘이 무너지는 충격이었다. 두 사람 사이 만나자 월남으로 떠나는 불운을 가져왔고, 엄마를 비롯한 가족들의 반대로 순조롭지 못한 사귐에서 결혼까지 우여곡절을 겪기도 했다. 그랬던 남편이 '젊어 힘이 있을 때 열심히 해야 된다'고 남편은 중동 모래밭을 내 집 드나들 듯이 누비고 다녔지만 병은 건강할 때 지키라고 했다. 자신의 건강을 준석은 너무 과신했다. 준석은 월남전에서 고엽제와 열사병으로 이미 건강을 해친 경우도 있었다지만 결국 중동 모래밭에서 득병을 하게 된 것이다.

4십 대 아홉수를 넘기지 못하고 생명 줄을 놓았으니 잘못 만난 인연이었을까. 너무도 아쉬운 남편의 삶이었다. 가족 중 누구보다도 엄마의 반대가 심했던지라 우여곡절 끝에 수정의 고집으로 결혼은 성사되었다지만 거기에 준석은 늘 부담을 가졌던지 남편의 무능으로 아내가 고생을 해서는 절대 안 된다는 의지로 근로현장을 열심히도 뛰어다녔었다.

그런 그들의 소박한 생활에서 1차는 내 집 마련에 2차는 승민이 교육비 3차 노후대책이라고, 그리고 나서도 혹시 남는 것이 있다면 비둘기 집만 한 거라도 아파트 한 채 자식들에게 물려주면 더할 나위 없는 보람이 아니겠냐는 알뜰한 한 심정으로 벽돌을 쌓듯이 생활을 해오지 않았던가?

준석의 죽음은 수정에게 하늘이 무너지는 슬픔이었다. 남들은 팔십 성상도 거뜬히 살아가는데 오십 고개도 넘기지 못하고 생을 마감하다니 인생살이에 너무도 무상함이었다. 설마 병들고 설마 죽는다 했던가. 우리네 인생뿐이랴? 65만 종의 생물들이 지구상에 존재하면서 얽히고설켜 이 시간에도 생과 사의 길목에서 저마다 태어났다가 저마다 죽어간다. 거룩한 생명의 가치 미물이라고 소홀할 수 있을까? 태어남도 기약이 없다지만 죽음도 기약 없다 할 것이다. 어찌 무상하다 아니 하리요? 준석의 주검에 수정은 많이 슬펐다. 죽어가는 생명을 살려보려고 무진장 애도 써봤지만 그 작은 소망조차도 이루지 못한 채 절망하고야 말았다. 많지는 않았지만 그동안 알뜰하게 모은 재산도 의료비로 너무나도 많이 빼앗겼다.

월남 전투에서 정글을 누빌 때다. 더위를 쏟아붓듯 태양열이 온통 대지를 태울 때, 미군의 헬리콥터가 물을 뿌리며 지나갔다. 갈증에 목 타던 병사들은 얼 시구 좋다고 머리와 얼굴에 흘러내리는 물을 손으로 온몸에 문지르기도 했다. 나중에 알게 되었지만 그게 병사들에게 제공해주는 물이 아니라 고엽제(제초제)였단다. 베트콩들이 몸을 숨기고 있는 숲을 제거하기 위한 작전 그 물로 얼굴에 문지르기도 했다니 얼마나 비참한 전투 현장이었던가? 준석도 예외는 아니었다. 피부가 벌겋게 부

풀어 올라도 수정 앞에서 참고 견디는 인내의 몸짓으로 고통을 억제할 때마다 수정이 걱정을 했다지만

–난 아직 젊어, 걱정마.

준석은 체격도 있었고 힘도 좋았다. 그런 체질을 준석은 늘 자랑스럽게 여겼고 그래서 수정이 불량배들한테 폭행을 당할 때도 그런 자신감이 있었기에 가능했다. 그래서 수정과 인연이 되기고 했다. 그때의 수정이 눈에 비치는 준석의 건장한 모습은 너무도 듬직했다. 그렇다. 누구 말마따나 저 사람은 사막에 갔다놔도 살아남을 강한 생활력을 가진 사람이라고 칭찬도 받았지만 그렇게 열심히 살아왔던 그가 안타깝게도 가족들의 곁을 떠났다. 해외 파견으로 중동의 사막에서 20여 년 동안 부부가 떨어져 있던 결혼생활이 더 많았다. 저세상으로 준석은 외롭게 혼자 어떻게 갔는지 모르겠다.

제3부

모정

자영업

1.

준석이 떠났다고 슬퍼만 하고 있다는 것은 사치스런 생각이었다. 남편을 잃은 절박한 수정의 심정은 승민과 어떻게 살아야 할지 고심을 아니할 수 없었고 그 압박감 더욱 느끼게 되었다. 세상이 온통 무너지는 것만 같았다. '승민아, 너는 이 어미가 꼭 지켜줄 거야.' 다짐도 해보지만 막연하기는 마찬가지였다.

준석의 유지도 있었다지만 수정 자신 험한 파도 위에 배를 띄우고 헤쳐 나갈 것이란 다짐과 함께 홀로서기에 몸부림했다. 수정의 대학 전공과목은 국문과였다. 한때는 작가가 되어보겠다고 습작도 해보았지만 좋은 작품을 쓴다는 것이 생각처럼 되는 것은 아니었다. 몇 차례 출판도 해봤지만 언감생심 책이 팔리는 것도 아니었다. 더구나 시집이라서 단 한 권의 책도 팔지 못했다. 영상 문화에 떠밀리는 독서문화는 전멸하고 있기에 그렇다.

교사 임용 고시에도 도전해 봤으나 어디도 쉬운 곳은 없었다. 재주가 여기쯤이라 여기고 대신 입시 학원들이 운집한 노량진에다 논술학원을 오픈도 해봤다. 처음에는 나름대로 원생들이 모여들더니 몇 년이 지나는 동안 차츰 원생들이 떨어져 나갔다. 초창기 입시에 있어 논술에 많은 비중을 두었으나 갈수록 그 분야에서 관심이 멀어지고 출제 비중도 떨어져 입시 경향이 달라지는 경우에서 논술학원들도 살아남기가 어려웠다. 그나마 원생들의 논술 성적이 오르지도 않았다. 강사들의 질적 문제도 있다지만 원장의 경력도 문제가 되었다. 원장 자신 중, 고등학교 교사 경력도 없고 논술지도 강사의 경력도 없으니 인기와 신뢰도 역시 떨어져 더구나 그랬다.

수강생들은 점점 줄어드는데 노량진에서 50평대 강당의 임대료도 만만치가 않았다. 임대료는 해마다 인상되고 강사들의 봉급도 마찬가지 감당이 안 되었다. 버티는 데까지 버텨보았지만 갈수록 적자 폭이 부담되었다. 포기하는 것은 빠를수록 좋은 입장이었지만 권리금이 발목을 잡는다. 본전에서 일부라도 건져보려고 애를 썼지만 대안이 없었다. 결국 수정은 포기했다. 30평대 아파트 담보금이 몽땅 날아갔다.

2.

사촌언니의 권고였다. 참치 횟집을 해보란다. 언제까지 손 놓고 있을 형편이 아니었다. 기다린다고 기회가 찾아오는 것도 아니고 궁리를 해본다고 수가 나오는 것도 아니었다. 어떤 방법으로든지 기회를 만들어야 했고 재원도 마련해야 했다. 담보로 잡혀있던 아파트를 이젠 넘겨야 할 형편이다.

점포를 마포에다 마련했다. 전문 먹거리는 아니지만 신개발지로서 상가와 오피스텔 집성촌이다 보니 어느 지역만큼이나 거리의 행인들도 붐볐고 따로 점심이나 저녁 시간대 상관없이 손님 발은 꾸준했다. 붐비지는 않지만 외지에서 찾아오는 미식가들도 없지 않으니 시설이 깨끗하고 손님들의 식성에 따라 맛만 잘 내면 가능한 지역이었다. 이왕에 시작하려면 최대한 전문성도 살려서 업소 규모는 30평대 정도로 하고 격에 맞게 리모델링도 해야 했다. 점포가 고객들로부터 초라하다는 느낌을 주게 된다면 그건 백전백패가 아니겠는가?

그랬다. 특히 대형 오피스텔들이 많이 집성된 편도 2차선 도로 가에 자리를 잡았다. 7층 상가 건물 1층 2개 점포 중 하나다. 횟집 매운탕을 주 메뉴로 하던 일식집이 마침 나왔다. 주방은 남편이 맡고, 아내는 카운터에서 서빙 아가씨 1명을 데리고 가족끼리 오래도록 점포를 운영해오다가 아내가 허리 관절에 이상이 오면서 포기할 수밖에 없었단다. 장시간 서서 일을 하자니 척추 관절 통증으로 더는 버틸 수 없어 포기했단다.

수정은 참치 전문점으로 리모델링도 다시 깨끗하게 시설했다. 영업 방식은 1인 2만 원으로 무한리필 제도를 선택했다. 타 점포에 비해 다소 저렴하다 할 정도다. 주방장은 경험자를 불렀다. 아파트까지 넘긴 다음 살림집을 전세로 내리면서 수정으로서는 올 인을 했다. 무교동에서 지금도 친정 사촌언니 네가 삼치 집을 하고 있다. 어깨 넘어 지식일망정 다소 얻은 지식도 있고 조언도 있었기에 결심을 하게 되었다. 수정으로서는 혁명과도 같은 삶의 변신이었다. 특별한 기술 없고 노하우도 없이 자영업을 한다는 것은 그래도 먹는장사 밖에 없다는 마지막 보루였다.

시작해서부터 2년 무렵이었다. 장사는 쏠쏠하게 그래도 잘되었다. 이만하면 아들 승민의 등록금 마련까지 별 어려움이 없을 것 같았다. 여건에 따라 언감생심 외국의 학위도 생각해 볼 수 있게 되었다. 누구나 가지고 있는 학사학위는 국내에서 인정을 받을 수가 없는 시대적 흐름이다. 설령 대학에서 강의를 한다는 것도 그렇고 연구소를 갖는다 해도 학위가 있어야 했다. 본인 승민은 재경고시를 제일 목표로 했지만 별들의 경쟁에서 보장이 없으니 제2의 진로를 생각해본 것이다.

개발도상국에서 훌륭한 국가 지도자를 만나면 경제학은 날개를 달 수 있다 했다. 그렇게만 된다면 경제학은 기업과 더불어 국가 경제개발에 크게 기여할 수 있단다. 더구나 삼성 같은 기업을 만나면 일본, 중국, 러시아 경제를 앞서 나갈 수도 있고, 압도할 수도 있다고 했다. 그렇게만 된다면 국력은 자연스럽게 성장할 수 있으리라. 정부와 기업은 당연히 한 배를 타야지 아니면 성공할 수 없단다. 정부가 옳고도 자유롭게 지원만 해준다면 나라와 기업인들은 넓은 세계를 향하여 날개를 펼칠 수 있단다. 정부의 권력층들이 언제나 발목을 잡고 있기에 기업들이 마음 놓고 투자도 할 수 없단다. 정부가 과감하게 귀족 노조의 횡포를 막아주고 과잉 노조들의 시위만 막아만 준다면 외국으로 나가는 모든 기업을 국내에 유치할 수 있고 그렇다면 일자리는 자연스럽게 생기는 게 아니겠는가. 그럼 생산능력은 100% 올라갈 수 있을 거란다. 정부와 관료들이 기업을 할 수 있도록 여건을 만들어 주면 날개를 펼치고자 웅지를 품고 있은 기업인들은 세계시장을 활기차게 누빌 것이란다.

인금 인상을 요구하는 강성노조나 민주주의를 찾는 정치적인 관제 데모로 언젠가 우리나라는 망할 수도 있다고 기회 있을 때마다 승민은 성토하듯 독백을 했었다.

허리케인 돌풍

1.

2011년 3월 11일이다. 일본 도교에서 동북부로 370km 떨어진 태평양 연안 일본의 후쿠시마현 도후크 지방을 허리케인 노루호가 강타 사상 초유의 재앙을 맞고 있다고 뉴스 시간마다 아나운서들의 속보는 완전

죽음의 도시가 되었단다.

초속 50m 강풍에 시간당 60mm 폭우가 300~500mm까지 쏟아지면서 규모 9.0의 대지진이 폭발 쓰나미(해일) 현상까지 후쿠시마현에 위치한 제1원자력 발전소가 침수됨으로 무엇보다 전원 및 냉각시스템이 파손됨에 따라 그게 핵원료 용융과 수소 폭발로 이어져 다량의 방사성 물질이 누출되었단다. 이로 인하여 진양지로부터 인접한 해변에 있는 제2원자력 발전소와 오키나와 여천(女川)원자력 발전소, 도카이 동해(東海)원자력 발전소까지 4개의 부지가 지진과 해일로 직접 또는 간접적인 영향을 받아 파손 일로에 방치된 상태로 엄청난 사건이 아니던가?

지진이 발생한 지 약 52분 만에 높이 14~15m의 해일이 덮쳐 그 일대 원전에 비상용 발전기까지 침수 정지됨으로 모든 교류 전원들이 상실된 상태이고 냉각장치까지 작동되지 않아 원자로 노심을 식혀주는 냉각수 유입도 중단되었단다. 결과로 핵연료가 용융되고 수소가 발생함으로써 3월 12일 1호기에서 수소 폭발이 일어난데 이어, 14일에는 3호기, 15일은 2호기 외 4호기까지 수소가 폭발됨으로 원자로 격변까지 붕괴되어 다량의 방사성 물질이 누출되고 있다는 것이다.

3월 24일에는 3호기 터빈실 주변에서 정상적으로 운전할 때의 원자로 노심보다 그 농도가 1만 배가 높은 방사성물질이 검출되는 등 오염수 처리가 시급해 짐에 따라 일본 정부는 4월 4일에서 10일까지 저농도 오염수를 바다로 방출할 수밖에 다른 긴급 대처방안이 없단다.

이런 정도의 수위라면 원자력 사고에서는 최고의 위험단계, 1986년 구소련에서 발생한 체르노빌 원자력발전소 사고와 같은 등급에 추정된다는 것이다.

따라서 원자력 발전소 부지토양에서 핵무기 원료인 플루토늄까지 검출되었고 원전 주변에서는 요오드와 세슘 외에 텔루륨, 루테늄, 란타넘, 바륨코발트, 지로코늄 등 다양한 방사성 물질들이 연달아 검출되고 있어 이는 핵 연료봉 내 우라늄이 핵분열을 일으킬 때 생기는 핵분열 생성 물질로 변화하고 있는 현상이란다. 이어서 방사성 물질은 편서풍을 타고 상당량이 태평양 쪽으로 확산됨에 따라 육지 생태계에 미치는 영향력도 엄청 크단다.

이 사고의 방사능 누출로 인한 한국에서도 요오드 131과 같은 방사성 원료가 대기권에서 검출됨으로 그 오염도가 심각하다고 뉴스 속보가 연일 방송되면서 생선 유통과정에서부터 횟집에 이르기까지 더구나 참치 횟집의 고객들은 발길이 뚝 끊겼다. 이건 마른 하늘에 날벼락이다. 태평양 연안에 서식하는 모든 물고기들이 플로토늄 방사선에 모두 오염되었다니 하여 인체에 심각한 영향을 미칠 수 있다니 영세상인들에겐 치명타였다. 아무리 심각하다고 이 지경까지 언제 회복될 것인지 막연하단다. 무엇보다도 월세 감당이 안 되었다. 3개월이 연체되자 건물주로부터 가차 없이 명도소송이 들어왔다. 변명에 여지가 없다.

2.

버텨보려고 이집 저집 돈을 융통코자 부탁도 했다지만 수정으로서는 한계가 있었다. 충격이 너무 컸다. 엄마가 쓰러지자 승민은

–엄마, 정신 차려, 엄마까지 이러면 나는 어떻게 하라 구요.

자리에서 운신조차 못하는 엄마를 부둥켜안고 승민도 어쩔 줄을 몰라 했다. 아버지를 잃고 그처럼 좌절했다가 겨우 갱신했다는 엄마가 또

다시 시름을 잃고 저렇게 누었으니 승민이 조차 막연했다. 사람이 망하는 것 잠깐이었다. 병원마다 검진을 해 본 결과 충격이 너무 큰 탓이라 했다. 정신 공황 상태라 했다. 모든 것 다 잊고 마음이 안정되면 정상으로 다시 돌아올 수 있다는 주치의의 소견이었다.

엄마가 불쌍하다는 마음이지만 승민까지 좌절할 수는 없었다. 승민의 의지였다. 그래 엄마를 생각해서도 절대 다른 마음을 먹어서는 아니 된다고 자신을 다짐한다. 학교 강의가 끝나면 승민은 닥치는 대로 벽돌 공장에도 나가며 아르바이트도 했다. 토, 일요일은 하루 종일 한다지만 평일은 강의 시간을 피해서 두 시간도 좋고 세 시간도 마다하지 않고 일을 다녔다.

엄마의 쾌유를 빌던 어느 날이었다. 아르바이트까지 끝내고 저녁 무렵 파김치가 된 몸으로 집에 들어오니 엄마가 기다리고 있지 않던가.

–왜 그렇게 늦었어?

평상시 엄마의 모습이었다. 천만다행이었다. 승민은 신께 감사를 드렸다. 엄마가 악몽을 헤치고 제 모습으로 돌아왔으니 불끈 힘이 솟는다. 설령 아버지는 없다 해도 엄마만 승민의 곁을 지켜준다면 어떠한 경우도 좌절하지 않겠다고 다짐하며 입술을 깨물었다.

반 지하방이다. 긴 잠에서 몸을 털고 일어난 수정은 먼저 뱃속을 채웠다. 승민이 차려놓은 밥상이다. 수정은 방을 청소하고 부엌으로 나가 살림을 정돈했다. 몸이 거뜬하고 마음도 가볍다. 모든 시름 말끔히 털고 일어났으니 다행이다.

승민을 등교시킨 후 수정은 서둘러 거리로 나왔다. 가릴 것 없이 닥치는 대로 시작한 일이 아파트 청소다. 한 조 2명이 1동씩 맡아서 층계

청소라지만 마당까지 해야 한다. 아침 10시에 출근해서 오후 다섯 시 퇴근이다. 바쁘게 서둘 것도 없다지만 더럭더럭 힘이 드는 일은 아니었다.

보수가 적다. 승민도 밤을 꼬박꼬박 새워가며 열심히 했다. 경쟁사회에서 낙오될 수는 없다는 일념이다. 고생하는 엄마의 대가라 했다. 어차피 자기는 공부로 삶의 승패를 걸어야 한다고 스스로 챙겼다.

–승민아, 너 몸이 많이 약해졌어.

어느 날, 수정은 늦게까지 공부하는 승민 방에 들어가 격려를 했다. 엄마 잘못 만난 탓에 승민이 네가 너무 고생이 많다.

–걱정 마, 엄마. 이렇게라도 하지 않으면 학원이다 과외다 하며 열심히 쫓아다니는 남들을 따라갈 수가 없어요.

–네 몸이 약하니까 걱정이지.

–엄마 고생만큼 내 고생이 비교가 되겠어요.

–얘는, 엄마는 걱정할 거 없단다.

그러다 보니 승민의 학업성적은 좋은 편은 아니다. 아르바이트 자리도 마땅치 않았다.

3.

MB정부가 들어서면서 촛불시위가 광화문 일대를 연일 뒤덮고 있다. 시대적인 입장에서 정치가 불안하니 경제 쓰나미 현상이 재현되는 판이다. 한 동안 오일쇼크로 몸살을 앓던 세계 경제가 최근 환율 쇼크까지 받아 외환위기에서 사회경제까지 얼어붙었다. 취업이 어렵고 실업률이 폭등하다 보니 등록금 마련이 안 되는 학생들에겐 휴학이 부쩍 늘었다.

기회에 졸업을 기피하는 현상까지도 생겼다. 그런 맥락에서 더구나 입영하는 학생들이 부쩍 늘었다. 소나기는 피하고 보자는 의도다.

작별

1.

승민도 다르지 않았다. 엄마의 자영업 실패는 가정형편에 치명적이었다. 이를 감안해서 따른 이유다. 알바를 해서라도 다음 학기에 등록할까 궁리도 했지만 알바 자리를 구하는 것도 쉽지 않았다.

MB정부가 들어서면서 학원가에도 대단한 서릿발이 불어 닥쳤다. 촛불시위가 원인이 되었다. 등록금 마련이 안 되는 학생들에게 휴학은 불가피했다. 학생들에게는 과외만큼 좋은 수입이 없었다. 과외 학생 성적만 올려주면 특대우를 받는 경우도 있었으니 학생들에게 큰 혜택이었고 선호의 대상이었다.

과외를 잃은 승민도 더 이상 견딜 수가 없었다. 가슴 아픈 일이었지만 승민도 끝내 6학기 등록을 못하고 휴학을 결정했다.

2.

군에 가는 것도 간단치가 않았다. 내 맘대로 들어갔다가 나오는 곳이 아니다. 처음 승민은 육군을 지망했다. 병역의무에 고민하는 젊은이들끼리 이런 말이 있다. 장교는 해군, 사병은 공군, 육군은 헌병을 가란 말도 있고, 출세하려면 육군사관학교로 가야 한단다. 이왕에 군대에 갈

거 무사히 군 복무를 마칠 곳을 찾자니 선택도 필요했다. 학훈단(ROCT)은 1학년부터 지망을 했어야 했다. 숙고한 끝에 육군을 선택했다. 이유는 단지 타군보다 3개월 정도 복무기간이 짧다는 거다. 요즘은 교보나 학보도 폐지되어 혜택이 없다.

징병검사 때, 승민의 병과는 보병을 받았다. 공대 출신들은 대개 특과(기술직)로 분류되지만, 인문학 출신들은 육군에서는 별로 쓸모가 없었다.

–육군이라면 최전방으로 가는데 그 멀리 널 보내놓고 엄마가 보고 싶고 궁금해서 어떻게 견디니. 차라리 의무경찰이 낫지 않겠니?

엄마가 미혼 때 강원도 산골짜기 오옴리에서 남자 친구이었던 강준석의 면회를 갔던 기억이 났다. 가도 가도 끝이 없는 겹겹산중 누구 말마따나 하늘만 빠끔하게 보일 정도 콱콱 가슴이 막혔다. 숙박업소 같은 문화시설도 없어 민가에서 방을 빌리기도 했다. 산악지대 강원도 생각만 해도 답답하고 삭막했다.

수정은 육군을 선택하는 승민을 말렸다.

–의무경찰은 데모 진압을 해야 하는데 그게 보통 어려운 게 아냐, 엄마. 육군보다 군기도 세고 구타도 심하다고 경험을 했던 선배들이 하는 말야.

명령에 죽어야 하는 군은 평화 시보다 전시는 말할 것도 없다. 다른 군이야 요즘 휴전상태다. 그러나 시위진압을 해야 하는 의무경찰은 일년 열두 달 전시상황이다. 전투상황에서는 분대장에게도 총살권을 부여하지 않던가. 군기가 셀 수밖에 없다.

–의무경찰은 같은 서울지역 경찰관서에서 복무하는 게 아니냐? 그래

도 치안 부서인데 전투를 목적으로 구성된 군대 조직보다야 낫지 않겠니. 같은 시내다 보니 외출이나 외박도 자유롭고 수시로 전화 통화도 가능하잖니. 또 엄마가 널 보고 싶으면 언제든 면회도 갈 수 있구? 너 있는 근처에다 아예 방을 얻어 볼까 생각도 해본다. 어차피 월세를 면치 못하는 신세인데 보따리 몇 개면 이사를 할 수 있는데 그런 유리한 점도 있지 않느냐? 엄마 생각이지만 그게 좋을 것 같다.

어머니의 뜻도 맞는 말이다. 의경의 복무는 거주지역을 원칙으로 복무하기 때문에 대부분 집이 가깝다. 데모만 없으면 언제든지 외출 외박은 자유롭다.

아들 때문에 노심초사 걱정하는 어머니를 보면서 승민은 참아 엄마의 뜻을 거스를 수가 없었다. 의무경찰은 복무기간도 육군만큼 짧다. 초창기엔 학력 앞에 대자가 붙어야 지원이 가능했다. 선발 과정에서 대학 졸업자나 재학생들을 선호했고 때문에 당사자들도 그 정도의 학력을 가진 자들이 지원할 정도로 인기도 좋았다. 필기시험을 비롯 소정의 체력검사까지 통과해야 합격을 했었다. 인기가 좋다 보니 복무기간도 꼬박 3년이었다. 그랬던 의무경찰 모집이 최근에 인기가 뚝 떨어졌다. 데모 진압 관계로 병역대상자들이 다들 기피한다. 집이 가까운 자기 출신 지역에서 복무한다는 이점은 있으나 시위현장을 쫓아다니기에 충돌은 언제나 전투를 방불케 했다. 시위대 쪽에서 날아오는 화염병과 벽돌 조각들이 만만치 않다. 다쳤다 하면 중상이다. 그렇다고 누가 알아주는 사람도 없다. 국토방위를 위하여 차라리 전쟁터에 나가 조국과 민족을 위하여 적과 싸우는 것이 보람도 있고 자긍심도 있지, 권력 중심에서 비열한 행위를 일삼는 정치인들을 위하여 다치고 죽고 하는 시위현장이 죽기보다 싫었다.

염불은 경찰이 하고 잿밥은 정치인들 몫이다. 데모꾼의 쇠파이프에 경찰들은 피 흘리며 죽어 가는데 정치인들은 혈세를 가지고 다니며 인심 쓰고 있으니 이게 민주주의란다. 인금 인상요구도 그렇다. 어쨌든 데모만 하면 정부에서는 기다렸다는 듯이 돈 가방 들고 찾아다니며 그들의 요구를 수용한다. 자기 돈 가지고 인심 쓰는 게 아니기에 그렇다. 국민의 혈세는 보는 사람이 임자란다. 그래서 정치꾼이 좋나는 것이다. 정치꾼은 입만 크게 잘 놀리면 된다.

낡은 이념 따위로 밥그릇이나 챙기고 국민을 현혹시키는 선거용 인기발언에 국민은 언제까지 속아야 하는지 안타까운 일이다. 병역의무가 아니라면 이따위 패러다임에 끼어들지 않을 테지만 어쩔 수 없다는 듯 승민은 늘 자탄을 했었다.

전, 의경들은 시위꾼들로부터 경찰의 앞잡이라고 비난의 소리도 듣는다. 국가와 국민의 생명과 재산을 지키기 위하여 군복무를 하는 전, 의경들이 무슨 잘못이 있고 죄가 된다고 그들이 욕을 먹어야 하고 미움을 받아야 한단 말인가?

시위현장은 전쟁터 맞다. 화염병, 돌팔매, 쇠파이프 앞에서 죽기 살기로 몸으로 막을 수밖에 없기에 전, 의경들의 목숨은 소모품 신세로 억울하기 짝이 없는 처지다. 이런 까닭에 언제부턴가 복무기간을 단축했으나 인기가 뚝 떨어져 지원자들이 팍 줄었다.

등록을 마친 학우들은 모두 캠퍼스로 가는데 죄수처럼 머리를 빡빡 깎고 혼자 쓸쓸하게 논산훈련소로 발길을 돌려야 했던 승민도 가슴 아픈 일이었다. 언제든 겪어야 한다지만 등록을 못해서 휴학하고 군대를 가야하는 것 하고는 그 처지가 달랐다. 아버지가 그랬듯이 승민도 그런 처지가 되었다.

3.

6·25전쟁 상황에서는 고등학교를 졸업하면 동시에 빨간딱지(입영통지서)가 나왔다. 32절 규모의 갱지에 대각선으로 두 개의 빨간 줄이 그어진 입영통지서는 요즘의 세금 미납자에게 발행하는 독촉장보다도 더욱 살벌했다.

면사무소 병역담당자로부터 빨간딱지를 넘겨받을 때 바들바들 손이 떨렸고 면서기는 직접 영장을 전달하고 반드시 확인 도장을 찍어갔다. 등기우편을 전달하고 확인 서명을 받아가는 우체부처럼 말이다. 경찰을 대동하고 영장을 전달하는 경우도 있었으니 그만큼 중대하게 취급했다.

국가의 부름이다. 나라와 국민의 안위를 지키기 위하여 전쟁터로 가는 것은 영광의 길이다. 입영하는 것도 요란했다. '입영을 환영 한다' 든지 '조국을 위하여 이 한 몸 바치리라' 구호도 가지각색 넓고 빨간 글씨로 어깨띠를 두르고 온 동네 사람들의 전송을 받으며 영광스럽게 입영했다. 군에 가면 살아온다는 보장이 없던 6·25민족전쟁 시절 이야기다. 그런 전시상황에서도 그 당시 대학에 진학하는 학생에게는 입영을 보류해 주었다. 대단히 공평치 못한 정책 그래서 소 팔고, 땅 팔아서 보결로도 대학을 보냈다. 인재 양성은 공산주의와 맞서 싸우는 병사보다도 더 시급했다는 이승만 대통령의 불가피한 정책이었다. 문맹자가 80%로 건국은 했는데 국가정책이나 행정을 감당할 인재가 없었다.

돈 있고 빽 있는 놈 대학교 가고

돈 없고 빽 없는 놈 군대 영장 나온다.

나의 손목 떨리는 손목 펜대 버리고

기차에 놈을 싣고 훈련소로 달린다.

-이상 숭략

4.

대학을 못 가는 고등학교 졸업자들이 어느 유행가에 곡을 붙여 부르는 애환이 담긴 노랫말이다. 이런 전시상황에서도 돈 있고 빽 있는 학생들은 대학교로 갔고, 돈 없고 빽 없는 졸업생들은 논산훈련소로 직행했다. 교사들도 병역을 면제해주었다. 이렇게 우선주의로 인재 양성을 시작했던 우리나라가 오늘날 향학열이 세계 으뜸이란다. 일등만이 살아남는 경쟁 사회에서 우리나라 인재들이 국제무대에서 성공의 깃발을 올리고 있는 것도 그런 자원이 뒷받침했다. 한국의 교육열에 대하여 미국의 오바마 대통령이 칭찬을 아끼지 않는 이유도 이런 맥락에서 기인했다.

5.

작별이 아쉬웠던지 엄마는 논산훈련소까지 따라가겠다고 고집을 부렸다. 그런 엄마의 마음을 헤아리지 못한 채 승민은 서울 역에서 억지로 작별하는데 가슴 아팠다.

기피자들이 많던 6·25전, 후 당시에는 병력호송 단이 따로 있어 단체로 훈련소까지 전원 인솔했지만 요즘은 모두 개인 출발이다.

전쟁 때보다 병무행정에 대한 인식도 많이 달라졌다. 자원입대가 성행하는 입장에서 그만큼 병역행정도 편리해 졌다는 것이다. 일단 문서나 전화로 소집명령을 통보했다하면 다음은 각자 책임이다. 기피를 하거나 도피를 하면 전시상황에서는 중죄인처럼 처벌규정이 엄격했고 전쟁터에서는 총살감이지만 지금은 사정이 다르다.

–엄마! 엄마가 자꾸 이러면 나 군대 못 가!

서울역 개찰구 앞에서였다. 아들을 군에 보내는 수정은 자꾸 눈물을 쏟았다. 옆에 남편이라도 있다면 이렇게 마음이 아프지는 않았을 것이었다.

남의 사정도 모르고 주변 사람들은 유난스런 그들의 표정을 자꾸 훔쳐본다. 통신이 발달하고 교통이 반나절 생활권으로 들어온 시대적인 입장에서 공항 이별도 아닌데 눈물을 흘린다는 것은 이젠 별난 사람으로 구경거리가 되었다. 남편 없이 혼자 살아오면서 삶에 지친 수정은 주체할 수 없는 슬픔이었다.

눈이 덮인 하얀 산골짝이다. 전쟁터에서 돌아오지 않는 아들을 기다리며 부르는 아일랜드의 민요 '오 대니 보이(아 목동아)'의 여인처럼 수정의 마음도 한없이 애절했다.

–엄마 걱정마! 무사히 다녀올 거야! 이러는 엄마를 홀로 두고 가는 내가 더 걱정된단 말야!

어차피 헤어져야 할 사람들마냥 부둥켜안고 있을 수는 없겠지만 돈이 없어 등록을 포기하고 입영시켜야 하는 엄마 마음이나 승민 자신 어찌 가슴이 아프지 않겠는가? 군인에의 길 이렇게 떠나간 고혼들이 너 뿐은 아니겠지만 마지막 피 묻은 군사우편으로 작별을 고한 병사들 헤아려 무엇하랴?

자식 병역 문제로 두 번씩이나 대통령에 낙선했던 어느 대통령 후보의 그 심정 이제야 헤아릴 것 같다. 고생하는 자식을 두고 마음 편한 부모 세상에 어디 있으랴. 남들과 같이 잘 먹이고 잘 입히지 못했다고 자식 사랑이 없는 것은 아니잖은가.

어느 대통령이 육사에서 고된 군사훈련에 시달리는 아들을 면회하고 와서 썼다는 일기다. '대통령인 나도 아들 군대에 보내고 마음이 이토록 아픈데 하물며 다른 부모들의 마음이야 오죽하랴.' 이런 국민적 서러움을 어서 빨리 해결하기 위해서도 이 땅에서 통일과 평화는 반드시 이루어져야 한다. 평화적으로 통일을 이룰 수 없다면 무력이든 이 땅에서 통일은 꼭 이뤄야 한다고 7·4공동성명이 깨지던 날 대통령은 분노했다.

엄마가 걱정된다는 것은 승민이 너무 체력이 약하다는 것이다. 어릴 때부터도 승민은 군인의 체질이 아니란 것이다. 성장하는 과정에서도 승민은 항상 품성이 조용했다. 가난한 집안에 자식일망정 인품은 귀공자 같이 태어났다. 엄마를 닮아서 인물이 좋다고 이웃들에게 칭찬도 많이 듣던 아이다.

본인의 의사와 상관없이 승민도 논산훈련소에서 기본 훈련 6주를 받고 충주 경찰학교에서 경찰직무집행법과 데모 진압 법에 대한 기본적 교육을 이수하고 서울경찰청 방범순찰대로 특명을 받았다. 그게 2008년 5월 초에 일이었다.

반민 특위

1.

우냐, 좌냐 혼란했던 해방 정국에서 가까스로 유엔의 승인을 얻어 건국은 했으나 요소요소에 행정을 감당할 적절한 인재가 없었다. 특히 부서마다 공무원을 채용하는데 어려움이 많았다. 건국 초기 행정부서에서 할 일은 태산같이 많은데 일을 맡길 인재들이 없었다. 맡겨도 감당을 하지 못했으니 답답하기 그지없었던 행정이었다. 초등학교 출신들도 5급(을) 현재 9급 공무원에 채용되는 건 쉬웠다. 본인의 선택사항 원서만 내도 합격이었다.

헌법을 기초했던 일본 유학 출신 고려대학교 총장을 역임했던 유진오 박사팀에서 우여곡절 끝에 발의했고, 정부조직법은 이승만 대통령을 비롯한 정부 요인들이 제정했다. 다른 분야에서는 제반 행정을 수행하는데 학력도 미달되었고 경험도 또한 부족했었다. 최근 구청에서 환경요원을 채용하는데도 박사 출신들이 몰려오는 판에 해방정국에서는 초등학교 졸업 학력만 취득하면 9급 공무원으로 들어가는데 이력서만 제출해도 채용이 가능할 정도였다니 얼마나 인재 양성에 시급했던가? 면사무소 서기도 순경도 초등학교 교사도 초등학교 학력이면 거뜬했다.

각 부처마다 필수 요원을 확보하는데 고심도 했다. 군도 경찰도 판, 검사도 세무공무원도 교육계도 일반직 다 마찬가지였다. 초창기 각 부서마다 행정체계가 마련되지 않은 상태에서 국가를 운영하자니 난제가 한두 가지가 아니었다.

고심 끝에 내려진 이승만 대통령의 결단이다. 소위 친일파라고 하는 사람들을 재 등용할 수밖에 없었으니 그랬다. 그들 중엔 일본 유학 출신들도 있었고, 왜정시대 공무원을 지냈던 사람들이다. 그들에게 업무를 맡겨만 주면 척척해 낼 수 있는 수행능력이 있었다. 그들이 바로 반민특위에 해당하는 일본총독부 산하에서 일했던 공무원들이다.

그렇다. 왜정시대 공무원을 지냈다고 친일파라고 나쁘게만 매도할 일은 아니 잖는가. 나라가 망했다고 모두 굶어 죽을 수는 없었다. 어떻게 하든 살기 위한 방법이지 고의적으로 친일행위를 지행하고자 했던 것은 아니었다. 업무를 수행하다 보면 본의 아니게 친일행위도 없지는 않았겠지만 왜색이 짙어 고의성 친일행위를 했다고 보기엔 다시 한번 고려해 볼 일, 가족들과 먹고살기 위한 생존의 방법이었다.

2.

반민족특별위원회(반민특위)가 친일행위를 했다고 공직생활을 했던 사람들을 마구잡이로 잡아들이는 행위는 진짜 감정풀이에 불과한 행위였다. 국가를 운영하는데 능력 있는 사람들을 등용시킨다는 것은 당연한 처사다.

공직자들은 어느 시대 건 정치와 관계가 없지 않던가? 정권이 바뀐다고 공무원들까지 바꿀 수는 없다. 때문에 왜정시대에 공무원을 했다고 그걸 친일행위로 매도한다는 것은 인식을 달리해야 할 일이다. 다만 공무원은 직업인일 뿐이다. 일본 정권에서 공직생활을 했다고 모두 친일파로 매도하는 것은 부당한 처사다.

특수직이라고 일컫는 분야가 더구나 그랬다. 공산당과 맞서 국토를 지켜야 하는 군 조직이 그랬고, 공산 프락치들이 득실 위조지폐 사건과 용산 철도파업 등 치안행정을 맡을 경찰조직이 그러했으며, 간첩을 비롯한 범죄행위가 판을 치는 무정부 상태에서 사법부 조직이 그랬다. 국가를 운영하자면 당장 재원이 필요하니 세무조직도 꼭 필요한 존재 그런 조직을 꾸려나가야 하는데 학력도 없고 경험도 없는 사람들을 데려다 놓고 어떻게 행정을 꾸려나갈 수가 있었겠는가. 학교 교사들이나 대학에 교수들도 마찬가지다. 이렇듯 고위직에서부터 말단 5급을 공무원에 이르기까지 필요한 사람들은 많은데 인재들이 없었다. 또 그들은 정부에서 필요에 따라 불러다 썼을 뿐 그들이 오늘날과 같이 복직을 시켜 달라고 시위를 해서 재 등용된 것은 아니 잖는가. 그렇다면 경찰관 노덕술 같은 경우는 어떻게 이해할까 헷갈린다.

국회 프락치 사건

1.

북한의 남침 사전준비는 철저했다. 전초전으로 남노당 박헌영에 의하여 국회의원들을 포섭했다. 김약수(국회 부회장), 노일환을 비롯해 대부분이 소장파들이다. 사전계획에 의하여 선거자금까지 살포했고 그들이 당선되었다. 제헌국회가 열리면서 첫 번째로 남로당 박헌영의 지령이다.

첫째, 미군 철수. 둘째. 정치범 석방 셋째 반민족자 처단 넷째 조국방위군 재편성 다섯째 국가보안법 폐지다.

–자주독립 국가를 건설하기 위하여 미군 철수는 필수이며 북한을 자극하는 보안법 또한 불필요한 존재였기에 이는 반드시 철폐되어야 마땅

한 일이라고 생각합니다. 이문원 의원의 열띤 동의 국회발언이다.

–그렇습니다. 우리 대한민국은 명실공히 자주독립권을 기치로 민주주의 국가를 탄생시킨 나라입니다. 미군 따위가 우리나라 정치에 콩 놔라 팥 놔라 사사건건 간섭한다는 것은 옳지가 않습니다. 건국했으니 미군 철수는 마땅하고 보안법 역시 불필요한 존재입니다. 분단된 나라 현실에서 이념논쟁으로 국헌을 혼란시키는 것은 바람직한 일이 아닙니다. 반독재 행위와 무엇이 다르다 하겠습니다. 폐지되어 당연한 것입니다.

서용길 의원의 보충 발언이다. 이 발언을 놓고 지역구 아산에서는 서용길이 국회에서 발언했다고 똑똑하고 실력 있는 국회의원이라고 벙어리 국회의원 논란이 한창이던 때 찬사가 대단했었다.

제헌국회의원 이문원은 호남 출신이다. 정치에 꿈은 있으나 가난으로 어려움을 겪고 있을 때 남로당 거물 이삼혁이 박헌영의 지령에 따라 접근했다.

–당신같이 양심적이고 실력 있는 인물이 국회에 나가 정치를 해야 이 나라가 희망이 있지 않겠소. 내가 도와줄 테니 열심히 뛰어보시요.

이렇게 조직과 경제적인 지원을 받아 이문원이 제헌국회에 입성했고, 서용길은 충남 아산에서 36세의 젊은 나이로 제헌에 당선되었다. 대통령을 지낸 윤보선(당시 51세)과 대결해서 당선되었으니 대단한 선풍이었다. 그래서 그가 더 유명세 반열에 올랐는지도 모른다. 제헌국회에서 낙선하고 떠난 윤보선은 서울시 초대 시장을 지냈고, 그 후 정치판에서 계속 활동하여 내각제 대통령까지 역임한 인물이다.

서용길은 충남 아산군 탕정면 갈산리에서 태어났다. 연희전문대를 졸업했고 서울대 상대에서 강사직을 맡고 있었다. 그런 그가 사실 고향인 탕정면에서는 막상 표를 얼마 얻지 못했으나 아산군 서, 남권인 선장면 도고면(도고온천 지역) 신창면 일대에서 압승해 30대 젊은 나이로 당선되었다. 모두 남로당의 지원 혜택이었다.

2.

이 무렵 조선정판정 위조지폐 사건이 발생했다. 남로당 박헌영의 사주였다. 정부에서는 즉각 체포령을 내렸다. 이런 상황에서 국회에서는 미군 철수와 보안법 폐지론이 불거져 나왔다. 선두에서 이문원이 이 법안을 폐지하자고 공식적으로 발의했고, 서용길이 열띠게 보충 발언했다. 하여 국회 프락치 사건에 연류된 65명의 국회의원들이 집단적 행동에 의하여 급기야는 보안법이 폐지되고 미군이 철수하는 사태를 가져왔다.

1948년 7월 17일, 헌법이 제정되었고, 그해 8월 15일 대한민국 제1공화국이 탄생도 했다. 3개월 만에 대한민국 역사상 첫 국회정기총회 1948년 11월 20일에 개최되는 이 자리에서 불행하게도 미군 철수와 국가보안법이 폐지가 통과되었는가 하면 12월 1일에 선포하는 불운을 가져왔다. 일련의 사태들이 속전속결 전격적으로 1949년 2월 6일에 드디어 미군이 약간의 정치고문단 요원만 남기고 전투 병력은 모두 철수하면서 국가 존망의 불운 사태 6·25전쟁을 불러드린 결과를 가져왔다. 엄청난 비극이 아닐 수 없었고 그 상처는 오늘날 70여 년이 지난 세월 속에서도 아물지 않은 상태에서 좌, 우파로 나눠진 정쟁은 계속되는 판에 전시작전통제권을 환수하겠다고 MH 대통령에 의하여 불거져 나오는 문제가 되었다. 제2의 6·25를 다시 불러들이는 꼴이 아니고 무엇이 다르랴?

일련의 사태들이 1945년 8월 15일 일본의 항복으로 해방은 되었다지만 무정부 상태에서 혼란이 거듭될 당시 경무부장(경찰청장) 조병옥이 있었고, 수도 청장 장택상이 무정부 상태에서 우선 치안행정을 감당했었다. 또 오재도 공안 검사의 수사망에 걸려 일벌백계로 제헌국회 프락치 사건이 일망타진되었다.

박헌영의 남노당 조직에 거물 이삼혁은 먼저 노일환, 이문원 등을 포섭 국회 내 공작의 핵심 분자를 확보했다. 서용길, 박윤원, 김병회, 황윤호, 강욱중, 김약수(제헌국회 부의장), 이구수, 배중혁, 김옥주, 최태규, 신성균, 차경모, 김봉재 등이 연판 운동을 벌여 62명까지 포섭 확보했다.

이런 사실이 오재도 공안검사에 인지되어 1949년 5월 20일부터 8월 6일 사이에 국회의원 13명이 구속되는 사태가 벌어졌던 국회 프락치 사건이다. 국회 프락치 사건에 관련된 언도 공판은 1950년 3월 14일에 있었다. 노일환, 이문원은 징역 각 10년을 받았고, 기타 전원 유죄로 인정되어 2년 이상씩 실형언도를 받고 수감되는 사상 유래 없는 사건의 결과를 가져왔다. 개원 국회에서 전무후무한 역사가 되었다. 사건의 후일담이다.

3.

1949년 2월 6일에 미군이 철수하자 소련 스탈린의 사주를 받은 김일성은 치밀한 준비와 더불어 남침을 감행했었다. 3일 만에 서울이 점령되면서 사상범들의 감옥 문이 활짝 열렸다. 국회프락치 사건에 연류된 사람들 역시 너도나도 앞을 다투어 활기차게 형무소 감방을 나가는데 왠지 서용길 의원만은 담담하게 앉아 있지 않던가? 이상하게 여긴 동료

한 사람이

–어서 나가지 않고 왜 당신은 꼼짝도 하지 않고 앉아 있소?

이유를 물어보았다.

–나를 잡아넣은 사람의 허락도 없이 어떻게 나간단 말이요.

–세상이 바뀠는데 당신을 잡아넣은 사람이 지금 어디 있겠소. 옹고집 부리지 말고 어서 나갑시다.

서용길은 동료 의원들이 양팔을 붙잡고 끌고 나오는 바람에 출옥은 했으나 집에서 두문불출하고 있었다.

며칠 후, 노일환 의원이 집으로 찾아왔다.

–그래 상황이 어떻소?

먼저 노일환 의원에게 서용길 의원이 전시상황을 물었다.

–이제 상황은 끝난 것이 아니겠소. 이제 우리도 새 세상을 맞이합시다.

묵묵히 노일환의 말을 듣고만 있던 서용길은 생각 끝에

–나는 지금 몸이 안 좋습니다. 당장 동지들 모임에 나갈 수가 없으니 며칠만 기다려 주시오.

그렇게 노일환을 따돌린 서용길은 이튿날 보따리를 싸 들고 서울을 빠져 나와 변장을 하고 종적을 감춰버렸다. 그런 후 서울이 수복되자 다른 사람들은 모두 죽거나 월북을 하는데, 서용길 만은 유일하게 서울에 남아있었던 계기로 용서를 받을 수 있었고 살아남을 수가 있었다. 이유는 서용길이 막상 남로당 활동을 하다 보니 공산주의 실체에 실망을 했단다. 국회 프락치 사건에 가담된 사람 중 9·18 수복 후 유일하게 한국에 남아 있던 사람의 이야기다.

그 후 사면을 받은 그는 2대 때는 피난 시절 부산에서 출마했으나 낙선했고, 3대 후 7대까지 계속 고향인 아산 지역구에서 출마했으나 번번이 낙선했다.

이승만의 개화정책

1.

명성황후가 개화정책을 실현하고자 했을 때도 사람은 많으나 젊은 인재들은 부족했다. 이화학당(梨花學堂)은 바로 이런 명성황후의 교육 신개념에서 개설된 학교다. 여성들에게도 새로운 문화를 받아들이려면 기본 교육이 필요하다고 생각한 끝에 첫 번째 물꼬를 튼 선례요, 대원군의 쇄국정책에 정면으로 맞선 정책이었다.

이승만 대통령의 경우는 그 누구보다는 일본의 침략소행에 치를 떨었던 정치인이었다. 독립협회를 조직 최초로 활동할 때, 일본의 학정에 표적이 되어 신체적 위협을 받았던 일이 한두 번도 아니었다. 그것도 조선인 일본 경찰들에 의하여 쫓고 쫓기는 순간들도 많았지만 국내 사정도 좋지를 않아 미국 망명길 올랐다.

세계수준에서는 100위 정도에 머물지만 우리나라에서는 최고 서울대학교를 졸업하면 누구든 그 학력을 인정하듯이 이승만 대통령이 그랬다. 이승만 대통령은 조지워싱턴대학에서 정치학 학사학위를 첫 번째 받았고, 하버드대학에서 경제석사학위를 받았으며, 프린스턴대학에서 철학박사학위를 받았다. 3개 대학에서 정치학, 경제학, 철학 등 학위를 받은 사람은 우리나라 최초의 인물이다. 이들 학교는 세계 제일가는 명문대 중 명문대학이 아닌가. 오늘날에 이르기까지 이승만 대통령은 우리나라에서는 최고의 학력 소유자이다. 명문대학만 골라서 학력을 취득한 사람은 미국 본토에서도 흔치 않다. 이들 대학은 세계적 명문대학이면서 이승만은 세계가 인정하는 최고 학력의 소유자다. 이승만은 부모의 덕으로 공부한 것이 아니다. 홀로 단신 미국으로 건너가 자기가 돈을 벌어서 공부했다.

그런 학력의 소유자였기에 그의 실력은 우선 미국인들로부터도 인정을 받았고, 유엔 관계자들로부터도 인정을 받을 수 있었다. 극동군 사령관 맥아더 장군의 학력은 미 육군사관학교 졸업이 전부다. 이승만 대통령은 특히 맥아더 장군으로부터도 그의 학력과 능력을 인정받고 존경받았다. 맥아더 장군은 이승만 친구의 동생인지라 다른 사람보다는 각별하기도 했다.

미국에서 독립 활동을 할 당시 루스벨트 대통령을 단독으로 만나 우리나라를 독립시켜 달라고 호소하기도 했던 인물이다. 나라를 잃고 떠도는 망명객에 불과한 이승만을 루스벨트 대통령이 개인적으로 만나줄 수 있었던 인물이라면 미국에서도 그만큼 인정했다는 증거다. 물론 태포트 장군의 소개로 루스벨트 대통령을 인터뷰했다지만 이승만은 미국사회에서 그런 인맥을 가지고 있었다는 자체도 대단했다.

이승만 대통령의 영어 실력과 영어로의 유창한 대중 연설은 미국에서뿐만 아니라 당시에 유엔에서도 탄성을 했다고 한다. 때문에 어려운 여건 하에서도 그의 실력을 유엔으로부터도 인정받아 건국할 수 있었는지 모른다.

이승만은 건국 대통령이다. 특히 외교 정책을 성공할 수 있었던 것은 학력이 뒷받침이 아니면 할 수는 없다. 영국의 처칠 경도 그랬고, 미국의 트루먼 대통령도 이승만 대통령의 학력과 영어 실력을 인정했고 또 그의 정책을 인정했다고 한다.

김일성의 학력은 누구도 아는 바 없다. 임시정부 의정원국장을 지낸 손정도 목사의 돌봄으로 지린성에서 육문중학교를 졸업했다는 것은 확실하나 그 이싱은 누구도 모른다.

2.

1945년 12월에 미국, 소련, 영국의 외상들이 모여 모스크바 삼상회의 신탁통치안을 협의할 그때, 이승만 대통령은 평소 국가 이념을 유감없이 발휘했다. 국민의 앞장에서 일치단결 반대를 외쳤고 미국의 투르먼 대통령을 설득할 수 있었다니 대단한 성과가 아닐 수 없었다. 이북의 김일성은 모스크바 신탁통치 안을 적극 지지했으니 그랬다.

오늘날과 같이 강대국 눈치나 살피며 국민의 표나 의식하는 정치인이었다면 어림도 없는 일, 갑론을박 탁상 공론하다가 기회를 놓치지 않았겠는가. 또 자기 일신 챙기기 급급할 뿐 진정으로 국가와 민족을 위하여 자신의 일신을 걸었던 의지가 있었겠는가? 지도자는 국가와 민족의 안위를 지켜야 할 책임과 의무가 있는 반면 또한 능력도 갖춰야 할 것이다. 일본이 항복하면 우리나라는 저절로 해방되는 것으로 국민은 알고 있었으나 국내 정치 사정은 그렇지 못했다. 해방이 되자 250개나 되는 정치나 사회단체가 우후죽순 날뛰었고 그들마다 목소리가 모두 달랐다 하니 그야말로 해방 정국은 혼란의 독 안이었다. 연일 집단행동들이 사회 이념을 혼란시키면서 서로 반대파들을 죽이는 테러행위까지 일삼았다. 먼저 송진우가 좌익 테러들에 의하여 죽고, 여운영이 우파세력들에 의하여 죽었는가 하면, 장덕수가 좌파에 의하여 죽임을 당했다. 김구도 그 혼란 속에서 포병 장교 안두희가 쏜 총알에 맞아 죽었다.

나라가 어디로 갈지 안갯속 정국에서 북한에는 먼저 소련의 치스차코프 대장이 입성하였고, 로만 렝코 소장이 김일성을 대동 건국을 선포하였다. 1948년 7월 17일, 헌법과 정부조직법을 제정 동년 7월 24일 대한민국이 건국을 선포해 이승만이 초대 대통령이 됨으로 결국 나라가 분단되는 비운을 맞이했다.

3.

전시작전통제권 문제도 그렇다. 1948년 신생국가로 탄생한 분단된 조국 대한민국은 모든 여건상 자체적으로 국권을 방어 보존할 능력이 없었다. 6·25와 같은 경우 국가 위기상황에 처했을 때 국가를 우리 스스로 지켜낼 힘이 전혀 없었던 빈민국가였다. 한반도는 분단의 국가로서 평화든 전쟁이든 언젠가는 통일을 해야 할 민족의 숙원이다. 그런 시점에서 김일성은 먼저 전쟁을 선택했다. 참으로 잘못된 생각이었다. 물론 6·25는 통일의 대업이다. 허나 한반도는 국제적 여건이 서로 맞물려 있으니 통일을 하고 싶어도 우리 민족끼리 단순하게 이룰 수 있는 통일 사업이 아니다. 경거망동 김일성의 판단은 한반도에 엄청난 비극만 가져왔을 뿐이다.

6·25전쟁에서 우리나라뿐만 아니라 미국도 많은 희생을 치렀다. 재산을 1000억 달러 이상을 쏟아부었는가 하면 미군이 54,246명이 전사

를 했으며 유엔군이 628,833명(한국군 포함)이 전사를 했다. 실종자는 미군 8,177명 유엔군 470,267명(한국군 포함)이 희생되었단다. 이는 미국의 국립묘지에 한국전쟁에 참전 희생자들이 묻혀있는 묘지 표지석 설문에 새겨진 숫자다. 그뿐이랴. 민간인 희생은 280여만 명이나 된다는 것이고 인민군을 비롯한 중공군은 얼마나 많이 죽었는지 알 수 없다지만 6·25전쟁이 얼마나 큰 전쟁이었고 치열했는지 짐작이 가는 대목이다.

분단의 상황에서 그런 비극이 다시 오지 않는다는 보장은 현재도 없다. 그러기에 전시작전통제권을 유지하는 것은 국가 안보에 불가피한 사안이 아니겠는가? 6·25의 전시상황에서 어떻게 하면 나라의 위기상황을 지킬 수 있을까 고심 끝에 전시작전통제권이 설정된 것이다. 미국에게 국가 안보를 의지할 수밖에 없었던 불가피한 사정이었던바 이게 당시로서는 유일한 방어책이었다. 자체방어 능력이 없던 당시 국가 안보를 이승만 대통령은 미국에게 이렇게 떠넘길 수밖에 다른 방법이 없었다. 궁여지책이었다.

–당신들 때문에 우리나라가 분단이 되었고 따라서 이 땅에 커다란 비극을 가져오지 않았던가. 부당한 당신들의 행위로 한반도를 분단시켰으니 또한 당신들의 희생 마땅할 뿐더러 책임지는 것도 당연한 일이다.

미국에게 이승만 대통령의 강력한 책임추궁이기도 했다. 6·25와 같은 비극은 이 땅에서 다시 없어야 한다는 절박한 결단이기도 했다. 잿더미 속에 버려진 국민의 생명과 재산, 더불어 먹을 것이 없어 굶어 죽어야 하는 그런 비극은 또 다시 이 땅에서 없어야 한다는 골육시책이었다.

언제가 우리도 통일을 가져와야 하는 비운의 국가다. 이 땅에서 우리 민족의 통일은 지상과제가 아닌가. 3대 세습 체제를 유지하기 위해서라도 김정은의 목표는 한반도를 핵무기로 통일시켜야 한다는 것이다. 체제를 유지하기 위한 김정은의 머릿속에는 오로지 핵무기밖에 다른 선택이 없다. 아직은 미국이 한반도의 전시작전통제권을 가지고 있어 시기상조라 한다. 하지만 전시작전통제권을 환수하는 날 적화통일의 기회로 김정은이 노리고 있다는 사실을 우리가 망각해서는 안 될 것이다. 미군철수와 함께 남침을 했던 김일성의 헛된 망상과 함께 말이다.

4.

제2차 세계대전을 39년도 5월에 유럽에서는 독일이 폴란드를 공격함으로 전쟁을 일으켰고, 극동 지역에서는 1941년도 12월 8일에 일본이 전쟁을 일으켰다. 일본은 승승장구 청·일 전쟁과 노·일 전쟁을 승리로 이끌어 명실공히 강대국 서열에 발돋음했을 때이다. 미국만 항복시키면 세계 유일무이한 강대국으로 존립할 수 있다는 야망을 키우던 차 마침 독일이 전쟁을 일으켰고 미국과의 전면전이 발발했다. 독일 역시도 유럽 전역을 점령 통치코자 전쟁을 일으킨 야심 찬 제국이었다. 전쟁의 상황은 막상막하였다. 2년여에 걸쳐서 밀고 밀리는 전쟁 어느 나라가 유리하다고 예측이 어려울 정도 미국도 전력을 다한 전쟁이었으나 고전을 면치 못했다.

일본은 이런 절호의 기회에 미국까지 점령하겠다는 계산 아래 선전포고를 했다. 미국의 전략이 아무리 좋다 한들 두 지역에서 두 나라와 전쟁을 한다는 것은 불가능하다는 생각 그렇다면 미국을 점령하는 것도 시간문제라 계산했다.

그렇다. 미국만 점령한다면 아메리카 대륙 북미도 남미도 모두 일본의 영향권에 안에 들어온다는 야심이 있었기에 미국과의 전쟁을 불사했다. 기회는 이번뿐이란 계산, 아시아 지역을 평정했으니 아메리카 대륙까지 평정한다면 유럽을 제외한 모든 국가를 정복 통일을 시키는 일 얼마나 원대한 꿈이었던가? 그렇다. 목표는 원대했지만 이는 일본의 과대망상이었다.

허니 독일도 일본도 미국과의 전쟁은 착각이었다. 1945년도 5월에 5년여에 걸친 전쟁에서 먼저 독일이 항복했고, 4년여 만에 일본이 원자폭탄에 의하여 항복했다. 독일은 유럽 지역을 일본은 미국을 비롯한 아메리카 대륙을 점령하고자 전쟁을 일으켰지만, 미국의 힘과 전략을 끝내 이겨내지 못하고 패망하고 말았다. 이게 세계 제2차대전이다. 이런 큰 전쟁을 미국은 두 나라를 상대로 5년여 동안 전쟁 끝에 승리했으니 세계 최강국임을 입증했던 전쟁이다.

전쟁을 끝낸 미국의 전후처리 과정은 엉뚱했다. 다시는 전쟁을 못 하도록 독일을 분단시키는 가혹한 사태로 종전을 마감했다. 그렇다면 일본도 마찬가지로 분단을 시켜야 했다. 그런데 꿩 대신 닭, 일본을 대신해서 조선을 분단시키는 엉뚱한 행위가 맥아더 장군에 의하여 벌어졌다. 승자의 몫을 단단히 챙긴 경우에서 약소민족의 설움이 아니던가? 아무런 저항도 없이 조선을 분단시키는 결과를 가져왔다.

유럽에서는 전범국 독일을 분단시켰고, 극동 지역에서는 유럽의 경우와 달리 조선을 분단시키는 결과를 가져왔다. 사리에 맞지 않는 경우다. 제2차대전에서 우리나라는 가장 피해가 많은 국가 중 국가였다. 일본으로부터 말이 좋아 36년이지 실지 일본의 지배를 받은 것은 52년간이다. 이처럼 신민지 국가로서 설움을 받은 나라인데 무슨 이유로 우리나라를 분단을 시켜야 했는지 아직도 우리 국민은 모른다. 우리에게 잘못이 있다면 다만 약소국의 설움뿐이다. 적폐청산을 하겠다고 서슬이 퍼런 문재인 정부에서 기회에 이 문제를 밝혀 볼 뜻은 없는지 묻고 싶다.

–맥아더 장군! 당신 책임 아니냐? 당신이 일본이 제시한 항복 조건을 받아줌으로 그 영향 때문에 한반도가 분단의 결과를 가져오지 않았느냐?

이승만 대통령은 맥아더에게 직설적으로 항의와 더불어 질책했다. 대한민국 분단과 6·25에 대한 책임을 맥아더 장군에게 재확인시켜준 대목이었다. 미국 제33대 대통령 투르먼의 결단으로 1945년 8월 6일 일본 히로시마에 원자폭탄을 투하하면서 일본의 항복을 받아냈다. 만약의 경우 독일도 5월에 항복했으니 망정이지 아니면 마찬가지 원자폭탄 세례를 받았을 것이란다. 일본의 항복은 맥아더의 전술도 아니고 참전 요청에도 눈치만을 살피며 기회만을 노리던 소련도 아니었다. 그런데 논공행상은 너무도 많았다. 맥아더도 소련도 김구도 광복군도 저마다 자기들 공으로 일본을 항복시켰다는 논공행상이다.

맥아더 장군의 영웅심

1.

트루먼 대통령은 1944년도 3선에 당선된 루스벨트 대통령의 러닝메이트로 부통령에 당선이 되었다가 루스벨트 대통령이 45년도 갑자기 사망하자 부통령이었던 트루먼이 잔여기간 대통령직무대행을 맡게 되었기에 국민의 지지도 역시 저조했으니 그만큼 권위와 재량권도 빈약했다. 물론 1948년 대선에서 대통령에 당선은 되었을망정 국민으로부터 왠지 권위와 인기는 없던 대통령이었다.

반면 공화당에서는 유럽에서 독일과의 전쟁을 승리로 이끈 아이젠하워 유엔군사령관과 극동군 유엔군사령관 맥아더 장군이 있었고 그들의 인기는 현대사 세계적 전쟁의 영웅으로 탄생하는 계기가 되었다.

그런 현실석인 추세에서 맥아더 장군은 트루먼 대통령을 대통령으로 예우 존경을 하지 않았다. 투르먼 대통령의 정책 노선에 맥아더는 사사건건 각을 세우면서 자신의 인기를 구사했다. 나이도 맥아더가 4살이 많았다.

대통령의 재가도 없이 자신의 월권으로 일본의 항복 조건을 비밀리에 받아놓고 그 약속을 지키자고 일본의 분단을 반대했으니 터무니없는 아집이 아니던가? 때문에 한반도가 분단되었고 불운의 사태를 가져왔다. 이승만은 이 사실을 잘 알고 있었다. 이승만은 맥아더에게 한국의 분단은 당신 때문이라고 직선적으로 추궁도 했다. 맥아더 장군은 엉뚱한 이상주의자이었다. 마치 자기가 일본을 항복시킨 양 착각했다.

세계사를 통틀어 전쟁 영웅들은 너무도 많다. 그런데 유독 맥아더만 그들을 영웅으로 받들지 않겠다는 것이다. 즉 마케도니아의 알렉산더, 로마의 시이저, 카르타고의 한니발, 프랑스의 나폴레옹, 중국의 시황제, 정(政) 몽고의 칭기즈칸 등과 같은 전쟁 영웅들이 저마다 무수한 전쟁을 하면서 정복에 나섰고, 수많은 국가를 정복하면서 명실공히 영웅이 된 인물들이다. 그런데 유독 맥아더는 그들이 영웅이 아니란다. 이유인즉 힘의 원리로 수많은 전투에서 승리는 했을망정 전쟁으로 폐허가 된 점령국 국가들을 재건시킨 장군은 단 한 명도 없었기에 그들은 모두 실패한 정복자들이요, 때문에 영웅으로 인정을 받을 수 없다는 엉뚱한 논리였다. 그런 맥아더는 무자비한 정복자들과 같은 맥락과 서열에서 세계역사 속에 같이 영웅으로 남지 않겠다는 의도였다. 자기는 전쟁의 영웅으로서 전쟁으로 폐허가 된 일본을 반드시 재건 전후사 다시없는 세계사 전쟁 영웅으로 우뚝 서보겠다는 망상은 너무 엉뚱한 발상이었다. 그러면서 미국의 대통령에 대한 꿈도 키워왔다.

한국전쟁에서 맥아더의 인천상륙작전은 세계사의 관심사였다. 성공률 5000분의 1이라고 허풍이 대단했다. 간만의 차이가 심한 인천상륙작전은 절대 불가능했다는 것이다. 이로 인하여 맥아더가 영웅 서열로 떠오르는 계기도 되었다. 그래서 이야기다.

1950년 9월 25일 새벽 04시에 인천 월미도 앞바다에서 맥아더의 지휘 아래 상륙작전이 개시되었다. 일시에 수백 수천 발의 함포가 불을 뿜었다. 포격지는 현 월미도를 비롯해서 동인천역 근처 전동과 배다리 시장 송현동 일대다. 그런데 거기엔 유감스럽게도 인민군들의 주둔지가 아니었다.

갑자기 인천의 하늘에 포탄이 불을 뿜자 인민군들은 혼비백산 김포가도를 거쳐 일산 방향으로 도망을 했다. 그 후퇴 과정에서 일부 지역 결사대와 충돌은 있었으나 그래서 일부 희생자들이 발생은 했으나 맥아더의 함포사격에 희생된 인민군들은 극히 일부였다. 무차별적 함포사격으로 주민들의 인명피해와 재산피해만 엄청 컸다. 그랬다. 어쨌든 인천상륙작전은 전투도 없이 성공했고, 9·28수복과 함께 광화문 광장에 태극기를 꽂았다. 무혈입성을 했던 결과다. 약간의 치안병력만 주둔하면서 주민들의 소요와 불법행위들을 방지하는 정도이었기에 성공할 수 가 있었다는 것이다. 한편 9·28수복으로 후퇴의 진로가 막히자 인민군 들과 공비들은 지리산으로 쫓기면서 전쟁은 새로운 국면으로 접어들었 다. 후퇴해야 할 인민군을 비롯한 적색분자들이 모두 지리산으로 들어 갔다. 이 작전이 바로 지리산 공비토벌이다. 오랜 기간 동안 작전을 해 서 결국 일망타진했다지만 지리산 일대의 주민들 피해가 다른 지역보다 컸다는 것이다. 그렇기에 맥아더의 인천상륙작전은 속 빈 강정 실속 없는 전쟁으로 소문만 요란했다.

한반도 분단

1.

8·15일 조선독립은 미안하지만 김구를 비롯한 애국지사들의 광복운동으로 이루어진 것도 또한 아니다. 그렇다고 연합군사령관 맥아더 장군의 전술이 좋아 일본을 항복시킨 것도 물론 아니다.

불구하고 맥아더는 일본과의 항복조건에 트루먼 대통령의 승인도 없이 단독으로 약속했던 것이다. 일본을 반드시 재건시켜보겠다는 영웅심으로 전후처리 협상에서 일본 분단은 아니 된다고 반대 의사를 표명했으니 맥아더의 아집이 한반도에 분단의 비극을 가져온 결과다.

유엔의 경우는 달랐다. 소련에서는 유럽에서 독일을 분단시켰으니 일본 분단은 기정사실로 여겼다. 그런데 다른 사람도 아닌 점령군 사령관 맥아더 장군이 반대하자 난항을 거듭할 수밖에 예기치 못했던 난제였

다. 갑론을박 서로의 주장이 팽팽한 가운데 좀처럼 해결의 실마리를 찾지 못하고 있을 때다

그때 혜성같이 나타난 사람이 있었다. 바로 미 육군본부 참모장 러스크(존슨 대통령 당시 국무장관 역임) 대령이었다. 일본 분단을 놓고 얄타에서 제네바 회담에 이르기까지 좀처럼 결정을 못 내리던 와중에

–조선을 분단하면 어떻겠습니까?

답을 찾지 못해 난항을 거듭하던 중에서 러스크 대령의 돌출 발언이었다. 러스크는 회원자격으로 미국을 대표해서 참석한 자가 아니라 실무자 입장에서 참석한 자다. 미국을 대표한 자는 맥아더 장군이었다.

–조선은 전쟁 피해 당사국이 아닙니까?

김구의 부탁으로 유일하게 한마디 장개석의 발언이었다. 중국의 장개석이 이처럼 거들자 러스크가 재강조를 했다.

현재 조선은 일본의 식민지 국가로서 국권을 잃은 상태이며 또 학병으로 일본군에 참전도 했으니 분단시켜도 무방하다는 논리였다. 그랬다. 조선은 일본의 식민지 국가로서 일본군으로 참전도 했으니 일본을 대신해서 분단해도 무방하다는 입장에서 대안이 없어 난감하던 차에 맥아더에겐 귀가 번쩍 띄는 말이었다. 이 제안에 제일 먼저 찬성한 사람이 바로 궁지에 몰려있던 맥아더 장군이었다. 소련 역시 일본을 분단한다 못 한다로 실랑이를 하던 차에 나온 제안이기에 찬성을 안 할 수 없었다. 사실 소련은 뒤늦게 참전을 했으니 미국을 꺾을 만큼 입김이 세지는 못했다. 더 이상 주장할 수 없는 처지로 조선 분단을 꿩 대신 닭으로 찬성했다. 일본을 분단하든 한국을 분단하든 어느 쪽이든 간에 소련으로서는 불리할 것이 없었다.

2.

소련의 입장에서 반드시 필요한 조건은 첫째, 공산주의 제국 세력 확보와 둘째, 부동항(不凍港)이다. 미국을 위시한 민주주의 국가에게 맞서 대항하려면 공산세력 우방 국가들을 많이 확보하는 것이 주목적이었다. 세력을 확장하는데 유력했으니 그게 첫째 이유이다.

부동항이 없는 소련으로서는 뼈저린 수치와 아픔을 경험한 바가 있지 않던가. 노·일 전쟁에서 러시아가 패전했다. 러시아가 일본에게 패전했다는 것은 러시아 역사상 전례 없는 수치다. 러시아는 불가능은 없다는 프랑스 나폴레옹과의 전쟁에서도 지혜롭게 전승한 국가다. 만약의 경우 부동항이 있어 동해에 발틱함대를 배치해 전략을 수립하고 일본에 대항했다면 일본에 패전할 나라가 아니다. 전략상 러시아가 일본과의 전쟁에서 패전할 이유가 전혀 없었다. 해전에서 대항을 제대로 못 해 전쟁도 전쟁같이 해보지도 못하고 패전했던 쓰라린 경험이 러시아 역사에 수치였다.

영국은 러시아권이 커지는 세력을 원치 않았던 시대적인 상황에서 일본과의 전쟁에서 러시아 승리를 원치 않았다. 러시아는 수에즈 운하 패권을 놓고 영국과 항상 티격태격 다툼을 해오던 차다.

노·일 전쟁 때 러시아의 발틱함대는 북유럽 스칸디나비아 반도 해협에 주둔하고 있으면서 평화를 즐기고 있을 때다. 러·일 전쟁이 발발하자 러시아의 발틱함대가 긴급 출동을 했다. 스칸디나비아 반도 해협을 출발한 발틱함대는 영국 해안를 빠져나와 대서양으로 진입 영국 해안을 우회한 후 수에즈 운하를 통과하기 위하여 지중해 해안으로 항로를 선택했다. 이게 거리를 단축하는데 가장 유일한 항로였다. 그런데 발틱함대가 수에즈 운하에 도착해 통과하려고 시도하자 느닷없이 영국에서 봉쇄했다. 문을 열어주질 않는 것이다. 일 초가 아쉬운 판에 러시아는 영국과 시비할 여유가 없었다. 차라리 뱃머리를 돌리는 수밖에 방법이 없었다. 수에즈 운하는 지중해에서 흑해로 건너오는 경계선 지름길이다. 수에즈 운하에서 뱃머리를 돌린 발틱함대는 알렉산드리아를 지나 지중해를 다시 횡단한 다음 카사블랑카를 돌아 다시 대서양에 접어들면서 세네갈 해협을 거쳐 남아프리카 최남단인 남아프리카공화국을 돌아서 인도양 외각 스리랑카 해협을 거친 다음 캄보디아를 지나 드디어 동해로 접어들었다.

그 거리는 지구에 약 1/2 정도의 거리였다. 발틱함대의 최대 속도는 18로트(약 29km) 정도로 항해 도중에 연료도 보충하고 식량도 조달하자니 3개월 정도의 시간이 걸렸다. 무차별적으로 공격해 오는 일본군에 감당이 안 되던 러시아군은 오로지 발틱함대에만 기대를 걸고 전력을 지탱하고 있을 때다.

천신만고 끝에 발틱함대가 동해로 접어들어 독도 부근에 당도할 무렵이다. 독도 인근에서 해로를 망보고 있던 일본 함정이 기습 공격을 했다. 예상치 못한 기습작전에 당시 천하무적이라 자부하던 발틱함대도 선제공격을 당하자 긴 여정에 지칠 대로 지친 병사들인지라 방어에 한계가 있었다. 전투도 전투 같이 해보지도 못하고 무참하게 무너지고 말았다. 마지막 희망을 걸고 버티던 러시아군은 발틱함대마저 참패를 당하자 완전 전력을 상실한 러시아는 더 이상 대항할 의지를 잃고 끝내는 일본에 무너지는 결과를 가져왔다.

긴 항로에 지칠 대로 지친 러시아군은 군량미마저 고갈 상태였다. 이런 전략을 꿰뚫고 있던 일본군 함대는 독도 근처에다 진지를 구축하고 있다가 러시아 발틱함대가 독도를 우회, 전진하고자 하는 것을 기습 공격했다. 일본군의 전략은 한 치의 오차도 없었다. 속전속결 화포가 불을 뿜자 러시아 발틱함대는 전열을 가다듬을 사이도 없이 무너졌다. 러시아군은 제대로 작전을 펼쳐보지도 못한 채 참패로 루스벨트 미국 대통령의 중계로 협상하자 굴복하고 말았다. 역사적으로 러시아군이 동해에서 전투를 해본 경험조차 없지 않았던가? 러시아 군은 아예 한반도 동해에 항구를 가져본 일조차 없지 않았던가? 그러기에 당시 무적함대로 명성을 떨치던 발틱함대는 스칸디나비아 해협에서 언제나 작전을 구상했지 동토에 항구조차 없던 동해에서의 전쟁은 예상 밖에 작전이었던지라 여러모로 불리한 점도 당연했다.

이런 쓰라린 경험을 했던 러시아인지라 부동항을 갖는다는 것은 지상과제요 염원이었다. 노·일 전쟁에서 만약의 경우 러시아의 발틱함대만 동해안에 있었다면 전력상 일본군에게 통한의 패배로 끝날 전쟁이 아니었다. 러시아와의 전쟁에서 일본도 전력상 소진할 대로 소진한 상태에서 더 이상의 전쟁을 수행하기란 무리, 루즈벨트 미국 대통령의 휴전제의에 기다렸다는 듯이 받아들여 휴전했던 것이다. 이런 강대국의 이권 놀음에 한반도는 허무하게 분단이 되는 불운을 맞이하게 됐다.

윤봉길 의거

1.

유엔의 도마 위에 올려진 대한제국을 칼질하고 있을 때다. 우리나라는 유엔의 회원국이 아니라는 이유로 참정권도 박탈되었다. 임시정부도 역시 마찬가지다. 회원국이 아닌 우리나라를 대표하고 있던 김구 주석은 오로지 장개석에게만 매달릴 수밖에 없었다. 유엔에 접근할 수 있었던 외교 채널은 중국의 장개석을 통해서만이 가능했을 때다. 김구는 장개석에게 우리의 사정을 유엔에 반영시켜주길 바랐으나 그 바람은 허사였다. 장개석의 입지도 일본에게 점령을 당한 국가의 대표일 뿐이었다. 때문에 유엔에서 말발을 세울만한 존재가 아니었다. 미국의 러스크 대령의 말대로 조선은 국권을 상실했으니 장개석 역시도 분단을 막아줄 영향력이 불행하게도 없었다.

김구가 장개석과 교류할 수 있었던 기회는 윤봉길 홍구공원 폭탄투척 사건이다. '백만 명이 해도 못 할 일을 조선의 윤봉길이 해냈다'고 극구 칭찬을 아끼지 않았던 장개석이 당시 의혈단을 지휘하던 김구와 돈독한 유대관계를 가질 수 있었던 계기는 홍구공원 사건에 의한 윤봉길 의사 때문이다. 김구나 윤봉길은 우리나라 독립운동 차원에서 일본과 싸웠다. 그런데 안타깝게도 1932년도 홍구공원에 폭탄을 던진 윤봉길을 세계 언론들은 중국 사람으로 오인해 대서특필했다. 유감스런 일이 아닐 수 없었다.

일본인들이 중국 땅에서 일본 천왕 생일 축하연과 더불어 상해점령일을 기념하기 위하여 대대적 행사를 했던 자리에서 테러가 발생했으니 세계 언론들이 그렇게 인식하는 것도 당연했고, 그런 홍구공원 폭탄투척 사건으로 장개석은 김구에게 대단한 고마움을 표시했다지만 대신에 일본 헌병대에서는 임시정부 요인들을 일망타진 체포령이 떨어졌다. 하여 임시정부는 중경까지 피신할 수밖에 없으니 불운이 아닐 수 없었다. 전력상 김구와 장개석은 일본에 같이 대응하자고 다짐은 했으나 패망한 국가 지도자들이 할 수 있는 일은 테러행위 외 아무것도 없었다. 참전국이 아니었기에 테러는 테러로 끝났을 뿐 아무런 효과가 없었다. 중국 주둔군 사령관 시라가와 요시노리(백천) 대장이 죽었다고 일본이 망하는 것은 아니고 전략상 약화되는 것도 아니었다. 그러나 이 사건은 김구의 가장 큰 업적이다.

청·일 전쟁에서 일본에게 패하고 곧바로 점령을 당한 중국의 장개석 역시도 일본의 지배를 받고 있었으니 김구가 생각하는 만큼 유엔에서 영향력이 있는 인물이 아니었다. 자기네 주권을 챙기기 여념이 없을 뿐 누굴 도와줄 처지가 아니었다.

만주 폭격과 맥아더 장군

1.

그런 상황에서 장개석에게 매달려 사정을 한들 무슨 소용이 있었겠는가. 또 유엔에서 대한민국을 도마 위에서 난도질한들 임시정부 대표 김구가 무슨 영향력이 있어 한국분단을 막을 수 있었겠는가?

히로시마에 원자폭탄이 투하되자 일본은 패망을 자인했다. 히로시마에 맞은 원자폭탄의 위력은 상상을 초월했고 피해 또한 상상을 초월했다. 전략상 일본은 더 이상 전쟁을 하고자 할 능력도 의지도 잃었다. 최후에 일각까지 싸우다가 죽겠다고 결의를 한 일본군이 원자폭탄 앞에서는 완전 대항능력을 상실한 채 좌절하고 말았다.

그렇게 일본이 항복한 전쟁의 공을 맥아더는 자기의 공으로 미화했고 그 야심으로 현직 대통령 트루먼의 인기를 누르고 대통령이 되겠다는 탐욕을 갖게 되었다. 맥아더의 모든 행동은 대통령의 꿈으로 몰두했다. 1952년도 미국 선거에서 민주당의 트루먼 대통령의 인기를 꺾는다면 그게 바로 맥아더가 미국 대통령으로 입성하는 길이라고 착각을 하고 있다가 중공군의 참전으로 맥아더의 한국 통일에의 꿈이 사라지고 말았다. 뜻하지 못한 중공군의 개입으로 전쟁은 1·4후퇴를 맞이했고 흥남철수작전에서 뼈저린 패배감을 느껴야 했다.

고심 끝에 맥아더는 만주 폭격을 생각해 냈다. 만주 폭격이란 바로 핵무기를 사용하자는 뜻이었다. 그리고 한반도를 자기가 분단시켰으니 역지사지로 자기가 한반도를 통일을 시켜주겠다는 의지도 거기엔 포함하고 있었다.

허나, 핵무기를 사용 만주를 폭격하려면 대통령 트루먼의 승인 없이는 불가능했다. 핵무기는 맥아더가 가지고 있는 것이 아니라 트루먼 대통령의 지휘 아래 있었기 때문에 트루먼 대통령에게 요청했으나 일언지하에 거절을 당했다. 만약의 경우 핵무기를 맥아더가 가지고 있었다면 맥아더의 영웅심은 트루먼 대통령의 승인도 없이 자기 멋대로 사용했을 것이다. 그렇다면 한반도는 완전 핵 전쟁터가 되었을 것이 아닌가? 한반도는 영원히 초토화 불모지 땅이 되고 말았을 것이고 민족은 말살되었을 것이다. 영원히 죽음의 땅이 되고 말았을 것이란다.

–중공군의 개입을 저지하고 기회에 한국을 통일시켜주면서 전쟁을 승리로 이끌려면 만주 폭격 없이는 더 이상의 전술은 없습니다.

맥아더의 요청이었다.

–만주 폭격은 핵전쟁으로 가자는 뜻인데 너무나도 엉뚱한 발상이 아닙니까.

–필요하다면 비켜 살 수가 없지 않습니까?

–장군! 이 전쟁이 왜? 누구에 의하여 발생했는지 알고나 있소?

트루먼 대통령은 버럭 화를 냈다. 맥아더도 만주 폭격이 불가능하다는 것을 모르지 않았다. 뻔히 알면서도 고집을 부리는 맥아더 장군이 괘씸했다. 자기의 입지를 살리자고 인기 발언하는 것을 트루먼 대통령도 감지하고 있는 터다. 한반도 분단이 맥아더 짓이라는 것도 투르면 대통령이 모르는바 아니고 사사건건 맥아더 장군의 월권행위에 괘씸할뿐더러 모든 책임은 트루먼에게 있다는 것 모르지 않는다.

첫째, 만주 폭격은 세계 3차대전으로 확대 핵전쟁을 피할 수가 없었다.

둘째, 세계 제2차대전이 끝난 지 5년밖에 되지 않은 시점이다. 유럽과 극동 지역에서 동시에 오랜 전쟁으로 하여금 병력 소모와 재산 피해가 미국을 비롯한 연합국들도 너무나 컸다.

셋째, 만주를 폭격하면 소련에게 참전할 명분을 주는 계기가 된다. 6·25남침은 김일성과 소련의 스탈린 작품이 아니던가? 그들의 전략 또한 무시할 수 없다.

넷째, 만주를 폭격하자면 유엔의 승인도 얻어야 한다.

다섯째, 소련도 핵무기를 보유한 입장에서 그럼 핵전쟁으로 확대된다고 보면 한국에서뿐만 아니라 전 세계가 핵전쟁으로 휘말릴 가능성까지 있었다. 미국의 본토 워싱턴을 비롯해서 주요 도시에 소련의 원자폭탄이 떨어지지 않는다는 보장도 없었다. 핵전쟁을 할 경우 인류 역사에 전쟁의 피해가 너무 엄청나다는 것이다. 세계가 같이 멸망할 가능성도 없지 않다.

여섯째, 전쟁을 승리로 이끈다는 보장도 없다.

일곱째, 트루먼은 52년도에 대통령에 재출마도 해야 한다. 당연히 인기도 관리해야 했다.

이런 복합적인 입장에서 불가능한 만주 폭격을 맥아더가 모르지 않을 텐데 만주 폭격을 주장하는 맥아더가 대통령에 대한 도전이라고 트루먼은 결론 내렸다. 전쟁 중에 장군을 바꾼다는 것은 절대 금물이다. 하지만 더 이상 맥아더의 경거망동을 묵인할 수가 없었다. 당시 맥아더의 인기는 세계적이었다. 망설였지만 더 이상은 아니란 생각에서 장고 끝에 결단을 내린 것이다. 드디어 소환명령을 내렸다. 본국 소환은 맥아더의 유엔군사령관직에서 해고 명령이다.

맥아더는 설마 했다. 여기까지는 맥아더도 계산 못 했던 일이었다. 또 맥아더를 소환했을 때, 트루먼 대통령은 자신의 인기가 떨어진다는 것을 예측 못 한 것도 아니었다. 하지만 더 이상은 방관할 수도 없고 맥아더와는 더 이상 같이 갈 수가 없는 한반도 전쟁이었다. 대통령은 군 통수권자다. 군 인사권도 대통령의 고유권한이다. 결단하기까지가 어렵지 결단을 내렸다면 명령 한마디면 된다. 대통령 칼날에 장군의 목쯤은 간단했다.

이 사건에 연류된 트루먼의 인기는 하향 곡선을 탔다. 예상보다 심각했다.

'노병은 죽지 않는다. 다만 사라질 뿐이다.'

회한의 한마디를 남기고 장군도 쓸쓸하게 옷을 벗었다. 맥아더는 오성 장군이다. 맥아더가 귀국하자 본국에서는 카퍼레이드까지 환영인파가 대단했다. 맥아더 자신도 상상을 초월하는 국민의 환영에 감격했다. 그건 거품이었다.

2.

1952년도는 미국 대통령 선거다. 투르먼 대통령은 경선에서 민주당 후보로 확정이 되었다지만, 공화당에서는 아이젠하워 장군이 맥아더 장군에 미 육사 후배로서 복병이 될 줄은 예측 못 했다. 경선 결과 아이젠하워가 맥아더를 누르고 후보가 되었다. 그토록 공을 닦았던 맥아더 장군의 대통령 꿈은 복병 아이젠하워 장군 앞에서 아쉬움만 남긴 채 모든 공직에서 떠나야 했다. 노년을 쓸쓸하게 보내던 중, 1880년 1월 26일에 태어나서 1964년 4월 5일에 84세의 일기로 조용히 생을 마감했다.

투르먼 또한 1952년도 제35대 미국 대통령 선거전에서 아이젠하워와 대결을 했지만 전쟁에서 장군을 바꿨다는 이유로 인기가 뚝 떨어진 투르먼은 애석하게도 중도 포기를 해야만 할 비운의 불명예를 가져오기도 했다. 대신에 아이젠하워 같은 경우는 무투표로 대통령에 당선되는 영광을 얻었다. 하긴 투르먼은 대통령직을 7년간 했다. 루즈벨트 대통령 잔여임기 3년 그리고 33대 대통령에 당선 4년 임기 대통령직을 역임했다. 만약의 경우 아이젠하워까지 제압했으면 11년 동안을 할 수도 있었다. 맥아더도 피해 보기는 마찬가지, 투르먼 대통령과의 관계로 공화당 경선에서 아이젠하워에게 낙동강 오리 알 비참한 신세가 되었다지만, 투르먼도 맥아더 때문에 중도 포기를 했으니 아이젠하워만 무투표로 대통령에 당선되는 영광을 가졌다.

아이젠하워는 사실 트루먼과 맥아더 사이에서 34대 대통령에 어부지리로 당선이 되는 영광은 가졌으나 특히 한국의 6·25전쟁에 대한 진후처리 특히 휴전문제로 이승만 대통령과의 정책 대립에서 사사건건 밀리면서 본국에서는 무능한 대통령으로 낙인이 찍혔다. 무엇보다도 전시작전통제권 때문이다. '왜 남의 나라 전쟁에 끼어들어 미국이 책임을 져야 하느냐'고 비난을 받았다. 즉 이승만의 정책에 놀아난 아이젠하워는 미국 역대 대통령 중에서 가장 인기 없는 무능한 대통령으로 오명을 남기게 되는 결과를 가져왔다. 지원을 해주는 대통령이 지원을 받는 대통령에게 밀려 뭐 하나 미국의 뜻대로 이루어진 게 없다는 것이었다.

반공포로 같은 경우도 이승만은 누구의 승락도 없이 독단으로 석방시켰다는 것이다. 아이젠하워 대통령의 권위에 치명타 망신이 아닐 수 없었다. 반공포로는 명분상 엄연히 북한군이다. 그렇다면 당연히 포로교환 대상이다. 남한 출신이란 것은 이승만의 억지 주장이다. 전쟁 때마다 포로는 발생하게 마련이고, 그 포로들은 당연히 인도적인 차원에서 교환해야 하고 전쟁 때마다 그렇게 해왔다. 이런 민감한 사항을 이승만은 자기주장대로 석방했으니 큰 사건이 아닐 수 없었다. 이북에서도 한국군을 비롯 유엔군들을 포로로 가지고 있었다. 그런 차원에서 세계적 이슈로 떠오르던 반공포로들을 어쨌든 이승만은 단독 자기 주장으로 석방시켰다. 김일성이 발끈했지만 위력은 없었다.

3.

그 당시 만주 폭격은 당치도 않은 맥아더의 주장이었다. 이왕에 전쟁을 하고 있으니 이승만 대통령의 욕심에도 기회에 한반도를 통일하고 싶은 생각이 간절했다. 이승만 대통령도 각오는 하고 있었다. 미국이 원자폭탄을 사용했다면 소련에서도 전쟁에 개입을 안 할 수 없기 때문에 핵전쟁은 불가피한 실정이 아니던가? 그렇게 되었다면 국토는 초토화되고 민족은 말살되었을 것이다. 여기까지 생각에 이르자 핵무기에 대한 위력을 일본의 히로시마를 통해 이승만 대통령도 잘 알고 있는 터 더 이상 전쟁을 고집할 수는 없었다. 휴전하는 대신에 전시작전통제권을 이승만은 아이젠하워로부터 요구했고 받아냈다. 병력과 전비까지 몽땅 미국에서 감당하는 조건이다. 손 안 대고 코 풀겠다는 억지 주장이다. 휴전을 하는 조건이다.

원자폭탄을 맞은 히로시마나, 나가사끼가 60여 년이 지난 현재에도 그 후유증이 멈출 줄 모르는 판에서 우리나라에서 핵전쟁으로 제3차대전을 치렀다면 한반도가 어떻게 되었을까 짐작이 가는 대목이다. 그야말로 한반도는 잿더미가 되었을 것이고, 불모의 땅으로 황폐화가 되었을 것이다. 맥아더의 주장은 생각만 해도 아찔한 참화적인 일이 아닐 수 없었다. 미국과 소련이 핵전쟁을 했다면 그 나라들이라고 핵무기에서 자유로울 수가 있었겠는가. 워싱턴도 핵무기 공격을 받을 수 있었고, 모스크바에도 핵무기가 떨어질 수 있었다는 것이다. 그랬다면 참전국 모두가 핵전쟁에 휘말릴 판 지구촌 어디든 안전할 수 없다는 판단 아래 무모한 맥아더의 주장은 끝내 무산되는 결과를 가져왔다.

6·25전쟁은 소련의 스탈린과 김일성의 야망에서 적화통일이 목적이었다. 현재도 그렇고 앞으로도 언제 한반도에 통일을 가져올지 예측할 수 없는 불운의 과제다. 스탈린과 김일성은 무력으로 한반도를 통일시키고자 전쟁을 불사했다. 그들의 오판으로 한반도에 엄청난 비극을 가져오면서 더불어 맥아더가 영웅이 되었다지만 투르먼 대통령으로부터 소환 명령이 떨어지면서 그의 영웅의 길도 끝이 났다. 6·25전쟁은 분단이 원인 분단은 맥아더의 영웅심에서 온 오판었다. 책임도 맥아더의 몫이다.

전시작전통제권 환수

1.

미군 철수는 예나 지금이나 북한의 불변의 주장이다. 요즘은 전시작전통제권 환수문제까지 거론되고 있다. 여기에 김정은은 무혈 적화통일을 허울 좋게 주장한다. 고려연방제보다도 더 무서운 공산주의자들의 계략이다. 이는 북한의 기회주의적 과제다. 그런데 그것을 노무현 대통령은 자청해서 환수하겠다고 미국과 양해각서를 작성 교환까지 했다.

6·25전쟁도 그런 식이었다. 국회 프락치 사건에 연류된 이문언 의원과 서용길 의원의 주장대로 미군을 철수하자 1년 3개월 만에 김일성은 바로 남침을 했다. 만약 미군이 철수하지 않았다면 6·25전쟁은 없었다. 그런데 전시전작권을 환수한다니 그렇다면 제2의 6·25를 불러들이는 꼴이 아닌가? 도대체 노무현이나 문재인은 어느 나라 대통령이기에 뼈

저린 6·25의 참극을 외면하고 전작권을 환수하겠다는 것인지 모르겠다. 문재인 대통령은 흥남 철수 당시 태어났다고 하지 않던가? 더구나 그런 대통령이 또 다시 전쟁이 발생할 수 있는 여건을 북한에게 제공한다니 과연 국민의 생명과 재산을 지켜줄 수 있는 정책인지 헷갈린다.

김정은이 노리는 한반도의 통일은 전시작전통제권이다. 김일성이 미군 철수를 기회로 6·25남침을 감행했듯이 호시탐탐 적화통일의 기회를 노리고 있는 김정은 역시 전시작전통제권이 환수되는 날을 기다리고 있다.

당장이라도 김정은이 불측한 행동으로 핵무기를 사용하면 그게 적화통일이 되는 것이요, 북한 정권이 경제로 스스로 붕괴되면 그게 평화통일이 되는 것이란다. 어쨌든 우리 스스로 선택권은 없다. 이처럼 안개속 상황에서 오로지 김정은의 경거망동을 통제하고 있는 존재는 바로 전시작전통제권이다.

6·25전쟁으로 침략을 당했던 이승만은 우리나라 자체능력으로는 적의 침략을 막아낼 능력이 없다는 것을 가슴 깊이 깨달았다.

400만 명의 목숨을 앗아간 6·25전쟁은 세계 역사상 가장 인명 피해가 많았고 처절한 전쟁이었다. 이승만은 당신들이 한반도를 분단시켰고 그래서 전쟁이 일어났다고 맥아더를 떠올리면서 미국에게 책임을 전가했다. 희생의 보람도 없이 이대로 휴전을 한다면 이 땅에 제2의 비극 민족의 전쟁은 다시 올 것이 아니냐. 분단은 통일을 해야 할 불면 과제 불씨가 엄연히 살아있지 않느냐.

–대신 전시작전통제권은 당신들에게 맡기겠다. 한반도에 또다시 전쟁이 일어난다면 당신네가 알아서 막아주는 조건에 따라 미국에 또다시

속는 셈 치고 휴전에 동의하겠소. 그런 보장이 없다면 절대 우리는 휴전에 동의할 수가 없을 뿐더러 이 전쟁에서 우리 국민은 최후에 한사람까지 싸우다 죽을 것이요.

이승만의 단호한 요청에 한반도의 분단과 6·25전쟁은 미국도 자유로울 수가 없음을 느꼈고 전시작전권통제권이 부담된다 해도 거절할 수 없는 조건이라 여겼다.

–대한민국의 안보는 어떠한 사태에서도 우리가 지켜줄 터이니 걱정마시오.

아이젠하워 대통령의 최후 결단이었다.

독일 분단도 그랬고, 한국의 분단이 이처럼 고착화되리라고는 미국을 비롯한 유엔에서도 예측 못 했던 사실이고 더구나 한국전쟁에서 그처럼 큰 비극이 발생하리라고는 상상도 못 했던 사실 앞에서 한반도 분단이 김정은의 핵무기 앞에서 얼마나 잘못되었음을 미국에서도 두고두고 후회했던 분단의 전, 후문제이었다.

전시작전통제권은 이승만의 요청에 미국의 아이젠하워 대통령이 어쩔 수 없이 승낙했지만 남의 나라 전쟁에 그 많은 우리 젊은이들의 목숨을 왜 바쳐야 하고 그 엄청난 전비를 우리가 왜 부담을 해야되느냐고 미국 국민도 부글부글 속을 태우는 불평들이지만 미국에 의하여 분단된 대한민국의 안보는 미국이 책임져야 마땅하다고 내린 판단이다.

미국에게 전시작전통제권을 이양시킨 이승만의 정책은 열 번을 생각해도 잘한 일이다. 우리나라는 정치, 경제, 군사력으로 세계 초강대국 미국이 지켜줌으로 안심하고 생업에 종사할 수 있는 기틀을 마련한 셈이다. 누구도 대한민국의 안보에 해를 끼친다면 절대 미국이 그냥 두지 않겠다는 전시작정통제권이다. 그 협약은 70여 년이 지난 현재까지도 철저하게 지켜져 왔으니 양국 간에 신뢰가 바탕이 되지 않고서는 불가능했던 일이었다.

불구하고 적화통일을 하겠다고 수소폭탄까지 개발한 김정은 앞에서 재래식 무기로 나라와 국민의 생명을 지키겠다는 노무현과 문재인 대통령의 착각이 아니라면 그 속셈은 무엇일까? 현직 대통령이 적화통일을 획책하는 좌파들과 정책을 같이 하고 있다면 역시 성문을 열어주는 꼴이 아닌가? 국가의 자존심이라니 당치도 않다.

2.

그런 중대한 사안이 2012년 4월 17일 전시작전통제권 환수문제가 노무현 대통령에 의하여 이루어졌다. 달리 말하면 2012년 4월 17일은 우리의 안보를 지켜줄 한미 연합사령부를 해체하겠다는 날이다. 전 세계적으로 군사력을 최정예로 자랑할 수 있었던 한미연합사령부가 해체의 위기를 맞고 있다. 그날은 교묘하게도 김일성 탄생 100주년이 되는 이틀 뒤의 날이다.

또 그날은 핵 무장력과 대륙간 ICBM 탄도미사일 개발을 구축해온 군사력 강성대국의 꿈을 완성시키는 해이기도 하다. 바로 그해에 노무현은 전시작전통제권을 전환하고 한미연합사령부를 해체한다는 것이다. 김일성 탄생 100주년과 때를 맞춘 까닭이 도대체 무엇이었을까? 한반도 안보를 송두리째 흔들어 놓는 노무현의 결정적인 의도와 정책이 우연이었을까, 계획적이었을까? 과오라면 모르되 설령 고의가 있었다면 이는 국가와 민족의 생명을 송두리째 바치겠다는 즉 적장에게 성문을 열어주는 꼴이 아닌가?

어쨌든 이를 두고 논란이 많다 하겠지만 두말하면 잔소리 전시작전통제권은 우리의 운명이 걸린 문제요, 국민의 생명과 직결한다. 대국민 각성이 필요한 때인가 싶다. 차라리 김일성 100주년 탄생일로 맞추지 왜 이틀이라는 시간 차를 두었을까 묘한 일이었다.

노무현의 계획대로 전작권을 환수한다면 무력 통일을 획책하는 북한 정부에 위대한 공신 책록에 올라갈 것을 설마 바라고 그런 짓을 했을까? 노벨평화상을 꿈꿨을까, 도대체 그 속셈이 무엇이었을까? 햇볕정책으로 좌파정권 10년간 퍼다 준 까닭이 핵무기 개발하라고 북한에 지원해주었다고 국민은 야단들인데 아니면 돈을 퍼다 준 이유가 남침을 하지 말아 달라고 북한에게 사정을 한 결과인가. 햇빛 10년 정책이 도대체 무슨 정책이었나 아무리 헤아려 보아도 답이 나오지 않는다.

3.

군의 존재와 목적은 국가와 민족의 안보에 보루(堡壘) 책임과 임무를 부여하고 있다. 전쟁을 억제할 예방과 책임도 있다. 국방비는 물을 먹는 하마다.

북한의 김정은이 핵을 보유하고 있는 한 한반도에서의 안전은 절대 불가능하다. 분단된 한반도에서 싸우지 않고 적을 제압할 수 있는 방책은 무엇이라 묻는다면 군사전문가들은 한미연합방위체제와 전시작전통제권을 손꼽는다. 6·25전쟁 이후에도 호시탐탐 북한이 기회를 노렸지만 남침을 못 한 이유는 사실상 전시작전통제권이다.

전시작전권을 한·미연합사령부으로 일원화하므로 일사불란하게 작전을 수행할 수 있기에 전쟁을 억제하여 왔고 억제할 수 있다. 실제로 미국은 제2차대전에서부터 단 한 번도 지휘권을 분리해서 전쟁을 수행한 바가 없다. 6·25 때도 우리나라는 유엔군 사령관이 지휘했고, 북한은 중국과 러시아와 연합하여 지휘권을 행사했었다.

BC 216년의 칸나전투에서 세계 최강 로마군이 카르타고의 한니발에게 패한 원인은 두 명의 지휘관들이 작전권을 행세했기에 혼란을 가져왔고 그 이유로 패했다고 전략가들은 이를 거울삼는다. 더구나 분단된 처지에서 한반도의 평화는 보장될 수가 없다. 언제 전시 상황이 도래될지 아무도 장담할 수가 없는 우리나라의 사정이다.

일본의 야심

1.

일본은 항상 적의 허점을 노리던 중 기회 왔다고 할 때 선전포고도 없이 기습공격 전쟁을 한다. 비겁하고 악랄한 행위가 아닐 수 없다. 조선을 두고 티격태격하던 청국과의 전쟁이 그러했다. 당시 청국의 실권자는 서태후였다. 푸이 어린 황제를 대신 섭정하던 그녀는 국정을 이홍장에게 맡기고 이화원에서 환락에 빠져있었다. 그게 청나라가 망하게 된 원인이었다. 일본은 기울어지는 청나라를 늘 지켜보고 있을 때다. 마침 조선에서 동학란이 일어났다. 이를 제압하기 위하여 일본군도 출정했고 청군도 출정했다. 조선 정국의 지배권을 먼저 쟁탈하기 위해서 아산만에서 청군과 일본군이 충돌했다. 이 사건이 청·일 전쟁으로 이어졌다. 서태후에서 이홍장으로 정권이 흔들릴 즈음이다. 이미 일본은 전쟁을 준비했던 터라 무방비 상태에서의 청나라는 보잘 것없이 패망했다. 거대한 거목이 쓰러진 사건이다.

조선 정국을 침략하기 위해서 일본이 명성황후까지 살해하는 판에 러시아의 간섭이 사사건건 걸림돌이 되자, 일본은 러시아를 주도면밀하게 관찰했다. 일본은 섬나라이기 때문에 해전에 능했고 작전은 해군으로부터 시작했다. 우리나라의 전쟁은 육군의 주도권 아래 작전계획이 이루어지지만 미국도 마찬가지 일본군의 작전은 해군에서부터 시작한다. 해군의 작전 아래 공군이 기습 공격을 하고 해군이 작전로를 터주면 육군이 상륙작전을 감행해 입성을 하는 식이다. 노·일 전쟁도 마찬가지였다.

국토방어 작전권에서 러시아의 동해는 무방비 상태다. 러시아는 언제나 유럽제국들과의 전쟁을 해왔을망정 동북아권에서는 단 한 번도 전쟁을 해 본 경험이 없다는 사실을 일본은 꿰뚫고 있었다. 동북아 권에서 러시아에 전쟁을 일으킬 나라가 없다는 점도 잘 알고 있다. 중국이나 몽골군과의 관계는 국경에서 늘 티격태격 충돌은 있었으나 동해를 기점으로 전쟁을 해본 경험은 없다. 안심 지역이다. 그래서 무적의 발틱함대는 언제나 스칸디나비아반도 해변에서 전쟁을 대비 훈련도 하거나 아니면 평화 시에는 경계근무를 하는 정도다. 일본은 그 약점을 노렸다. 동해에서 일본 해군이 공격해도 발틱함대는 사실 무용지물이 될 수도 있다고 봤다. 이렇게 해서 일본군의 계획은 선전포고와 함께 오차범위 없이 승전의 깃발을 올렸다.

미국도 마찬가지다. 당시 미국은 1939년부터 독일과의 전쟁에서 총력전을 하고 있었다. 독일에는 롬멜 장군이 사막전을 철두철미하게 장악 막강했다. 롬멜 장군과의 사막전에서 미국도 작전상 시행착오가 많았다. 병력도 많이 손실했고 전비도 엄청나게 쏟다 부었다. 막상막하 미국도 고전을 면치 못한 전쟁이었다.

상황이 이쯤 되자 일본이 미국을 넘보게 되었다. 지금 미국은 전략상 국력이 많이 약화되었을 것으로 짐작이 된다. 총공세를 한다면 아무리 미국이 강하다 할지라도 승산이 있다는 것이다. 독일과의 전쟁에서 국력이 많이 손실 혼란을 거듭 차질을 빚고 있는 판에 일본이 미국을 공격한다면 쉽게 전쟁을 끝낼 수 있으리란 계산이다. 중국도 러시아도 미국 못지않게 전략을 확보한 강대국이다. 그런 국가들을 쉽게 정복시킨 전략이 일본에겐 있다. 독일도 미국에 만만한 국가가 아니다. 그렇다면 기회다. 자신감을 가졌던 일본이었다.

1941년 12월 8일 이른 새벽 4시다. 일본이 진주만을 기습적으로 공격을 개시했다. 미국 하와이주 오하후(Oahu)섬이다. 남쪽 방향에 있는 천연의 지역적 여건에 따라 2개의 화산 기슭이 생겨 난 그 사이에 끼어 있으면서 골짜기가 침수되어 생긴 익곡(溺谷)이다. 천연 요새지로 적합한 곳이라 여겼던지라 미국에서는 이곳을 태평양 함대 전진기지로 사용하는 곳이었다. 이곳을 일본이 느닷없이 기습 공격을 했다. 극동 지역에서도 세계 제2차대전이 시작되었다. 그러나 일본의 판단은 오산이었다. 미국은 일본이 생각하는 만큼 쉬운 상대가 아니었다. 핵폭탄 세례까지 받고 그 후유증은 현재까지도 이어지고 있으니 얼마나 피해가 컸던가. 또 유럽에서는 독일과 극동 지역에서는 일본과 두 지역에서 동시에 미국이 전쟁을 승리로 이끌었으니 얼마나 위대했나 짐작이 간다.

2.

첫째, 전작권의 전환은 한미연합사가 해체되면서 한국 방어에 대한 미국의 직접적인 지휘권이 소멸되는 동시에 미국은 한국 방어에 대한 책임을 벗어나는 것이다.

둘째, 한미연합사 해체와 동시에 작전계획 5027호에 의거한 유사시 한국군에 지원될 69만 명의 병력과 5개의 항공모함전단, 160척의 해군 함정, 1600대의 항공기, 등 전시에 동원될 목록이 자동으로 모두 소멸된다는 것이다.

셋째, 미군이 주요정책으로 추진하고 있는 전략적 유연성에 우리 스스로 미군 철수를 재촉하는 결과를 가져오고

넷째, 휴전 당사자인 UN군 사령부가 병력이 없어지면서 상징적 존재로 남게 된다. 유명무실 되면서 군사적 불안정이 가속화된다.

다섯째, 유사시 미군이 개입한다 해도 전쟁 비용은 전액 우리나라에서 부담한다는 결과다.

이런 상황에서 노무현은 국방개혁 2020까지 621조를 투입해 미군 대체전략을 완성토록 추진하겠다 했으나 그동안 엄청난 예산만 낭비했을 뿐 전략무기는 개발한 것이 별로 없다. 전시작전권 환수는 안보도 안보려니와 경제적 부담도 만만치 않다. 621조 원은 우리나라 일 년 예산보다 훨씬 큰 방만 예산이다. 앞으로 12년 동안 621조를 재정부담 한다면 매년 51조7천9백억 원을 투입해야 된다는 계산인데 벌써 22조원이 투입했단다. 또 전쟁을 불러들이는 경우도 되고 민족을 말살시키는 경우도 된다는 것이다. 참으로 위험한 발상 나라를 망친 대원군으로 하여금 일

본의 침략을 불러드린 결과가 되는 모양이다. 좌파란 공산주의를 말한다. 공산주의는 6·25 때 빨갱이라고 했다. 김정은 핵무기를 가지고 있다. 핵무기는 5천만 우리 민족을 모두 죽일 수 있는 무기다. 우리나라는 전 세계에서 유일하게 분단된 나라면서 꼭 통일을 해야 할 민족의 여망을 가지고 있다. 통일은 무력이든 평화든 엄청난 부담을 갖고 있는 실정이다. 그래도 통일은 해야만 한다. 그것이 무력이냐 평화냐 하는 것뿐이다. 북한의 목표는 무력 통일이나. 핵무기는 그래서 개발했다. 지금 당장 전쟁을 한다 해도 우리나라는 북한의 핵무기 공격을 저지할 능력이 없다. 러시아도 그랬고 중국도 그랬으며 베트남도 공산주의 세력들이 무력으로 통일을 했던 나라들이다. 독일은 유일하게 민주주의 국가에서 평화적으로 통일을 가져왔다. 섣불리 전시작권을 운운할 때가 아니다. 누가 죽을지 아무도 모른다. 독일 통일은 공산주의 종주국 러시아 대통령 고르바초프가 시켜주었기 때문이다.

현재 우리나라는 평화적으로 통일을 하고 싶어도 지원해줄 나라가 없다. 반대로 방해나 할 나라들만 주변에 수두룩하게 많을 뿐이다. 특히 중국과 러시아가 반대하면 우리나라 통일은 절대 불가능하다. 이웃 일본도 우리나라 통일을 원치 않을 것이다. 그렇다면 우리나라 통일은 영원히 없다. 북한의 무력 통일만 존재할 뿐이다. 거기엔 2천만 명의 목숨을 바쳐야 한다. 신중할 문제다. 노무현도 문재인도 골수 좌파들 마찬가지 골이 빠진 사람이 아니라면 전시작전권은 들먹거리지 말아야 할 것이다. 아무튼 DJ나 노무현과 문재인, 김영삼까지 속셈을 알 수 없는 인물들이다.

미국의 국방비는 연간 무려 6070억 달러란다. 불과 일 년 예산 500

억 달러 예산을 쓰고 있는 우리나라가 과연 미국의 국방력에 비교가 될까 싶다. 차라리 621조원을 산업에 투자를 한다면 세계최강의 경제력을 키워나갈 수도 있지 않겠는가. 또 실업자 구제책에 사용한다면 이상적인 복지국가로 발돋움할 수도 있을 것이다.

전쟁이 났다하면 자동으로 개입해야 할 미국에서 외면한다면 우리나라의 재래식 무기로 핵무기 공격을 과연 방어할 수가 있을까? 미국에게 지원 요청을 아니 할 수 없는 처지이기에 전작권이 미국에 있을 때와 이런 상황이 다르다. 또 전쟁의 비용과 군사력에 대하여도 우리 국민의 부담으로 몽땅 감당해야 한다. 더구나 우리나라 국방비는 대통령들의 눈먼 쌈짓돈이라니 정말 그럴까?

불구하고 노무현 정권이 2007년 2월 23일 박아 놓은 대 못질이 한반도 안보를 비대칭 구조로 고착시키는데 결정적 역할을 했다. 그렇다면 노무현 정부에 놀아난 우리 국민들은 다시 한 번 안보태세에 촉각을 곤두세워야 할 판이다.

MB의 그랜드 바겐

1.

그렇다. 김정일은 한국의 대통령 DJ와 MH을 손바닥 위에 올려놓고 마음대로 정사를 펼치고 있다. 북한이 완전 우리 국민의 안보를 가지고 노는 판이 되고 말았다. 보기 좋게 DJ와 MH을 이용했던 북한은 MB 정부도 같은 꼴로 취급해 금강산 관광객 박왕자 사살, 개성공단 폐쇄조치, 제2차 핵실험, 미사일 세례, 임진강 물 폭탄 등 정신이 없을 정도로 MB정부를 압박하면서 이젠 평양으로 돈 가지고 오라고 압력과 다름없는 행위를 서슴지 않고 있으니 이게 건전한 나라꼴이라 말할 수 있을까? 이명박도 마찬가지 김영삼처럼 허세로 뻔쩍거리기 좋아하는 인물이 아닌가?

'북한이 이명박 대통령을 평양으로 초청했다'고 미국 국방부 차관보가 발표한 말은 우리에게 커다란 충격이 아닐 수 없었다. 다행히 외교적 발언의 파장이라고 오해는 풀렸으니 다행, 한때 우리 국민은 긴장할 수밖에 없었다.

이명박 대통령의 그랜드 바겐(일괄적 타결)에 미국이 왜 지나치게 민감한 반응을 보였는지 그 이유는 미국으로서는 북미대화보다 남북 정상회담을 먼저 성사시키려고 하는데 못마땅했던 것이다.

영악한 김정일과 북미직접회담 쪽으로 내닫다가 갑자기 미국에서 유턴하여 남북 정상회담 카드를 사용했고, 이에 이명박 대통령은 그랜드 바겐으로 화답을 하므로 미국 정부가 김정일과 이명박으로부터 뒤통수를 맞은 꼴이 되었다. 따라서 김정일은 한미동맹을 이간질하는데 성공했고, 남북 정상회담과 북미직접대화 카드를 양손에 쥔 격이니 바둑판에서 꽃놀이패를 잡게 된 셈이다.

미국과 한국이 김정일의 외교 전략에 완벽하게 놀아난다는 것은 교활한 김정일의 전략에 이용당한 꼴보다는 우리 대통령들의 무능이다. 한반도 전쟁을 호시탐탐 야기 시키고 있는 김정일을 또다시 그랜드 바겐으로 인하여 확인한 꼴이 되었다.

언론에서 나온 액수는 5천억 원이라고 했다. 카톡으로 떠도는 액수는

3조 원이란 말도 있고 5조 원이란 말도 있다. 어쨌든 돈 보따리를 들고 방북해 김정일을 만나서 사진을 찍고 온 덕으로 DJ는 노벨평화상을 탔다. 하락하던 국민의 지지도가 70%로 상승도 했다. 늘 바닥을 치던 노무현의 인기도 김정일을 만나고 와서 그 지지도가 53.7%까지 치솟았다. 어쨌든 김정일만 만나고 오면 금방이라도 한반도에 평화가 오는 양 집권자들의 인기가 수직 상승하고 있으니 경이로운 일이 아닐 수 없다.

바닥을 맴도는 MB도 돈 가지고 이북에 가서 김정일과 사진을 찍고 오면 국민의 지지도가 올라갈까? 김정일 존재가 무엇인지는 몰라도 김정일만 만나면 통일이 당장이라도 올 것만 같은 국민의 기대감도 문제는 있다고 할 것이다.

지지도에 목말라하는 대통령들에게의 김정일은 우상 같은 존재로 부각된 지 벌써 오래다. 돈 받고 남북 정상회담을 파는 식 이런 김정일의 장사꾼 수단을 DJ와 노무현은 몰라서 농락을 당하고 있는 걸까? DJ이나 노무현은 김정일의 속셈을 뻔히 알고는 있지만 김정일을 만나서 손해 볼 일은 개인적으로 하나도 없다는 식이다. 김정일을 만나기만 하면 화려한 조명을 받으면서 노벨상도 타고 지지도가 올라가니 땅 짚고 헤엄치기 아닌가. 한껏 사리사욕을 채울 수도 있다. 하긴 국민의 세금으로 인심 써가며 재미를 붙이는 귀재들이 좌파정부에서 DJ와 노무현뿐이겠는가.

남북 정상회담을 한답시고 국민 혈세로 김정일의 굶주린 허기나 채워주고 우리 국민 심장을 겨누도록 핵무기를 제조하는데 돈을 대줬으니 한반도의 안보 파탄의 주범은 결과적으로 그들 민간 대통령들이 아니겠는가. 경제적으로 국력을 약화시킨 YS도 마찬가지 3대 민간정부 중한 사람이다.

이런 좌파정권의 안보 파탄에 분노한 보수 세력이 혁명하듯이 높은 지지도로 MB정부를 탄생시켰다. 그런데 김정일로부터 핵무기 실험과 미사일 발사 등 물 폭탄을 맞았음에도 불구하고 단지 이산가족 100명 상봉시켜주었다고 그런 꾀에 대통령들이 간한(奸漢)해서 돈 싸들고 김정일을 만나러 방북한다니 참으로 어처구니 없다. 우리나라 대통령들이 남북 정상회담의 환상에서 어서 빨리 깨어났으면 한다. 노벨평화상으로 국민의 안보를 팔아먹어서야 되겠는가?

2.

자기들이 필요한 대로 약속을 함부로 버리는 김정은과는 타협의 여지가 없다.

첫째, 그랜드 바겐이 성사될 때까지 남북정상회담을 서둘러서는 절대 안 되며

둘째, 핵을 완전폐기하기 전 대북 퍼주기도 안 되며

셋째, 군사작전에 한미동맹보다 우선해서도 안 될 것이다.

예측이지만 박 대통령은 자기 임기 내 무력으로라도 통일을 시키고자 했단다. 그런데 안타깝게도 DJ와 노무현은 김정일의 종북(從北)파 이었기에 또 신중하지 못한 이명박 대통령이기에 김정일은 마음대로 가지고 노는 꼴이 되었다는 것이다.

특히 노무현이 저질러 놓은 정책으로 전시작전통제권 환수문제로 한반도 안보에 정치권은 물론 국민의 안보에 심각한 위협으로 다가오고 있음은 물론이다. 노무현은 계획적으로 국력을 약화시키는데 정책을

쏟아부었음은 말할 것도 없고, 북한이 핵무기를 개발하도록 그 비용을 감당해 주었으니 잊어버린 지난 10년의 세월은 어쩜 적화통일의 기회를 만들어 준 셈이 되었다.

3.

북한의 도발은 최근 서해교전 뿐만이 아니다. 소련 레닌의 사회주의 혁명이 그랬고, 중국에 모택동의 국, 공 대립이 그러했듯이 공산주의자들은 힘 빼기 위하여 끊임없이 도발한다. 도발하다가 불리하면 뒤로 숨고 유리하면 공격을 하는 식이다. 그러다가 결정적인 기회다 싶으면 총공격을 개시하는 수법이 공산당들의 작전이다. 그렇게 해서 레닌도 성공했고 모택동도 성공했듯이 북한의 김일성이나 김정일도 다르지 않다. 6·25남침도 그런 식이었듯이 분단 후 북괴의 도발은 포기를 모르고 지속되고 있다. 청와대를 폭파하려는 1·21 사태가 그러했고, 아웅산 사태가 그랬으며, 김현희 KAL기 폭파사건이 그러했는가 하면, 프레플로호 납치 사건과 도끼만행 사건, 울진 무장공비 사건과 납북어부 사건 등 헤아릴 수 없는 도발을 일삼아 오면서 ISBM 탄도미사일 북극성 3형을 시험 발사하지 않았던가? 북괴의 흉계는 그렇게 계속 기회를 노리고 있다가 총 공세를 하겠다는 수작이다.

어쨌든 북한은 지금 핵무기를 가지고 있다. 조금이라도 안보에 허점이 생기면 우리나라도 언제 러시아의 황제 니콜라이 2세의 꼴이 될지 모르고, 중국의 장개석 꼴이 될는지 아무도 장담 못 한다. 만약의 경우 6·25와 같은 전쟁이 다시 일어난다면 그땐 북한의 핵폭탄이 전 국토를 쑥대밭으로 만들 것이다. 전쟁을 승리로 이끌기 위한 방법이라면 북괴는 수단 방법을 가리지 않을 것이 뻔 한일 전쟁만 이길 수 있다면 핵무기보다도 더한 것도 사용에 망설이지 않을 북한의 전략이다. 북한이 핵무기를 포기하지 않는 한 우리는 잠시도 안보에 소홀해서는 안 된다는 결론이다.

4.

참여정부가 가장 강조한 것은 자주국방이다. 우리 스스로 국가 안보를 지키자는 뜻이다. 그런 노무현의 주장이 한미동맹을 해체하기 위한 겨냥이고 그 핵심은 전시작전통제권 환수다. 언제까지 우리의 안보를 미국에 의존할 것이냐 한다. 즉 전시작전통제권은 국가 위상을 해치는 괴물이란다. 또 한반도에서 전쟁이 발생했을 경우 작전권이 없는 대통령이 북한의 핵무기 앞에서 방어를 어떻게 할 것이냐다. 국군에 대한 지휘권이 없다는 주장이다. 강력한 대통령의 지휘권이 있어야 자주국방 태세로 거듭날 수 있단다. 대한민국 국민이라면 자주국방을 반대할 사람이 없다고 자존심을 건드리기까지 하면서 우리 힘으로 우리의 국토와 민족을 지키는 것은 당연한 일이라고 했다. 우리의 국민 스스로 북한의 핵무기를 막자는 것이다. 참으로 엉뚱한 지론 교활하기 그지없는 행위였다.

문제는 역량이다. 국방은 입으로만 되는 것이 아니다. 노무현 정권 시절 군 수뇌부 정치군인들이 우리 군의 역량을 어떤 식으로 평가 노무현에게 보고를 했는지 모르겠으나 그러나 DJ 정권 시절의 행태를 보면 알 수 있다. 서해교전에서 우리 해군의 작전을 묶어 놓아 뻔히 이길 수 있는 전쟁을 눈 뜨고 당하게 만들고, 국가수호를 위하여 그토록 숭고하고 명예롭게 죽은 병사들의 장례식조차 외면했던 정권이었는데 노무현정권이라고 달라졌겠는가. 어쩌면 노무현 정권은 한술 더 뜰지도 모르는 일이다. 군 통수권자는 바로 대통령이다.

장군의 소환

1.

전시상황에서 대통령의 권한은 절대적이다. 그런 명령권에도 불구하고 미국의 경우는 작전권을 놓고 장군들이 목숨 걸고 통수권자의 명령을 거부 자신의 소신을 대담하게 피력한 예가 있다.

6·25전쟁 때 만주 폭격을 주장하다가 트루먼 대통령에게 소환을 당했던 맥아더 장군이 그랬고, 주한 미 연합군 사령관 소장 싱글러브 장군도 그랬다. 이라크 전쟁에서도 반대하여 물러났던 장성들이 있는가 하면, 최근에 오바마 대통령의 아프간 정책에 공개적으로 반대한 매크리스털 사령관도 대통령의 명령을 반대했다. 그래서 본국으로 소환을 당했다.

정권을 초월하여 국가와 민족의 안보를 지키는 것이 군인의 정신이요 사명이다. 대통령은 군사전문가가 아니다. 군을 믿고 국민이 생활에 전념할 수 있는 용감한 군의 정신이 필요하다. 그런데 그런 소신 있는 군인이 요즘은 국민의 눈에 안 보인다는 것이다. 불구하고 국가 안보상 전시작전권 회수가 불가능하다는 것을 뻔히 알면서도 이를 대통령에게 건의조차 못 할뿐더러 권력의 눈치나 보며 자리보존이나 하는 군 수뇌들만 있으니 한심한 노릇이 아닐는지? 그래서 이중 국적을 가진 사람들이 점점 늘어나고 있다. 유사시는 미국으로 도망가겠다는 것이다. 그렇다. 남북 간에 전쟁이 났다면 피난지는 미국이다. 미국으로 가면 살 수 있다. 대신에 돈이 있어야 한다. 돈이 없으면 미국으로 피난을 갈 수도 없다. 이를 대통령 자신은 뻔히 알면서도 2012년 4월까지 한미연합사 해체에 서명했다.

북한의 김정일과 김정은에게 우리나라 대통령들은 오금을 못 펴는 까닭은 과연 무엇일까?

그렇다. 이는 분명 국가와 민족을 적에게 들어 바치는 반국가적 행위가 아닐 수 없다. 국민 안보를 무시한 그들이야말로 부당한 줄 알면서도 전시작전권 회수에 서명 날인했으니 이건 이적행위다.

노무현의 정책대로 전시작전권을 회수했다고 치자. 국방장관이 호언장담하듯이 선제공격으로 북한의 핵무기를 격파한다는 것이 과연 가능할까. 한발의 핵폭탄에도 서울 시민의 1000만 명 사상자를 낼 수 있다. 천억 달러의 재산 가치에 피해를 볼 수 있는 시뮬레이션(2007년 국가비상계획위원회 연구과제)의 결과를 뻔히 알면서도 무작정 전시작전권만 환수하면 저절로 통일이 된다는 착각들을 하고 있다는 것이다.

세계 2위 군사대국으로 부상한 중국을 뻔히 보면서 우리나라가 말로만 자주국방을 외친다 해서 국토방위를 감당할 수 있겠는가?

6·25 당시다. '삼팔선은 이상 없느냐?' 이승만 대통령의 질문에 신성모 국방장관은 아침은 해주에서 점심은 평양에서 저녁은 신의주에서 할 수 있는 국방력을 가지고 있으니 걱정말라고 황당한 대답을 했다는 설화가 오늘날 웃음거리로 되고 있다.

그 무렵 북한이 하루에 10km씩 남한을 점령한다면 50일이면 부산까지 점령할 수 있다고 판단했다니 너무도 비현실적 입장에서 지금 노무현 대통령이나 군 수뇌부들은 우리가 선제공격을 하면 북한을 제압할 수 있다고 장담을 한다. 북한의 핵무기를 재래식 무기로 제압을 하겠다니 6·25 때 신성모 국방장관의 무책임한 국방정책과 무엇이 다르랴? 현재도 앞으로도 우리는 북한의 핵무기 영향력에 영원한 볼모가 될 것이다.

이승만 대통령에 의하여 얻어낸 전시작전통제권으로 인한 안보를 왜 우리 대통령들이 허물지 못해 안달들인지 안타깝다. 동북아 국가들이 서로 믿을 수 있는 집단안보가 정착될 때까지 우리는 한사코 국방만큼은 미국과 협력을 같이 해야 할 형편이다. 더 이상 허망한 자주권에 매달려서는 안 된다는 것이다. 노무현 대통령이 저질러 놓은 전시작전권 환수문제는 다음 정권에 큰 부담을 주는 일이기에 다시 원점협상을 해야 된다고 승민은 주장했었다.

노무현의 주장대로 남한의 재래식 무기는 설령 북한의 전략을 앞서간다 해도 핵무기 몇 개면 남한은 완전 불바다가 된다.

일본의 히로시마와 나가사키가 우리의 눈앞에서 이를 증명하고 있지 않은가. 경제가 앞서고 재래식 무기가 아무리 우수하다 한들 북한의 핵무기를 어떻게 감당할 것인가.

노무현 대통령이 투신자살을 했다. 부정비리를 캐는 검찰의 칼날을 못 비켜 생을 포기했단다. 그런 그의 주검은 모든 과오를 혼자 가지고 간 것일까 아니면 주검으로 부정에 대한 결백을 항거한 것일까?

2.

어쨌든 전시작전통제권에 대한 그의 실정(失政)에 책임은 반드시 물어야 한다는 것이다. 분단된 국가에서 나라가 가난했으니 외국의 지원을 받을 수밖에 없었고, 미국의 잉여농산물을 얻어다 국민을 먹여 살렸을망정 정치외교에서 이승만 대통령은 절대 비굴하지 않았다. 국제 사회에서 언제나 당당하게 자리매김을 했고 특히 외교 분야에서 만큼은 확고하게 자기 뜻을 펼쳤다. 실리적인 입장에서 세계적인 영웅으로 인정을 받던 그를 승민도 평상시 존경하는 건국 대통령이기도 하다. 경제 대통령을 군사독재자로 몰아붙이면서 민주화를 부르짖는 시위주동자들이 내용적으로 돈은 더 밝히고 있으니 과연 경제 노예라고 과거 정부를 탓할 자격이 있을까? 괴이한 일이 아닐 수 없다. 386세대들이 그러했듯이 언젠가는 학생들에 의하여 국운을 망칠 시대가 또 다시 오지 않는다고 보장은 없다.

반공포로 석방과 이승만

1.

맥아더 장군도 이승만 대통령은 비록 가난하고 분단된 나라 대통령일망정 존경스런 인물이라고 칭송을 아끼지 않았고, 그가 본국으로 소환되면서 그 후임으로 부임했던 매그루더 장군이 한미연합사령관직을 감당했지만 그런 막강한 임무를 띤 그도 이승만 대통령 정책 앞에서는 제대로 자기 뜻을 펼치지 못하고 순응했다면 거짓말이라고 할까. 그런 매그루더 장군 앞에서도 이승만 대통령의 정책은 거침이 없었다 한다. 이승만 대통령은 초대 주둔군사령관 하지 장군까지 뛰어넘어 맥아더 장군과 군사적 정책을 논의했음은 물론 워싱턴 당국과 정치협상을 직접 했다니 자랑스럽지 않은가. 그런 이승만 대통령의 정치적 의지 때문에 독단적으로 반공포로들을 석방했는지도 모른다. 비록 약소국가 대통령일망정 외교적 차원에서는 비굴하지 않았다는 사실과 함께 소신이 확고했다 하겠다. 세계사 전무후무한 일이다. 세계 제2차대전의 영웅 처칠경도 이승만의 반공포로 석방 소식을 접하자 밥을 먹다가 숟가락을 떨어트렸다는 일화가 전해오고, 아이젠하워 대통령은 이승만 대통령에게는 무어라 질책을 못 하고 포로 관리를 어떻게 하였기에 저런 일이 벌어졌느냐고 맥그루더 주둔군 사령관에게 노발대발했다는 일화가 있다. 그랬다. 6·25전쟁 발발 후 1952년도 대통령에 당선된 아이젠하워는 한국 대통령 이승만과 사사건건 마찰을 빚었다. 중공군의 참전으로 전황은 예측 불가능 혼전을 거듭할 때다.

승패를 가름할 수 없었던 한국전쟁에서 휴전은 불가피한 상황 미국 정부를 비롯해서 국민까지 원성이 높았다. 그랬다. 남의 나라 전쟁에 미군의 희생자가 54,246명이나 되었고, 유엔군이 628,833명(한국군 포함) 전사를 했으며, 실종자가 미군 8,177명, 유엔군 470,267명(한국군 포함)이 희생되었다니 얼마나 치열한 전쟁이었던가 짐작이 가는 대목이다. 그런데도 승리는커녕 휴전도 못하고 있으니 더 이상 미국이 희생할 수 없다는 것이다. 그런 미국의 입장에서 이승만 대통령은 절대 휴전을 반대했다. 이대로 휴전을 한다면 언젠가 통일을 위한 전쟁으로 제2의 6·25를 가져올 텐데 그 비극을 또 다시 우리나라가 겪어야 하느냐고 반대를 했고, 미국이 분단을 시켰으니 미국이 책임을 져야 하지 않느냐고 주장을 했다. 거기에 반공포로 석방이라든지 전시작전통제권이라든지 제반 문제를 놓고 아이젠하워 정책은 한국의 이승만 대통령에 의하여 모두 좌절되는 판이니 미국 국민이 보기에도 답답했다. 뭐 하나도 해결되는 것이 없다고 미국 국민의 불평불만이 쏟아졌다. 미국의 대통령이 무능하기 때문이라고 취급을 했다. 사실 아이젠하워는 닉슨과 같이 탄핵을 당한 일도 없고 주니어 부시 대통령처럼 경제를 망친 대통령도 아니다. 아이젠하워는 정책적으로 실수를 한 일도 없고 부정을 한 일도 없으며 내란과 외침을 당한 일도 없다. 단지 이승만의 한반도 정책에서 고전을 거듭했고 소신을 잃었다는 이유로 미국의 역대 대통령 중에서 가장 무능하다고 비난을 받게 된 것이다. 주객이 바뀐 상황에서 미국의 대통령이 이승만 대통령의 정책에 질질 끌려 다닌다고 비난을 받았다는 것이다.

반공포로 석방, 이 문제만큼은 단독으로 결정하지 않으면 안 될 중대 사안이었고 누구도 할 수 없었던 오직 대한민국 대통령만이 용단을 내릴 수밖에 없었던 문제였다. 정치적으로 생명을 걸고 누가 그런 모험을 할 수 있었겠는가?

그렇다. 반공포로로 석방된 사람들은 6·25남침 당시 남한 땅에서 강제로 북한의 의용군에 끌려갔던 젊은이들이다. 비록 적군일망정 엄연한 남한의 젊은이들이었다. 그들은 사상도 이념도 없는 순수한 포로들로 공산주의가 무엇인지도 모르는 사람들이다. 그 사람들은 고향도 이남이요, 부모 형제를 비롯 가족들이 모두 이남에 살고 있었다. 북한과는 아무런 관계가 없는 사람들이다. 그런 그들이 포로교환으로 인하여 이북으로 강제로 북송된다면 그들의 처지가 어떻게 되겠는가 싶다. 또

본인들이 그걸 바랄 턱도 없었다. 그들은 남침 당시 인민군에게 억지로 끌려가 북한의 의용군이 된 것이다. 우리 국군과 강제로 전쟁을 했을 뿐이지 그들의 사상과 이념이 다른 것은 아니었다.

이 문제는 전, 후 협상 포로교환 문제로 커다란 논제가 되기도 했다. 제네바 협상에서는 전쟁이 끝나는 대로 모든 포로를 무조건 송환한다고 되어있었다. 그런데 공산군 포로 중 포로교환을 거부하는 자들이 있었다. 그들이 바로 강제로 의용군에 끌려갔던 포로들이다. 그런 그들을 이북으로 송환되는 것을 절대 반대를 했던 것이다. 1951년 말 유엔군 조사에 따르면 전체 16만 명의 포로 중 과반수가 북한이나 중국으로 송환을 거부하고 남한에 남거나 제3국으로 가기를 원했다. 물론 중공군이나 인민군들은 당연히 자기들 나라로 송환되기를 원하고 주장했지만 의용군들의 입장은 달랐다. 본인이 원치 않는 그들을 대통령의 입장에서 북한으로 강제로 송환되어가는 꼴을 차마 외면할 수는 없었다.

고심 끝에 내려진 이승만 대통령의 결단이었다. 강대국이나 유엔의 눈치나 살폈던들 그런 결단이 내려질 수 없었다. 누구의 조언도 없이 단독결단이었다. 더구나 우리나라의 능력도 아닌 유엔의 도움으로 전쟁과 안보를 구걸하는 처지에서 그런 독자적 행위는 어떻게 보면 유엔군으로부터 이적행위로 오해받을 소지가 충분히 있었던 사안이었다.

2.

1953년 6월 18일 새벽 2시다. 이승만 대통령의 결단으로 반공포로들을 석방했다. 3만5천 명이라고도 하고 2만7천여 명이라 하기도 한다. 거대한 병력을 석방 귀가를 시켰다. 본인들은 물론 인도적인 차원에서도 백 번을 생각해도 잘한 일이었다. 제3국을 선택한 이들 중 69명은 미국을 원했지만 남미로 갈 수밖에 없었고, 5명은 인도를 선택하기도 했단다.

당연한 것 같이 여기지만 반공포로로 석방된 인물 중 이적행위나 간첩 활동으로 인하여 국가적으로나 사회적으로 물의를 일으킨 자들은 단 한 사람도 없었고, 개중에는 본인의 희망에 의하여 국군으로 편입되어 재복무한 사람도 있었다. 휴전협정과 전시작전권 그리고 반공포로 교환문제까지 이승만 대통령은 고심 많이 했다. 엉뚱하게도 조병옥은 유엔과의 타협과 승인 없이 반공포로들을 단독 석방했다고 외신기자들을 모여 놓고 인기 발언으로 맹비난을 퍼부었다. 싸움 말려놓으니까 생색내는 자들과 똑같다. 조병옥은 대선에 출마 선거운동 중 폐암으로 미육군병원에서 수술을 끝낸 다음 바로 세상을 떠났다. 의료사고로 죽었다. 하소연도 못하고 죽었다.

만약의 경우 석방된 그들 중 이적행위를 했다면 이승만 대통령의 통치에 막대한 악영향을 끼쳤겠지만 다행스럽게도 그들은 우리 조국의 품에 안겨 가족들과 함께 국민의 본분을 지켜가며 각 분야에서 열심히 일했고 건전하게 그들끼리의 모임도 가져가며 국가와 사회 발전에 기여를 했다. 이승만 대통령의 정치적 현명한 판단이었다.

당시 우리나라는 경제도 세계에서 제일 가난했고 지식과 문화도 가장 뒤떨어진 빈민 국이었다. 해방 후 문맹자가 80%였다니 국민의 무식이 얼마나 심각했는가 알만 한 일, 인재 양성은 국가발전에 기본전략이라 이승만은 자탄했다.

서재필 박사와 함께 이승만 박사는 제1호 미국 유학 출신이요 정치,

경제 철학의 학위를 취득했다. 조선은 학위는 물론 초등학교도 없던 시절이었다.

5·18 진상규명

1.

이 땅에 민주주의를 정착시켰다고 외치는 386 세력들이 그런 투쟁 공로로 위세가 대단하다. 그 세력들로 응집한 현 정부가 소득주도성장이란 보도 듣도 못한 정책을 내걸고 행진을 거듭하고 있다. 그리고 과거 정부에서 정권 탈취로 민주화운동을 할 때 탄압을 받았다는 세력들이 지금은 득세를 부리고 있으니 앙갚음 또한 없지 않을 것이다.

2.

5·18 또한 비폭력으로 질서와 법을 지키며 평화적 시위를 했다면 이 땅에 민주화 뿌리가 내려 아름답게 꽃을 피웠을 것이나 그렇지 못해 유감스럽다.

김수남 박사 그는 호남 출신으로 광주고등학교를 졸업했고 국방대학원 현역교수로 있을 때, 영국에 에버런 대학에 유학 정치학 박사학위를 받았다는 분의 증언이다.

3.

시위 때문에 광주는 늘 시끄러운 도시다. 5·18 때도 그랬다. 전남대

학생들에 시민들까지 합세 산발적으로 일어났다. 경찰력으로는 진압이 불가능해 군까지 투입했다. 당시 박정희 대통령이 저격을 당하고 12·12 사태가 벌어졌으니 사실 무정부 상태였다. 쿠데타를 일으킨 군이 시위대에 물러날 태세는 절대 아니다. 여기에 맞선 시위대는 방위산업체를 습격해 트럭을 탈취한 뒤 광주 시내 곳곳에 유치되어 있는 40여 군데의 예비군 무기고를 탈취했단다. 그 무기들로 하여금 경찰관서들을 여러 곳 습격 점령했다. 극한적 상황이었다. 진압군 부대와도 총격전을 하며 시위대가 도청까지 점령하는 결과를 가져왔다. 그 과정이 전쟁을 방불케 했다. 시위대는 형무소까지 습격을 했단다. 또 북한군이 약 600여 명이 참여했다는 설도 있다 했다. 북한의 청진에는 5·18에 참전 사망한 자들의 묘지가 있는가 하면 참전 기념회가 있다는 설도 있다지만 확실한 근거는 없다. 온통 광주는 무법천지가 되었다.

그렇다. 시작은 민주화 운동이었으나 시위 과정에서 전쟁으로 변했다. 대개의 경우 우리나라 시위대들이 민주화를 외치며 시위를 하지만 시작과 달리 폭력이 늘 난무했다. 이건 민주화가 아니라 권력을 놓고 다툼하는 폭동일 뿐이다. 불행하게도 시위대가 약 650여 명이 죽는 사태를 가져왔는가 하면 군, 경도 27명이나 사망을 했단다. 군경이 사망했다는 사실은 처음 밝혀진 사실이다.

5·18진상위원회에서 누가 발포 명령을 했는지 밝혀내지 못하고 있지만 사실 발포명령자가 없다는 것이다. 왜냐하면 진압 과정에서 전우가 피를 흘리며 쓰러지면 그 피를 본 전우들이 충격을 받아 그 분노가 폭발해 총격전을 불사하듯이 10일간의 5·18의 총격전이 그러했다. 유감스런 일이지만 이건 완전 전쟁이었다. 비극이 아닐 수 없다. 유공자는 5

천여 명이 넘는다 했다. 지금도 계속 늘어나고 있단다. 국가의 표창이나 훈장은 공적조서에 의하여 수여하지만 5·18 유공자들은 공적조서를 공개하지 않으니 실지 공적서가 없다는 것이다. 5·18 진상은 그들이 밝히지 않으면 영원히 동면할 수도 있다. 너무도 숨겨진 사실들이 많고 유언비어가 많다고 한다. 유공자 중에는 이 나라에서 내노라 하는 정치인 중 두 명의 대통령도 있고, 현역에 정치인을 비롯한 13명이 포함되었다니 이 또한 유감스런 일이다. 누구하면 전 국민이 알 만한 사람들이다. 그 당시 13세 되는 경상도 어린아이도 있었고, 간첩 활동을 했다고 구속된 사람도 끼어 있다니 너무도 웃기는 일이다.

4.

6·25전쟁의 목적 그 시점은 보기에 따라 저마다 이해가 다르겠지만 그런데 6·25는 통일도 하지 못한 채 죽고 죽이는 전쟁으로 400만여 명이나 희생이 되었다 하듯이 5·18 역시 이념적 전쟁이라 해야 할까 아니면 민주화 전쟁이라고 해야 할까 아니면 권력투쟁이라 할까, 같은 민족끼리 6·25전쟁과 다름없이 시위대와 진압군이 총질을 하면서 한때나마 치열했던 전쟁을 방불케 했다니 이 또한 유감이다. 승패가 가름 나던 순간까지 전쟁을 했다. 결과야 뻔했다. 정부군을 시위대가 이길 수 없었던 충돌이었다. 따라서 피해도 희생도 컸다. 그래서 국민은 한때나마 시위대 쪽에게 후원도 했고 동정도 했다. 그래서 그들에게 5·18은 혁명이라고 기호도 주웠고 기념일도 주었으며 성역화도 시켜주었으며 죽은 자들을 위해서 현충원도 세워주었다.

그들 가족에게까지 국가나 사회적인 입장에서 각종 혜택을 주었다.

그 혜택이 열세 가지나 된다. 공무원 시험에서 10% 가산점도 주고 의료 혜택을 비롯한 세금혜택까지 주었으며 자녀들 교육비와 취업까지 혜택을 주었다. 그런데 그들에게 엄청난 액수의 보상을 해준다니 문제가 있다. 6·25 참전 용사들만큼만 해준다면 누가 유감이라 하겠는가? 그런데 그 탐욕이 그치질 않으니 문제가 있고 5·18 이념이 국민으로부터 외면을 당한다는 것이다. 지금도 유공자가 계속 늘어나는가 하면 보상금을 요구한단다. 5·18에 가담했다고 두 사람 이상 보증만 세워서 신청만 하면 이를 5·18 혁명위원회에서 심사하고 그 심사에서 통과하면 유공자가 되어서 보상금을 타고 각종 혜택을 누린단다. 그래서 그런 신청자가 기하급수적으로 계속 늘어나고 있단다. 이런 현상은 앞으로 1년이 갈 지 10년이 갈 지 모를 일이란다. 정말 5·18 정신을 살리고자 한다면 조용히 국민들의 공감을 얻어야 할 일이다. 때문에 이런 행위부터 시정하고 또한 근절해야 한다는 것이다. 부끄러운 일이 아닐 수 없다.

오백 년 유구한 역사를 가진 조선왕조가 망하게 된 원인도 끝내 탐욕을 버리지 못한 대원군 이하응의 권력욕이었다. 청·일 전쟁과 명성황후 시해 사건 그리고 을사보호조약에 따라 나라가 망하도록 원인을 제공한 대원군과 동학란이 혁명으로 재조명 된다하니 바로 이런 것이 적폐청산이란 말인가? 분명 동학란은 대원군 이하응의 주도 아래 일어난 민란이다. 더구나 민란으로 국력이 약화되어 망국으로 가는 판에 그래서 36년간이나 아니 명성황후 시해 사건 때부터 따진다면 52년간이나 국권을 탈취당한 사건인데 동학란이 혁명이라니 끝내 JY정부는 그런 사람들에게 인심이나 쓰면서 보상국가로 탈바꿈하겠다는 것인가. 그렇다면 동학란에 희생된 당사자들이 얼만큼 된다는 것인가? 우금치에서

만도 10명이 일본에게 죽었다고 한다. 그렇다면 몇 명이 되겠느냐? 약 30만 명과 집계가족들 그렇다면 그들마다 보상금을 주겠다고? 그럼 그들 유가족에게 주는 보상금은 얼마로 결정될 것인가. 5·18이나 세월호 사건 만큼 보상을 준하면 나라 살림이 거덜 날 일 아닌가?

2020년 9월 17일자 국방장관에 임명된 서욱은 첫 번째 취임 소감으로 미국으로부터 전시작전통제권을 환수 받는 날까지 차근차근 국방업무를 실행해 나가겠다고 언명했다. 그러면서 국가의 위상을 지키겠다고 했다. 문재인 정부 사람들 통일 정책에 너무 많이 착각하는 것은 아닐까? 수소폭탄까지 보유하고 있는 김정은에게 재래식 무기로 대항하겠다는 것은 속임수 변명이 아닌가 싶다. 어떻게 그렇게 쉽게 나라를 바치겠다는 것인지 이해를 할 수가 없다.

분명 임진왜란 때 이순신 장군과 나라를 지킨 사람들은 호남인들이었다. 그 숭고한 애국심을 백성들은 기억한다. 명랑해전에서 300여 척의 왜적선을 열두 척으로 물리쳤다니 얼마나 숭고한 충성심이던가? 역사에 길이 빛날 23전 23승의 호남인들의 전과다. 그렇다면 희생된 그들에게 보상을 해주었던가?

보상 공화국

그렇다. 금남로에서 시위대와 진압군의 총격전이 치열했었다. 거기에서 시위대와 진압군 누구라 할 것이 없이 많이들 죽었다. 전남도청을 점령할 때도 총격전이 치열했다. 진압군도 죽었고 시위대도 죽었다. 결코 무혈입성이 아니었다. 시위대 습격으로 경찰무기고와 예비군 무기고를 40곳이나 점령 탈취했다. 경찰관서를 습격 불태우며 무기를 탈출하는 과정에서도 폭력이 난무했는데 과연 경찰들은 무사했다는 것인가. 누가 그런 짓을 했는지 아무것도 진상에 밝혀진 바가 없다. 정부 공식발표에서는 물론 언론에서도 군, 경의 사망자가 한 명도 없었다는 것이 이상할 뿐이다. 시위대에 의하여 기아자동차도 탈취를 당했다. 그런데 그들의 희생에는 정부를 비롯한 언론들도 한마디 언급이 없다. 누가 누구에게 어떻게 죽고 어떻게 희생되었는지 30여 년이 지난 오늘날까지 정부에서는 한마디 언급이 없다. 보상은 해주었는지, 그들도 5·18 유공자에 선정이 되었는지 아무도 모른다. 유감스런 일이라 하겠지만 그들로 하여금 보상국가로 거듭나면서 국민은 세금 폭탄을 맞을 수밖에 없질 않았나 싶다. 정부에서 보상을 해주었다 하면 보통 10억대다. 진정 5·18이 혁명이라면 보상을 받지 말았어야 임진왜란에 희생된 후손들에게 부끄럽지 않을 것이다.

5·18은 신군부에서 김대중을 체포하는 바람에 광주에서 시작된 시위다. 김대중을 대통령 시키기 위하여 호남사람들은 똘똘 뭉쳤고 따라서 혈안이 되어 있었는가 하면 죽음까지 각오했던 사실이 아니던가? 이게 지역감정이기도 하다. 그래서 호남사람들은 모두 좌파로 오해를 받는 것도 사실이다.

대한민국은 데모 천국이요 보상국가로 탈바꿈하는데 정부에서 인색하지 않는다. 국민 인권 정책이란다. 근로자들의 임금인상에 따른 시위는 YS 때부터 장마에 봇물 터지듯 했고, DJ정부 때부터는 북괴를 북한으로 호칭을 하도록 했는가 하면 박종철, 이한열, 5·18 희생자들을 비롯한 시위주동자들을 민주화의 투사로 승화시키고 영웅화시키면서 그랬다. 그렇다면 치안 차원에서 시위군중과 맞서 진압하려다가 5·18에 희생된 27명의 경찰이나 군인들은 시위군중 앞에서 악명 높은 폭군으로 인정이 된다는 것인가?

12·12 사태 때 진압군으로서 특전대 김오랑 소령만 죽었겠는가? 혁명군과 진압군의 총격전에서 많이 죽었다. 몇 명이나 죽었는지 밝혀진 바 없다. 그럼 그들은 모두 개죽음, 소모품 인생이었던 말인가?

그들 유공자가 보통 유공자들이라 하던가. 취업은 물론 대학까지 그들 자녀들은 무상 교육이다. 그러니까 유공자가 되기 위하여 저마다 혈안이 되어있고, 그렇게 되었다면 그 집안은 영광의 유족이 되면서 사회 진출에 길이 훤히 트인다. 그러니까 5·18 하고는 아무 상관이 없는데 거물급 정치인들도 유공자로 추서된 인물들이 많다 하니 서로 나눠 먹기 식이 아닌가?

혁명으로 추서하는데 노력했던 정치인들이 모두 유공자로 임명되었단다. 국회의원이었고 현 국정원장을 지내고 있는 박 모 씨를 비롯해 여러 명이 유공자가 되었단다. 그렇다면 시위를 진압하려다 죽은 경찰이나 군인들은 개죽음이란 것인가? 그런데 시위현장에서 억울하게 희생된 전, 의경들이나 그 유족들에 대한 보상은 국민의 혈세로 안 된다니 부정부패로 재산을 축적한 그들의 사유재산으로 직접 보상을 해줄 의사는 없는 건지 묻고 싶다. 세월호 사건 같은 경우는 나라법이 있어 10억 내지 15억 정도씩 보상을 해주었고 각종 제도혜택을 주었다는 것인가? 말이 쉬워 15억이지 누구든 15억 재산이면 세계 어느 나라를 가던지 중류 급이 된다.

중국의 팔로군 모택동 군대들의 수법이었다. 국민당의 장개석 군대에게 피해를 당하고 억울한 일을 당한 사람들을 찾아다니며 위로도 하고 보상도 해주는 식으로 인민들에게서 인심을 얻게 되면서 모택동이 국민당 장개석 군을 몰아냈듯이 그런 공산당들이 하는 수법과 다름없는 식이었다. 시위 천국에서 보상국가로 탈바꿈이 되었다. 민주주의를 외치며 소외된 국민으로부터 인심을 사서 표를 많이 얻자는 방법이다. 소외층에서는 민주화 투사로 명예가 회복되고 보상을 받으니 참으로 좋은 시대가 아닐 수 없었다.

어쨌든 데모만 하면 소기의 목적을 얻어낼 수 있으니 시위는 필수가 되었다. 울지 않는 아이에게 젖을 주지 않는다는 원리에서 데모를 해야 정부에서는 그들의 요구를 들어주는 판이니 신통할 일, 데모는 내 이익을 위하여 필수조건이 되었다. 단체권을 가진 자들에게 데모는 언젠가부터 살기 위한 방법이 되어버렸다. 쌀값이 떨어지고 있으니 정부에서 수매해달라는 농민들의 데모는 연례행사로 되어 있다.

동병상린이라 할까? 국회의사당에 모인 정치인들은 데모를 잘해서 출세한 국회의원들이니 데모하는 사람들의 심정을 왜 모른다 하겠는가. 어느 단체든 데모만 하면 그들의 요청을 기다렸다는 듯이 받아들인다. 인심을 팍팍 써도 내 꺼 아니니까 상관없다. 나랏돈 아껴봤자 알아주는 사람도 없는 판에 보는 사람이 임자 아니냐. 내 돈 안 들이고 인심을 쓸 수 있어 인기가 올라가니 일거양득 다음에 또 국회의원에 당선되는 호기를 가져오지 않던가. 이게 피의 대가로 이루어진 민주화로 포장한 정치인들의 현실이라 한다. 사회주의를 선망하는 사람들이 민주주의를 부르짖는 것은 위선이 아닐까? 이념적으로 사회주의를 부르짖어야 옳은 일인데 왜 민주주의를 찾으며 데모를 해서 정치권을 혼란시키고 있으니 이게 그들의 위장이 아니라면 무엇이란 말인가.

국민의 세금으로 인심 쓰는 일 어려울 것 하나도 없다. 밥그릇 챙기는 데모 얼마든지 해도 밑질 것 하나도 없다는 귀족노조들의 일방적 사고다. 결코 모든 피해자는 단체권 없이 살아가는 국민이다.

부패 공화국

1.

텔레비전 뉴스 시간마다 뇌물이나 비리사건이 방영되지 않는 날이 없고 신문 역시 그런 사건이 게재 안 되는 날 없다. 정치인을 비롯해서 공직자들 심지어는 공기업임직원들까지 비리에 가담 자기 실속 챙기는 부패공화국이 그렇다.

2009년 11월 17일, 국제투명성기구(TI)가 2009년 부패인식지수(CPI)를 발표한 바에 따르면 뉴질랜드가 9.4점으로 투명성 10점 만점에 1위를 차지했고, 덴마크 9.3점으로 2위, 스웨덴과 싱가폴이 9.2점으로 공동 3위를 기록했다. 한국은 5.5점으로 조사대상 180개 국가 중 39위를 차지했다.

지난해 순위보다 한 계단 올랐지만 0.1점 하락했다. 북유럽 등 초인류 국가를 비롯 OECD 30개 회원국의 평균 점수인 7.04점에도 한참 모자라는 수치다. 우리나라가 세계경제력 10위권에 전혀 어울리지 않는 초라한 수치다. CPI(부패인식지수)는 국내외 사업가와 전문기업가들을 대상으로 여론조사 식으로 작성했다고 했다. 정부 비리 관련자들은 CPI는 객관성이 담보되지 않은 숫자에 불과하다고 항변하지만 그것은 그들만의 변명이다.

부패는 경제를 비롯해서 국가 전반에 걸쳐 우환거리와 함께 악성 종기와 같다. 국민권익 위원회에서 지난해 말 여론조사기관에 의뢰해서 외국공관, 주한 상공회의소 외국인투자업체에 근무하는 국내 거주 외국인 200명을 대상 부패인식도를 조사한 일이었다.

결과 한국 정치인이나 공무원이 부패하지 않았다는 답변은 17.5%보다 부패했다는 답변이 50.5%로 훨씬 많았다 한다. 자유민주주의 국가로 성공시키기 위하여 헌법을 여섯 번이나 바꾸면서 가장 깨끗하고 투명성 있게 민주주의를 꽃피우겠다고 그처럼도 외치던 민주화 세력들이 정치한다는 나라가 이 꼴이 되었다. 민주화를 성공했다는 어느 나라보다도 깨끗해야 할 대한민국이 국제투명성기구에서 조사한 결과가 이 모양이라니 우수운 꼴이 아닌가? 부패가 기업 활동을 저해하는 정도에 대해서도 58%로 심각하다는 답이 나왔다. 외국기업의 투자환경을 개선하기 위해서도 부패 추방은 반드시 선행돼야 함에도 불구하고 그렇다. 일본도 중국도 민주화가 아니라서 국력이 그토록 반전했다던가?

세계은행이나 국제통화기금(IMF) 같은 국제기구도 1990년대 이후부터 부패가 국가발전을 가로막는 중대한 장애요인이라 결론짓고 있다. 부패의 고리를 끊고 인류선진국이 되려면 의식과 제도의 양면을 생각해야 된다는 것 당연한 일이다. 어느 법학자의 말이다. 장기적으로는 좀 불편하고 어렵겠지만 법과 원칙을 지키면 결국 모두에게 이익이 된다는 의식과 문화가 특히 정치인이나 공직자들이 먼저 깨닫게 해야 한다는 것이다. 특히 권력기관 종사자들의 각성이 조속히 이루어지는 날 법과 원칙이 바로 설 수 있다는 것이다.

부패의 온상은 첫째 정치인들이다. 둘째가 고위직 관리들이다. 권력기관일수록 부패가 심하다. 즉 청와대, 국세청, 경찰, 검찰, 사법부 순이다. 방만하게 운영하는 공기업도 만만한 존재가 아니다. 이들도 모두 권력층에서 나온다. 자기 회사가 아니니 대표자부터 내 주머니 챙기기에 급급하다. 또 재임 기간이 짧다는 데 있다는 것이다. 기업 발전에는 염두에도 없이 재임 기간 동안 기회에 한몫 챙기자는 식이다. 적자를 내도 정부에서 보충을 해주니 걱정할 것 없다. 누이 좋고 매부 좋다는 식으로 너도 먹고 나도 먹자는 것이다. 아침에 출근해서 브리핑 한번하고 결재판에 사인 몇 개만 하면 연봉이 4억 내지 5억이란다. 그리고 판공비 들고 다니면서 대접하고 대접을 받으며 요인들과 어울리는 일이다. 부패를 일삼는 자들에게 정직하게 살고 있는 국민은 언제나 봉, 국민이 준 권력을 이들은 흉기로 사용하고 있다는 것이다.

2.

부패는 개인과 사회 나아가 국가 모두를 좀먹는 악성세균일진데 정녕 그들은 모르고 하는 짓일까. 그런가 하면 반부패는 곧 국가 경쟁력이요, 국가발전에 큰 영향력의 기조다. 따라서 TI(국제부패투명성기구)가 해마다 발표하는 CPI(부패인식지수)는 대한민국이 인류선진국으로 가는 길목에서 어디쯤 와 있는지 한눈에 보여주는 거울이다. 지도층과 공직자 즉 기득권자들이 앞장서서 진정 무엇이 국가발전을 위한 일이고 국민을 위한 일인가 각성을 해야 할 일이라고 승민은 자탄을 했었다.

국가 운명

1.

MH정부는 취임 선서에서 전 세계인이 지켜보는 가운데 투명한 정치 맑은 사회를 구현하겠다고 천명을 하고 나서 우리의 힘으로 자주국방도 지키겠다고 했다. 아무튼 정치가 투명하지 않고 사회가 맑지가 않는다면 국가도 발전할 수 없고 결코 민주주의도 성공할 수 없다고 소리 높여 외쳤다. 처음은 국민의 가슴에 와 닿는 말이었다. 대통령의 힘찬 목소리가 국민에게 신선한 감각으로 다가왔고 공감대를 형성했다.

민간정부가 들어서면 그들이 부르짖는 대로 독재 억압 정치가 없고 부정부패 없는 청명한 하늘처럼 투명한 정치 맑은 사회가 도래될 것으로 국민은 저마다 기대를 했었다. MH정부의 일성(一聲)은 사진이나 찍자고 미국에 가지는 않을 거라고도 했었다. 민간정부 3대를 거치면서 너무나 실망을 많이 했던 국민인지라 박력 있는 대통령에게 남다른 기대도 했었다. 그랬던 그가 국민의 기대와는 달리 전시작전통제권을 환수하겠다고 미국과 합의 각서를 성사시켰다 하니 국민은 깜짝 놀랄 수 밖에 없지 않았던가?

전시작전통제권은 우리 민족의 생존권이다. 이런 전시작전권을 노무현 대통령이 국민의 공감도 얻어내지 않고 대안도 마련하지도 않은 채 일방적으로 환수를 한다는 것이다. 우리의 국력으로 우리의 국권을 우리 스스로 지키겠다는 것이다. 이 만큼 우리의 국력도 양성되었으니 남의 나라에 국권을 맡기는 것은 민족의 자존심이란다.

이렇게 MH정부가 북한과의 평화협상에서 정상회담을 추진하는 동안 뒤에서의 북한은 ICBM 탄도미사일 시험 발사를 성공 핵무기 개발에 고도화했던 것이다. 북한이 가장 두려워하던 F-35 스텔스기가 배치된 청주 기지를 완전하게 타격할 수 있는 탄도미사일를 개발했다는 것이다. 그렇다면 우리나라 재래식 전략무기 방어능력으로는 대응이 안 될 뿐만 아니라 무용지물이 될 수밖에 없다는 것이다. 미국 전역까지도 사정권 안에 넣었으나 선제공격은 없을 것이라고 으름장을 놓는 김정은의 선심성은 미국도 겁나지 않는다는 것이다.

2.

YS에게 제일 아쉬웠던 일은 미국 클린턴 대통령이 북한의 영변 핵시설을 사전 폭파하고 통일을 시켜주겠다고 했던 제안을 일언지하에 거절했다는 것이다. 다시는 그런 기회가 오지 않는다는 것이다. 김영삼은 일생동안 정치를 했고 대통령까지 지낸 사람이다. 그런 사람들이 국민들에게 실망만 시켰지 국가발전에 기여한 바가 단 한 가지도 없다는 것이다.

그렇다. 그러기에 5년간 YS의 정부에서 잘한 일이란 아무리 뒤져봐도 찾을 길 없다지만 단 한 가지 일제 잔당에서 부르던 국민학교를 초등학교로 고친 것은 잘한 것 같아 입맛 씁쓸하다.

3.

DJ는 의원내각제를 주장했던 JP와 야합 결국 대통령에 당선되었다. 그런 그가 벤처기업을 육성하겠다고 대기업들을 해체 구조 조정을 했었다. 대우그룹, 기아자동차, 한보그룹 등이 해체되었다. 글로벌 경쟁시대에서 벤처기업만 국제적 경쟁력에서 살릴 수 있다고 주장했지만 결국 그가 시도했던 벤처기업의 육성계획 정책도 전멸했다.

일생 동안 구리 동전 하나도 돈을 벌어보지 못한 YS와 DJ이가 아니던가. 정치판을 맴돌면서 남의 돈 가지고 권력과 명예를 모두 다 누렸던 그들이다. 두 아들까지도 정치에 가담 부패를 일삼지 않았던가?

누가 어렵게 기업을 하고 누가 미련하게 땅이나 파면서 생활을 한단 말인가. 그럴듯하게 국민을 현혹시켜서 당선만 되면 권력은 손아귀에 들어오게 마련이다. 그러면 재산은 저절로 굴러들어오니 정치를 선호하지 않는 사람 누가 있겠는가. 혈세를 가지고 데모하는 단체들 찾아다니며 인심만 잘 쓰면 쉽게 정치에 입문할 수 있다. 임오군란, 동학란이 조선왕조를 몰락시켰고, 4·19가 자유당 정부를 무너뜨렸으며, 부마사태가 제3공화국을 꺾어버렸는가 하면, 5공에 5·18이 있었고, 386세대 6월 항쟁이 있어 헌정 중단 사태를 가져왔는가 하면, 6공이 탄생했다. 6공으로 하여금 김영삼 정부가 탄생했는가 하면, DJ정부가 탄생했으며, MH정부와 JY정부가 탄생했다. 그처럼 국력을 약화 나라를 몰락시키는 극한적인 데모를 하면서 국가와 국민에게 황당한 민주주의나 외치며 눈속임하는 것 말고 그들은 국가발전에 무슨 업적을 남겼고 국민에게 무엇을 제공했는가 묻고 싶다.

정치적 시위 말고도 특히 민노총들과 귀족 노조 그리고 강성노조들의 시위로 인하여 성실하고 이윤 좋은 기업들을 모두 외국으로 내쫓아놓고 또 여성들에게 좋은 일자리 모두 빼앗기고 그래서 실업을 탓하는 그들의 데모가 경제를 망치고 있거늘 그들 역시 과거 망국의 길로 되돌아가고 있음을 정녕 모른단 말인가? 출산 정책에 100조 원을 썼다고 한다. 돈 많이 받고 편한 남성들의 일자리를 요즘은 여성들이 다 차지하고 있다. 그들 모두가 출산을 기피한다. 1000조를 투입한다고 해결될 문제가 아니다. 여성들이 가정으로 돌아가는 정책이면 해결될 일이다.

4.

좌파니 좌경이니 DJ에 의하여 묘하게 분위기를 띄운 용어들이 이웃집 강아지 이름 부르듯이 사회 전반에 공공연하게 독버섯처럼 번지고 있는 지하조직 속에서 헌정질서와 함께 국민은 어디로 가야하는가 정말 헷갈린다.

좌파니 좌경이니 하는 존재들이 이름하여 모두 민주주의를 외친다. 건국 후 문민정부 때까지는 이들을 보안법으로 엄중히 다스리지 않았던가. 그런데 국민정부 DJ가 햇볕정책으로 김정일 위원장을 만나 노벨평화상을 탔던 영광과 함께 남북간 협력한다고 존재가치를 들어내기 시작을 하면서부터 유명무실해졌다. 한술 더 뜬 참여정부가 좌경노선을 표면에 띄우면서 즉 좌파활동을 노골적으로 양성화시켰다. 김대중은 분명 좌파다. 노무현도 좌파다. 현 정부도 좌파다. 신군부가 김대중을 좌경세력으로 구속수사를 했던 사실은 옳다. 그래서 그를 지지하는 호남사람들까지 모두 좌파로 오해를 받고 있다.

노벨평화상이라면 세계에서 최고로 권위 있는 상이다. 그런 노벨상을 단 한 번도 수상한 일이 없는 우리나라에서는 꿈의 전당이 아닐 수 없었다. 그런데 좌파운동의 선구자 DJ가 거머쥐었다는데 모두 실망을 한다. 돈 퍼주고 만난 김정일과 정상회담을 했다고 실속은 없는데 노벨상에 선정되었다니 그렇다면 노벨상도 별것 아니라는 생각이다. 우리 국민은 노벨평화상에 대하여 그렇게 실망을 하고 있다.

5.

촛불시위로 지금 나라 꼴이 어디로 가는지 앞이 안 보일 지경이다. 좌파들이 득세해도 안보에는 정녕 상관이 없다는 건지? 전쟁은 정말 이 땅에서 사라졌으니 국민은 안심하고 생업에만 종사해도 되는 건지 모를 일이다.

좌파니 좌경이니 하는 사람들 설마 적화통일로 가자는 것은 아닌지? 당장 남, 북한 선거를 해도 김정은이가 대통령이 된다는 말이 공공연히 떠돌고 있는 판이다. 과연 그렇게 적화통일로 가자는 것인가. 유일하게 우리나라는 70여 년 동안이나 분단된 상태에서 동족끼리 전쟁을 겪어야 했던 비운의 국가와 민족이다. 그런 민족 앞에 또 다시 안보에 구멍이 뚫려서는 절대적으로 안 되는데 오늘날의 안보 상황이 심히 우려스럽다. 안보에 백 번 천 번을 외친다고 우리 국민들의 목숨을 두고 하는 말인데 흉이 될까?

국민 혈세 국가의 녹봉으로 호의호식하면서도 안보를 해치는 진보연대들이 하는 짓이 정말 우려스럽다. 촛불시위 그 진의가 정말 정권 퇴진을 요구하는 것일까 아니면 적화통일을 하자는 것일까? 파악이 안 되고 있다.

지난 2008년 5월 2일 진보연대가 평화적 촛불시위를 하겠다고 결성 시작한 뒤부터 석 달 동안 수도 서울의 심장부는 혼란의 도가니 안개 정국으로 휘말렸다. 그로 인하여 상처를 입은 경찰관이 488명 전경버스가 172대가 부서지는 등 경찰의 장비 및 재산이 11억2천만 원의 손실을 보았단다. KID가 추정한 손실 액수는 서울 도심을 점거한 불법시위로 한차례에 776억 원이 손실되었다는 분석이다. 거기에 소상공인들의 피해를 따진다면 그 피해액은 기하급수적으로 늘어날 수밖에 없었고 시위주동자들은 비폭력 평화적 시위 따위는 본래 뜻이 없었다 한다. 곳곳에 스피커를 설치 가두방송과 함께 무차별적으로 전단을 뿌려 국민 여론을 조성한 다음 목표 100만 시위 군중을 동원해서 사회를 혼란 국가전복이 목적이란다. 가히 짐작되는 그들의 행동이다. 우리나라가 시위하는 요령까지 외국으로 수출한다니 가상할 일이다. 내란을 겪고 있는 미얀마에서 우리나라에 시위를 지원해 달라고 애타게 기다리고 있단다. 이러니 지금 당장 남북이 선거를 해도 김정은이가 대통령이 된다니 위기가 아닐 수 없다. 총 86차례 촛불시위 중 18번째인 2008년 5월 24일부터는 폭력으로 거의 서울 세종로 일대를 마비시켰다. 여기에 광화문 소상공인들은 시위주도자들을 상대로 30억 원의 손해배상청구소송도 했단다. 종로구청에서도 쓰레기 처리비용으로 7천7백만 원을 청구했고, 서울시는 시청광장을 허가 없이 사용한 시위주최 측에 1천2백만 원을 내라고 통보했다지만 콧방귀도 뀌지 않는 그들에게 과연 효력이 있을까?

불법 폭력시위를 주동한 자들에게 책임을 물어 일벌백계로 다스리겠다고 이왕에 칼을 뺐으면 호박이라도 찔러야 공권력이 바로 서는 게 아닌가. 설마 국헌이 무너지고 제2의 외환위기를 초래 조선왕조처럼 나라가 망해야 정신을 차리겠다는 것은 아니겠지?

촛불시위 사전계획서에 나타난 내용들이 입증하듯이 좌파단체들의 평화적 시위는 그저 아찔한 일, 애초부터 정부 타도와 반미투쟁을 선동하는 게 그들의 목적이었다니 정말 그럴까? 밤에는 선량한 국민에게,

낮에는 운동권에게 촛불을 들게 해 사회를 마비시킨 다음 최종목표는 MB정부를 끌어내리겠다는 계획서란다. 그러나 명분이 약했다. MB정부가 들어선 지 5개월 사실 트집 잡을 사건 자체가 없었다. 체제와 이념을 전환시킬 사건 말이다. 그러나 일부 측에서는 설마 하겠지만 절대 불가능한 것은 아니기에 상기해야 할 일이지만 집권한 지 얼마나 되었다고 명분도 없는 광우병으로 명분을 만든단 말인가? 정부를 전복시키기까지는 너무 명분이 약하고 시기 선택이 빨랐다는 것이다. 명분은 없어도 민주화를 내걸어 학생들을 선동시키고 일부 국민의 지지만 받으면 가능성은 충분하다지만 4·19세대가 정부를 무너트렸고 YH 여성근로자 시위와 더불어 부마사태가 박정희 대통령 정부를 무너트렸듯이 386세대들이 6·10항쟁이 6·29선언을 불러 왔으니 좌파들 시위의 최종 목적은 언제나 정권을 무너트리는 것이란다.

6.

나 살기 위한 방법이었으니 누굴 원망할 일은 아니다. 4·19세대와 63세대 그리고 386세대들이 피 터지게 민주화운동해서 국정에 개입 직접 국가를 운영해 봤으니 알겠지만 시위꾼들에 의하여 국가와 국민에게 오늘날 무엇을 제공받았다는 것인가?

다행스런 것은 민주화를 외치며 대통령이 된 YS정부 시절에 그 어려운 여건 속에서도 경제를 버팀목 해준 사람들은 이 나라 기업인들이 있었다는 것이다. 기업인들이 아니었다면 외환위기 때 국가가 부도났을 것이다. 기업인들은 그런 위기에서도 묵묵히 나라 경제를 지켜준 위대한 사람들이다. 나라의 흥망성쇠가 정치인이 아니라 기업인들에 의하여 지탱했으니 말이다.

7.

전 세계사를 통하여 크고 작은 부정선거는 언제나 존재해 왔다. 청와대가 직접 개입했다고 울산시장 선거 관계로 요즘 나라 안이 굉장히 시끄럽지 않던가. 부정선거에 대하여 누구는 되고 누구는 안 된다는 것은 불공평한 일일 것이다.

일본엔 여당의 독선과 부정선거가 없었기에 장기 집권이 가능했다고 여기진 않는다. 언제든 국가를 위해 뭉치는 그들의 민족정신에는 찬사를 보내야 할 일이고 본받아야 할 일이다.

정권퇴진 운동이나 내란은 국력을 소모하는데 결정적 역할을 한다는 것을 일본 국민은 일찌감치 깨닫고 있다. 메이지 유신이 그렇지 않던가? 서독도 마찬가지다. 그들도 권력 다툼하면서 정부 타도 시위는 없다. 그래서 통일까지 이루지 않았던가. 일본이 의원내각제로 선진국 대열에 성공했다면 우리도 의원내각제를 실시, 무능한 지도자는 언제든지 교체할 수 있고 유능한 지도자는 장기 집권을 할 수 있도록 국민적 합의가 필요하지 않겠는가? 권력을 분산시키면 될 일이다. 꼭 대통령제만을 고집하는 이유가 무엇일까? 우리나라만큼 권력다툼이 많고 시위가 많은 나라가 세상에 어디 있다던가? 그리고 너무나 악랄하다는 것이다. 데모는 후진국의 부산물로 결코 국익에 도움 되는 일은 없다. 후쿠다 총리는 MB보다 지지율이 높아도 자진 퇴진을 했으나 자민당 정부는 조금도 동요 없이 잘들 하고 있다.

사생결단 데모를 해서 사실상 정권을 퇴진시킨 결과로 볼 때 4·19세대가 어떤 역할을 했고, 63세대가 어떤 역할을 했으며, 현재 판치고 있는 386세대가 지금 무슨 짓을 하고 있는가 국민은 두 눈으로 똑똑히 보고 있다. 과연 저런 사람들이 북한에서 김정은 정부 물러가라 시위를 할 수 있을까? 북한 정부의 제일호 숙청 대상은 시위대상자들로 발견되는 대로 즉시 사형감이다.

같은 학생 신분 승민이었지만 학생이 왜 정치에 가담하는지 그 의도가 의심스럽다고 했었다. 그렇기도 하다. 시위에 가담 감옥이라도 갔다 오면 그게 화려한 경력이 되어 정치권에 입성할 수 있으니 핑계가 얼마나 좋겠는가. 좌파정부가 그런 맥락이다. 그런 사람들을 골라서 정치에 입문시키지 않던가? 또 폭력이 강한 인물일수록 효과는 크다. 그래서 악랄한 행위는 계속 이어지고 있다. 시위경력으로 정치에 가담할 수 있기에 정치 현장에서도 투쟁 일변도다. 공론과 타협보다는 그게 쉽게 정치권으로 가는 지름길 그들의 생각이다. 때문에 그들의 국가관은 애초 잘못 배운 정치 개념이다.

8.

특히 자유당 정부 이승만 대통령이 그랬다. 집권자가 한발 양보하면 나라가 편안해진다고 판단했기에 자진 퇴진을 했지 데모꾼들의 시위가 두려워 결코 항복했다고 생각한다면 그건 착각이다. 국가와 국민을 위하여 극과 극으로 가는 데모는 이 땅에서 이제 그만 사라져야 할 것이다. 종교인은 종교로 가는 게 바른길, 표를 많이 가지고 있다고 사사건건 정치에 가담하고 있는 꼴이 우습다. 신성(神聖)하다고 자부하는 천주교 정의구현 사제단도 마찬가지로 시위꾼들과 같은 이념이라면 각성이 필요할 것이다.

정통성을 살리겠다고 김구를 추대해 광복군들이 떠받드는 행위도 이제 그만해야 할 일이다. 왜정 36년 동안에 일본인 순사에게 끌려갔다 나온 경력만 있으면 독립운동을 했다고 훈장을 주고 보상을 해주는 정부가 우습게만 여겨진다. 국민생활 질서는 치안행정과 직결되는 사항이다. 경찰의 단속에 걸려들 수 있는 사건은 얼마든지 많다. 조사할 게 있다고 일본 순사에게 주재소에 끌려갔다 나왔다고 그게 독립운동은 아니란 것이다. 말 한마디 잘못했다고 황군 모독죄로 순사에게 끌려가는 일 얼마든지 많았다. 이런 식의 저항이 독립운동은 아니기에 국가 상금을 받겠다는 것은 잘못된 발상 국가보상금도 혈세란 점 당사자들은 명심해야 할 것이다. 국가보상금을 노리고 독립운동을 했고 시위를 했다면 이게 국가관은 아니란 거다. 독립운동을 잘해서 나라가 독립이 되었고, 시위를 해서 국가가 발전된 것은 아니다. 이는 나라발전에 아무것도 도움 된 게 없다. 정치를 잘하고 못하는 것은 생업에 종사하는 사람들이 더 잘 알고 있다는 사실이다.

방범순찰대

1.

가던 날이 장날 서울 방범순찰대로 승민이 발령을 받던 날부터 촛불시위가 시작되었다. 이슈는 쇠고기협상 무효화였다. 데모가 막 시작될 무렵 경력(警力)이 부족했던 관계로 경무과로 발령을 받았던 승민은 방순대로 갔다. 행정요원으로 있던 의경들까지 모두 데모 진압에 출동하는 판이다. 서울경찰청방범순찰대 소속으로 승민은 데모 진압에 연일 출동했다.

광우병에 걸릴 확률은 1억분의 일이란다. 나 안 먹으면 될 일을 자기들만 끔찍이 국민을 사랑하는 척 촛불시위는 계속되었다. 좌충우돌하는 MB정부에 기회만을 엿보던 반정부 요인들의 찬스는 이때다 싶게 시작된 데모다. 숨어 기다리던 천적들이 먹잇감을 덥석 물은 꼴 그러니 한 번 물은 먹잇감을 절대 놓칠 수가 없단다.

참여 인원은 장마에 물꼬로 몰려드는 고기떼처럼 불어난다. 아기를 태운 유모차까지 동원되었다. 유모차는 TNT처럼 폭발성을 가지고 있는 위험 존재다. 위기상황까지 온 셈이다. 치고받고 때리고 부수고 혼란 속에서 어린아이나 그 에미가 참변을 당했다면 이건 바로 폭동의 전초전이 될 지경이다. 그렇게만 된다면 MB정부도 자유당 정권처럼 무너트릴 수 있단다. 시위대는 그걸 목적으로 하고 있다. 이는 전교조들의 지혜로 동원된 군중이다.

광우병 촛불시위가 명분이 약해 다행 결국 그 촛불시위가 박근혜 정부를 무너트리지 않았던가? 드디어 국헌을 무너트린 정부가 새롭게 탄생하는 결과를 가져왔다.

2.

서울경찰청 방범순찰대로 특명을 받던 그날 저녁에 승민은 어머니와 통화를 했다.

–엄마 나야, 승민이!

아들의 목소리를 듣는 순간 수정은 미칠 듯이 기뻤다. 전쟁터에 끌려간 아들이 살아 돌아온 만큼이나 기뻤다.

—그래 잘 다녀왔구나, 승민아. 잘했다 잘했어. 그런데 지금 어디야?

—서울경찰청 방범순찰대지 어디긴 어디야.

—별일은 없는 거야?

—별일 없어요. 엄마도…?

—엄마야 별일 있을 게 있겠니?

—엄마 나 보고 싶지?

—그래 외출은 언제나 나오는 거야?

—요즘 외출 외박이 중지됐어.

—왜?

—촛불시위 때문이지 뭐.

—그게 언제 풀리는데?

—그걸 내가 어떻게 알아. 요즘 촛불시위 때문에 심각해.

—데모가 끝나야 외출 외박 금지령이 풀리겠네?

—그렇겠지.

—보고 싶다 아들아!

—나두 엄마 보고 싶어.

—부디 몸조심하구.

—알았어요.

그들 모자가 마지막 나눈 통화다. 그토록 염원하던 외출 외박의 기회는 단 한 번도 승민에게 차례가 오질 않았다. 학수고대 그녀가 그토록 아들의 외출을 기다렸지만 끝내 차례는 없었다. 촛불시위가 심상치 않다는 생각 데모 진압 현장으로 끌려 다니다 보니 경찰은 늘 비상시국 사태다. 재수 나쁘게 하필 승민이 부대 배치를 받으면서부터 외출, 외박이 금지되었다. 승민 뿐만이 아니다. 고참들까지도 불평들이 여간 아니다.

승민은 엄마가 미치도록 보고 싶었다. 사내로 태어나서 고향과 가족 그리운 마음은 군대를 가봐야 안다고 했다. 통계로 나타난 사실이다. 젊은 남자들에게 가장 많은 대화거리가 군대 이야기란다. 여자들은 싫어하지만 남자들은 군대이야기만큼 흥미진진한 대화도 없다. 군대 이야기는 고생하며 고향을 그리워했던 애절한 사연들이다. 달력에 날짜를 하루하루 X로 지워가면서 지긋지긋한 세월을 견뎌야 했던 군대생활이다.

입영하고 첫 번째 휴가는 꼭 금의 환영하는 기분이다. 군대를 갔다 온 사람들은 그 기분 잘 알고 있다. 군대에서 즐거움이 있다면 단 한 가지 휴가를 얻어 고향 가는 길이다. 세상 모든 것들 다 준다한들 이보다 더 기쁠 수가 있을까 싶다. 졸병들의 낙이라고 하면 역시 휴가다. 고참이 되면 졸병들 기합 주는 일도 재미있다. 손가락만 까닥거리면 졸병들은 엎드려뻗쳤다가 일어나기를 수없이 하는 기합이 있다. 눈만 크게 떠도 모로 기는 졸병들이 있으니 얼마나 통쾌하겠는가. 황제의 권위가 부럽지 않다. 반대로 졸병 신세는 죽을 지경 고통뿐이다.

군대생활에서 고참들의 등살이야말로 견디기 어려운 존재, 기합이 빠졌다고 트집 잡아 졸병들 구타하는 것만큼 재미있는 일도 없을 듯싶다. 고참병들이 그렇게라도 시간을 보내야지 아니면 너무 지루하다니 이렇게 황당할 수가?

올챙이 적 생각을 못하는 것이 바로 군대 내무생활이다. 졸병 때 나도 많이 당했으니 너희들도 맛이 어떤가? 당해보라는 식이다. 군대에서 기합과 구타는 근절될 수 없는 관례다.

서울경찰청 방순대에 발령을 받자마자 승민은 정부 종합청사, 국회의사당, 미 대사관을 비롯 광화문 사거리, 시청 앞 광장 등 심지어는 평택 쌍용자동차 공장까지 시위가 있는 곳마다 정신없이 끌려다녀야 했다. 데모 현장에서도 새까만 졸병들은 최 일선에서 항상 시위대 쇠파이프와 맞서야 한다.

쇠파이프

1.

진보연대는 연대투쟁을 목적으로 이미 2007년 2월에 출범했다는 경찰의 수사발표다. 민노총연맹을 위시해서 한총련, 농민총연맹, 등 정부 불만 세력들을 몽땅 불러 모은 30여 개 단체가 의기투합 결성했단다. 용산 참사가 보여주었듯이 재개발지역 철거민들도 만만치가 않다. 이들이 반정부 투쟁을 기획한 것은 광우병 촛불집회 이전부터란다. 이명박에게 빼앗긴 정권을 다시 찾아오자는 계획이 MB정부 대신 설마 했다가 무너진 박근혜 정부가 비선 실세 최순실로 하여금 꼬투리를 잡혀 무참하게 당하지 않았던가? 이명박 대신 그런 계획서는 박근혜 정부를 무너뜨리는 데 성공했다.

대형사고가 세월호 뿐이겠는가? 그런데 왜 정부가 나서서 국민들 세금으로 그토록 많이 보상을 해줬다니 이상한 일 너무 엉뚱했다. 삼풍백화점 사건이 그랬고, 대구 지하철 사건, 성수대교 붕괴 사건 등과 천안함 사태와 연평도 폭침 사건 등 표현할 수 없는 사건들이 줄줄이 터져 나오는 판에 왜 하필 세월호 사건만 정부가 책임을 져야 했는가 이상한 일이다. 10억 내지 15억 씩 보상을 해주었단다. 그것도 모자라 13가지 특혜까지 주었고 또 무엇을 어떻게 하자고 그 난리들을 피웠는지 모를 일이었다. 분명 국상도 아닌데 문재인 대통령까지도 몇 년 동안 노란 리본을 달고 다녔느니 우습지 않던가? 세월호 사건을 빙자로 박근혜 대통령을 구속시키고 퇴진까지 시켰으니 그게 고마워 그랬을까?

2008년 6월 28일, 100만 시위군중들을 대표 주동자 행동대원들이 대통령과 면담을 하겠다고 청와대로 돌진했다. 말이 면담이지 경무대를 점령하겠다는 4·19세력과 무엇이 다를까? 기회가 된다면 청와대를 점령한 다음 정권을 접수하겠다는 그 세력들 말이다.

어떤 경우에서든지 국가를 전복시키기 위하여 이런 무모한 불법행위를 대하여는 방관해서 아니 된다. 그런데 그런 시위대를 단호히 차단하지 못한 채 광화문 사거리를 중심, 종각으로 가는 길과 서대문 쪽으로 가는 길을 버스(전경버스)로 연결 바리케이트를 설치한 공권력의 꼴이 꼭 애들 병정놀이 같아 우습기는 하지만 발상은 기발했다. 설치하기도 쉽고 철거하기도 쉬우니 하는 말이다. 허나 쇠파이프와 염산까지 동원한 폭력 시위대들에게 무슨 국민적 희망이 있다고 일벌백계로 다스리지 못하고 혼란만 거듭하는지 국민의 눈에는 안타깝기 그지없다. 컨테이너와 닭장차(전경 버스)로 차벽을 쳐놓고 방어선을 구축했다는 것은 세계적 시위현장에서 볼 때 기발한 생각이었다고는 하지만 공권력의 위상을 이렇게까지 상실했다면 국민의 치안 역량 또한 무력해졌다는 것이다. 갈수록 가열해지는 시위현장을 오로지 해산시킬 수 있는 유일한 장비 최루

탄도 빼앗겼으니 심히 우려스러운 현실이 아닐 수 없다. 시위하는 학생이 다쳐서는 아니 된다고 공권력이 너무 강하다는 이유로 DJ가 몰수했다. 반면에 거칠 것이 없는 시위대는 기고만장하고 있다.

정부 지원을 받기 때문이라 하겠지만 언론도 문제가 많다. 시위현장에서 쇠파이프에 맞아 죽은 전투경찰들이 322명이나 된다는 것이다. 불구하고 어느 현장에 어떻게 죽었다고 단 한 번도 신문 방송에 보도된 사실이 없다는 것이다. 그리고는 박종철이나 이한열 등 세월호 같은 사건은 몇십 년이 지난 오늘날에도 속보가 계속된다는 것이다.

2.

등소평의 천안문 사태처럼 군 탱크를 동원해도 시원치 않은 판국에 물 대포 가지고 수십만 폭력배들을 어떻게 막겠다는 건지 개탄해 마지않는다. 인명피해는 애매한 전, 의경과 경찰들뿐이다. 그렇다면 전, 의경들은 죽어도 좋으니 마음 놓고 시위를 하라고 경찰의 손에서 최루탄을 빼앗다 는 것인가? 쇠파이프와 맞선 경찰의 개인장비는 방패와 플라스틱 곤봉뿐이다. 이걸 가지고 노도처럼 달려드는 쇠파이프와 염산 세례를 승민이가 막고 있다니 생각만 해도 수정은 손발이 저릴 정도로 가슴 조인다.

쇠파이프에 맞서 대항하는 경찰의 제1선은 전, 의경들, 제2선이 일반경찰, 제3선이 특공대 체포조, 제4선이 간부들, 5선이 정치인들이다. 제1선에 전, 의경들이 인간 띠로 방어를 하고 있다. 그도 첫 줄에는 졸병부터 차례가 시작된다. 이경, 일경, 상경, 수경 등 고참병 순이다.

전, 의경들의 군기는 고참 수경부터 고유의 관례로 되어있다. 그게 내무생활이다. 기압도 구타도 다 고참들의 전유물이다. 전, 의경의 내무생활 군기는 어느 군보다도 세단다. 폭행을 당해 죽는 것도 기압에 못 견뎌 자살하는 것도 모두 고참병들의 가혹한 기압과 구타에서 나온다.

폭동진압 현장에서도 예외는 아니다. 졸병들은 쇠파이프가 두렵다고 뒤로 물러날 수도 피할 수도 없다. 고참들이 뒤에서 진두지휘 시퍼렇게 눈을 뜨고 감시하는 판에 요령을 부리다가 고참들의 눈에 띄는 경우에는 그건 용서를 받을 수가 없다. 귀대 후 모진 기압과 몰매로 다스리게 되어있다. 이런 상황은 데모 진압 과정보다 더 무섭고 두려운 존재다. 고참들의 눈에 잘못 각인되었다면 그 졸병은 군대 생활이 평탄치가 못하다. 모든 의문사나 자살 행위가 여기에서 비롯된다. 처음 시위진압에 출동했던 승민이 그랬다. 쇠파이프가 느닷없이 날아오는 위협적인 순간에 승민은 무의식적으로 뒤로 물러났다. 경험 부족 의경 조장에게 이 장면이 눈에 띄었다.

–너 강승민, 지금 무슨 짓 하는 거야, 임마. 군기가 빠져도 너무 빠졌어, 이 자식들. 이따 귀대해서 보자구.

그날 저녁 건물 옥상으로 고참들에게 끌려간 승민은 궁둥이가 피멍이 들만큼 구타도 당했고 호된 기압도 받았다.

–니가 뒤로 도망하면 그럼 내가 놈들과 맞서 싸우라는 거냐? 너 대신 내가 죽어줄까, 이 새끼야.

고참들의 분노다. 상황 파악을 못했던 그런 후로 승민은 시위대의 쇠파이프에 맞아 죽는다 해도 절대 뒤로 물러나서는 아니 된다는 경험을 했다. 시위대의 쇠파이프보다 눈 부릅뜬 고참들의 눈초리가 더 두려웠다.

3.

대한민국은 유일한 합법 정부다. 그런 정부를 촛불시위로 부정하며 무너트리고자 2008년 6월 28일 100만 시위군중이 광화문 광장으로 모여들었다. 이쯤 된다면 저들의 본색이 드러난 꼴이 아닌가? 죽기 살기로 시위대와 맞서 정신없이 밀고 당길 때다. 탁, 승민의 정수리에 벼락이 친다. 광란의 물결 속에서 몸싸움하던 승민은 화이바가 땅에 나뒹그러지면서 아찔 현기증이 인다. 순간 온몸의 근육이 확 풀리면서 힘이 쭉 빠진다. 피그르 승민은 태양광이 이글거리는 아스팔트 바닥에 픽 쓰러지고 말았다. 손가락 하나도 움직일 힘이 없다. 하늘이 노랗게 변색되며 아찔 정신을 잃고 말았다.

모정

1.

지원극통이라 해야 할까? 부모자식 간이라는 게 무엇이기에 이토록 뼈를 깎는 아픔을 느껴야 하는지 모르겠다. 15년이 지난 남편의 죽음이 또 생각난다. 너무 세상을 일찍 떠났다. 이젠 잊을 때도 되었건만 아직도 남편의 주검이 기억에 생생하다. 세월이 가다 보면 영겁과 망각의 영역에서 차츰 아픔도 무뎌져야 되는 거 아닌가.

수정은 친구가 생각난다. 남편이 경제적인 능력은 있었으나 성격이 다혈질이다. 평상시는 어느 집보다도 잘 지내다가도 의견충돌이 났다 하면 작은 의견도 다투게 된다. 또 다투기를 시작했다 하면 치고받고 피터지는 싸움으로 치닫는다.

그런 생전의 남편에게 그 아내는 늘 불만을 가졌다. 차라리 남편이 어디 가서 교통사고라도 났으면 좋겠다고 악담도 서슴지 않았다. 마음이 방정이었다고 할까. 그 남편이 친구 집 문상으로 산에까지 갔다가 술 마시고 돌아오는 길에 편도 1차선 도로에서 앞에 봉고 트럭이 알짱거리는 것이 싫어 중앙선을 넘어 추월을 하다가 반대차선에서 치닫는 덤프트럭과 정면충돌해 박살나고 말았다.

살아있을 때는 지겹더니 막상 저렇게 허무하게 가고 나니 그렇게 후회스러울 수가 없다고 친구는 두고두고 말하고 있다. 그 여자가 그렇게 죽어간 그 남편을 생각하며 일생을 속죄하면서 살아가고 있다는 것을 수정은 잘 알고 있다.

참으로 가족이란 알다가도 모를 일이다. 피 한 방울 섞이지 않은 남남끼리 티격태격 일생 동안 다투면서 살아가는 게 부부라서 그럴까, 어쩌자고 잊지를 못하고 오랜 세월 동안 그 상처를 가슴에 안고 가야 하는지 모를 일이었다.

오랜 세월 동안을 살았기 때문이라고 그건 아니다. 부모도 오랜 세월 동안을 살아오고 형제자매도 측근에서 오랜 동안을 같이 살아오지 않더냐. 그런데 그들은 너무 쉽게도 잊어지는데 부부자식 간은 아니 잖는가. 살을 나눴기 때문일까. 단순하게 그렇지도 않은 것 같은 가족의 연이다.

불행은 겹쳐온다 했다. 남편의 죽음도 아직 다 잊지 못하는 수정에게 아들 승민까지 이 지경으로 몰락하다니 정말 가슴이 찢어지는 고통이다.

—니 아버지가 세상을 떠난 지 벌써 15여 년이라니 세월이 덧없다 하겠지만 그 상처가 아직도 엄마의 가슴을 찢고 있는 판에 너까지 이런 꼴이라면 엄마는 험악한 세상을 누굴 믿고 살아야 한단 말이냐. 승민아, 이놈아!

그런 수정의 슬픔과 절규를 아는지 모르는지 의사는 별다른 치료 방법도 없이 수술의 경과를 좀 더 지켜보자는 게 고작이다.

2.

2007년 4월 16일, 월요일 아침이다. 미국 버지니아주 블랙스버그에 있는 버지니아 공대 캠퍼스에서 생긴 일이다. 23세 된 한국계 2세 학생이 무차별적으로 총기를 난사 32명이 그 자리에서 죽고 29명이 부상 당한 참사가 발생했다. 9분 동안의 짧은 시간이다. 170여 발의 총알이 불을 뿜었다. 미국 역사상 최악의 살인사건이다. VT대학 4학년에 재학 중이었든 그 학생은 한국계 조승희였다. 얼마나 계획적이었던지 출입문에 쇠사슬까지 채워 사전에 도주를 방지했고, 확인 사살까지 했단다. 치명적 위험성을 지닌 공대 캠퍼스에서 생긴 일이다. 물론 사이코이기에 그 많은 사람을 조건 없이 죽였겠지만 원론적인 입장에서 보면 사회 불만에서 온 행위라고 많은 사람은 그렇게 이해를 했다.

3.

불공평한 세상 분노의 불길이 수정의 가슴속에서 부글부글 끓고 있다. 왜 하필 승민이 네가 이런 꼴을 당해야 하는지 억울한 생각에 수정은 이놈의 세상에 불이나 지르고 싶은 심정이다. 지구가 온통 불바다로 끝나는 세상이라면 공평한 불행이 아니겠느냐. 붉은 불길에 훨훨 타는 세상을 보면서 덩실덩실 춤이라도 추면 이 답답한 가슴 시원할까. 세상이 너무 불공평하다 보니 분노가 폭발한다. 동전 한 잎의 가치만큼도 남에게 피해를 준 사실 없이 양심껏 살아가는 이들에게 이게 무슨 형벌이란 말이냐.

–선생님, 이 애는 절대 안 됩니다. 어떤 일이 있어도 이 아이는 꼭 지켜야 합니다. 살려주세요, 제발!

머리를 끼는 대수술까지 최선을 다했다는 주치의의 표정은 담담하다. 내 머리통을 까서라도 저 아들에게 이식을 시켜달라고 주치의 가운 자락을 움켜쥐고 절치부심 하소연을 해도 의사의 표정은 담담할 뿐이다.

독방으로 옮긴 지 며칠이 되어도 차도가 없자 주치의는 승민을 다시 중환자실로 되돌려 놓는다. 수정이 나중에 알게 된 일이지만 죽음 직전의 환자들을 독방으로 보낸다는 것이다. 그런 절차에서 5일 만에 승민이 제자리 중환자실로 다시 되돌아온 것이다. 아찔했던 순간 이유는 숨이 곧 끊어질 줄 알았단다.

–아들아, 제발 눈 좀 떠봐라. 니가 왜 이래야 되는데! 눈을 뜨란 말야! 너마저 이러면 엄마는 누굴 믿고 산단 말이냐? 아니 된다, 승민아. 네가 간다면 이 엄마도 너를 따라가야 되지 않겠느냐?

승민의 손목을 부여잡고 엄마는 가슴을 찢는다.

–이왕에 갈려거든 차라리 물 대포에 맞아 죽어라. 그럼 누구와 같이 열사가 될 게 아니냐? 아들아! 쇠파이프에 맞아 죽으면 그건 개죽음 민주화 운동에 역행하는 거란다. 이놈아! 이왕 죽음으로 가려거든 영광스럽게 죽어라, 이 바보 같은 놈아?

요동치는 가슴에 분노는 수정의 몸을 부들부들 떨게 한다.

아들아 만약 네가 물 대포에 맞아 쓰러졌다면 그럼 화려한 꽃상여를 타고 북망산으로 갈 텐데 말이다. 신문, 방송들까지도 대서특필 너의 가는 길에 열사의 꽃길을 깔아 줄 텐데 가도 가도 끝이 없을 저승길 너 혼자 외롭게 어떻게 간단 말이냐? 불쌍한 이 자식아…!

사방은 죽음처럼 고요하다. 바퀴벌레 한 마리가 대각선으로 벽을 타고 천장 쪽에서 기어온다. 수정에게 공포를 느꼈던지 잠시 멈췄다가 슬금슬금 수정의 눈치를 살피며 다시 기어가기를 몇 차례 반복한다. 사람들은 바퀴벌레 너를 싫어한단다. 눈에 띄기만 해도 너를 죽이려들지 않더냐? 사람의 음식을 같이 먹자고 대들기 때문에 미움을 받는다. 나쁜 병균까지 오염시키는 역할을 하기에 놈은 인간들로 하여금 미움을 받는다. 뿐만이랴. 또 생김새가 크고 흉측해 언뜻 보기에도 독을 지닌 것 같기도 하다. 그래서 혐오의 대상이라지만 저것도 분명 생명체이다. 미물에게도 생(生)과 사(死)가 엄연하거늘 생명의 가치가 왜 소홀해야 된다는 것이냐?

승민아 지금 너는 살아 움직이는 바퀴벌레만큼도 못한 신세 이 어둠을 어떻게 벗어날지 답답하구나.

망국으로 가는 국헌을 조롱이라도 하는가. 허국(許國) 소리에 목매 들려오는 새벽종 소리가 아들을 부르며 오열하는 수정의 가슴을 갈가리 찢고 있을 때다.

4.

–어! 이게 뭐야. 승민의 손가락이 움직이잖아.

기적! 수정은 깜짝 놀란다. 수정은 황급히 간호사실로 뛰었다. 승민의 손가락이 움직이는 것을 확인한 간호사도 주치의실로 뛴다. 허겁지겁 주치의가 병실로 들어왔다. 청진기를 승민의 가슴에 들이대는 주치의의 손발이 분주하다.

–이럴 수가, 환자가 깨어나고 있습니다. 살았어요, 살아나고 있습니다.

그녀는 뛸 듯이 감격했다. 기적이 승민을 살렸다 한다.

–그래 승민아 잘했다, 잘했어!

너무도 긴 숙면이었다. 결코 승민은 깨어났다. 봄의 햇살에 피어나는 목련화처럼 화사하게 승민의 얼굴에서도 피어나고 있지 않은가? 그 5년 후 승민은 재경고시에 등단을 했다. 그 가슴에 불끈 불길이 솟는다. 그렇다. 선산을 지키는 굽은 나무에서도 언젠가 꽃을 피울 것이다.

에필로그

예상치 못했던 코로나19로 전 세계인들이 지금 몸살 앓고 있다. 처음 발생지 중국에서는 아니라고 발끈하지만 미국과의 전략무기 경쟁에서 세균전으로 대항을 해보겠다는 서툰 정치적 의도가 우리 인간사에 이렇게 큰 재앙을 불러오지 않았나 싶다. 지구의 수명은 현재까지 45억 년을 지탱해 왔고 앞으로도 50억 년은 더 지탱할 거라고 우주공학을 연구하는 학자들은 말한다. 그렇다고 고도의 문명을 갖고 있는 인간의 시대가 앞으로 50억 년간 지구의 수명과 같이할 거란 근거는 어디에도 없다. 공룡시대가 왜 멸망했는지 짐작이 가듯이 인간의 시대도 코로나보다 더 강력한 바이러스가 인간의 문명을 언제 파멸시킬지 예측 불가능하다. 거대한 인간의 세계도 인간의 문명에 의하여 멸망을 가져올 거란다. 거기엔 물론 천재지변도 포함한다.

입(立)의 지도자 덩샤오핑에 의하여 베이징 세계올림픽을 성공적으로 개최한 중국이 지금 무너진 소련제국을 대신 사회주의 종주국 역할을 하겠다며 시진핑은 영구집권을 모색하고 있지 않던가? 또 중국에 이어서 사회주의 제2의 강국으로 부상하고 있는 김정은의 다섯 손가락 안에 핵무기 버튼을 깔고 있으면서 우리의 생명을 위협하고 있는 작금에 정부는 전시작전통제권을 환수하겠다니 너무도 엉뚱한 발상 또다시 북한에게 남침의 기회를 열어주겠다는 꼴은 아닌가 싶다. 아무튼 시진핑도 김정은도 이 시대의 낡은 이데올로기 세계적 질서에 위협적인 인물로 부상하고 있으니 틀린 소린 아닌 듯싶다.

관련자만 3만여 명이 훨씬 넘는 제주 4·3사태와 더불어 여·순 반란 사건도 재심에서 무죄 벌써 보상 차원으로 논의가 진행되고 있단다. 그 재원은 어디서 염출할지 모르지만 70여 년이 지난 사건을 현 정부는 왜 새삼 들춰 민족 감정에 불을 지피고 있는지 모를 일이다. 아직도 이념 대결은 끝나지 않았다는 의미일까? 이런 적폐청산 정책은 바로 과거 정부와 대결의 의미를 뜻하는 것은 아닌가 싶다. 여·순 반란 사건은 1948년 10월 9일에 여수에 주둔한 14연대 군부 내에서 적색분자 40여 명이 공산당의 지령을 받고 반란을 일으킨 엄연한 사건이다. 그들은 순천에 이르기까지 살인, 방화, 파계 행위를 무차별적으로 자행을 했다. 진압 아니 할 수 없는 폭동에서 민간인 희생자도 없지 않았겠지만, 해방 후 국토가 분단된 무정부 상태에서 새 정부가 들어선 지 3개월여 만에 일어난 공산주의자들의 반란이었다. 그런 사건을 새삼 까집어 놓고 무죄라니 엉뚱하지 않은가? 제주 4·3사태도 먼저 공산주의자들이 폭동을 일으킨 사건이다. 사조까지 바꿔놓겠다는 저들은 무엇도 거침이 없어 보인다. 적폐청산을 부르짖는 현 정부 공약이 바로 정치 판세를 좌, 우로 극명하게 갈라놓겠다는 의도인가 싶다.

반공이 국시이었던 시절에는 입 다물고 있던 좌파들이 DJ정부 때부터 고개를 들기 시작 이젠 까놓고 행세를 하고 있는가 하면 그 양상이 점점 노골화되고 있으니 국민적 화합과 안전망에는 이상이 없는지 짚고 넘어갈 일이 아닌가 싶다.

김정은이 핵무기로 건재하는 한 조국 통일은 이제 물 건너간 듯 지금 당장도 선거에서 이긴 좌파들이 정권을 잡고 있는 판에 남북이 총선거를 한들 이길 가능성이 있을까? 이젠 체제 자체도 유지하기가 어려운 형편 심각한 일이 아닐 수 없다. 무혈 적화 통일이라니, 불리하면 빠지고 유리하면 공격하던 레닌이나 모택동을 몰라서 김정은도 아닌 문재인 대통령이 종전선언을 했단 말인가? 만약 통일 정부 선거에서 김정은이 대통령이 된다면 나라 꼴이 어떻게 될까 상상해 볼 일이다.

미군 철수 6개월 만에 400여만 명의 목숨을 앗아간 6·25의 참화를 국민 정서에서 다시금 상기해야 할 것 같다. 좌파정부에서 전시작전권을 환수하겠다니 그건 6·25 상황을 재현하는 꼴, 그런데도 안전 불감증에 빠진 우리 국민은 설마 하고 있으니 참으로 위험천만한 일이 아닐 수 없다. 제2의 남북전쟁은 400만 명이 아니라 2,000만 명의 목숨을 요구하고 그중 일부는 월남 전쟁이 그러했듯이 난민선을 타고 태평양의 거센 파도 위에서 부초처럼 살아가야 한다지 않은가? 골육상쟁의 톱질 전쟁이 얼마나 처절을 극 했던가 젊은 세대들이 실감을 못하고 있어 우려감 더욱 가중된다 하겠다. 세계 어느 나라가 우리의 난민들을 받아준다 하던가? 아프간 사태가 지금 그렇게 가고 있지 않는가?

1903년 러시아 사회민주당 대회에서 레닌파와 플레하노프와의 대립은 볼셰비키 혁명으로 이어져 왔고 그렇게 시작된 레닌의 시대에서 스탈린까지 극심한 피의 대결장에서 소련제국이 탄생했으나 100년을 견디지 못하고 파멸하고 말았다. 원인은 실패한 경제 때문이란다. 이젠 개꼬리 황모가 되겠다고 중국이 사회주의 종주국임을 자처하는가 하면, 김일성 김정일에 이어 3대째 핵을 완성한 김정은 정권이 드디어 이 시대의 핵무기 강국으로 부상하고 있다. 평화통일에 대한 민족의 염원은 결코 멀어진 실정이다. 젊은 나이에 세계적 독불장군으로 우뚝 비상했으니 김정은은 이젠 지구상에서 독보적인 존재로 자리를 잡고 있다 하겠다. 거기엔 돈이든, 쌀이든, 비료든 필요에 따라 김정은의 요구있으면 우리 정부에서는 얼씨구나 좋다 바치고 있는 꼴 이런 짓도 그들은 인도주의 차원이라고 변명한다.

국민의 세금은 먼저 보는 놈이 임자라니 망국 5분 전, 이란의 팔레비 왕이 그랬고 월남의 대통령이 그러했으며 아프간 또한 부패로 망한 국가들이 아닌가? 짜내듯이 부정을 만들어 박근혜 대통령을 탄핵과 더불어 구속시킨 특검 박영수 인척이 대장동 개발 대표 김만배에게 100억을 받았다니 어처구니가 없다.

우리나라 경제 수출·입 지표가 세계 7위란다. 개도국에서 선진국으로 진입을 했다는 텔레비전에서 나온 뉴스다. 5천 년 불모지 땅에서 처음 이룬 위대한 신화창조라고 보도하는 아나운서까지 감격하고 있다. 거기엔 물론 과학기술과 접목한 기업인들이 있었기에 가능했다.

그렇다고 마냥 좋아할 일은 아니다. 표를 먹고 사는 정치인들과 고위공직자들 그리고 강성 노조들은 최저임금 제도에서 일은 적게 하고 임금은 많이 받겠다고 대체공휴일까지 알뜰하게 챙겨 먹는 놀자 판에서 반면 기업인들의 고심은 크다. 자유로는 기업풍토가 마련되어 있질 않다는 것이다. 한숨이 저절로 터져 나온단다. 갈수록 거칠어지고 강성해지는 노조들의 득세와 더불어 마구 칼질을 하고 있는 정치인들과 권력형 특히 청와대 그렇다. 이놈이 뜯어 먹고 저놈이 뜯어먹는 이 나라 기업인들은 완전 봉이란다. 특히 삼성이 무너지면 우리 경제도 끝장이 날거란다. 누구의 짓인지는 몰라도 왜 이재용을 마구 비틀고 심지어는 구속까지, 누가 만든 법이기에 그렇게 가지고 놀기가 좋다는 것인가?

한때 세계를 독주했던 미국경제가 주니어 부시 대통령의 실정으로 20년간이나 곤욕을 치렀는가 하면, 제2의 경제 대국 일본이 요즘 하향 쇠퇴하는 상태다. 그렇다면 우리나라 경제도 언제 어떻게 몰락할지 누구도 장담할 수가 없지 않은가. 중국은 원나라 때부터 우리나라를 1237년간 지배했던 나라다. 그랬던 중국이 요즘 다시 부상해 우리의 목을 조르고 있지 않은가? 한때나마 우리 경제가 30여 년간 중국을 지배했다는 것은 신의 기적이 아닌가 싶다. 바로 우리 세대가 일궈낸 탑이다. 이런 시대가 앞으로 얼마나 더 지탱할지 모르지만 우리가 지금마냥 흥청거릴 때는 분명 아니다. 언제 어떤 변화가 국가와 민족에게 시련을 가져올지 그래서 몰락할지 모르는 악조건에서 우리 주변 정세와 더불어 정치권과 사회 여건이 너무 불안하다는 것이다. 때문에 정치권이나 강성노조들의 각성이 절실하게 요구되는 시점이다.

시진핑 시대 중국이 강대국으로 부상하고, 북한에 김정은이 핵무기로 존재하는 한 우리의 안보는 보장할 수가 없기에 하는 말이다. 후진국 권력형 저질 부패공화국 시대에서 세계 1등 상품을 만들어 내고자 고군분투하는 기업인들이 선진국 대열에서 깃발을 드높이 올리고는 있다지만 시대적 불균형 상태에서 전시작전통제권까지 환수를 한다면 경거망동하는 김정은의 핵무기 앞에서 재래식 무기로 과연 국민 안보와 나라 경제를 지켜낼 수 있을까?

이 작품은 소설로 읽기보다 장편 칼럼으로 독자들에게 읽히고 싶다

2021. 가을. 인천 낙섬에서

김동형

전시작전권은 어디로?

김동형 지음

발행처 · 도서출판 **청어**
발행인 · 이영철
영　업 · 이동호
홍　보 · 천성래
기　획 · 남기환
편　집 · 방세화
디자인 · 이수빈 | 김영은
제작이사 · 공병한
인　쇄 · 두리터

등　록 · 1999년 5월 3일
(제321-3210000251001999000063호)

1판 1쇄 발행 · 2021년 11월 30일

주소 · 서울특별시 서초구 남부순환로364길 8-15 동일빌딩 2층
대표전화 · 02-586-0477
팩시밀리 · 0303-0942-0478
홈페이지 · www.chungeobook.com
E-mail · ppi20@hanmail.net
ISBN · 979-11-5860-819-4(03810)